Issue d'une famille dont les origines remontent aux passagers du *Mayflower*, **Lara Adrian** vit avec son époux sur le littoral de la Nouvelle-Angleterre, où elle profite des charmes de cimetières centenaires, du confort moderne et des embruns de l'océan Atlantique.

Du même auteur, chez Milady :

Minuit :

1. *Le Baiser de minuit*
2. *Minuit écarlate*
3. *L'Alliance de minuit*
4. *Le Tombeau de minuit*
5. *Le Voile de minuit*
6. *Les Cendres de minuit*
7. *Les Ombres de minuit*
8. *Captive de minuit*
9. *Au-delà de minuit*
10. *Après minuit*
11. *Le Fil de l'aube*

CE LIVRE EST ÉGALEMENT DISPONIBLE
AU FORMAT NUMÉRIQUE

www.milady.fr

Lara Adrian

Le Fil de l'aube

Minuit – 11

Traduit de l'anglais (États-Unis) par Pascal Tilche

Milady

Milady est un label des éditions Bragelonne

Titre original : *Edge of Dawn*

Publié en accord avec Dell Books, une maison d'édition
de The Random House Publishing Group,
une division de Random House, Inc.

ISBN : 978-2-8112-1137-0

Bragelonne – Milady
60-62, rue d'Hauteville – 75010 Paris

E-mail : info@milady.fr
Site Internet : www.milady.fr

Pour mes lecteurs.
Suivez-moi, l'aventure continue…

Remerciements

Comme toujours, merci à ma famille, à mes amis et à mon équipe pour leur amour ainsi que pour le soutien et la patience – mon Dieu, quelle patience ! – dont ils font preuve tandis que je me soustrais à la vie réelle pour m'immerger avec bonheur dans l'écriture.
À mes lecteurs aux États-Unis et partout ailleurs dans le monde, merci infiniment pour l'enthousiasme incroyable avec lequel vous accueillez mes livres ! Je reste confondue devant votre gentillesse, votre amitié et votre soutien. Je vous embrasse.
Merci aux équipes qui assurent la publication de mes ouvrages ainsi qu'à leurs collaborateurs, merci de les aider à trouver leur public et pour le travail que vous faites afin qu'ils soient les meilleurs possible.
Et enfin un merci tout particulier à Candice Brady, une lectrice, pour s'être montrée si généreuse lors du gala organisé pour venir en aide à un membre apprécié de la communauté des auteurs de romance qui avait subi une perte tragique au sein de sa famille. L'enchère gagnante de Candice lui a valu une place d'invitée dans ce roman.

Extraits de journal intime

Archives privées de l'Ordre

Quartier général de Washington

26 décembre

L'année n'importe plus, pas plus que le jour d'ailleurs. Vu ce qui est en train de se passer partout dans le monde, je pense que l'histoire sera bientôt expliquée simplement en termes d'Avant et d'Après. Avant que l'humanité s'aperçoive que les vampires sont bien réels, et Après. Après qu'un vampire assoiffé de pouvoir du nom de Dragos a libéré des dizaines des membres les plus meurtriers de la Lignée, des Renégats sauvages, accros au sang, pour les lancer sur une population humaine innocente et à l'évidence non préparée. À l'heure même où j'écris ça, j'ai bien du mal à croire ce que je vois.

Le massacre est indescriptible, la terreur inimaginable. Il est difficile de s'arracher aux journaux télévisés et aux flux de vidéos qui arrivent par Internet sur les ordinateurs dans le complexe temporaire qu'occupe l'Ordre dans le Maine. Tous les reportages montrent des hommes, des femmes et des enfants qui crient, rassemblés en foules hystériques courant dans des rues obscures, sans qu'aucun d'entre eux soit assez rapide pour échapper aux prédateurs qui les poursuivent. On y voit aussi des cités en flammes, des véhicules abandonnés et fumant au milieu des ruines, des soldats tentant en vain de s'opposer aux assaillants.

Lucan et le reste des guerriers de l'Ordre se sont mobilisés à Boston pour combattre la violence, mais ils ne sont guère qu'une dizaine de soldats de la Lignée pour faire face aux centaines de Renégats qui envahissent les plus grandes villes du monde. Quand enfin l'aube renverra les Renégats dans l'ombre, le coût en vies humaines innocentes pourrait atteindre plusieurs milliers. Et les conséquences de ce chaos sanglant, la méfiance entre humains et membres de la Lignée, risquent de ne jamais s'estomper.

Il aura été ainsi mis un terme à des siècles de secret et de paix maintenus à grand-peine.

345e jour apr. P. A.

Il s'est écoulé presque un an depuis la Première Aube. C'est ainsi que tout le monde appelle désormais le matin qui a suivi les attaques de Renégats qui ont changé le monde pour toujours. La Première Aube. En voilà une expression pleine d'espoir et d'innocence pour un moment aussi horrible. Mais le besoin d'espoir est compréhensible. Il est même essentiel, surtout lorsqu'on pense que les blessures de cette nuit épouvantable et de la journée incertaine qui a suivi sont toujours à vif.

Personne ne comprend mieux le besoin d'espoir que l'Ordre. Cela fait onze longs mois et plus que les guerriers combattent pour que le monde retrouve un certain calme, une forme de paix. Dragos est mort. Les

Renégats qu'il a utilisés comme arme personnelle de destruction massive ont tous été annihilés. Ces mois de carnage et de terreur sont terminés. Mais il reste encore beaucoup trop de haine et de suspicion des deux côtés. C'est une époque où tout peut arriver, et la moindre étincelle de violence pourrait conduire à la catastrophe.

Dans deux semaines, Lucan doit parler en tant que représentant de la Lignée devant toutes les nations du monde. En public, il appellera à la paix. En privé, il nous a tous prévenus qu'il craint que l'humanité et la Lignée ne se retrouvent entraînés dans la guerre…

4 août, 10 apr. P. A.

Parfois il me semble qu'il s'est écoulé un siècle de sang versé et de vies perdues au cours de la décennie qui a suivi la Première Aube. Les guerres continuent. La violence augmente partout dans le monde. L'anarchie règne dans bien des grandes villes, où les activités criminelles de bandes rebelles et d'autres activistes s'ajoutent aux meurtres incessants commis au nom des deux parties au conflit.

Chaque jour, le quartier général de l'Ordre à Washington reçoit des rapports alarmants des chefs des centres de commande locaux installés désormais partout dans le monde. La guerre empire. Les deux camps se renvoient sans cesse la responsabilité du massacre, ne faisant ainsi qu'accroître les troubles et attiser les flammes d'un incendie déjà rageur. Notre espoir d'une paix entre les humains et les vampires n'a jamais semblé à ce point hors de portée.

Et vu où nous en sommes après dix ans de conflit je ne me risquerai pas à un pronostic quant à l'avenir…

Chapitre premier

Les humains !

La nuit en était pleine.

Ils encombraient les trottoirs et les carrefours sombres du vieux North End de Boston, vomis par les portes ouvertes des night-clubs, des cafés et des bars à cocktails. À près de minuit, se promenant, traînant, bavardant, ils emplissaient les rues de leurs voix, de leurs corps mélangés suant dans la chaleur inhabituelle de cette soirée de début juin.

Il y avait vraiment trop peu d'espace pour éviter les innombrables regards en coin lancés par des gens prétendant ne pas avoir remarqué et ne pas avoir peur le moins du monde des quatre membres de l'Ordre qui traversaient à présent le cœur de l'ancien secteur à accès réglementé de la ville.

Mira, seule femelle de cette escouade de guerriers qui n'étaient pas en service, observait la foule d'*Homo sapiens* avec un regard dur. Dommage qu'elle et ses compagnons aient été vêtus d'habits de tous les jours sous lesquels leurs armes étaient discrètement dissimulées. Elle aurait préféré être en tenue de combat avec un arsenal bien en évidence, histoire de donner aux bons citoyens de Boston une excuse valable pour leur jeter ces regards terrifiés.

— Ça fait vingt ans que l'humanité connaît notre existence, et la plupart de ses membres nous regardent toujours l'air hébété comme si nous étions là pour leur arracher la carotide, dit l'un des trois mâles de la Lignée qui marchaient auprès d'elle.

Mira lui lança un regard amusé.

— L'autorisation de se nourrir est en vigueur jusqu'à minuit, alors ne t'attends pas à être le bienvenu ici. D'ailleurs, la peur est une bonne chose. En particulier lorsqu'il s'agit de traiter avec les humains.

Balthazar, espèce d'armoire à glace à la peau basanée qui n'hésitait pas à faire jouer ses muscles épais, croisa son regard avec un éclair d'assentiment dans ses yeux dorés de faucon. Cela faisait près de deux décennies que ce vampire à la chevelure noire avait rejoint l'Ordre, lors des sombres années qui avaient immédiatement suivi la Première Aube, ce jour où les humains avaient appris qu'en fait ils n'étaient pas les prédateurs ultimes sur cette planète.

Et ils n'avaient accepté cette vérité ni facilement, ni tranquillement.

Bien des vies avaient été perdues dans les deux camps au cours de la période qui avait suivi. De longues années de mort et de massacre, de chagrin et de méfiance. À présent encore, la trêve entre les humains et la Lignée restait fragile. Tandis que les chefs des deux nations, humaine et vampire, tentaient de négocier une paix durable pour le bien de tous, les haines et les suspicions spécifiques continuaient à se développer dans les deux camps. L'humanité et la Lignée se faisaient toujours la guerre, mais celle-ci était devenue souterraine, non déclarée et illégale, ce qui ne l'empêchait pas d'être meurtrière.

Mira sentit sa poitrine se serrer à l'idée de toute la souffrance dont elle avait été témoin au cours des années qui s'étaient écoulées depuis son enfance sous la protection de l'Ordre jusqu'à l'entraînement rigoureux et l'expérience des combats qui avaient fait d'elle la guerrière qu'elle était désormais. Elle tenta de repousser ces pensées douloureuses, de les laisser derrière elle, mais c'était difficile. Cette nuit-là, c'était même presque impossible pour elle de tenir la douleur à distance.

Et ce qui dans cette guerre la concernait personnellement, aussi intimement que n'importe quoi d'autre dans sa vie, conférait à présent à sa voix une intonation rauque et mordante.

— Qu'ils aient peur. Peut-être que si les humains s'inquiètent un peu plus à l'idée de se faire égorger, ils seront moins enclins à tolérer parmi eux les radicaux qui voudraient voir tous les membres de la Lignée réduits en cendres.

Derrière elle, un autre de ses coéquipiers laissa échapper un gloussement.

— Tu n'as jamais pensé à trouver un job dans les relations publiques, capitaine ?

Elle lui fit un doigt d'honneur par-dessus son épaule et continua à avancer, sa longue queue-de-cheval blonde battant contre son dos couvert de cuir. Le rire de Webb s'accentua.

— Ouais, c'est bien ce que je pensais, reprit-il.

S'il y avait quelqu'un de doué pour la diplomatie dans l'équipe, c'était bien Julian Webb. Beau comme un dieu, aimable, affable et doté d'un charme dévastateur, il était clairement le pur produit d'une éducation cultivée au sein de l'élite de la Lignée. Mais il ne s'en était jamais vanté. Son histoire, comme les raisons qui l'avaient poussé à rejoindre l'Ordre, restait un secret que seul Lucan Thorne partageait avec lui. Et le fondateur de l'Ordre n'en avait jamais pipé mot.

Il arrivait à Mira de se demander si ce n'était pas la raison pour laquelle Lucan avait personnellement choisi Webb pour faire partie de son équipe l'année précédente, histoire de garder un œil sur elle pour lui et le Conseil et de s'assurer que les missions de l'Ordre étaient menées à bien sans... problème. Étant donné le blâme humiliant qu'elle avait reçu du Conseil dix-huit mois auparavant, elle n'aurait pas été surprise d'apprendre que Lucan avait confié à Webb la tâche d'aplanir toute difficulté qui se présenterait dans son commandement de l'unité. Mais elle ne s'était pas donné un mal de chien à s'entraîner jusqu'à en défaillir afin de gagner cette place au sein de l'Ordre pour la risquer à la légère.

Il était extrêmement inhabituel qu'une femme s'élève au-dessus de la troupe au sein de l'Ordre pour devenir capitaine d'une équipe de guerriers. Encore à présent, cette idée l'emplissait de fierté. Elle avait vécu avec l'objectif de se montrer capable, digne de cette promotion. Elle ne s'était pas ménagée une seule seconde afin de gagner le respect des aînés de l'Ordre et des guerriers avec lesquels elle s'entraînait, respect qui lui avait finalement été acquis grâce au sang et à la sueur versés, ainsi qu'à une détermination sans faille.

Mira ne faisait pas partie de la Lignée. Elle ne disposait pas de la vitesse et de la force surnaturelles dont jouissaient ses membres. Elle n'était pas non plus immortelle et, en tant que Compagne de sang – progéniture femelle d'une mère *Homo sapiens* et d'un père à l'origine génétique encore inconnue –, ne pouvait le devenir que grâce à l'échange d'un lien de sang avec un membre de la Lignée. Sans un tel lien, Mira, comme les autres rares femmes Compagnes de sang, vieillirait et finirait par mourir tout comme les mortelles.

Âgée de vingt-neuf ans et toujours pas liée, elle commençait déjà à ressentir une diminution de ses capacités physiques et mentales due au choix d'une carrière très exigeante. Et la blessure qu'elle avait dans le cœur depuis à présent huit ans n'aidait probablement pas non plus. Quant au blâme qu'elle avait reçu pour « conduite impropre » dix-huit mois auparavant, il constituait probablement pour Lucan une excellente excuse pour la réaffecter à un travail de bureau. Mais il ne l'avait pas encore fait et il n'était pas question pour elle de lui fournir l'occasion d'y repenser.

— Tempête en vue, murmura le troisième membre de l'équipe qui marchait à son côté.

Mira savait que Torin ne parlait pas du temps. Comme un lion se familiarisant avec son nouvel environnement, le grand vampire leva sa tête blond vénitien vers le ciel nocturne sans nuages et inspira profondément. Des tresses ornées de petites perles de verre encadraient ses pommettes anguleuses et ses traits fins, ce qui lui donnait un aspect peu conventionnel – et même exotique pour quelqu'un d'aussi expert dans l'art de donner la mort –, réminiscence de son passé d'itinérant. Les tresses étincelantes se balancèrent contre le reste de l'épaisse crinière qui lui arrivait aux épaules quand il expira, portant son regard intense sur Mira.

— Mauvaise nuit pour se trouver là. Il y a quelque chose de sombre dans l'air.

Elle le sentait aussi, même sans disposer du don qui permettait à Torin de détecter et d'interpréter des changements dans les forces énergétiques autour de lui.

En fait, c'était en elle que s'était déclenchée cette tempête.

Cette tempête avait un nom : Kellan.

Les syllabes de son nom roulèrent dans son esprit comme le tonnerre. La blessure était toujours à vif, même après tout ce temps. Depuis sa mort, la tempête d'émotions qu'il avait laissée dans son sillage se faisait toujours plus violente en Mira, en particulier à cette époque de l'année. Chagrin ou déni, elle s'accrochait furieusement à la mémoire de Kellan. Certes, ça n'était pas très sain, mais, cruel, l'espoir savait résister au temps.

Quelque part au fond d'elle-même elle priait toujours pour que tout ça n'ait été qu'un cauchemar dont elle finirait bien par s'éveiller. Un jour, elle lèverait les yeux et verrait le jeune mâle de la Lignée revenir nonchalant de mission, sain et sauf. Un jour, elle entendrait sa voix profonde dans le creux de son oreille, cri de défi alors qu'ils s'entraînaient ensemble ou grognement rauque d'un désir difficilement contenu lorsque leur combat simulé les amenait tous deux à se jeter ensemble sur les tapis de la salle d'entraînement.

Elle sentirait de nouveau la formidable puissance de son corps de guerrier, grand, solide, invulnérable. Elle plongerait le regard dans ses yeux noisette pensifs, caresserait la couronne de ses cheveux ébouriffés qui brillaient comme du cuivre et qui étaient si doux au toucher. Elle humerait son odeur de cuir et d'épices, sentirait son pouls battre, verrait les étincelles d'ambre emplir ses iris et ses crocs acérés briller lorsque le désir qu'il canalisait avec une telle rigidité le trahirait malgré tous les efforts qu'il ferait pour le contenir.

Oui, un jour, elle ouvrirait les yeux et trouverait Kellan Archer endormi nu à côté d'elle dans son lit, comme la dernière nuit, avant qu'il soit tué au combat par des rebelles humains.

L'espoir ! pensa-t-elle avec ironie. *L'espoir, quel salaud sans cœur !*

En colère contre elle-même pour s'être laissée aller à des pensées aussi complaisantes, elle pressa le pas en observant le carrefour devant eux, où une demi-douzaine de couples humains qui venaient de sortir en titubant du bar d'un hôtel chic attendaient de pouvoir traverser. Devant eux, de l'autre côté de la rue, l'un des Faceboard omniprésents en ville se permit de scanner leurs rétines pour leur infliger une publicité énervante, établie sur mesure en fonction des centres d'intérêt de son public captif piégé au passage clouté à attendre que le feu piétons passe au vert.

En voyant l'image numérique en 3D du magnat des affaires Reginald Crowe, l'un des hommes les plus riches de la planète, s'adresser à eux par leurs noms et se mettre à énumérer une liste de séjours à prix cassé dans ses résidences de luxe, Mira ne put s'empêcher de grogner. Le visage de Crowe était partout cette année-là, dans la presse comme à la télévision, sur les blogs et les nouveaux sites Internet… partout où il trouvait une webcam ou une équipe de tournage prête à le laisser parler du nouveau prix qu'il venait d'inventer pour récompenser l'innovation technologique, la mieux dotée de toutes les récompenses scientifiques. Le milliardaire était probablement profondément agacé par le fait que ni cette annonce ni celle de son soutien financier au nouveau sommet du Conseil global des nations n'étaient aussi commentées que l'était son récent divorce d'avec la sixième Mme Crowe.

— Allons-y, lança Mira, traversant sans attendre que le feu soit pour eux.

Elle se dirigea à la tête de son équipe vers l'*Asylum*, bar local devenu au cours des années précédentes un lieu réputé pour sa clientèle mélangée d'humains et de vampires. Une autre escouade de l'Ordre devait les y retrouver ce soir-là. Mira ne se sentait pas vraiment d'humeur à faire la fête, surtout dans cette ville et à cette date précise, mais les équipes avaient bien mérité de se détendre. Elles avaient travaillé dur ensemble au cours des cinq mois écoulés sur une mission secrète commune, le genre d'opérations clandestines qui étaient devenues le pain quotidien de l'Ordre depuis vingt ans.

Grâce aux efforts conjoints de l'escouade de Mira et de celle dont elle venait de repérer les membres à une table du fond en pénétrant dans l'établissement, le CGN était confronté à un groupe international d'activistes de moins. Et cette victoire n'aurait pu tomber mieux. En effet, une semaine plus tard, des chefs de gouvernement, des dignitaires et des notables venus du monde entier, représentant la Lignée comme l'humanité, devaient se retrouver à Washington lors d'une démonstration de paix et de solidarité largement médiatisée. Tous les aînés de l'Ordre seraient là, y compris les parents adoptifs de Mira, Nikolaï et Renata.

Basés tous deux à Montréal, ils attendaient encore qu'elle leur confirme sa venue. Même si ni l'un ni l'autre n'en avait rien dit, elle savait qu'ils l'avaient invitée à les accompagner dans l'espoir qu'elle élargirait son cercle social, voire qu'elle rencontrerait quelqu'un avec qui se lier un jour ou l'autre. C'était aussi de leur part une tentative bien intentionnée quoique pas très subtile de l'arracher au champ de bataille ne serait-ce que pour quelques jours.

Elle devait froncer les sourcils en arrivant à la table avec son équipe car, alors qu'elle s'asseyait, le capitaine de l'autre escouade lui lança un regard inquiet de ses yeux bleu-vert sous la coupe militaire de ses cheveux noir de jais.

— Tout va bien ? (La voix de Nathan était calme et indéchiffrable sur le fond sonore de la musique rythmée et du brouhaha qui s'élevait au niveau du bar et de la piste de danse.) Je n'étais pas sûr que tu viendrais.

Pas sûr que je serais capable de supporter d'être de retour à Boston. En particulier le jour anniversaire de la mort de Kellan.

Elle avait compris ce qu'il voulait dire, même s'il n'avait pas prononcé les mots à haute voix. Il la connaissait trop bien car il avait été l'un de ses amis les plus chers presque aussi longtemps que Kellan. Plus longtemps même, puisque ce dernier était mort depuis huit ans. Nathan avait été présent cette nuit-là lui aussi. C'était lui qui avait arraché Mira aux flammes et aux débris projetés dans le ciel nocturne par l'explosion de l'entrepôt situé au bord de la rivière. Et il s'était aussi trouvé à son chevet lorsqu'elle s'était réveillée plusieurs jours plus tard à l'infirmerie pour apprendre qu'il ne restait aucune trace ni de Kellan ni des rebelles humains qu'il avait poursuivis à l'intérieur du bâtiment piégé.

Mira se racla la gorge. Tant d'années après, le goût des cendres et de la fumée lui revenait instantanément.

— Ça va, merci.

Il ne la croyait pas le moins du monde. Elle détourna les yeux de son regard inquisiteur et s'adressa au reste des guerriers assemblés autour de la table.

— Au cas où je ne l'aurais pas encore dit, beau boulot, vous tous. Nous avons fait ensemble un super nettoyage.

Torin et Webb acquiescèrent tandis que Balthazar lançait un sourire ironique aux trois membres de l'équipe de Nathan.

— Le capitaine a raison. Ç'a été vraiment bien de bosser avec vous, les filles. Après tout, aussi doué soit-il, un chirurgien a toujours besoin de quelqu'un pour éponger le sang et les tripes et lui tendre le bon instrument quand il le demande.

— J'ai un instrument pour toi avec moi, rétorqua Elijah, le second de Nathan, un guerrier aux cheveux bruns, au visage taillé à la serpe comme celui d'un cow-boy de cinéma, au sourire lumineux et à l'accent traînant du Texas. Et si tu veux parler précision chirurgicale, ton équipe ne fait pas le poids. Tiens, mon pote Jax, par exemple. Un vrai poète du mouvement ! Deux de ces salopards de rebelles ont eu la mauvaise idée d'ouvrir le feu sur nous, mais Jax en a fini avec eux d'un seul coup de son *hira shuriken*. (Elijah émit un sifflement tout en passant son doigt en travers de sa gorge et de celle de Xander Raphaël, le coéquipier assis près de lui.) Ah, Jax, c'était absolument superbe !

Jax inclina légèrement la tête. À moitié asiatique et cent pour cent létal, le grand vampire aux cheveux d'un noir d'ébène était connu pour sa grâce et son talent au lancer d'étoiles affûtées qu'il fabriquait lui-même et portait sur lui où qu'il aille. Sans avoir besoin de vérifier, Mira savait qu'il devait avoir une demi-douzaine de ses *hira shuriken* sur lui à ce moment précis.

Elle-même se trimballait avec une paire de dagues faites sur mesure. Elles étaient toujours à sa portée, même s'il était illégal de se servir d'armes quelconques dans les secteurs civils de la ville. Seuls les membres en uniforme de la Force d'intervention mixte urbaine de sécurité, la FIMUS, police d'État constituée d'individus tant humains que vampires triés sur le volet, étaient autorisés à porter des armes ouvertement ou à tuer dans un cadre civil.

Réfléchissant au succès de leur mission conjointe, Mira fit un signe de tête au troisième membre de l'escouade de Nathan, Xander Raphaël.

— Bravo pour ton boulot de couverture qui nous a permis de pénétrer dans le complexe des rebelles, lui déclara-t-elle. Tu es sacrément doué, garçon.

— Merci, répondit le jeune guerrier.

Mira connaissait Xander depuis le berceau. Frais émoulu de sa formation dix mois auparavant, c'était la dernière recrue de l'équipe de Nathan. Mira avait près de dix ans de plus que lui, mais la valeur n'avait pas attendu le nombre des années chez le jeune guerrier vampire. Xander Raphaël était le fils de l'un des aînés de l'Ordre, Dante, et de sa Compagne de sang, Tess. Comme tous les enfants de la Lignée, il avait reçu en partage le don extrasensoriel unique de sa mère. L'aptitude de Tess à guérir au toucher entretenait en lui un vrai conflit avec le courage inné et les talents de combattant extraordinaires dont il avait hérité de son père.

Sa mère lui avait aussi transmis ses cheveux blonds et ses yeux bleus. Chez Tess, ils étaient infiniment féminins. Chez Xander, avec ses deux mètres de muscles sans une once de graisse, leur combinaison faisait tourner toutes les têtes des femelles qu'il croisait.

Justement, il y avait là une brunette d'une vingtaine d'années qui observait leur table depuis le bar, où elle se tenait au milieu d'un groupe d'amies, et qui faisait tout son possible pour attirer le regard de Xander. Il l'avait bien remarquée. Et il était clair qu'il savait ce que la jolie fille serait prête à lui offrir. Mira avait vu le coin de la bouche du guerrier se soulever, signe patent d'arrogance mâle, avant qu'il tourne la tête vers elle, accompagné en cela par plusieurs des vampires assis autour de la table.

— Salut, dit la jeune femme, dont le regard s'attarda sur Xander Raphaël.

Elle avait fait son choix, aucun doute sur la question.

— Salut toi-même, lança Elijah pour le compte de la tablée. Comment t'appelles-tu, beauté ?

— Britney, répondit-elle en lui jetant un sourire qu'elle promena sur les autres mâles avant de revenir à Xander. Mes amies m'ont mise au défi de vous rejoindre et de vous parler.

Xander sourit.

— Pas possible !

Sa voix douce et calme était celle d'un mâle parfaitement conscient de l'effet qu'il avait sur le sexe opposé.

— Je leur ai dit que je n'avais pas peur, poursuivit l'admiratrice de Xander. Je leur ai dit que j'étais curieuse de voir comment c'était…

Elle rejeta la tête en arrière en un geste de nervosité mais aussi de séduction.

— Je veux dire… j'étais curieuse de savoir comment vous étiez…

Des vampettes, se dit Mira en roulant les yeux l'air amusée. Malgré les troubles constants entre humains et vampires, il ne manquait jamais de femmes, sans compter bon nombre d'hommes aussi, prêtes à donner leurs globules rouges tout frais en échange du pic de plaisir sensuel qu'offrait la morsure d'un vampire.

Balthazar gloussa.

— Très courageux de ta part de venir jusqu'à nous toute seule, Whitney.

— C'est Britney. (Elle gloussa, nerveuse mais décidée.) Quoi qu'il en soit, elles m'ont dit que je devais le faire, alors voilà… je suis là.

Se passant la langue sur les lèvres en s'approchant doucement de Xander, elle rejeta ses longs cheveux bruns derrière son épaule, dénudant ainsi la colonne de blancheur délicate de sa gorge, et Mira sentit l'air s'électriser sous l'effet de la réaction instinctive de plus d'un des mâles de la Lignée présents.

— Tes amies n'ont aucune raison de se montrer timides.

La voix de Torin était une sourde invite qui fit s'agiter même les sens endormis de Mira. Il inspira entre des lèvres entrouvertes qui ne masquaient pas complètement l'extrémité d'une blancheur de perle de ses crocs.

— Appelle-les et voyons si elles sont aussi courageuses que toi, Britney.

Lorsque la jeune femme fit signe avec excitation aux autres de la rejoindre, Mira se leva. Leur mission juste achevée, les guerriers méritaient une récompense et avaient tout à fait le droit d'accepter la proposition malhonnête qu'on leur faisait là. Mais ça ne signifiait pas qu'elle avait envie d'assister au spectacle.

— L'autorisation de se nourrir prend fin à minuit, les gars. C'est-à-dire dans dix minutes, au cas où l'un ou l'autre d'entre vous s'inquiéterait à l'idée d'enfreindre le couvre-feu.

Nathan se leva aussi, apparemment le seul des vampires de la tablée à ne pas être intéressé par l'approche de plusieurs femelles chaudes et jolies prêtes à jouer les hôtes de sang pour eux ce soir-là.

— Qu'est-ce que tu fais, Mira ?

— Je m'efface. Je serai de retour dans un moment.

Nathan fronça les sourcils.

— Je devrais venir avec toi…

— Non, reste ! (Elle leva la main et montra de la tête les femmes qui arrivaient.) Dieu sait que ces idiots ont besoin d'un adulte pour les surveiller.

La moquerie lui valut les réactions prévues d'Elijah, de Balthazar et des autres, mais le regard de Nathan resta sérieux. Lorsqu'elle lut la désapprobation sur son visage, elle tendit la main et lui prit la mâchoire. Elle le sentit se raidir à ce contact et souhaita alors n'avoir pas eu ce geste tendre. Certes, Nathan avait passé plus de la moitié de ses trente-trois ans de vie au sein de l'Ordre, mais les cicatrices qui lui restaient de sa sombre enfance ne disparaîtraient peut-être jamais. Le contact physique et la tendresse mettaient toujours l'ancien assassin sur ses gardes et le perturbaient comme aucune quantité de sang versé ni aucun combat n'aurait su le faire.

— Amuse-toi, Nathan. Tu le mérites aussi, tu sais. (Mira s'éloigna de la table.) Dix minutes, lança-t-elle par-dessus son épaule. Ce serait cool que l'un d'entre vous ait la gentillesse de me commander un verre pour mon retour.

Tout alla bien jusqu'à ce qu'elle atteigne la sortie. Puis le poids de tout ce qu'elle avait retenu cette nuit-là lui serra la poitrine et elle sentit des larmes chaudes lui piquer les yeux.

— Oh, putain ! Kellan…

Elle avait laissé son nom lui échapper avec un souffle rauque alors qu'elle s'adossait contre le mur extérieur de brique à plusieurs mètres de l'entrée surpeuplée du club. Dieu, que cela lui faisait mal de penser à lui ! Elle ne supportait pas de n'avoir pas été capable de trouver le moyen de se libérer de son souvenir. Mais non, sa mort avait tué quelque chose en elle aussi. Elle l'avait brisée quelque part au fond d'elle-même, en un endroit que seul Kellan avait jamais atteint.

Mira laissa aller sa tête en avant, sans prendre la peine de repousser les boucles blondes qui s'étaient échappées de sa queue-de-cheval et qui se balançaient à présent devant son visage comme un voile. Elle jura à voix basse, luttant pour se reprendre. Les doigts tremblants, elle essuya les larmes qui coulaient sur ses joues. Puis elle laissa échapper un soupir de frustration.

— Nom de Dieu ! Reprends-toi, guerrière !

Cette apostrophe eut au moins pour effet de lui faire relever la tête et redresser les épaules. Mais ce fut le gloussement haut perché qui provenait de la petite foule proche qui la fit vraiment sortir de son spleen. Mira aurait reconnu ce rire de casserole n'importe où. Rien qu'à l'entendre, elle sentait le mépris l'envahir.

Elle repéra le jeune homme à sa ridicule crête rouge qui montait et descendait au sein d'un groupe de petits voyous dépassant la foule qui attendait pour entrer dans le bar. C'était cette iroquoise écarlate qui lui avait valu son nom de rue de « Coq ».

Le fils de pute !

Cela faisait des années qu'elle n'avait pas vu ce salopard. Et l'apercevoir à présent lui échauffait le sang. C'était un sympathisant connu des rebelles, traînant toujours avec ses amis récidivistes alors qu'il aurait dû pourrir dans une cellule quelque part, ou mieux reposer sous terre suite à une rencontre avec la pointe de ses dagues.

Lorsque Mira le vit tourner le coin du pâté de maisons avec ses quatre amis, elle jura. Ce que tramait Coq ne la regardait pas. Elle n'était pas dans sa juridiction, même s'il s'avérait qu'il s'apprêtait à commettre un mauvais coup.

Et pourtant…

Elle avait beau savoir au fond d'elle-même que c'était une erreur, elle laissa son intuition prendre le dessus. Il arrivait à Coq de fournir les groupes de militants et les factions rebelles humains. Et cette alliance intermittente en faisait l'ennemi permanent de Mira. Elle se mit à le filer à distance, ses bottes à semelles de caoutchouc silencieuses sur le trottoir.

Sans se presser, les cinq hommes parvinrent à une porte ouvrant sur une ruelle qui menait dans un endroit qui avait longtemps été un night-club à la mode du North End. L'ancienne église néogothique était bien loin du sacré à présent et elle était même beaucoup moins fréquentable qu'une décennie auparavant. Des graffitis et des traces de tirs datant des guerres ouvertes entre humains et vampires masquaient presque l'enseigne pâlie « La Notte » peinte sur le mur latéral du vieux bâtiment de brique rouge. Loin des rythmes planants et de la musique synthétique qui lui avaient valu son heure de gloire, cette boîte accueillait désormais en rez-de-chaussée les groupes de hard-core industriel à chanteurs criards qu'affectionnait le nouveau propriétaire.

Ce qui avait pour avantage certain d'étouffer les cris enragés et les encouragements des clients assoiffés de sang spectateurs des combats qui se déroulaient dans l'arène installée en sous-sol.

C'était vers cette partie du club que descendaient à présent Coq et ses petits copains. Mira suivit. La puanteur de fumée et d'alcool renversé épaississait l'air comme du brouillard. Au bout du couloir qui commençait au pied des marches abruptes se pressait une foule dense. Elle l'était encore plus dans l'espace situé entre l'entrée et la vaste zone grillagée renforcée de montants d'acier qui occupait le centre de la salle.

Dans la cage, deux immenses vampires se livraient à un combat sans pitié. Dehors, assemblés autour du périmètre sur une dizaine de rangées en profondeur, les spectateurs humains hurlaient de joie et rugissaient en plaçant des paris sur leur favori. À en juger par la quantité de sang versé dans l'arène et par le niveau d'excitation de la foule, ce combat durait depuis un certain temps. Mira avait déjà assisté à ces affrontements illégaux et réagit à peine à la vue des deux puissants mâles de la Lignée seulement vêtus de shorts de gladiateurs et de torques en « U » autour du cou. Ils portaient des mitaines de cuir au bout desquelles on distinguait des poings américains garnis de pointes afin que chaque coup porté résulte en une explosion de chair et de muscle.

Coq et ses amis firent une pause pour regarder l'un des combattants se prendre un coup sévère au sternum. Le hurlement qui lui tenait lieu de rire fusa dans la foule lorsque celui-ci s'affala contre les barres d'acier. Ce vampire était déjà en mauvais état, car on l'avait opposé à un lutteur encore jamais vaincu qui ne manquait pas d'attirer les foules et les portefeuilles bien remplis. À présent, crachant le sang et ahanant sous l'effet du dernier coup qu'il avait reçu, le mâle en perdition se traînait jusqu'au bouton qui devait lui permettre d'obtenir une trêve. Coq et le reste des spectateurs se mirent à siffler et à huer tandis que le match était temporairement interrompu et que l'adversaire aux cheveux d'ébène du lutteur blessé recevait une forte décharge électrique punitive. Imperturbable, l'énorme mâle encaissa comme s'il ne s'était agi de rien de plus qu'une piqûre de guêpe et découvrit ses crocs en un sourire froid, sûr d'accrocher une nouvelle victoire à son palmarès.

La cage trembla sous la violence du combat qui reprenait, mais Mira ignorait le spectacle. Elle ne quittait pas des yeux sa cible. Son propre besoin de punir lui faisait bouillir le sang tandis qu'elle suivait Coq dans la cohue.

En observant le sympathisant des rebelles rire et hurler son enthousiasme avec ses amis à chaque coup terrible porté dans l'arène, avide de voir encore couler le sang de la Lignée, elle ne put s'empêcher de penser aux derniers moments de Kellan.

Elle ne sut pas à quel moment elle avait tiré ses dagues de leurs fourreaux. L'extrémité des doigts légèrement posée sur les inscriptions en relief de leurs gardes, elle sentit d'un coup dans les mains le froid des lames forgées pour elle. Et au moment où elle les imaginait volant vers lui, Coq lança un regard soudain dans sa direction.

La voyant, il comprit qu'elle était là pour lui. Il y eut comme un éclair dans ses yeux quand il croisa son regard. Il s'y lisait de la panique, sans aucun doute. Mais Mira vit aussi de la culpabilité dans ce regard inquiet. En fait, il lui apparut clairement qu'elle était la dernière personne qu'il s'attendait à voir mais aussi qu'il aurait voulu voir. Il se recroquevilla derrière l'un de ses voyous de potes, comme si sa crête insolente n'allait pas le trahir.

Mira sentit un grondement se former dans sa gorge. Le fils de pute allait filer. Et c'est bien ce qu'il fit.

— Nom de Dieu !

Elle se fraya un passage à coups de coude à travers la foule épaisse, tentant de ne pas perdre de vue sa proie tout en se positionnant pour pouvoir l'atteindre avec ses lames.

Quelqu'un vit ses armes et un cri d'alarme s'éleva. Les gens s'écartèrent en hâte de son chemin, juste assez longtemps pour qu'elle voie une chance de planter Coq.

Elle s'en saisit sans la moindre hésitation et les lames jumelles s'envolèrent de concert. Fusant tout droit elles atteignirent leur cible mouvante et l'embrochèrent contre le mur du fond, une dague enfoncée jusqu'à la garde dans chacun des minces biceps de l'humain.

Il hurla, ne trouvant plus ça drôle du tout maintenant que c'était lui qui avait affaire à la douleur. Mira poussa de côté quelques badauds ahuris pour le rejoindre, sa colère à son paroxysme. Elle avait déjà enfreint une loi ce soir-là dans ces lieux, mais en regardant l'allié des rebelles qui était à sa portée, elle fut tentée d'ajouter au délit le crime d'homicide.

Une main puissante s'abattit alors sur son épaule.

— Ne fais pas ça, Mira!

C'était Nathan. Lui et les autres guerriers se tenaient à présent derrière elle. La désapprobation se lisait sur leurs visages fermés.

Elle remarqua soudain que le niveau sonore avait considérablement baissé dans le club. Le combat illégal qui s'était déroulé dans la cage avait été interrompu et les spectateurs regardaient à présent celui qu'avait déclenché Mira. Le propriétaire humain de l'endroit et certains de ses lutteurs vampires arrivaient d'autres parties de la boîte et leur simple présence augurait des difficultés supplémentaires si les choses devaient se dégrader encore.

Et merde!

Mira savait que cette fois elle avait franchi la ligne blanche, mais sa rage ne s'était pas calmée et tout ce à quoi elle parvenait à penser était à venger Kellan. Et à en finir avec un salopard de rebelle cette nuit-là constituait un bon point de départ.

— Laisse tomber, dit Nathan de sa voix égale de soldat sans émotion, celle qu'elle l'avait entendu utiliser des milliers de fois auparavant, même au cœur des combats. Ce n'est pas comme ça que tu as été formée, tu le sais.

Elle le savait et pourtant ça ne l'empêcha pas de se dégager et de plonger sur Coq, qui se mit à hurler de sa voix de crécelle, se tortillant contre le mur sur lequel il était épinglé. Mais Nathan la bloqua en se déplaçant si vite qu'elle n'avait pas pu le voir pour se positionner entre elle et l'humain.

— Tire-toi de mon chemin, Nathan. Tu sais avec qui traîne cette ordure, avec ces chiens de rebelles. Et pour moi ça en fait un de lui aussi.

— À l'aide ! cria Coq. Appelez les flics ! Je suis innocent !

Mira secoua la tête et rencontra le regard désapprobateur de son ami d'enfance.

— Il ment. Il sait quelque chose, Nathan. Je le vois. Je le sens. Il sait qui est responsable de la mort de Kellan. Putain ! Je veux que quelqu'un paie pour ce qui lui est arrivé !

Nathan grogna un juron.

— Nom de Dieu, Mira ! (Son regard était intense mais tendre, rivé sur elle avec une pitié qu'elle ne lui avait jamais vue auparavant et qu'elle était furieuse de constater à présent.) La seule personne que tu fasses payer pour ce qui est arrivé à Kellan, c'est toi.

La vérité que contenaient ces mots la frappa comme une gifle. Elle absorba le choc en silence, groggy, regardant sans les voir les autres membres de son escouade et de celle de Nathan se déplacer autour d'eux.

— Ce n'est peut-être pas une bonne idée de traîner ici en bas, fit remarquer Webb à Mira et à Nathan comme aucun des deux ne sortait de leur lutte muette. Si on ne fait pas place nette rapidement, les choses pourraient tourner au vinaigre.

Balthazar jura en sourdine.

— Trop tard !

Une vingtaine de policiers de la Force d'intervention mixte urbaine de sécurité, vêtus de la tenue anti-émeute noire complète, s'engouffraient dans la salle souterraine. Et Mira ne put que regarder, et s'en prendre à elle-même, tandis que les représentants de la loi les entouraient, armes dirigées vers elle et ses équipiers.

Chapitre 2

Lucan Thorne aurait pu imaginer pas mal d'autres choses à faire à 1 heure du matin que de se retrouver assis à son bureau dans le quartier général de l'Ordre à Washington à passer en revue des paperasses et ses mails vidéo. En particulier d'aller retrouver sa Compagne de sang, Gabrielle, pour sentir la douceur et la chaleur de ses courbes sous lui dans leur lit.

D'ailleurs c'était un désir qui ne l'avait jamais quitté depuis qu'elle était sienne. Il avait passé à peine plus d'une vingtaine d'années avec cette femme et elle le possédait comme elle avait été la seule à le faire au cours de ses plus de neuf cents ans d'existence.

Son corps était bien d'accord avec son esprit et réagissait rien qu'à l'évocation de sa superbe compagne. Lucan laissa échapper un grognement sourd et se déplaça sur son siège pour accommoder son érection soudaine. Il griffait le papier de son stylo en signant feuille après feuille d'une pile apparemment sans fin de documents et d'accords émanant du Conseil global des nations, dont la plupart avaient trait au sommet mondial de la paix qui devait avoir lieu dans la capitale américaine moins d'une semaine plus tard.

Les réunions préalables au sommet qu'il avait eues avec les autres dirigeants du CGN, qui mêlaient à égalité les leaders humains et vampires du monde, avaient été tout sauf pacifiques. Mais au moins les passes d'armes et les tentatives de conciliation s'étaient-elles déroulées derrière des portes fermées. Les membres du Conseil semblaient comprendre qu'aucun d'entre eux ne trouverait son compte à porter à la connaissance du grand public son plan de carrière, son ego politique ou sa méfiance envers les autres, et c'était tout à leur honneur. L'objectif du sommet était désormais tout autant de donner des relations entre vampires et humains une image aussi lisse et encourageante que possible que d'obtenir un véritable accord entre les chefs d'État qui seraient au final chargés d'imposer cet avenir pacifié aux générations à venir.

Lucan ne pouvait guère qu'espérer que tout ça ne s'écroulerait pas autour de lui avant même d'avoir commencé.

Il griffonna sa signature sur un rapport de sécurité du CGN et l'ajouta à la pile des documents qu'il avait déjà parcourus et dont il avait approuvé de même la mise en œuvre. Alors qu'il tendait la main vers le suivant, sa tablette tinta pour lui indiquer l'arrivée d'un message vidéo haute habilitation. Il toucha le bouton de réception à l'écran et tapa le mot de passe requis pour l'activation du mail. Il provenait de l'un des membres clés du CGN, un humain âgé du nom de Charles Benson, qui était aussi l'un des conseillers les plus modérés, un allié dont Lucan aurait sacrément besoin lors des pourparlers visant à renforcer les relations entre les humains et la Lignée bien après que l'image fastueuse du sommet aurait été ternie par celle de la réalité quotidienne, autrement plus grise et plus banale.

Se disant que le message devait être important pour que Benson le contacte directement et de plus sous habilitation haute sécurité, Lucan posa son stylo et regarda la vidéo.

— Désolé de vous déranger avec ma requête chez vous, président Thorne. (Sur le message enregistré, le visage ridé du vieil homme exprimait l'inquiétude tandis qu'il se raclait la gorge.) J'ai une faveur à vous demander. Enfin… à demander à l'Ordre. Vous comprenez… c'est d'ordre personnel. (Devant la gêne manifeste de son correspondant, Lucan fronça les sourcils.) Il s'agit de mon neveu. Peut-être savez-vous que Jeremy doit recevoir un prix très important de la fondation de Reginald Crowe la veille du sommet.

Le froncement de sourcils de Lucan s'accentua. Il savait qui était le neveu génial de Benson, que les travaux de Jeremy Ackmeyer étaient reconnus dans le monde entier et que l'humain était considéré comme l'un des esprits les plus doués de tous les temps, une reconnaissance qui avait récemment valu au jeune scientifique l'attribution d'un prix financièrement important qui devait lui être remis personnellement par l'un des hommes les plus riches du monde.

— J'ai bien peur que Jeremy ne soit quelque peu… excentrique, continuait Benson. C'est le fils de ma sœur. Dès sa naissance, je lui ai dit de ne pas trop le couver. (Le conseiller avait eu un geste dédaigneux de sa main osseuse avant d'en venir enfin au fait.) Je suis gêné d'avoir à dire que Jeremy a pour l'instant refusé de se montrer au gala du sommet. C'est un garçon craintif, un introverti irrationnel, pour être parfaitement franc. Il refuse de voyager par peur de la mort. J'imagine que j'espérais vous convaincre de lui fournir une sorte d'escorte pour se rendre à Washington…

— Non, mais je rêve !

Lucan coupa le message d'une pression rageuse sur son écran et lâcha un juron à voix basse.

Depuis quand l'Ordre était-il devenu un service de voiturage et de sécurité pour savants reclus ?

Même si cela pouvait paraître de mauvaise politique, il s'apprêta à rétorquer au conseiller Benson que son neveu paranoïaque aurait à se débrouiller autrement. Mais, alors qu'il allait effleurer du doigt le bouton « Enregistrer », le bruit de voix s'élevant à l'extérieur attira son attention vers les grandes fenêtres de son bureau, dont les rideaux étaient tirés.

Des manifestants.

Lucan alla jusqu'à la fenêtre et ouvrit les rideaux. Apparemment, l'équipe de nuit venait de prendre son service. Il décompta quinze hommes et femmes – et même une petite fille qui criait en agitant une pancarte ! – debout sur le trottoir de l'autre côté des grandes grilles. Les pancartes portaient les mêmes slogans hostiles que ceux dont la Lignée se voyait abreuvée depuis à présent deux décennies : « Retourne d'où tu viens ! », « La Terre appartient à l'homme, pas aux monstres ! », « On ne peut pas faire la paix avec des prédateurs ! »

Depuis l'annonce de la tenue du sommet, il n'était pas rare du tout de voir des manifestations de dissidents tant humains que vampires devant l'immeuble du CGN près du Capitole ou du quartier général hautement sécurisé de l'Ordre. Mais cette nuit-là, affligé d'un mal de tête dû aux nombreuses heures passées sur les décisions du Conseil et que son indignation devant la demande ridicule de quelqu'un sur lequel il comptait politiquement n'avait pas arrangé, Lucan se trouva plus affecté à l'idée de ces agitateurs pleins de haine.

Au moins ne s'agissait-il que de pancartes et de cris, et pas des combats de rue et des actes de terreur qui s'étaient produits des deux côtés au cours des mois et des années qui avaient suivi la découverte de la Lignée par les humains. La guerre alors avait été inévitable, même si Lucan avait espéré l'empêcher. Il y avait eu trop de sang répandu, trop de peur et de suspicion. Alors que la Lignée avait vécu aux côtés de l'humanité en secret pendant des milliers d'années, il avait suffi, pour réduire à néant des siècles de précautions et de discrétion vingt ans auparavant, de l'acte unique d'un seul vampire, un vampire assoiffé de pouvoir qui avait libéré des dizaines de vampires accros au sang emprisonnés pour les lâcher sur une population humaine qui n'en pouvait mais.

Et c'était à l'Ordre qu'était revenue la tâche de stopper les Renégats qui se taillaient un chemin sanglant autour du globe. Mais Lucan et ses guerriers n'avaient pu agir assez rapidement pour infléchir la courbe de la violence qui s'était déclenchée dans le sillage des attaques. Des villes entières avaient été rasées, des gouvernements étaient tombés du fait de l'anarchie régnante et des soulèvements rebelles. Quant aux communautés civiles de la Lignée, elles avaient souffert de raids diurnes qui avaient laissé leurs Havrobscurs en ruine et leurs membres massacrés ou exposés aux rayons meurtriers du soleil.

Et puis, alors qu'il semblait que l'affrontement entre les humains et la Lignée ne pouvait empirer encore, une arme chimique de destruction massive avait été lâchée dans l'intérieur de la Russie, faisant de centaines de milliers d'hectares de nature un désert inhabitable. Ç'avait été un acte catastrophique, un acte dont ni les humains ni les vampires n'avaient encore admis être responsables.

Mais les choses auraient pu être pires encore. Il suffisait d'imaginer ce qui se serait passé si une arme de cette puissance avait été utilisée sur une grande cité.

Cela n'avait pas empêché que les conséquences de cet acte se fassent sentir partout dans le monde. Et c'est ce qui avait poussé Lucan à envoyer immédiatement l'Ordre détruire en force tous les arsenaux nucléaires et chimiques de la planète.

Même si ç'avait été la seule chose sensée à faire, il y avait des individus des deux races qui en voulaient à Lucan pour ce choix brutal. Certains craignaient qu'il n'hésite pas à se déclarer de nouveau seul juge du sort du monde si les luttes entre humanité et Lignée prenaient une nouvelle ampleur.

Et ils avaient bien raison !

Mais Lucan espérait qu'il n'aurait jamais besoin d'en arriver là.

On frappa un coup à la porte de son bureau, interruption bienvenue d'un train de pensées moroses.

— Entrez, lança-t-il, grognant presque.

Il laissa retomber le rideau et se détourna de la fenêtre.

Il s'attendait à voir Gideon, le guerrier qui était depuis longtemps le génie technologique responsable du centre d'opérations sophistiqué de l'Ordre et de son complexe. En effet, il l'avait chargé de le tenir au courant des mesures de sécurité mises en place dans le bâtiment qui allait accueillir le sommet de sorte qu'il puisse affecter les différentes unités de l'Ordre à la couverture de l'événement, qui devait se tenir sur plusieurs jours.

Mais ce n'était pas lui.

— Darion.

— Je te dérange dans ton travail, père ?

— Pas du tout.

Il fit signe à Darion de se joindre à lui.

La simple vue de son fils, ce grand jeune homme de dix-neuf ans aux cheveux un ton plus sombre que la chevelure auburn de sa mère, dont il avait hérité les yeux pleins de mélancolie, allégea Lucan du poids de ses soucis. De son père, Darion possédait le visage taillé à la serpe et la forte mâchoire. Mais c'était ce qu'il avait hérité de ses deux parents, à savoir une volonté de fer, qui était en général à l'origine des conflits entre père et fils. À part en ce qui concernait la couleur de ses cheveux et de ses yeux, ainsi que son aptitude extrasensorielle, Lucan se retrouvait en lui comme s'il avait été face à un miroir.

De fait, Darion ressemblait beaucoup trop à son père de bien des façons, un constat qui dérangeait Lucan bien plus qu'il n'était prêt à l'admettre. Mais alors que Lucan avait lutté contre sa tendance naturelle au leadership, Darion ne se posait pas ce genre de question. Il était bien souvent trop téméraire. Il n'avait peur de rien. Et ces qualités donnaient des sueurs froides à Lucan lorsqu'il imaginait son fils bientôt revêtu de la tenue de combat des guerriers de l'Ordre.

S'il ne tenait qu'à lui, ce moment tant redouté ne viendrait jamais.

Darion était vêtu d'une tenue décontractée, jean sombre et chemise noire aux manches retroussées déboutonnée au col.

— Encore des manifestants ce soir, fit-il remarquer en pénétrant dans le bureau avec un coup de menton vers les fenêtres, d'où provenait la rumeur des voix. On dirait que plus on approche de la date du sommet, plus ils sont nombreux.

Lucan grogna et acquiesça d'un petit hochement de tête.

— Ils ont beau bêler, ça reste un bruit de fond derrière des problèmes autrement plus importants, malheureusement.

— Dois-je en conclure que les réunions du jour ne se sont pas bien passées ?

— Ni mieux ni moins bien que celles qui se sont déroulées ces dernières semaines. (Lucan indiqua un siège devant son bureau, puis fit le tour de ce dernier pour s'y asseoir tandis que Darion prenait place.) Plus ça va, plus ce sommet vire à la caricature. Comment pourrions-nous espérer mettre un terme à la méfiance entre races lorsque les propres conseillers membres du CGN n'arrivent pas à se mettre d'accord sur les principes les plus élémentaires ?

— C'est à ce point-là ? demanda Darion, sa voix grave aussi sombre que les pensées de Lucan.

— Oui, répondit Lucan, et pire même. Les politiciens veulent utiliser le sommet comme une tribune électorale. Quant aux entreprises qui le sponsorisent, elles y voient le moyen de se faire de l'or en transformant l'événement en cirque médiatique et publicitaire. Et n'oublions pas les riches clowns comme Reginald Crowe qui font crouler toutes les estrades sous le poids de leurs donations en échange de leurs noms en lettres lumineuses sur tous les écrans de la planète. (Lucan lâcha un juron étouffé.) Ce sommet aurait dû être gardé à l'écart de toute exploitation commerciale. Au lieu de ça, c'est devenu une foutue plaisanterie. Trop de corruption et de favoritisme des deux côtés. Trop de gens, humains comme vampires, cherchant à se faire de l'argent ou à utiliser le sommet comme tremplin pour bâtir leurs empires personnels.

— Eh bien, tu n'as qu'à tout arrêter, répliqua Darion en fronçant les sourcils au-dessus d'un regard grave.

Il se pencha en avant et posa ses avant-bras musclés sur ses cuisses ouvertes.

— Tire le rideau sur tout ce bazar. Puis décide d'une nouvelle voie, une meilleure voie, une voie que tu seras seul à contrôler, et demande aux autres membres du CGN de s'aligner ou d'aller voir ailleurs.

En reconnaissant un autre lui-même, mais plus jeune, dans l'approche décisive et manichéenne de Darion, Lucan esquissa un sourire amusé.

— Ta solution est tentante, Dare, je ne te le cache pas. Mais ça fait plus de vingt ans que j'ai tapé du poing sur la table pour régler les relations humanité-Lignée. Recommencer à présent, à l'occasion d'une célébration aussi médiatisée de notre prétendu état de paix et de nos plans optimistes pour l'avenir ?

Il secoua la tête. Ce n'était pas la première fois qu'il réfléchissait à cette solution. C'était un guerrier, et il l'avait été la plus grande partie de sa longue vie. Il savait ce que ça faisait d'être armé, était habitué à voir le sang de ses ennemis couler à ses pieds. C'était un homme dur, pas vraiment fait pour la diplomatie que son nouveau rôle exigeait de lui, et dépourvu de la moindre tolérance à l'égard des fous imprudents et des opportunistes onctueux.

— Saborder le sommet, ce serait défaire le peu que nous sommes parvenus à achever jusqu'ici. Pire, il y a des deux côtés des gens qui seraient bien trop contents d'appeler ça un acte de trahison de la part du chef de l'Ordre. Et on risquerait même la guerre.

Lucan eut soudain l'impression de manquer d'espace et se leva pour faire les cent pas derrière son bureau.

— Je te le dis, Darion, j'ai de plus en plus peur que la vraie paix entre les hommes et les vampires ne soit assise sur un baril de poudre. Il suffirait d'une étincelle pour atomiser tout espoir d'un avenir commun pacifique.

Darion écoutait calmement en contemplant son père qui allait et venait devant lui. Lorsqu'il reprit la parole, ce fut d'une voix grave.

— Si quelqu'un doit allumer la mèche, qu'il s'agisse de rebelles ou d'autres mécontents, quel meilleur endroit pour provoquer une guerre qu'un sommet pour la paix ? Nous devons nous tenir prêts à une telle éventualité et à agir à la moindre menace.

Lucan jura entre ses dents et ses crocs émergents. Il s'était fait la même réflexion, bien sûr. Gideon et lui avaient pris toutes les précautions nécessaires pour s'assurer de la sécurité du sommet à tous les niveaux imaginables. Et s'il devait fouiller personnellement tous les dignitaires qui devaient pénétrer dans le bâtiment, eh bien... il le ferait.

Il jeta un regard à Darion, toujours surpris de la facilité avec laquelle il se confiait à son fils unique comme à un égal. Il respectait l'homme qu'était devenu Darion et ne cessait de s'émerveiller devant son acuité intellectuelle et la force de ses convictions. Pour lui, dont l'existence couvrait près de mille ans, le nourrisson braillard et sans défense semblait être devenu un homme du jour au lendemain.

Lucan avait espéré que Darion prendrait un jour place à ses côtés au CGN, et ce malgré les talents extraordinaires dont le jeune mâle avait fait preuve au cours de sa formation aux armes et au combat. Mais cet espoir s'amenuisait lorsqu'il rencontrait le regard intense de son fils. C'était le regard d'un guerrier, même s'il avait du mal à l'admettre. En tant que père, il aurait bien gardé son fils près de lui, en sécurité.

— Je peux aider, déclara Darion. Tu sais que je veux aider. Tu sais que je suis prêt.

Lucan se laissa retomber dans son siège et tendit la main vers la pile de documents qu'il devait encore signer.

— Ne souhaite pas la guerre, mon garçon. Tu es trop jeune pour te souvenir de l'enfer que recouvre ce mot.

— J'avais six ans à la pire époque du conflit. J'en ai assez entendu parler. Je l'ai étudié ici au complexe de l'Ordre et à l'université. Je t'ai écouté raconter des batailles et des luttes depuis tout petit. Je sais ce que veut dire la guerre et je sais ce que c'est qu'être un guerrier.

Lucan sentit son pouls s'emballer, plus toutefois sous l'effet de l'inquiétude que sous celui de la colère. Il signa d'un stylo rageur l'un des accords du CGN, puis attrapa la liasse de documents suivante.

— Lire des textes sur la guerre et en parler ne font pas de toi un guerrier. Ça ne te prépare pas à assister ou à participer à ce que les gens se font les uns les autres sous le prétexte de la guerre. Et, en tant que père, j'espère que tu n'auras jamais à connaître ces choses-là.

L'exaspération de Darion était tangible, une véritable force que Lucan ressentait par-dessus son bureau.

— Tu me vois toujours comme un enfant qui a besoin de ta protection.

Lucan posa son stylo.

— Ce n'est pas vrai, répondit-il d'un air grave.

Il souffrait de ce que ses conversations avec son fils se terminent toujours de la même façon, dans la même impasse.

Mâchoires serrées, Darion laissa échapper un grognement moqueur sans quitter son père du regard.

— Je m'entraîne sous la direction de Tegan depuis l'âge de douze ans, parce qu'il est – ce sont tes propres mots – l'un des meilleurs guerriers que tu aies jamais connus. Alors pourquoi m'envoyer me former auprès du meilleur, si tu n'as jamais eu l'intention de me donner une place au sein de l'Ordre ?

Lucan ne pouvait pas lui répondre que s'il avait choisi Tegan pour le former, c'était justement parce que de tous les guerriers à avoir jamais servi l'Ordre ce serait celui sous la direction duquel il avait le plus de chances de renoncer. Mais Darion n'avait pas renoncé. Non, loin de là, il avait excellé au-delà de toute attente.

— Tu as ta place ici.

Darion grogna.

— À donner des conseils tactiques et à planifier des opérations dont je ne ferais jamais partie sur le terrain ?

Il se laissa aller dans son siège, étendant ses longues jambes et posant un bras musclé couvert de dermoglyphes sur son dossier. Sa frustration se voyait clairement dans la couleur qui avait commencé à infuser dans les arabesques de ces marques propres à la Lignée.

— Pour une fois j'aimerais bien mettre ma formation réellement à l'épreuve, lors d'une vraie mission et pas uniquement d'une simulation logicielle ou d'un exercice gribouillé au tableau noir de la salle des cartes. Si seulement tu voulais bien m'en donner la chance, je pourrais être plus utile à l'Ordre.

– Ton rôle au sein de l'Ordre n'est pas moins important que n'importe quel autre. (Lucan reprit son stylo et, ayant retrouvé son calme, recommença à signer les documents qui encombraient son bureau.) Je suppose que tu n'es pas venu ici à cette heure pour relancer cette vieille dispute. Si c'est le cas, il faudra que ça attende.

— Non. Ce n'est pas la raison pour laquelle je suis venu. (Darion sortit son Smartphone et toucha l'écran de l'appareil.) Je voulais te poser une question à propos de quelque chose sur lequel je suis tombé dans les archives privées du quartier général aujourd'hui.

Lucan releva la tête à l'évocation de la salle du complexe qui abritait une collection grandissante de comptes-rendus sur l'histoire de la Lignée et de ses origines extraterrestres, des comptes-rendus que l'Ordre devait aux seuls efforts d'une femme extraordinaire.

— Tu as lu les journaux de Jenna ?

Le sourire de Darion était pincé.

— J'ai beaucoup de temps libre. Ce n'est pas comme si je le passais sur Facebook.

Lucan gloussa, content que leur conversation ne se termine par sur un désaccord flagrant au bout du compte.

— Dis-moi ce que tu as trouvé.

Il venait à peine de dire ça que Gideon apparut dans l'encadrement de la porte du bureau. Les cheveux blonds ébouriffés de ce dernier étaient encore plus en désordre que d'habitude, comme s'il s'était passé les mains dedans à de très nombreuses reprises, comme il le faisait souvent quand il se retrouvait face à un problème qu'il ne parvenait pas à résoudre en trois secondes chrono. Ou quand il devait jouer le porteur de mauvaises nouvelles.

À lire le regard des yeux bleus de Gideon par-dessus ses lunettes sans monture, Lucan comprit que rien de bon n'allait sortir de sa bouche.

— Des problèmes avec les plans de sécurité ? supputa-t-il à haute voix, se levant pour faire face à l'autre guerrier, qui pénétrait dans la pièce.

— Des problèmes à Boston dans la soirée.

Gideon fit un petit salut de la tête à Darion, puis regarda Lucan d'un air interrogateur pour savoir s'il pouvait parler de ces problèmes de l'Ordre devant le jeune mâle.

Lucan acquiesça du menton, fronçant les sourcils.

— Dis-moi ce qui s'est passé.

Lucan écouta Gideon lui donner un compte-rendu de l'incident au club, qui s'était terminé par l'arrestation de deux des équipes les plus décorées de l'Ordre par la FIMUS.

— Elle a attaqué un civil non armé à l'arme blanche sans qu'il y ait eu provocation et dans un établissement public, résuma Lucan.

— Mira ne mérite certes pas que je lui trouve des excuses, reprit Gideon, mais apparemment l'humain qu'elle a poursuivi dans le club est lié aux groupes rebelles du secteur.

— Non, elle ne mérite pas qu'on lui trouve des excuses, répliqua Lucan, dont le sang commençait à bouillir. Et tu sais aussi bien que moi qu'elle bande pour tout ce qui peut avoir un rapport même lointain avec les opérations rebelles. Mais ça ne lui donne absolument pas le droit d'enfreindre une demi-douzaine de lois et de désobéir à mes instructions.

Ni Gideon ni Darion n'osèrent rompre le silence qui venait de tomber sur la pièce tandis que Lucan considérait le sort à réserver à son capitaine femelle.

— Où est-elle maintenant ?

— Il n'y a pas eu de dépôt de plainte, ce qui fait que les deux équipes ont été relâchées juste après que les policiers de la FIMUS ont fait évacuer *La Notte*. Ils sont tous en train de poireauter chez Chase, au centre opérationnel de Boston.

Lucan grogna.

— Elle a de la chance que ce truc se soit passé là où il s'est passé. Le propriétaire de *La Notte* a probablement graissé généreusement la patte aux policiers de la FIMUS pour qu'ils oublient tout ça. Quant à l'humain que Mira a essayé de percer, qui sait pourquoi il a laissé pisser. Ça n'a d'ailleurs pas d'importance.

Gideon acquiesça.

— Que veux-tu que je fasse ?

— Dis à Chase que je veux qu'il renvoie l'équipe de Mira à Montréal sur-le-champ. Quant à elle, je la veux en vidéoconférence. Là, maintenant, tout de suite !

Chapitre 3

Mira lança un juron en même temps que sa lame. Il était tard, ou plutôt très tôt, à peine 3 heures, et après le savon mérité que lui avait personnellement passé Lucan Thorne, elle aurait probablement mieux fait d'aller se coucher que de s'entraîner toute seule dans la salle d'armes du centre opérationnel de Boston.

Mais c'était là qu'elle s'était dirigée dès la vidéoconférence terminée sur l'annonce par Lucan de sa décision de la mettre à l'écart du service actif sans délai. Cela faisait une heure qu'elle mettait son corps à l'épreuve, le malmenant jusqu'à épuisement dans l'objectif de purger le nœud de colère et de frustration qu'elle avait en elle.

Elle avait été formée à faire preuve de plus de discipline qu'elle n'en avait montré quelques heures auparavant en ville et, sans même tenir compte des manifestations de désapprobation du fondateur et chef de l'Ordre, elle était furieuse de s'être laissé guider par ses émotions comme ça. Et ce d'autant plus que ses actions avaient jeté l'opprobre sur son équipe comme sur celle de Nathan, ainsi que plus généralement sur l'Ordre, à un moment, comme le lui avait rappelé Lucan, où la Lignée et l'humanité n'avaient pourtant pas besoin d'événements risquant de faire capoter les efforts entamés à grand-peine pour consolider une paix fragile.

Il avait raison, bien sûr. Quelle qu'ait pu être l'ampleur de la souffrance qu'avait été pour elle la perte de Kellan, ou celle du mépris qu'elle portait à ceux qu'elle en jugeait responsables, c'était d'abord à l'Ordre qu'elle devait allégeance. En tant que guerrière, elle devait se montrer plus solide que ça, bordel ! Mais elle avait échoué.

Et à présent il lui faudrait en payer le prix.

D'un pas raidi par le remords et la colère qu'elle éprouvait contre elle-même, elle revint se positionner en tête de la ligne de tir. Coinçant les mèches éparses de ses cheveux blonds dans sa longue queue-de-cheval avant d'essuyer la sueur qui perlait sur son front et ajoutait à la brûlure des larmes accumulées dans ses yeux, elle se prépara pour une nouvelle série d'exercices éreintants. Se forçant impitoyablement à se concentrer, elle tira sa seconde dague de la paire de fourreaux attachée aux cuisses de son treillis noir, puis effectua une série rapide d'attaques et de contre-attaques sur un adversaire imaginaire. Le souffle court, la sueur coulant le long des tempes et entre les seins, elle s'obligea à un nouveau combat simulé, puis à un autre encore.

Elle continua jusqu'à se retrouver pantelante d'épuisement, muscles brûlants, son débardeur blanc trempé collé à la peau. Alors, dans un dernier sursaut de puissance, elle pivota et s'accroupit en position de combat pour lancer son arme avec toute l'agilité dont elle était capable. La lame fila le long d'une trajectoire parfaitement rectiligne, éclair de métal brillant, pour aller frapper en plein milieu de la cible à l'autre bout de la ligne de tir.

— Impeccable ! (Venant de derrière elle, la voix de Nathan la prit par surprise.) Comme toujours, ton travail à la lame est impressionnant.

Mira ne l'avait même pas entendu entrer dans la salle d'armes, ce qu'elle attribua à la fois à sa concentration profonde et à la furtivité crispante de son ami. Mais bon, le silence de Nathan n'avait rien de choquant. En tant que membre de la Lignée, il se déplaçait plus rapidement que n'importe qui n'appartenant pas à sa race sans qu'on puisse même le voir bouger. Mais, chez lui, cette aptitude avait été élevée au rang d'art.

Il avait été conçu et élevé dans le laboratoire d'un fou, créé uniquement pour donner la mort, jusqu'au jour où il avait été récupéré par sa mère naturelle et adopté par l'Ordre alors qu'il n'était qu'adolescent. Mira était encore enfant quand elle l'avait connu et elle l'aimait et lui faisait confiance comme s'il avait été son propre frère. Cela ne l'empêcha pas de lui cacher son visage, essuyant sa sueur et les larmes brûlantes qui coulaient à présent sur ses joues sans se retourner.

— Ne me regarde pas, Nathan !

Ce n'était pas à cause de ses larmes qu'elle lui demandait ça, mais pour une raison bien plus importante. Elle eut un geste pour montrer le boîtier qui contenait ses lentilles de contact faites sur mesure.

— Mes yeux. Ils sont à découvert. Je pensais être seule ici, alors je ne les ai pas protégés pendant mon entraînement.

Comme toutes les Compagnes de sang et les enfants de la Lignée qu'elles mettaient au monde, Mira possédait un don extrasensoriel qui lui était propre. Plus puissant que beaucoup d'autres, le sien consistait en l'aptitude à montrer à celui qui la regardait dans les yeux un aperçu de sa destinée dans le reflet de ses iris. Ces visions étaient bien souvent malvenues, voire horribles. Elle était incapable de contrôler ce que les gens voyaient, pas plus qu'elle ne pouvait connaître elle-même les détails de la vision. En outre, à chaque utilisation de ce don, elle perdait un peu plus la vue.

Petite fille, elle avait porté un voile sur le haut du visage pour protéger ses yeux et faire taire ce don de voyance. Mais après que ses parents adoptifs, Nikolaï et Renata, l'eurent ramenée avec eux au complexe de l'Ordre, Mira avait reçu des lentilles de contact spéciales comme celles qu'elle portait encore.

Elle sentit l'air s'agiter légèrement derrière elle, puis le boîtier plastique lisse posé dans sa paume.

— Pourquoi ne m'avoir pas laissé faire face à Lucan avec toi ce soir ? Tu n'avais pas besoin de recevoir seule son appel. Je me serais porté garant pour toi, j'aurais pris à mon compte une partie de la responsabilité de ce qui s'était passé.

— Je ne t'aurais jamais permis ni demandé de faire ça, répliqua-t-elle, rejetant directement cette idée tandis qu'elle mettait les lentilles de contact violettes sur ses yeux.

Il n'aurait pas été question pour elle de laisser Nathan ni n'importe quel autre membre de leurs deux équipes puni injustement pour ses propres actions. Le seul qu'elle aurait voulu voir souffrir était le sympathisant rebelle qu'elle avait laissé lui glisser entre les doigts plus tôt dans la soirée.

— A-t-on des nouvelles de Coq ? J'imagine que le détachement de la FIMUS l'a déjà relâché dans la nature.

Lorsqu'elle pivota pour faire face à Nathan, il se contenta d'un vague hochement de tête.

— Il n'avait commis aucun crime et n'était pas non plus recherché. Il n'y avait donc aucune raison de le maintenir en détention et il était par conséquent libre de s'en aller.

— Putain ! murmura-t-elle, ignorant le regard inquisiteur que lui lançait Nathan. Qui sait combien de temps va s'écouler avant que ce salopard refasse surface ?

Sans attendre sa réponse, elle s'éloigna de son ami pour aller récupérer ses lames à l'autre bout de la ligne de tir. Lorsqu'elle revint, il l'observait à sa manière calme et détachée, l'étudiant comme s'il s'était agi d'un plan stratégique ou d'une énigme à résoudre.

— J'ai entendu dire que ça s'était mal passé pour toi avec Lucan.

Elle acquiesça d'un haussement d'épaules.

— Il avait le droit d'être en colère contre moi. J'ai agi sans discernement et c'est inacceptable. J'aurais dû être plus prudente. Si j'avais voulu m'occuper de cette ordure, j'aurais dû le faire sans personne autour. La prochaine fois, je saurai que je dois être plus discrète.

— La prochaine fois ! (Nathan jura à voix basse.) Tu as été relevée de tes fonctions jusqu'à nouvel ordre, Mira. Il ne peut pas y avoir de prochaine fois, ou alors tu dois t'attendre à te retrouver exclue des équipes de façon permanente. Et personne ne veut ça. Je sais que ce n'est pas ce que tu veux non plus.

— Non, rétorqua-t-elle. Ce que je veux, c'est me venger.

— Et c'est pour ça que tu fonces dans chaque combat la tête pleine de fureur, tirant de tous côtés sans te préoccuper des conséquences.

À tout autre moment, elle aurait pu prendre ça comme un compliment pour sa bravoure, mais elle ne pouvait nier la condamnation qui se lisait sur le visage de son ami. Il l'observa un long moment en silence.

— Un guerrier conduit par de telles motivations égoïstes n'est plus un guerrier apte à conduire les autres au combat. Ni peut-être même à combattre lui-même.

C'était en gros ce que Lucan lui avait dit un peu plus tôt. S'être attiré la désapprobation du fondateur et chef de l'Ordre était déjà dur à avaler. Mais décevoir Nathan et les autres guerriers qui servaient à leurs côtés était beaucoup plus difficile à supporter.

— Je suis désolée, dit-elle avec une conviction totale. J'aimerais pouvoir l'oublier, Nathan, mais je ne peux pas.

— Tu l'aimes encore.

Ce n'était pas une question, et il n'était pas possible pour elle de le nier. Nathan, comme tous les autres membres de l'Ordre et leurs compagnes, était parfaitement conscient du lien qui s'était formé entre Kellan et elle au cours des années. Ce qui avait commencé pour elle comme le béguin d'une gamine pour un adolescent blessé et renfermé sur lui-même s'était transformé en quelque chose de beaucoup plus profond quand elle avait mûri et vu Kellan devenir un soldat courageux et un homme bon et à l'honneur inébranlable.

Mira avait aimé Kellan depuis l'âge de huit ans. Il était devenu peu à peu son meilleur ami, puis son partenaire préféré lorsqu'elle avait commencé sa formation pour devenir une guerrière. C'est lui qui lui avait donné son premier baiser quand elle avait eu quinze ans. Et c'était avec lui que s'était éveillé son désir, lorsque l'entraînement et les rires avaient cédé la place aux regards brûlants et aux caresses qui laissaient son corps vierge tremblant et affamé.

Kellan avait été le seul pour elle. Combien de fois n'avait-elle pas imaginé leur vie ensemble, rêvé de leur avenir, d'une éternité partagée comme partenaires liés par le sang ?

Mais il y avait une partie de lui-même qu'il ne lui avait jamais livrée. Elle n'avait jamais compris pourquoi. Et puis ils avaient partagé une nuit incroyable ensemble, une nuit où, enfin, elle l'avait eu tout entier à elle, pour le perdre pour toujours quelques heures plus tard à peine dans l'explosion où il avait trouvé la mort.

— Je ne peux pas l'oublier, Nathan. Et je ne peux pas pardonner à ceux qui nous l'ont arraché. Comment fais-tu, toi ? Après tout, Kellan était aussi ton ami.

— Le meilleur que j'aurai jamais.

Nathan et Kellan avaient été aussi proches que des frères. Plus proches peut-être, car ils étaient allés au combat ensemble un nombre de fois incalculable comme membres de la même escouade de l'Ordre. Ils avaient ensemble fait face à la mort sans flancher, et l'avaient donnée sans pitié quand le devoir les y avait contraints. Mira lisait la douleur de la perte de son frère d'armes dans les yeux bleu-vert de Nathan, même si son beau visage gardait son expression stoïque de soldat.

— Il me manque à moi aussi, Mira. J'ai du mal à supporter son absence. Mais il n'est plus là. Il est mort. Jeter ton avenir aux orties ne le fera pas revenir.

Si seulement ! Pendant un bref instant de désespoir, elle se demanda ce qu'elle serait prête à sacrifier pour faire revivre Kellan. Cela faisait presque dix ans qu'elle était sans lui, et elle souffrait encore de ne pas pouvoir le voir, de ne pas pouvoir le toucher. C'en était pathétique. Mais il y avait en elle quelque chose de buté qui s'accrochait toujours à l'espoir que c'était simplement une erreur affreuse du ciel, une erreur qui serait bientôt corrigée, et que tout rentrerait dans l'ordre.

Pathétique ! C'était bien le mot.

— Quand repars-tu pour Montréal ? demanda Nathan, l'arrachant à ses sombres pensées pour la ramener vers une réalité qui n'était pas beaucoup plus gaie.

— Je ne rentre pas. Pas pour l'instant, en tout cas. (Elle lui jeta un regard empreint de tristesse.) J'ai été convoquée à Washington où je dois me présenter en personne devant un conseil constitué par Lucan et les autres commandants de l'Ordre. Et je suis sûre qu'on m'y demandera de renoncer à ma fonction de capitaine. C'est Webb qui me remplace. C'est ce qu'a décidé Lucan. Il a déjà renvoyé l'équipe à sa base sans moi.

Elle suivait distraitement du pouce les inscriptions portées sur l'une de ses dagues faites main, un cadeau de Nikolaï et de Renata. Les lames avaient été conçues sur le même modèle que celles que Renata maniait avec tant d'adresse, mais cette paire avait été dessinée spécialement pour Mira, qui l'avait reçue le jour de sa promotion au grade de capitaine.

Les gardes de ces deux dagues avaient été gravées de chaque côté par le même artisan et elles portaient les mêmes mots que ceux qui figuraient sur les quatre dagues de Renata : « Courage », « Foi », « Sacrifice », « Honneur ».

Elle ne s'était jamais sentie aussi indigne de les tenir en main.

Nathan l'observait en silence, et même s'il lui avait épargné son avis sur la question, elle savait qu'il comprenait comme elle ce que sa position vis-à-vis de l'Ordre avait au mieux de précaire. Elle se retrouvait exilée dans une espèce de no man's land, pas vraiment arrachée à ses racines mais malgré tout entre deux eaux.

– Y a-t-il déjà une date de fixée pour ton passage devant le conseil ?

Elle hocha la tête.

— Dans quatre jours, juste avant le sommet du CGN pour la paix. Mais ma rétrogradation prend effet aujourd'hui même. (Et histoire d'ajouter encore à la blessure de cette sanction, on lui avait donné une mission spéciale qui n'avait rien de spécial.) J'ai été affectée à un boulot de baby-sitting pour l'un des participants au sommet, qui doit recevoir un prix, une espèce de crâne d'œuf ermite du nom d'Ackroyd ou Ackerman, un truc comme ça.

— Ackmeyer, rectifia Nathan. Jeremy Ackmeyer. Cet humain est un génie de la science, Mira. Il est excentrique, mais brillant. Ackmeyer détient des brevets sur tout ou presque, des textiles à l'énergie solaire en passant par le génome végétal.

Elle confirma d'un vague haussement d'épaules.

— C'est bien lui. Génie ou non, apparemment il a peur de tout, y compris de son ombre. Il fait aussi partie de la famille de l'un des conseillers du CGN. Lucan dit que l'Ordre a été sollicité pour fournir à Ackmeyer une escorte personnelle depuis sa maison dans les Berkshires jusqu'au lieu du sommet et faire en sorte qu'il arrive en temps et en heure pour recevoir le prix hyper médiatisé que lui a décerné Crowe Enterprises.

Elle eut bien du mal à ne pas faire la grimace à l'idée de faire partie du cirque de Reginald Crowe, même si son rôle lui était imposé. Lucan ne lui avait certes pas présenté cette affectation comme une punition, mais Mira savait que c'était sa façon à lui de s'assurer qu'elle ne restait pas les bras ballants, de la charger d'un truc sans importance qui la garderait occupée loin des rues de la ville jusqu'à ce qu'il ait le temps de s'occuper d'elle personnellement et de décider de son sort au sein de l'Ordre.

Nathan réfléchit un long moment.

— Ça pourrait être pire. Tu n'as pas dû tomber bien bas dans l'estime de Lucan s'il est toujours prêt à te faire travailler en solo.

Elle laissa échapper un rire sans humour.

— On peut difficilement parler de mission, tu le sais comme moi. Et la seule raison pour laquelle je suis seule sur le coup, c'est parce que Ackmeyer insiste pour voyager de jour, ce qui disqualifie automatiquement 99,9 % des membres de l'Ordre, sauf ceux qui seraient prêts à prendre le risque de se faire réduire en cendres sur la route.

Ce n'était pas la seule exigence d'Ackmeyer quant à son voyage jusqu'au lieu du sommet. Il avait la phobie des transports en commun et des maladies transmissibles dans l'air, ce qui l'obligeait à voyager en voiture, une voiture toute neuve, bien sûr, dont l'intérieur aurait été préalablement aspiré complètement et récuré de fond en comble avec du désinfectant. Il ne voulait pas voyager plus de quatre heures par jour, et pourtant il refusait de loger dans un endroit public comme un hôtel. Ce qui signifiait que pour atteindre Washington, la durée du voyage, au lieu de onze heures, serait de plus de soixante heures, toutes passées à l'intérieur de la voiture.

Rien d'étonnant à ce que Lucan lui ait confié la sécurité d'Ackmeyer. N'importe lequel des guerriers qu'elle connaissait aurait probablement été amené à étrangler l'humain bizarre avant d'avoir atteint la limite sud du Massachusetts. Elle espérait bien ne pas être tentée de le faire elle-même. S'il lui restait encore une petite chance de sauver son statut au sein de l'Ordre, ramener un hôte d'honneur mort ne serait pas la meilleure manière de procéder.

Tout au fond d'elle-même, elle savait bien que si Lucan la bannissait de l'Ordre, elle continuerait à combattre. Elle aurait toujours le même désir de justice, de vengeance contre les rebelles qui avaient bouleversé son monde en en faisant disparaître Kellan. Elle ne savait pas jusqu'où elle irait pour ça, mais rien que d'y penser la terrifiait un peu. Sa haine était trop vive et l'avait trop meurtrie.

Ses lames lui paraissaient froides, leurs gardes ouvragées mordaient ses paumes. Elle les fit pivoter dans ses mains et les glissa dans leurs fourreaux sur ses cuisses.

— Quoi qu'il en soit, je pars d'ici quelques heures, puis ce sera Washington à la rencontre de mon destin, dit-elle à Nathan. Je devrais aller me coucher, essayer d'engranger quelques heures de sommeil avant d'y aller.

— Mira, appela-t-il alors qu'elle commençait à s'éloigner de lui.

Elle n'avait plus envie de parler, ne voulait plus penser à ce qui l'attendait au bout de son voyage quatre jours plus tard, ni au-delà.

— Mira, attends !

Elle s'arrêta et pivota sur les talons, croisant le regard grave de son ami.

— Sois prudente, dit-il sans la lâcher des yeux. Tu es déjà sur le fil. Fais ça bien ! Tu es trop bonne pour abandonner maintenant. Ne donne pas à Lucan d'autre motif de se débarrasser de toi.

— Il n'y a aucune raison de s'inquiéter. (Elle eut un sourire ironique forcé et secoua doucement la tête, faisant seulement semblant de ne pas comprendre.) Après tout, c'est du baby-sitting, pas une mission. Il n'y a rien qui puisse mal se passer.

Chapitre 4

Le matin suivant, se conformant aux instructions très précises qu'elle avait reçues de Jeremy Ackmeyer lui-même, Mira arriva à la maison qu'il habitait dans la campagne de l'ouest du Massachusetts à précisément 9 heures. La maison était grande mais absolument minimaliste. Il n'y avait ni clôture, ni grille sophistiquée, ni garde pour protéger le génie reclus, mais seulement un bloc de béton blanc sur un seul niveau, avec des panneaux solaires sur le toit et des fenêtres protégées par des volets d'acier, qui se dressait sur un monticule au milieu d'un terrain nu de deux hectares de pelouse tondue au millimètre.

Même sans grille ni garde, pour Mira la maison ressemblait plus à une prison qu'à ce qu'on aurait pu appeler un foyer, même dans l'idée d'un type étrange comme Ackmeyer.

Le savant « germophobe » ne voulait pas qu'elle entre dans la maison, au risque de contaminer quelque chose, et avait stipulé qu'il la retrouverait dans le garage qui se situait dessous, où il la rejoindrait directement dans la voiture. Elle suivit donc le long chemin d'accès jusqu'au garage souterrain comme il le lui avait demandé et freina au niveau du boîtier d'accès électronique devant la porte fermée.

Mira fit descendre la fenêtre conducteur, ravie de laisser entrer l'air frais du matin. En effet, l'intérieur de la berline sentait encore très fort le désinfectant, suite à la stérilisation complète sur laquelle Ackmeyer avait insisté avant d'accepter l'idée de monter dans le véhicule. « Les fomites », avait-il lancé en guise d'explication comme si le mot même l'effrayait au plus haut point. Que ferait-il si elle décidait de lui lécher la joue dès qu'elle serait en sa présence ? Il aurait probablement une crise d'apoplexie. Et si sa cargaison restait dans les pommes pendant tout le voyage, celui-ci passerait probablement un peu plus vite.

Souriant à cette idée, Mira savoura deux longues inspirations de l'air piquant de la campagne. Ce petit parfum de liberté devrait lui suffire pour les quelques jours de tourments à venir. Appuyant sur le bouton d'arrivée sur le panneau d'accès, elle se pencha en avant pour réciter le mot de passe temporaire qu'Ackmeyer lui avait donné lorsqu'elle lui avait parlé plus tôt ce matin-là afin d'arranger son départ : « *Annus Mirabilis* ».

Ackmeyer avait-il choisi le mot de passe en latin pour le jeu de mots évident sur son nom ou pour quelque autre raison ? Elle avait bien failli le lui demander lorsqu'il le lui avait donné mais avait décidé d'attendre, se disant qu'elle aurait tout le temps de poser la question pendant le voyage. Et Dieu savait qu'elle aurait besoin d'un certain nombre de sujets de conversation pour les longues heures qu'ils allaient bientôt passer ensemble sur la route pour rejoindre Washington.

La porte du garage ne se levait pas.

Mira mit la tête à la fenêtre et réessaya le mot de passe.

Toujours rien.

— Allons bon ! murmura-t-elle en fronçant les sourcils à l'intention de la porte butée.

Obsessionnel comme il l'était, il n'avait donc pas remarqué que son système de sécurité ne fonctionnait pas ?

Elle fit une nouvelle tentative et, comme la porte du garage ne bougeait toujours pas, elle jeta un regard à travers le pare-brise à la maison qui en dominait l'accès. Certes, Ackmeyer lui avait spécifiquement enjoint de l'attendre dans le garage, lui interdisant, à elle comme à n'importe qui d'autre, de pénétrer chez lui quelles que soient les circonstances, mais il n'avait pas dit qu'elle ne pouvait pas monter jusqu'à la maison pour lui dire qu'elle était arrivée.

Mira sortit de la voiture et grimpa le monticule avant d'en faire le tour pour se retrouver devant la maison.

— Monsieur Ackmeyer ? appela-t-elle, allant jusqu'à l'une des fenêtres occultées pour essayer de regarder à l'intérieur à travers les persiennes d'acier. Jeremy, êtes-vous là ?

Son instinct de guerrière, se manifestant par un picotement dans la nuque, l'avertit soudain que quelque chose ne collait pas. Cela dit, lorsqu'elle lui avait parlé quelques heures auparavant pour se mettre d'accord avec lui, Ackmeyer n'avait pas semblé franchement partant pour faire ce voyage. Il avait insisté sur le fait qu'il ne menait pas ses travaux à bien pour recevoir des prix ou des accolades, une attitude qui avait forcé le respect de Mira pour cet homme en dépit de son agaçante excentricité. S'il devait assister au gala qui allait se tenir à Washington, c'était par obligation envers le statut social et politique de sa famille et du fait des pressions exercées par Reginald Crowe lui-même.

Mais ce n'était pas à elle de se soucier de tout ça. Elle avait un job à faire, et ce job était d'amener Jeremy Ackmeyer au sommet sain et sauf comme on l'attendait d'elle.

Mais il y avait quelque chose qui n'allait pas.

Quelque chose qui n'allait pas du tout.

Ce qui la frappa le plus fut le calme de l'endroit. Un calme parfait et pas naturel.

Et puis soudain, un bruit de chute.

Ça venait de quelque part dans la maison.

Y avait-il un cambriolage en cours en plein jour ?

Mira sentit sa lame dans sa main avant même de s'être aperçue qu'elle l'avait tirée hors de son fourreau. Elle était partagée entre le besoin de savoir qu'Ackmeyer était là à l'intérieur, et qu'il allait bien, et l'obligation d'obéir aux instructions reçues.

— Jeremy ? Si vous êtes là, faites en sorte que je vous voie.

Un bruit sourd lui répondit, suivi d'un bruit de bottes se précipitant dans un escalier. Combien ? Elle n'aurait su le dire. Il y eut un murmure de voix chuchotées, suivi par un cri de douleur étouffé interrompu bien trop brusquement au goût de Mira.

Nom de Dieu !

Elle referma les doigts sur la garde de sa dague en se faufilant le long de la maison, estimant la situation pour décider de la meilleure tactique à adopter seule face un nombre d'adversaires inconnu.

Mira excellait au couteau et au combat à mains nues, mais à présent elle aurait bien aimé n'avoir pas tenu compte de la détestation d'Ackmeyer pour les armes et toute forme de violence. Certes, elle avait gardé ses dagues dissimulées sur elle, mais pour éviter de le contrarier, elle avait caché son pistolet dans la boîte à gants de la voiture. *Et merde!* Elle dévala le monticule et ouvrit la portière passager du véhicule.

Elle venait à peine de sortir le gros 9 mm de son holster et d'en dégager la sécurité quand la porte du garage se leva et qu'une camionnette de livraison noire sans enseigne en sortit, la dépassant à toute vitesse après avoir manqué de peu de la renverser.

Pneus crissant, le véhicule se précipita en rugissant sur le chemin d'accès. Mira s'accroupit et ouvrit le feu dessus.

Elle toucha l'un des pneus arrière et continua à tirer alors que la camionnette se mettait à osciller dangereusement, ralentie par le dommage subi. Elle tira jusqu'à épuisement du chargeur, puis plongea dans sa voiture par la portière passager encore ouverte et se glissa derrière le volant. Passant la marche arrière, elle appuya sur l'accélérateur pour faire un tête-à-queue.

Les yeux rivés à la camionnette devant elle, elle passa la marche avant et mit toute la gomme. Plutôt que de l'éperonner par-derrière et de risquer ainsi de déséquilibrer son propre véhicule, Mira vint se placer le long de la camionnette et utilisa sa voiture pour coincer sa proie, la forçant à quitter le chemin d'accès pavé et à rejoindre la pelouse, où il lui serait plus difficile de rouler à cause du pneu éclaté. Contrainte et forcée, la camionnette commença à ralentir. Cahotant sur le terrain accidenté, elle partit sur la droite, Mira ne la lâchant pas d'une semelle.

Elle s'attendait à recevoir une grêle de plomb de la part de ses occupants, mais la conductrice, une jeune femme aux longs cheveux noirs, et l'homme blond au regard dur à côté d'elle semblaient préférer lui échapper plutôt que de la tuer. Cependant, l'homme était agité et criait des ordres à la conductrice. Elle gardait son calme, manœuvrant comme si elle pensait pouvoir échapper au piège tendu par Mira au bout du compte, mais son partenaire n'avait pas la même patience. Il plongea et s'empara du volant, glissant sur la banquette pour prendre la place de la conductrice en la poussant de côté.

Il fit une sérieuse embardée, puis braqua à gauche pour venir se frotter au côté de la berline de Mira, qui mit de nouveau pied au plancher, les bras vibrants de l'effort qu'elle devait faire pour maintenir le volant contre la force opposée de la camionnette. Lorsque le conducteur de cette dernière freina brusquement, Mira se rendit compte de son erreur. Il était trop tard pour s'arrêter à son tour et elle se retrouva devant la camionnette.

Moins d'une seconde plus tard, celle-ci lui rentra dedans par-derrière.

Le choc se fit du côté droit du coffre. Le corps de Mira fusa de côté sous l'impact, et elle vint percuter de l'épaule et de la tête la portière et la fenêtre conducteur. Elle vit trente-six chandelles, puis sentit la chaleur humide de son sang qui lui coulait sur le crâne et sur le côté gauche du visage.

Un brouillard envahissait rapidement sa vision alors que la berline se mettait à tourner sur elle-même. Puis tout ralentit… avant de s'arrêter complètement.

À présent, Mira entendait des voix qui s'approchaient.

Elle ne savait pas combien de personnes il y avait là et fut même incapable de se souvenir d'où elles venaient, jusqu'à ce qu'elle lève la tête et aperçoive la camionnette noire. Tous ses sens semblaient étouffés par du coton, sa vision comme son audition confuses. Elle tenta de bouger, mais ses membres refusèrent d'obéir.

— Allons, Brady. Nous n'avons pas de temps à perdre. (C'était une voix d'homme, sèche et inquiète.) Il faut qu'on y aille !

— Tu connais comme moi les instructions qu'a données Bowman pour ce boulot. (C'était une femme qui répondait.) Pas de victimes, Vince. Récupérer la cible et filer. C'était ça le plan.

— Et nous avons Ackmeyer, alors mission accomplie. Maintenant foutons le camp, putain !

— Je n'irai nulle part tant que je ne serai pas sûre qu'elle va bien.

Quelqu'un se précipitait à grandes enjambées vers Mira, affalée dans la voiture. La portière conducteur s'ouvrit en grinçant.

— Seigneur ! Oh, putain… Va chercher Doc. J'ai besoin de lui ici tout de suite.

— Elle est en train de mourir ?

— Tu ferais mieux de prier pour qu'elle ne le soit pas. Maintenant, va chercher Doc !

À travers l'épais brouillard qui bloquait ses sensations, Mira perçut le mouvement de l'air quand l'homme s'approcha. Puis elle entendit son petit cri de surprise alors qu'il se penchait par-dessus sa camarade pour mieux voir.

— Nom de Dieu ! Cette salope appartient à l'Or…

— Je sais ce qu'elle est, répondit sèchement la femme. Retourne à la camionnette et ramène Doc. Et dit à Chaz de s'activer pour changer ce pneu éclaté. J'appelle la base. Il faut bien que quelqu'un dise au patron que nous venons de foirer ce truc dans les grandes largeurs.

Elle ne sembla pas voir les doigts de Mira se plier légèrement et ne remarqua pas qu'en se relâchant sa main tombait sur la garde de la dague qui reposait au sol à côté du siège de devant sur lequel elle était affalée.

Mira se concentra sur la garde de métal froid tandis que l'homme filait obéir à l'ordre qu'il venait de recevoir et que la femme se détournait pour contacter leur chef.

— Ils devraient déjà être là, grogna Bowman, en fonçant dans le couloir de son repaire.

Cela faisait près de trois heures que l'appel leur était parvenu depuis le lieu de l'opération qui avait foiré.

La petite jeune femme responsable des communications dans le camp de base rebelle situé au sud de Boston faisait tout son possible pour rester à la hauteur de l'homme dans la pénombre du bunker. Elle remit en place une boucle de ses cheveux courts teints en bleu derrière son oreille, qui était ornée d'une dizaine de petits anneaux de métal.

— J'ai essayé de les joindre pour qu'ils nous tiennent au courant de la situation, mais pour l'instant sans succès.

— Quand as-tu essayé pour la dernière fois, Nina ?

— Il y a cinq minutes.

Le juron de Bowman se répercuta sur les parois de granit humides. Il se passa une main sur la mâchoire et le bouc taillé qui obscurcissait son menton.

— Essaie encore. Maintenant.

— Entendu.

Elle avait déjà activé son appareil de communication et prononçait la commande vocale qui allait la connecter à l'équipe sur le terrain. Mais quelques secondes plus tard elle secoua gravement la tête, ses grands yeux marron pleins d'inquiétude.

— Toujours rien.

— Et merde !

Il y avait quelque chose qui n'allait pas, quelque chose de pire que la complication qui s'était présentée chez Ackmeyer quelques heures auparavant.

Bowman n'avait pas l'intention de rester assis là à ne rien faire d'autre qu'imaginer le pire et attendre. Cette inactivité lui avait pesé dès le moment où il avait lancé cette mission. À présent elle le dévorait.

Ses rangers rendant un son creux sur le sol bétonné du fort abandonné, il tourna un coin pour s'enfoncer plus avant dans le bunker, vers un tunnel qui menait à la batterie qui servait de garage à la base rebelle.

— Je suis sûre qu'ils seront là d'une minute à l'autre, dit Nina, trottant toujours pour rester à sa hauteur. Je suis certaine qu'ils ont tout sous contrôle maintenant.

Bowman grogna. Si seulement il suffisait de rester là assis à attendre, alors qu'il savait combien les choses avaient merdé là-bas.

— Que vas-tu faire ? Tu n'as quand même pas l'intention de partir à leur recherche…

Continuant d'avancer sans ralentir, il ne répondit rien.

Bordel ! Il n'aurait jamais dû lancer cette mission. Il avait eu un mauvais pressentiment dès le départ, mais après avoir attendu des mois la possibilité d'intervenir sur Ackmeyer, il n'avait pas voulu prendre le risque de rater cette opportunité simplement parce que l'enlèvement devait se faire de jour dans des conditions qui n'avaient rien d'idéales.

Toujours courant le long du couloir avec sur les talons Nina, qui essayait frénétiquement de joindre Brady, Doc et les autres, il se fit la réflexion que « rien d'idéales » risquait bien d'être l'euphémisme du siècle.

Combien de temps leur avait-il fallu pour mettre au point leur plan d'approche d'Ackmeyer ? Près de trois mois d'espionnage méticuleux, de questions discrètes posées à des personnes soigneusement choisies, d'attente du moment parfait pour frapper. Il aurait peut-être fallu des mois supplémentaires pour mettre toutes les pièces nécessaires en place. Ç'aurait été trop long, et toute hésitation se serait avérée catastrophique si elle avait permis à Ackmeyer de poursuivre ses travaux. Et ç'aurait été encore pire s'il avait décidé de tirer un bénéfice financier des résultats formidables de ces derniers.

C'était pour cette raison que Bowman s'était décidé à donner le feu vert à la mission ce matin-là, malgré les nombreux risques qu'elle comportait. Des renseignements de dernière minute lui étaient parvenus de la part d'un des contacts qu'il avait chez les rebelles de Boston. Ackmeyer devait faire une apparition publique quelques jours plus tard, dans le cadre du gala précédant l'ouverture du sommet pour la paix. Non seulement c'était exceptionnel de sa part, mais son hôte n'était nul autre que Reginald Crowe.

Il n'était plus question de tergiverser. Ackmeyer ne devait pas se retrouver sur cette estrade.

Bowman et tous les membres de son équipe de rebelles étaient immédiatement tombés d'accord là-dessus, et le plan d'enlèvement du scientifique reclus avait été lancé. Il avait confiance dans l'équipe qu'il avait envoyée. Ils étaient tous aptes et doués, blanchis sous le harnais. Il comptait sur eux et n'avait jamais douté de leur réussite, qu'il soit là ou pas pour les mener au combat.

Ils auraient réussi, il en était certain, s'il n'y avait pas eu cet obstacle imprévu.

Après avoir pris grand soin jusque-là d'éviter ce genre de problèmes, il venait de se retrouver en conflit direct avec l'Ordre. Il espérait seulement que son équipe, voire le reste du monde, ne finirait pas par payer le prix de son erreur.

Comme il approchait de la fin du tunnel qui menait à la batterie proche, Bowman accéléra le pas. À peine venait-il d'en déboucher qu'il entendit un bruit de voix distant lui parvenir dans l'obscurité.

— Ce sont eux ? demanda Nina, les sourcils froncés d'inquiétude.

Dans la seconde qui suivit, on entendit une femme hurler. Puis le cri furieux d'un homme.

Bowman n'eut qu'un regard rapide pour Nina avant de filer comme une fusée dans l'obscurité qui s'étendait devant eux. Un vrai chaos s'était déclenché. Il y eut un bruit de ferraille, ponctué par l'odeur violente du sang versé.

Il arriva près de la camionnette juste à temps pour voir Doc au sol avec une blessure provoquée par la dague qui était logée dans son abdomen. Vince, lui, était affalé à côté d'un Jeremy Ackmeyer attaché et inconscient, à l'arrière du véhicule. Le bras gauche du rebelle était serré par un garrot de fortune, visiblement posé en route. Il avait des ecchymoses sur le visage et ses vêtements étaient déchirés en plusieurs endroits. Quant à Brady et à Chaz, ils tentaient sans succès de venir à bout de la femelle encapuchonnée et partiellement attachée qui se débattait comme un beau diable.

Non, corrigea Bowman pour lui-même immédiatement, elle se battait comme une guerrière.

Et c'était ce qu'elle était, il le savait bien.

Pendant le bref instant qui sépara le moment où il était simplement le leader de ces soldats rebelles et celui où il se retrouva figé par l'admiration et le respect qu'il portait à une femme qu'il avait trahie il y avait si longtemps, Bowman ne pensa pas à regarder dans la direction de Vince.

En tout cas, pas avant qu'il soit trop tard.

Le visage déformé par la rage, Vince, qui s'était redressé et était sorti du véhicule à son tour, se lançait dans la bataille. Il avait quelque chose en main, l'un des injecteurs à pression de Doc. Il frappa la femelle avec, lui arrachant la capuche noire qui l'aveuglait pour lui enfoncer le pistolet doseur dans le cou. Il le déclencha et elle s'effondra sur place.

Le rugissement de Bowman fit trembler tout le fortin.

Instantanément, Vince se retrouva suspendu par le cou, le larynx presque écrasé par Bowman, qui le regardait avec une fureur meurtrière.

— Qu'est-ce que tu as fait ?

Les yeux lui sortant presque de la tête, Vince crachouillait et couinait, tentant de former des mots.

— Il fallait faire… Je devais… quelque chose. Nous a attaqués dans la camionnette… aurait pu tuer Doc à l'instant…

Bowman augmenta la pression de ses doigts, la chaleur de sa colère illuminant le visage de Vince d'une lueur d'ambre de plus en plus vive. Le sang versé aurait suffi, mais c'était une fureur pure qui faisait sortir les crocs qu'il découvrait en un rictus meurtrier.

Les yeux de Vince s'écarquillèrent encore plus et la peur déforma ses traits. Bowman perçut cette peur dans l'accélération du pouls de l'homme contre ses doigts. Il l'entendait dans les pensées de Vince, la percevait à travers le toucher qui lui permettait de s'enfoncer dans l'esprit de l'humain et de savoir si ses intentions étaient sincères.

La panique qui avait poussé Vince à attaquer la femme confinait désormais à une véritable terreur tandis qu'il levait les yeux vers Bowman en luttant pour remplir ses poumons d'air.

— Je... je t'en supplie..., lâcha-t-il. Ne me tue pas !

— Elle va bien, énonça Brady d'une voix forte et mesurée. C'était juste du tranquillisant. Tout ira bien à son réveil.

Bowman ne lâchait pas Vince du regard.

— Tu ne la touches pas ! Plus jamais ! Sinon, tu es mort. C'est clair ?

Le soldat rebelle hocha faiblement la tête.

— S'il te plaît... Lâche-moi...

Bowman le laissa tomber sur place. Puis il pivota et s'accroupit à côté de la guerrière allongée au sol à proximité. Elle n'était pas encore complètement endormie. Ses yeux roulaient derrière ses paupières, qu'elle ouvrait de loin en loin tandis qu'elle luttait contre le sédatif que Vince lui avait injecté dans les veines. Elle murmurait des paroles incohérentes, la voix de plus en plus faible.

Il remarqua du sang séché dans sa chevelure blonde, une croûte sur sa tempe gauche à l'endroit où une petite marque rouge courait à la naissance de ses cheveux. À la vue de cette petite larme tombant dans un croissant de lune, à laquelle s'ajoutait le parfum de lys de son sang, il sentit se serrer dans sa poitrine le nœud de regrets qui s'y était installé au moment où son équipe l'avait appelé depuis le terrain.

Qu'elle ait pu être blessée au cours de cette opération, avant même l'injection de tranquillisants qui avait laissé une ecchymose sur la peau délicate de son cou, le glaçait de fureur envers lui-même.

Le besoin de la toucher était presque insupportable.

Il aurait voulu lui offrir son réconfort, la serrer contre lui, l'assurer qu'elle était en sécurité.

Mais il ne pouvait rien faire de tout ça.

Il n'en avait pas le droit.

Plus le droit.

Il n'était plus cet homme. Pour cette bande de rebelles humains, il était, comme il l'avait été au cours des huit années écoulées, simplement Bowman. Il était leur chef, et il se trouvait qu'il était né vampire, et non *Homo sapiens* comme le reste d'entre eux.

Mais la jeune femme blessée et ensanglantée allongée devant lui à présent l'avait connu à une tout autre époque, à un tout autre endroit. Il était alors un individu différent, portant un nom qu'aucun de ses partisans rebelles ne reconnaîtrait.

— Kellan ?

Sa voix n'était guère plus qu'un murmure, à peine audible, même pour lui. Il sentit sa main effleurer la sienne, comme pour l'interroger. Malgré lui, il abaissa le regard vers elle. Elle avait les yeux plus qu'à demi fermés, paupières lourdes, et il était clair qu'elle ne parvenait pas à accommoder sa vision. L'instant d'après, le sommeil provoqué par le tranquillisant l'avait emportée, et ses doigts pendaient mollement tandis que sa tête roulait sur le côté.

Il ferma un instant les yeux, afin d'éloigner le passé et de revenir à la seule chose qui lui restait.

— Le spectacle est terminé. Maintenant, bougez-vous. Nous avons encore du travail à faire.

Chapitre 5

Elle ne s'était pas attendue à se réveiller.

En fait, elle ne s'était même pas attendue à être en vie. Pas après s'être battue avec ses ravisseurs pendant le transfert, plantant sa dague dans celui qui s'appelait Vince juste après qu'il l'avait poussée dans la camionnette chez Jeremy Ackmeyer. Ils auraient très bien pu la tuer à ce moment-là. Et elle n'aurait pas pu leur en vouloir s'ils en avaient fini avec elle au cours de la lutte qu'elle avait provoquée lorsqu'ils étaient arrivés à l'endroit où elle se trouvait à présent, quel qu'il fût.

Elle essaya d'ouvrir les yeux mais ne vit que l'obscurité. La pression qu'elle ressentait sur le visage lui indiqua qu'elle avait les yeux bandés. Des menottes lui mordaient les poignets, qui étaient attachés quelque part au-dessus de sa tête. Elle tira et les entendit frotter contre ce qu'elle devina être une tête de lit métallique. Ses chevilles aussi étaient liées, attachées au pied du lit.

Elle avait la bouche aussi sèche que si elle avait été pleine de coton, mais au moins ils ne l'avaient pas bâillonnée. De toute façon, à quoi cela lui aurait-il servi de crier ? Elle n'avait pas besoin de voir les murs de sa prison pour savoir qu'ils étaient faits d'un matériau épais et quasi impénétrable. À en croire l'odeur d'humidité et de moisi qui se dégageait de l'endroit, elle imaginait qu'il s'agissait de pierre et qu'il n'y avait probablement pas de fenêtre dans la pièce.

Elle sentait une vague odeur d'iode dans l'air humide et entendait le son sourd des vagues qui déferlaient sur la côte non loin de là. À part ça, tout n'était que silence.

Non, décidément, élever la voix dans ce lieu ne ferait qu'alerter ses geôliers.

Mira bougea sur le matelas peu épais et grimaça de douleur. Son cou lui faisait mal. Elle se souvint de la piqûre. Une piqûre à la suite de laquelle ses jambes s'étaient dérobées sous elle et son esprit s'était mis à battre la campagne. Elle comprenait à présent qu'il avait dû s'agir d'un tranquillisant.

Elle n'avait aucun mal à se souvenir du sentiment soudain et irrésistible qu'elle avait eu de flotter puis de tomber…

Et aussi… de mourir.

Elle avait même vu le visage d'un ange au cours de ses derniers moments de conscience. Le visage de Kellan, beau et hanté, ses yeux noisette si expressifs pleins de tristesse, comme s'il avait eu le cœur brisé.

Seigneur, ils avaient dû lui donner un truc sacrément puissant.

Il lui fallut faire un gros effort pour se débarrasser du pincement au cœur qui suivait toujours les moments où elle se souvenait de Kellan. Pour ce faire, elle se raccrocha à la réalité, une réalité qui, à ce moment précis, n'avait rien de très prometteur.

Elle tira de nouveau sur ses entraves, mais sans succès. Ensuite, elle secoua la tête verticalement sur l'oreiller, dans l'idée d'utiliser le frottement pour faire glisser le bandeau qu'elle avait sur les yeux. Elle ne parvint à le faire bouger que de quelques millimètres du côté droit, pas assez pour y voir quoi que ce soit.

Apparemment, le bruit qu'elle avait fait n'était pas passé inaperçu, car elle entendit soudain celui d'une grosse clé qu'on tournait dans une serrure. Et quelque part au-delà du pied du lit, une lourde porte grinça.

— Vous êtes réveillée.

C'était la femme aux longs cheveux noirs. Celle qu'ils appelaient Brady. Mira reconnut sa voix et son pas lorsqu'elle approcha du lit.

— Comment vous sentez-vous ?

— Comme si j'allais vomir, répondit Mira, la voix cassée. Mais bon, me trouver à proximité de salopards de rebelles a tendance à me faire cet effet. (Elle se racla la gorge.) Car c'est bien ce que vous êtes, n'est-ce pas ? Des rebelles. Des lâches qui complotez et rôdez dans l'ombre comme des rats, foutant un bordel que vous laissez aux autres le soin de nettoyer. Arrachant la vie à des gens qui vous valent cent fois.

La femme ne répondit pas à cette tirade venimeuse. Il y eut un léger bruit de mouvement près du lit à côté de la tête de Mira, puis celui d'un liquide qu'on versait dans un verre.

— Buvez ça, dit-elle à Mira. C'est de l'eau. Le sédatif qu'on vous a administré a dû vous déshydrater.

Lorsque le verre froid se trouva à proximité de ses lèvres, Mira détourna la tête.

— Je ne veux rien prendre de ce que vous me donnerez. Dites-moi ce que vous avez fait à Jeremy Ackmeyer.

La femme lâcha un petit soupir.

— Vous n'avez pas besoin de vous inquiéter pour lui. Son sort ne vous concerne pas.

— C'est moi qui décide de ce qui me concerne ou non.

Mira tenta de se lever, mais c'était impossible avec les liens qui mordaient ses poignets. Elle se laissa retomber en jurant.

— Où est-il ? Que voulez-vous de lui ?

La femme approcha de nouveau le verre d'eau de la bouche de Mira.

— Nous allons vous relâcher ce soir, saine et sauve, déclara-t-elle, sans tenir compte de ses questions.

— Me relâcher ? ricana Mira, refusant une seconde fois de boire. Et vous imaginez que je vais vous croire ? J'ai vu tous vos visages. Peut-être que je ne sais pas exactement où vous m'avez amenée, mais je sais que nous ne sommes pas loin de Boston. Tout près de la baie, si proche que j'entends l'eau. Je la sens dans l'air. Je dirais une espèce de bunker. Quelque chose de très vieux. Il ne faudra pas longtemps pour trouver où se situe cette cachette, et alors je reviendrai m'occuper de vous tous.

— Nous y avons pensé. (Aucune inquiétude dans cette réponse calme.) Nous prendrons nos précautions, bien entendu.

Des précautions, réfléchit en silence Mira. Comptaient-ils emmener Ackmeyer ailleurs ? Ou bien cela signifiait-il que les rebelles allaient déplacer leur base opérationnelle ce soir-là, s'éparpillant comme la vermine qu'ils étaient ?

Aussi loin qu'ils fuient, ils ne lui échapperaient pas, pas plus qu'à l'Ordre. Et s'ils s'imaginaient que lui avoir mis une capuche sur la tête lors du trajet jusqu'à cette base pour ensuite lui garder les yeux bandés allait protéger leurs identités ou l'emplacement de leur repaire, ils en seraient pour leurs frais. À moins qu'ils ne la lobotomisent, ce qui n'irait pas franchement avec le « saine et sauve » promis, Mira ne voyait pas comment ces humains pensaient pouvoir la relâcher et que les choses en restent là pour eux.

— Vous savez qui je suis, dit Mira, et ce n'était pas une question.

— Oui, répondit calmement la femme, je sais qui vous êtes.

— Alors vous devez savoir que je vous retrouverai, vous et le reste de vos petits copains criminels, et que je ne serai pas seule lorsque je le ferai.

Mira aurait bien voulu voir le visage de la rebelle et y lire la crainte qui devait forcément s'y peindre. Personne ne s'en prenait à l'Ordre sans une bonne dose d'appréhension ou de stupidité, et il était clair pour Mira que cette femme était loin d'être une imbécile.

— Il faut que vous disiez à vos amis que s'ils croient que je vais quitter cet endroit sans Ackmeyer, vous n'êtes pas au bout de vos peines.

— Ce n'est pas moi qui décide, répondit la femme. Maintenant, je vous en prie. Buvez.

Elle présenta une nouvelle fois le verre à Mira. Mais cette fois, au lieu de boire ou de se détourner, celle-ci plongea et vint mordre la base du pouce de la rebelle.

La femme hurla et fit un bond en arrière, laissant tomber le verre au sol. Il éclata en mille morceaux près du lit, avec un bruit qui fit l'effet d'un coup de cymbales dans le calme de la cellule aux murs épais.

Mira en profita pour essayer une nouvelle fois de se débarrasser de ses entraves. Elle rua sur le lit mais ne parvint qu'à libérer partiellement un de ses yeux du bandeau qui la maintenait jusque-là dans l'obscurité. Dans l'instant qui suivit la porte s'ouvrit et l'immense forme mâle d'un autre rebelle emplit son encadrement.

Ce type était grand et menaçant. Il émanait de lui une chaleur dangereuse qui impressionna Mira elle-même, qui pourtant n'apercevait qu'une partie du personnage par-dessus le bord supérieur du bandeau. Les épaules étaient larges, les cheveux brun-roux.

L'homme était aussi grand, musclé et puissant que n'importe lequel des guerriers de l'Ordre.

À cette pensée, elle sentit fuser en elle un sentiment de malaise, d'alarme intense.

Elle se souleva sur les coudes pour mieux voir, le regardant rejoindre la rebelle déjà présente dans la pièce pour lui entourer les épaules d'un bras protecteur.

— Candice, ça va ?

Contrairement aux autres hommes du groupe, il ne l'avait pas appelée Brady, mais il avait utilisé un prénom féminin, qu'il avait prononcé avec une inquiétude sincère, sa voix profonde et sourde emplie d'une véritable affection. Il avait la tête inclinée et l'essentiel du visage masqué par ses cheveux longs.

— Mais que s'est-il passé, bon Dieu ?

— Rien, je vais bien. Je suis désolée, Bowman. J'aurais dû mieux contrôler la situation.

L'homme eut quelques mots d'apaisement et caressa de sa grande main les cheveux noirs de sa camarade.

Mira, le souffle court, observait l'échange, tous ses sens focalisés sur le murmure profond de la voix du chef rebelle.

Quelque chose chez lui – non, en fait, tout chez lui – commençait à réveiller quelque chose de froid et d'ancien chez elle.

Tendant au maximum le cou, elle s'efforça de voir son visage et inclina la tête pour mieux entendre cette voix sombre et veloutée. Sa présence déclenchait en elle une attention de tout le corps. Elle sentit sa peau chauffer et se resserrer, et son cœur se mit à battre comme les ailes d'un oiseau en cage à l'intérieur de sa poitrine.

Son instinct reconnaissait cet homme. Son cœur le reconnaissait, même si son esprit rejetait cette analyse comme illogique.

Sa curiosité vira à l'angoisse quand l'homme se mit à bouger. S'écartant de l'autre femme, il se tourna vers le lit, se déplaçant bien trop souplement, avec bien trop de pouvoir musculaire pour un humain.

Et c'était parce qu'il n'était pas humain. Mira se sentit suffoquer en le voyant approcher du lit où elle était allongée.

— Impossible, murmura-t-elle. Non... Ça ne peut pas être vrai.

Mais c'était vrai, il était bien réel.

Ce n'était pas un ange, et pas un fantôme non plus, mais bien un être de chair et de sang, un être vivant.

C'était la réponse impossible à tant de ses espoirs et de ses prières.

— Kellan, murmura-t-elle.

Le choc fut si profond pour elle à cet instant qu'ils auraient très bien pu la détacher sans qu'elle constitue la moindre menace à leur égard. Et tandis qu'elle luttait pour accepter ce qu'elle voyait, un constat affreux se faisait jour en elle.

Si c'était bien lui, que faisait là Kellan après tout ce temps où on l'avait cru mort ? Comment pouvait-il connaître ces gens ? Qu'étaient-ils pour lui ?

— C'est bien toi ? demanda-t-elle, ne pouvant se passer d'une confirmation de ce que son esprit refusait encore de croire vraiment.

Sans répondre, sans croiser son regard inquisiteur, il baissa les yeux vers elle. Puis il écarta le bandeau qu'elle avait sur les siens et l'enleva doucement de derrière sa tête.

— Candice, murmura-t-il. Apporte-moi les lentilles de contact.

Bien sûr, pensa Mira. Kellan connaissait son don. Kellan savait tout d'elle. Il avait été son meilleur ami pendant le plus clair de son existence. La seule personne à l'avoir vraiment connue et vraiment comprise.

La femme aux cheveux noirs lui tendit une coupelle emplie d'un liquide clair, puis sortit discrètement de la pièce. D'un doigt, il attrapa l'une après l'autre chacune des lentilles violettes en suspension dans la coupelle pour venir les lui poser délicatement sur les yeux en lui maintenant doucement le menton de l'autre main. Mira put à peine respirer pendant toute l'opération.

Une fois les lentilles en place et son puissant don rendu inopérant, il leva enfin son regard noisette sur le sien. Oh, mon Dieu… c'était bien lui, aucun doute. Sous la crinière épaisse de ses cheveux brun-roux, ses yeux marron vert profondément enfoncés luisaient intensément. Ses joues paraissaient plus maigres, elles étaient rasées de près et un petit bouc faisait ressortir la puissance de sa mâchoire et donnait à son beau visage un aspect sombrement mystérieux. Quant à sa bouche, son expression était indéchiffrable.

Il ne lui offrit aucune parole de réconfort, pas plus que d'explications quant aux raisons pour lesquelles il se trouvait là, à vivre parmi des tueurs, des voleurs et des traîtres, autrement dit les ennemis mêmes contre lesquels il avait combattu lorsqu'il faisait partie de l'Ordre.

Troublée et confuse, Mira ne le quittait pas des yeux. D'un côté, elle se sentait exaltée et soulagée de voir Kellan si incontestablement vivant, de l'autre elle était abasourdie et abattue, comprenant que sa mort avait été une erreur, ou pire, un mensonge ; sans parler de la pire des trahisons à le voir au milieu de ces gens qu'il traitait comme ses amis, comme sa famille, alors qu'elle s'était retrouvée seule, à le pleurer.

— Tu es mort, parvint-elle finalement à articuler, j'étais là. Il y a huit ans de ça, presque jour pour jour, Kellan ! Je t'ai vu te précipiter dans cet entrepôt. Je l'ai vu exploser. Je porte encore des cicatrices dues aux débris qui sont tombés du ciel cette nuit-là. Et j'ai encore dans le nez l'odeur de la fumée et de la cendre de l'incendie.

Il la regardait dans un silence terrible.

— Il ne restait plus rien du bâtiment, poursuivit-elle. Rien de toi non plus, Kellan. Ou en tout cas c'est ce que tu m'as laissée croire tout ce temps. J'ai pleuré alors. Je pleure encore.

Il ne la quittait pas des yeux mais se taisait toujours. Pas de demande de pardon. Pas de protestation pour lui signifier qu'il s'était agi d'une erreur inévitable.

Elle aurait pu être tentée de le croire. Vu la façon dont son cœur se brisait, elle aurait été prête à accepter n'importe quel commencement d'explication. Mais il n'en offrait aucun.

Le silence de Kellan la tuait.

— Tu n'as rien à me dire ?

Il déglutit puis baissa les yeux.

— Je suis désolé, Mira.

Lorsque son regard retrouva celui de Mira, il était grave. Sincère autant qu'elle pouvait en juger, mais désespérément lointain.

— Tu es désolé. (À l'énoncé si minimaliste de cette réponse, elle sentit son cœur brisé s'effondrer complètement.) Désolé pour quoi au juste ?

— Pour tout, répondit-il. Et pour ce qu'il faut encore que je fasse.

Sur ce, il se leva, s'écarta du lit et d'elle.

— Candice, appela-t-il vers la porte ouverte. (Un bref instant plus tard elle était là, attendant ses ordres.) Assure-toi que Vince a bien fait le plein de la bête comme je le lui ai demandé. (Kellan fit une pause, lançant un bref regard de côté dans la direction de Mira.) Je partirai à la tombée de la nuit pour m'occuper des complications provoquées par son échec d'aujourd'hui.

Ainsi, c'est ce qu'elle était pour lui à présent. Rien.

Une simple complication.

Un accroc déplaisant dans ses plans.

Et elle repensa à quelque chose que Candice avait dit un peu plus tôt, après que Mira lui eut dit que c'était une folie de leur part de la relâcher ce soir-là en s'imaginant qu'elle ne reviendrait pas les chercher plus tard.

« Nous prendrons nos précautions. »

Mira n'imaginait pas alors que les rebelles avaient un membre de la Lignée de leur côté. À présent, elle comprenait. Et même si elle ne pensait pas que Kellan s'abaisserait à la tuer, il avait d'autres moyens de s'assurer qu'elle ne le retrouverait jamais.

La réalité de sa trahison s'infiltrait plus profondément en elle et la souffrance devenait difficile à supporter. Elle durcissait quelque chose en elle, dévorant l'amour qu'elle avait gardé pour lui si longtemps pour ne recracher que le chagrin.

En regardant Kellan à présent, ou plutôt l'homme qu'il était devenu, un homme qui venait juste de se déclarer son ennemi, la colère et la douleur que ressentait Mira transformaient les décombres de son cœur en petits diamants de mépris.

Parce qu'elle avait beau vouloir rejeter cette idée, Kellan Archer n'existait plus.

Et l'homme qui avait pris sa place non seulement était allié avec ces salopards de rebelles, mais les dirigeait.

Chapitre 6

Lucan et Gideon s'étant enfermés tous deux en réunion pendant l'essentiel de la journée, Darion Thorne avait passé les dernières heures à s'entraîner dans la salle d'armes du quartier général de l'Ordre à Washington. L'exercice lui avait fait du bien, mais ça restait une distraction temporaire, qui, comme d'habitude, n'avait pas suffi à éponger l'énergie nerveuse qui le parcourait.

Il savait avec une certitude absolue qu'il appartenait au clan des guerriers. Comment son père ne voyait-il pas qu'il gâchait un atout en le confinant au centre de commande alors qu'il était fait pour le terrain ? Et combien de temps Darion pourrait-il supporter d'avoir les mains liées avant de se débarrasser lui-même de ses chaînes pour partir au combat, avec ou sans l'approbation de son père ?

Cette question le taraudait toujours tandis qu'il était assis, penché sur un volume épais dans la bibliothèque d'archives de l'Ordre. Les cheveux toujours humides de la douche, il avait abandonné la tenue d'entraînement pour passer un tee-shirt et un jean sombres. Il avait remplacé ses lames et ses étoiles à lancer par un stylo, qu'il tapotait distraitement en rythme sur la longue table de bois s'étendant au centre de la grande pièce aux murs chargés d'ouvrage.

Certes, son corps réclamait de l'action, mais son esprit avait soif de connaissance. Et l'histoire contenue dans cette seule salle aurait suffi à l'occuper pendant des années.

Ce qui n'avait rien d'étonnant, dans la mesure où il avait fallu plus de vingt ans pour la recueillir. Cette bibliothèque contenait des informations portant sur des millénaires. Cela allait des origines extraterrestres des ancêtres de la Lignée, leur langage et leurs coutumes, leur descendance sur Terre, jusqu'à leur passé souvent violent d'êtres sauvages et puissants installés tout en haut de la chaîne alimentaire. Bref une somme de connaissances absolument époustouflante.

Et Jenna Tucker-Darrow, la source et la gestionnaire de ces archives, ajoutait sans cesse de nouveaux volumes.

— Si tu continues à passer autant de temps ici, je vais commencer à m'en faire pour mon job.

En entendant la voix de Jenna, Darion releva brusquement la tête. Souriante, elle pénétrait dans la pièce vêtue d'une petite robe noire et de talons hauts. Elle avait les cheveux coupés court, ce qui mettait en valeur ses pommettes hautes et ses grands yeux noisette. Elle s'était habillée pour un rendez-vous, sans aucun doute avec son compagnon guerrier, Brock, mais elle avait en main ce qui sembla à Darion un nouveau journal achevé.

— Je ne pense pas que tu aies à t'inquiéter pour ton boulot, répondit Darion. Tu es la seule à pouvoir le faire.

— Pas de bide possible pour l'androïde ! lança-t-elle avec un clin d'œil.

Rejoignant une bibliothèque située de l'autre côté de la salle, Jenna glissa le journal sur l'une de ses étagères, en choisissant soigneusement son emplacement. Il était difficile de la quitter des yeux, et pas seulement parce qu'elle était belle et que Darion était un homme, mais aussi parce qu'elle était remarquable pour une tout autre raison.

Sa petite robe noire toute simple était profondément décolletée derrière, laissant voir son cou gracile et son dos, qui étaient tous deux couverts d'un superbe enchevêtrement de dermoglyphes. Ce qui était tout à fait inhabituel dans la mesure où Jenna n'appartenait pas à la Lignée.

Elle avait été longtemps complètement humaine, c'est-à-dire pas même Compagne de sang, mais cela avait définitivement changé vingt ans auparavant, lorsque le dernier des ancêtres extraterrestres de la Lignée lui avait transplanté une puce biotechnologique extraite de son propre corps. L'Ancien devait avoir eu ses raisons pour s'assurer que survivrait un morceau de lui-même avant d'être tué par l'Ordre. Pour Jenna, ce petit bout d'ADN et de technologie extraterrestres avait signifié de nombreux changements tant physiques que psychiques, plus étonnants les uns que les autres, ainsi que des souvenirs bien souvent dérangeants d'un passé étendu qui ne lui appartenait pas.

Et c'étaient ces souvenirs qui remplissaient désormais les innombrables volumes de journaux rédigés à la main s'alignant sur les étagères faites sur mesure de la bibliothèque d'archives.

— Je ne savais pas que Brock et toi étiez arrivés d'Atlanta, dit Darion.

Jenna laissa courir ses doigts sur les reliures de plusieurs des journaux présents sur l'étagère, s'arrêtant pour en déplacer un qui avait apparemment été mal rangé.

— Nous sommes arrivés ce matin avant l'aube. Je voulais venir tôt, afin de travailler un peu ici avant le sommet. Dante et Tess arrivent ce soir. Tegan et Élise également. Et, d'après ce que j'ai compris, tout le monde devrait être là d'ici deux nuits.

Darion hocha la tête. Lucan l'avait informé de l'arrivée de tous les aînés de l'Ordre avec leurs Compagnes de sang en provenance des régions qu'ils dirigeaient un peu partout dans le monde. Ce serait bon de les revoir tous. Tous ces guerriers et leurs compagnes étaient pour lui comme des oncles et des tantes, mais Darion ne pouvait s'empêcher d'être contrarié à l'idée que ce rassemblement public n'était rien de plus qu'un show réalisé à l'instigation des membres du CGN. C'était pour eux un moyen de démontrer au monde que l'Ordre prenait à son compte le sommet pour la paix sans arrière-pensées et se rangerait sans discussion aux conditions du CGN. Et cet aspect purement politique le dégoûtait.

Jenna lui lança un regard par-dessus son épaule.

— Seras-tu toi aussi à la réception de gala, Darion ?

— Moi, déguisé en pingouin ? grogna-t-il. Il y a peu de chances que ça arrive. Je pourrais te citer une centaine de choses que je préférerais faire plutôt que d'aller baiser les bagues de ces pantins du CGN. Sans parler bien sûr de leur lécher le cul.

Jenna haussa les sourcils.

— Tu ressembles beaucoup à ton père, tu sais !

— Sûrement pas, rétorqua Darion. Il est bien trop prêt à laisser les rênes aux humains. Il prend trop de gants avec leur petit ego fragile, alors que le monde serait un bien meilleur endroit, un endroit beaucoup plus sûr pour l'humanité et la Lignée, si l'Ordre était aux commandes.

— Et si tu posais la question aux humains, ils te diraient le contraire. Et un jour ou l'autre, ce serait la guerre. (Jenna alla jusqu'à lui et s'assit sur le bord de la table.) Les choses étaient différentes avant la Première Aube, plus simples. La Lignée se taisait et vivait dans l'ombre. À présent que les humains connaissent notre existence, nous avons plus de liberté et de pouvoir dans la mesure où nous n'avons plus à cacher notre existence, mais il y a des contreparties. La paix est fragile et nous sommes sur la corde raide. Les actions de Lucan influent sur le devenir de la Lignée tout entière et c'est une responsabilité qu'il ne prend pas à la légère.

— Mais il ne fait non plus confiance à personne pour l'aider à porter cette charge. (Darion détourna les yeux de l'expression avisée qu'arborait Jenna et secoua la tête.) À ses yeux, personne ne saurait être aussi utile, voire aussi capable que lui, mais il constaterait que ce n'est pas vrai pour peu qu'il accepte de donner aux gens une chance de le prouver.

Lorsque son regard revint à Jenna, il s'aperçut qu'elle le considérait en souriant avec un air entendu.

— Tu te bats toujours sur le même terrain avec lui, n'est-ce pas ? Un de ces jours, il changera d'avis, Darion.

Celui-ci ricana.

— Tu es sûr que tu as rencontré mon père ? Il ne plie pas.

— Son fils non plus, d'après ce que j'ai pu voir. (Toujours souriante, elle se pencha pour voir ce qu'il était en train de lire dans le journal ouvert devant lui.) Ah, c'est un des plus vieux volumes. Il date d'avant la Première Aube.

Abandonnant ses frustrations liées à la politique et aux rapports avec son père, Darion reporta son attention sur le journal qu'il étudiait depuis deux semaines.

— Sais-tu ce qu'est cette séquence numérique ?

Jenna observa la page qu'elle avait elle-même écrite à la main et haussa les épaules.

— Les éléments que je consigne n'ont pas toujours de sens. Parfois, il s'agit de symboles ou de nombres, comme celui-ci, qui ne signifient rien pour moi, mais dans la mesure où je les vois ou les entends à travers les souvenirs de l'Ancien, je m'oblige à les écrire.

Darion acquiesça, mais ce n'était pas la réponse qu'il avait espérée.

— Ce n'est pas la seule occurrence de cette séquence dans les journaux.

— Vraiment ? répondit Jenna, dont le regard se mit à briller de curiosité.

— Il apparaît dans deux autres des volumes que j'ai consultés jusqu'ici, lui dit Darion. Et je suis prêt à parier que je vais le rencontrer dans d'autres.

— Eh bien, qu'est-ce qu'on attend ? Voyons si tu as raison.

Jenna se laissa glisser au bas de la table et se dirigea vers l'une des bibliothèques les plus proches. Elle se débarrassa de ses sandales à talons hauts et se hissa sur la pointe des pieds pour atteindre l'une des étagères supérieures.

— Nous devrions commencer par les volumes les plus anciens, puis avancer dans le temps.

Darion perçut un déplacement d'air juste avant que la voix profonde de Brock emplisse la pièce.

— J'aurais dû savoir que je te trouverais ici. (L'immense guerrier fit un petit salut à Darion, mais ses yeux marron foncé ne quittaient pas sa compagne.) Il est presque impossible d'arracher cette femme à son travail. Tu sais, un autre homme que moi pourrait en faire des complexes.

Brock était vêtu d'un costume gris anthracite et d'une chemise bordeaux, dont le col était ouvert sur les arabesques des dermoglyphes qui couraient sur sa peau noire. Darion avait rarement vu le formidable guerrier vêtu autrement qu'en tenue de combat, mais il se retint de glousser en le voyant en grande toilette, car il était évident au regard amoureux qu'il portait sur Jenna que c'était pour elle qu'il s'était mis sur son trente et un.

Le sourire qu'elle lui lança en se retournant disait bien qu'elle aussi le savait.

— Le travail ? Mais qui a besoin du travail ? (Elle ramassa ses sandales et se précipita dans ses bras.) J'ai soudain une furieuse envie de faire l'école buissonnière.

Brock eut un large sourire et jeta à Darion un regard en coin.

— J'aime t'entendre dire ça. Peut-être devrions-nous sauter le dîner pour passer directement à la suite.

Jenna rit.

— Comment ? Et gâcher cette tenue de tombeur ?

— Crois-moi, ronronna Brock, on est loin du gâchis.

Darion gloussa en voyant Brock embrasser goulûment Jenna. Il se demanda s'il connaîtrait jamais ce genre de passion. Une passion assez forte pour qu'il veuille prendre à son tour une compagne, un truc pour toujours, pas les rencontres sans importance qui lui permettaient de se débarrasser vite fait d'un excédent d'énergie et de satisfaire son besoin de sang.

— Sortons d'ici, murmura Brock dans le cou de sa compagne. On peut très bien se passer du dîner en ville.

— Une minute.

Elle se glissa hors de ses bras et trottina jusqu'à l'une des bibliothèques pour en retirer un mince volume de son journal. Revenant jusqu'à Darion, elle lui tendit l'ouvrage relié, qui était visiblement déjà ancien.

— Qu'est-ce que c'est ? demanda-t-il en le lui prenant des mains.

— Mon tout premier journal. Je l'ai rédigé au cours des semaines qui ont suivi mon arrivée à l'ancien complexe de l'Ordre à Boston.

Darion lissa des doigts la couverture brune vieillie, puis ouvrit avec soin le livre. La reliure craqua un peu et les pages lui parurent un peu cassantes tandis qu'il le feuilletait en parcourant les caractères bien dessinés de Jenna.

— Si tu veux vraiment étudier la Lignée et apprendre ta propre histoire, il faut que tu commences au commencement. (Elle lui sourit, ses yeux autrefois humains empreints d'une sagesse qui n'avait rien à envier aux plus anciens de sa race.) Peut-être ce livre te permettra-t-il aussi de mieux comprendre ton père.

Darion baissa les yeux sur le journal qu'il tenait avec tant de délicatesse dans ses mains de guerrier.

Lorsqu'il releva la tête, Jenna et Brock avaient disparu.

Darion ouvrit à la première page et se mit à lire.

Kellan rejoignit un parc discret de Brookline et se gara au fond avant d'éteindre les phares de la vieille Jeep. Mira n'avait rien dit de tout le voyage vers le nord depuis la base rebelle de New Bedford, à part les quelques mots choisis qu'elle avait eus pour lui lorsqu'il l'avait installée dans le véhicule, menottée et un bandeau sur les yeux. Certes, une fois qu'il en aurait terminé avec elle ce soir-là, elle n'aurait aucun souvenir de l'endroit où elle avait été emmenée ni de la façon dont lui et son équipe fonctionnaient, mais Kellan avait décidé de ne prendre aucun risque.

— Je suis désolé, mais c'était nécessaire, dit-il en tendant la main pour lui libérer les poignets. Nous ne pouvons nous permettre plus de problèmes que nous n'en avons déjà.

Dès qu'il la libéra, Mira enleva le bandeau et lui lança un regard scrutateur.

— Vas-tu tuer Jeremy Ackmeyer ?

— Si j'en avais eu l'intention, je l'aurais déjà fait, tu ne crois pas ?

— Peut-être est-il mort ? (Elle l'observa en plissant les yeux avant de tourner la tête vers les espaces verts vides.) Comment puis-je savoir si ce que tu dis est vrai ?

Kellan jura à voix basse.

— Il est vivant, Mira. Tant qu'il acceptera mes conditions, il restera en vie.

— Quelles conditions ?

Il sentit de nouveau ses yeux sur lui, mais cette fois ce fut lui qui garda le regard sur le vide qui s'étendait de l'autre côté du pare-brise.

—Ackmeyer a quelque chose que je veux. Une chose d'une valeur considérable sur laquelle je ne peux permettre à personne de mettre la main.

—Alors, il s'agit d'argent ? (Elle avait pratiquement craché ces mots.) C'est ça que tu es devenu ? Un voleur à la petite semaine, comme tes amis là-bas dans ton bunker ?

—Je ne suis pas un voleur, Mira. À la petite semaine ou autre.

—Non, rétorqua-t-elle. À la façon dont ils te lèchent les bottes, je dirais que tu es pratiquement leur roi. Félicitations, au fait. Tu dois être incroyablement fier de toi, vu où tu en es arrivé en huit ans.

L'acidité de ses propos le brûlait. Il tourna sur elle un regard égal, désireux avant tout de ne pas lui laisser voir à quel point il serait blessé si elle le haïssait vraiment. À quoi cela lui servirait-il de la laisser voir ça à présent ?

—Tu ne devrais pas tirer de conclusions à partir de choses que tu ne comprends pas.

—Alors, éclaire-moi… Bowman, c'est bien ça ? (Elle secoua la tête, sa jolie bouche déformée par un sourire sans humour.) Kellan Archer meurt en héros, on le pleure abondamment, et à sa place renaît Bowman, chef de la résistance rebelle, traître à tout ce à quoi il croyait précédemment.

—Je ne suis pas fier de la façon dont j'ai fait les choses. (Il lui était pénible de se rendre compte d'à quel point elle s'approchait de la réalité des raisons pour lesquelles il avait voulu que tous ceux qu'il aimait le croient à jamais mort.) Je n'ai jamais prévu de me retrouver dans cette position, Mira. J'avais mes raisons, tu dois me croire. J'ai fait ce que j'avais à faire.

— Te croire ? (Elle éclata d'un rire amer.) C'est pas mal, ça, venant de toi. Et en particulier maintenant, alors que tu t'apprêtes tranquillement à me faire subir un bon vieux décrassage de mémoire. Car c'est bien pour ça que tu m'as amenée ici ce soir, n'est-ce pas ?

Il coupa le contact et tendit la main vers la poignée de sa portière.

— Viens ! dit-il. Allons prendre l'air.

Elle resta assise immobile.

— Tu n'as pas peur que je m'échappe ?

Malgré le sérieux du moment, il se laissa aller à un sourire.

— Tu ne cèdes jamais facilement, n'est-ce pas ?

— Jamais !

— Tu es peut-être solide, Mira, mais tu n'appartiens pas à la Lignée, lui rappela-t-il. Tu ne peux pas courir plus vite que moi.

— Et tu as fait en sorte que je ne puisse pas non plus te combattre. Ne t'imagine pas que je ne me suis pas aperçue que tes collègues voleurs avaient gardé mes dagues.

— Tu récupéreras tes lames une fois tout ça terminé. Je m'y engage.

— Même celle que j'ai laissée tomber au cours de l'embuscade tendue par tes sous-fifres rebelles ?

Kellan fronça les sourcils, surpris.

— Oh, tu ne savais pas ? demanda-t-elle visiblement satisfaite de son effet. Ils n'ont pas dû s'en rendre compte, et l'auront laissée derrière eux. Même chose pour mon Smartphone. Il est resté dans la boîte à gants de la voiture que je conduisais.

— Merde, grogna Kellan dents serrées.

— L'*Homo sapiens*…, soupira Mira avec ironie. Si négligent parfois. Je suis sûre que Lucan se demandera pourquoi mon Smartphone n'a pas bougé depuis… combien… douze heures ? (Elle eut un froid sourire de satisfaction.) Ça fait réfléchir, non ? Qu'est-ce que ton équipe a bien pu oublier d'autre qui risque de te revenir en pleine poire un peu plus tard ?

Kellan fut bien obligé d'admettre qu'elle avait raison. Toutefois, elle sous-estimait Candice, Doc et Chaz. Vince lui-même avait de nombreuses qualités pour compenser les fréquents inconvénients de son côté soupe au lait et de sa tendance excessive à employer la force. L'équipe l'avait appelé pour lui signaler le problème du véhicule hors d'usage de Mira, et Nina avait appelé un contact qu'elle avait dans la zone pour lui demander de jeter les plaques d'immatriculation et de faire disparaître le numéro de série au burin avant de remorquer l'épave jusqu'à une casse. À l'heure qu'il était, le Smartphone de Mira était très probablement réduit à l'état de petit tas de circuits électroniques pulvérisés.

— Allons faire quelques pas, Mira.

Avant qu'elle ait eu le temps de discuter ou de lui lancer une nouvelle volée de propos acerbes, Kellan sortit de la voiture et en fit le tour en moins d'une seconde. C'était délibérément qu'il avait fait si vite. Il s'était dit que cela ne pourrait pas faire de mal de lui rappeler ce à quoi elle aurait à faire face si elle s'imaginait que tout ça n'était qu'un jeu. Puis il ouvrit sa portière et lui fit signe de sortir.

À sa grande surprise, elle obéit immédiatement et il la conduisit dans l'obscurité paisible du parc désert.

— J'imaginais que tu allais me nettoyer la mémoire et me lâcher en ville, pas ici.

— Je voulais être seul avec toi, répondit-il tandis qu'ils avançaient l'un à côté de l'autre dans l'herbe baignée par la lune qui crissait sous leurs pas. Je ne voulais pas faire ça dans un parking quelque part, ni au milieu d'une foule.

— Comme c'est romantique, ironisa-t-elle. J'espère qu'il n'y aura pas de violeurs ni de rebelles cachés entre ici et Boston lorsque je rejoindrai la ville à pied.

Kellan ignora ce coup bas.

— Dès que nous en aurons fini ici, je m'assurerai que tu rentres au quartier général de l'Ordre en toute sécurité.

Elle laissa échapper un soupir d'agacement.

— Ne me fais pas de faveur, tu veux ! Je suis une grande fille, complètement adulte, au cas où tu n'aurais pas remarqué.

Il avait remarqué, et comment ! La première fois, c'était quand Mira avait environ quinze ans. Elle était toujours aussi brouillonne et aussi butée qu'avant, mais cette année-là le garçon manqué à la silhouette de haricot vert avec sa touffe de cheveux blond pâle s'était transformé comme du jour au lendemain en une jeune femme puissante aux formes généreuses et aux jambes interminables. Et, cet été-là, il n'avait pas été le seul mâle participant au programme de formation de l'Ordre à s'aligner pour s'entraîner avec la superbe Mira.

Mais pour quelque raison qu'il n'avait toujours pas comprise, elle n'avait eu d'yeux que pour lui. Dès l'époque où, âgée de huit ans, elle avait fait la connaissance de l'adolescent renfermé qui s'était retrouvé sous la protection de l'Ordre après le massacre de sa famille entière à l'exception de son grand-père, Lazaro Archer, elle l'avait élu comme meilleur ami.

Mira était toujours aussi belle, malgré les huit ans qui s'étaient écoulés depuis qu'il l'avait vue de si près pour la dernière fois. Cependant, il devinait les traces du passage du temps sous ses yeux et autour de sa bouche sensuelle. Elle n'avait pas pris d'autre mâle de la Lignée comme compagnon. En effet, si ç'avait été le cas, leur lien de sang l'aurait entièrement préservée, l'empêchant de vieillir.

Il y avait eu un temps où Kellan s'était imaginé devenir le mâle qui prendrait place aux côtés de Mira. Ç'avait été son plus cher désir jusqu'au matin du dernier jour qu'il avait passé avec elle. Puis tout avait changé. Ses désirs n'avaient plus eu aucune chance de se réaliser et, plus tard cette nuit-là, il avait simplement cessé d'exister.

Et voilà qu'elle était là, marchant près de lui dans l'obscurité.

Elle le haïssait, et elle avait de bonnes raisons de le faire.

Et pourtant le besoin de la toucher était presque trop fort pour qu'il parvienne à y résister. Mais Kellan savait que s'il la touchait à présent, il lui en faudrait plus. Et il n'avait plus droit à tout ça. Tout ça était désormais et pour toujours hors de sa portée.

Comment avait-il fait toutes ces années pour garder ses distances ? En fait, il avait eu beaucoup de mal. Il n'avait jamais été vraiment si loin d'elle que ça. Il avait perdu le compte du nombre de fois où il l'avait contemplée en secret, aussi bien à Boston qu'à Montréal, curieux de savoir comment elle s'en tirait. Il avait été fier de ses réussites, et consterné lorsque son orgueil et son indépendance, ce côté buté qui ne cédait jamais, la plongeaient dans les ennuis.

Son intention lorsqu'il s'était réveillé et avait constaté qu'il n'avait pas été réduit en poussière avec l'entrepôt avait été de s'éloigner le plus possible de Mira et de l'Ordre. Ça aurait mieux valu pour tout le monde s'il l'avait fait. Et ce d'autant plus si on considérait où il en était à présent. Mais les faits étaient là, il n'avait pas été capable de s'éloigner vraiment. Elle avait sur lui une emprise qu'il n'avait pas su briser.

Il s'était dit qu'il serait prudent, qu'il n'y avait pas de mal à rester près de l'endroit où elle se trouvait tant qu'il faisait attention à ce que leurs chemins ne se croisent jamais. Mais s'il y avait eu en lui la moindre parcelle d'honneur, il aurait fui aussi loin que possible dès qu'il en aurait eu l'occasion.

Il sentit soudain Mira ralentir le pas, puis s'arrêter avant de pivoter pour lui faire face.

— Que t'est-il arrivé à l'intérieur de cet entrepôt, Kellan ?

Il grogna en secouant vaguement la tête.

— Quelle importance cela a-t-il maintenant ?

— Ça en a pour moi. Je veux savoir. (Elle serra les lèvres et lui adressa un regard de défi.) Allons ! Tu vas nettoyer ma mémoire de toute façon, alors ce n'est pas comme si je devais me souvenir de quoi que ce soit que tu m'aies dit ou que tu aies fait ici ce soir. Si tu as encore une conscience, c'est l'occasion rêvée pour toi de la soulager, puisque tu sais que je ne te haïrai que quelques minutes de plus avant que tu m'arraches jusqu'à cette vérité.

C'était une accusation, une accusation qui le blessait plus qu'il n'aurait voulu l'admettre.

— Je dois le faire, Mira. Ce sera mieux pour tout le monde de cette façon.

— Mieux pour toi de toute manière, aucun doute là-dessus.

C'étaient d'amères paroles de colère. Elle était profondément blessée, et c'était compréhensible. Mais ce fut sa soudaine inclinaison de la tête, un geste qui ne fut pas tout à fait assez rapide pour masquer l'humidité de ses yeux, qui le troubla le plus.

— Tu as raison, murmura-t-il. Je te dois bien ça.

— Tu me dois la vérité, insista-t-elle, ses yeux pâles brillants mais presque secs lorsqu'elle leva de nouveau le regard vers lui.

Elle ne s'autoriserait pas à craquer devant lui, il le lisait dans son regard perçant. Elle ne lui offrirait pas sa vulnérabilité. Plus jamais.

Lorsqu'elle reprit la parole, sa voix était calme et étudiée, comme celle d'un soldat racontant les faits après la bataille.

— J'ai revu ta mort des milliers de fois en esprit depuis cette nuit-là. Tu étais devant moi, Nathan et le reste de notre équipe. Nous étions tous à pied à ce moment-là, déployés pour patrouiller sur la rive car on nous avait signalé des mouvements rebelles dans la zone industrielle. Tu nous as indiqué par radio que tu étais à la poursuite de plusieurs suspects, et tu nous as indiqué l'endroit où tu te trouvais et celui vers lequel tu te dirigeais. Nathan et moi étions les plus proches du secteur à ce moment-là, alors nous nous sommes retrouvés et avons continué dans ta direction pour te couvrir. Nous sommes arrivés juste à temps pour te voir disparaître dans l'entrepôt. Deux secondes plus tard à peine, il explosait.

Kellan hocha la tête, se souvenant de cette nuit-là aussi bien qu'elle. Mais c'était sur ce dernier point que leurs souvenirs différaient.

— Les rebelles m'ont mené jusqu'à ce bâtiment. Je n'ai compris pourquoi que lorsque j'ai été à l'intérieur et que j'ai senti l'odeur du marqueur d'explosifs à proximité. C'était un piège, Mira. Je savais que toi et Nathan étiez juste derrière moi. Je ne pouvais pas prendre le risque que vous soyez près de l'endroit au moment où il exploserait.

— Mais toi tu l'étais, dit-elle, fronçant ses sourcils blonds sous l'effort qu'elle faisait pour comprendre. Tu étais à l'intérieur de l'entrepôt quand il a explosé.

— C'est vrai, répondit-il. Mais juste assez longtemps pour empêcher le piège de fonctionner complètement. J'ai rejoint instantanément le C4 et son détonateur. Il était câblé au mur, et je n'avais donc aucune chance de pouvoir l'arracher et de m'en débarrasser, en tout cas pas sans faire exploser le tout. Alors je l'ai détruit. J'ai tiré dessus.

Mira en resta bouche bée.

— Tu as fait détoner la bombe alors que tu étais toujours à l'intérieur ? Mais il ne pouvait rester que quelques secondes à peine pour échapper à l'explosion une fois les charges amorcées !

Il hocha de nouveau la tête.

— Je ne savais même pas si je m'en tirerais entier. Mais si cela signifiait empêcher que toi ou qui que ce soit d'autre de mon équipe soyez blessés par l'explosion, le jeu en valait la chandelle. Finalement, la bombe a explosé juste au moment où je sortais par la porte de derrière. Je me souviens que l'effet de souffle m'a projeté dans les airs. J'ai senti la fumée et même ma propre chair cramée. Quant à mes os, déjà malmenés, ils se sont brisés encore plus lorsque je suis allé percuter la surface froide de la Mystic avant de m'enfoncer dans l'eau boueuse. Après ça, j'imagine que j'ai perdu conscience. Et puis, d'un coup, quelqu'un a sorti mon corps sanguinolent et meurtri de la rivière.

Mira, qui était restée parfaitement silencieuse pendant cette explication, déglutit.

— Quelqu'un t'a sauvé ?

— Oui, Candice. (Il vit la grimace presque imperceptible que ce nom avait déclenchée chez elle.) Candice m'a arraché à une noyade certaine et m'a amené à son ami, Javier, un ancien sergent qui m'a recousu et a aidé à guérir mes plaies. C'est l'un des meilleurs infirmiers militaires que j'aie jamais connus.

— Doc, affirma-t-elle, son esprit vif ayant fait tout de suite le rapprochement. Il savait forcément qui et ce que tu étais. Pourquoi des rebelles auraient-ils épargné ta vie ?

— Ils n'étaient pas des rebelles à l'époque. À part Vince, aucun des membres de mon équipe n'était alors impliqué dans une quelconque activité illégale. C'est venu plus tard. (Il se racla la gorge et poursuivit son récit.) Quoi qu'il en soit, il m'a fallu deux mois pour me remettre sur pied. À ce moment-là, toi et tous les gens que j'avais connus jusque-là me considéraient comme mort.

— Et donc, très logiquement, tu nous as laissés continuer à croire ça ! (Son visage reflétait l'incrédulité et sa voix montait dans les aigus sous l'effet de l'indignation.) Pourquoi faire un truc pareil ? Comment as-tu pu laisser tout le monde souffrir ainsi alors que c'était faux ?

Kellan secoua la tête, conscient qu'il aurait ressenti la même chose à sa place. Il ne supportait pas de lire la détresse sur son visage en sachant que c'était lui qui en était responsable.

— Ma raison pour faire ça à l'époque était plus importante encore que ma vie. (Il considéra où il était et ce qu'il était devenu, et laissa échapper un juron bien senti.) Tout est différent maintenant. Ça n'a plus d'importance.

— Tu es en train de me dire que tu as fait tout ça, m'abandonner ainsi que tous ceux qui t'aimaient, pour rien ?

— Je n'espère pas que tu comprennes, répondit-il aussi gentiment que possible. Et je ne vais pas essayer de te faire comprendre. Certainement pas maintenant, alors que c'est de toute façon trop tard.

Le regard de Mira était si plein de trouble, de colère et de souffrance qu'il se sentit comme écartelé.

— Tu as toutes les raisons de me haïr maintenant, Mira. Mais je n'ai jamais voulu ça.

— Et l'amour alors ? rétorqua-t-elle. Tu n'en as jamais voulu de ma part non plus, n'est-ce pas ?

Il jura à voix basse. Dieu, combien il avait été honoré, touché par la façon dont Mira s'était toujours consacrée à lui aux yeux de tous. Elle l'avait aimé quand il n'était qu'un idiot s'apitoyant sur son sort, faiblard, renfermé et plein de colère, prêt à se complaire dans sa misère pour le restant de ses jours. Mais elle avait vu en lui quelque chose qui en valait la peine. Elle l'avait tiré dans sa lumière, l'avait poussé en avant jusqu'à ce qu'il soit capable de marcher par lui-même, le défiant toujours d'en faire plus pour devenir un homme meilleur qu'il ne l'aurait jamais été sans Mira dans sa vie.

Son amour pour lui avait été un cadeau précieux. C'était un amour qu'il ne méritait pas à l'époque et qu'il ne pouvait accepter à présent.

Alors qu'elle commençait à se détourner de lui, il fit ce qu'il s'était promis de ne pas faire. Il vint prendre doucement son beau visage blessé et en colère dans les mains.

— Ce n'est pas ce que je voulais, ma puce.

— Non ! Putain, non ! (Elle s'arracha à son étreinte, furieuse, et brandit l'index devant son visage.) Je t'interdis de m'appeler comme ça. C'est comme ça que ma famille m'appelle. Tu ne fais pas partie de ma famille.

— Non, admit-il d'une voix calme.

Il ne faisait plus partie de sa famille, et de loin.

— Tu n'es pas un ami non plus. Pas après ce que tu as fait, lui lança-t-elle, la respiration haletante. Après ce que tu es en train de me faire, j'ai du mal à croire que tu aies jamais été vraiment mon ami. Est-ce que tout ça n'a été qu'une foutue plaisanterie pour toi, Kellan ? Est-ce que je n'étais qu'une bonne blague dans ta tête ?

— Tu n'as jamais été une bonne blague, Mira. (Il serra les poings le long de son corps pour s'empêcher de la prendre dans ses bras.) Tu le sais bien.

— Ah oui ? Combien de fois as-tu essayé de me rejeter pendant notre adolescence ? (Elle eut un petit rire cassé.)

J'aurais dû te laisser faire. J'aurais dû te laisser tomber sans jamais regarder en arrière, et Dieu sait que tu m'en as donné plusieurs fois l'occasion. Mon Dieu, j'aimerais ne jamais t'avoir rencontré !

— Je sais. (Après tout, il ne pouvait pas lui en vouloir.) Si je pouvais effacer tout ça là maintenant pour toi, je le ferais.

Malheureusement pour eux deux, un nettoyage de mémoire par un membre de la Lignée n'avait pas d'effet sur les souvenirs à long terme. Il pouvait effacer les dernières vingt-quatre heures, mais il n'avait aucune prise sur tout ce qu'il y avait avant.

— Tu sais que ça ne réglera pas tout, fit remarquer Mira. Tu peux bien nettoyer ma mémoire si ça doit te soulager, mais tu sais aussi bien que moi que tu es du mauvais côté de cette guerre.

— J'essaie justement d'éviter une guerre, Mira.

— Ne dis pas n'importe quoi ! (Elle le poussa rudement des paumes contre la poitrine.) Ce que tu as fait risque d'en déclencher une.

Kellan la prit par les poignets, essayant de ne pas remarquer la chaleur de sa peau et son pouls battant frénétiquement contre le bout de ses doigts. Il aurait dû la lâcher tout de suite, il le savait. Mais maintenant qu'il la tenait, que le rythme accéléré de son cœur se diffusait en lui, un tempo qui agitait son propre sang et le faisait accélérer à son tour, ça lui était impossible.

Elle leva ses yeux d'un mauve intense vers lui.

— Que crois-tu qu'il va se passer si la nouvelle de l'enlèvement d'un grand savant humain sous la protection de l'Ordre se répand ? Et en plus par un de ses anciens membres.

— Personne ne saura que j'ai été un guerrier, déclara-t-il d'un ton ferme. Personne à l'exception des membres de mon équipe n'est même conscient que je... que l'homme qu'ils connaissent sous le nom de Bowman appartient à la Lignée. Ils ont gardé mon secret tout ce temps. Ils ne trahiront pas ma confiance.

Mira ricana.

— Tu en as de la chance de pouvoir faire confiance ainsi aux gens que tu aimes.

Pour toute réponse, Kellan émit un juron sourd et furieux. Puis, avant de pouvoir s'en empêcher, il attira Mira contre lui et écrasa sa bouche sur la sienne en un baiser impitoyable.

D'abord, elle résista. Elle garda les lèvres serrées sous l'assaut des siennes. Les muscles fins de ses poignets étaient tendus comme des câbles et elle avait les poings serrés là où il les maintenait entre leurs deux corps collés l'un à l'autre. Elle était toujours en colère contre lui à cause de tout ce qu'il lui avait fait et de tout ce qu'il lui avait avoué après tant d'années de tromperie.

Mais Kellan ne pouvait décidément pas la lâcher. Et comme il approfondissait son baiser, glissant sa langue le long de ses lèvres pleines, elle finit par abandonner un peu de sa combativité. Elle écarta les lèvres sur un gémissement étouffé et il poussa sa langue à l'intérieur, l'attirant encore plus contre elle, enivré par ce contact dont il avait été privé si longtemps.

Il était en feu. Ses crocs étaient sortis de ses gencives pour remplir sa bouche tandis que son désir pour cette femelle atteignait des parties plus basses de son anatomie.

Il se dit que ce baiser ne voulait rien dire. Que d'ici quelques minutes elle l'aurait de toute façon complètement oublié. Quant à lui, il était condamné à l'avance, parce que – Seigneur ! – ce moment resterait gravé dans sa mémoire jusqu'à la fin de ses jours.

Parce qu'à cet instant Kellan comprit que nettoyer la mémoire de Mira ne ferait que repousser des problèmes plus importants maintenant qu'Ackmeyer était en son pouvoir. Ce qu'elle avait dit un peu plus tôt ce soir-là était vrai : si les autorités humaines ne le rattrapaient pas rapidement, l'Ordre s'en chargerait certainement.

Il aurait dû le savoir.

Ce n'était pas comme s'il ne l'avait pas vu venir depuis longtemps.

Kellan s'écarta d'elle avec un grondement sauvage. Lorsqu'il parla, ce fut d'une voix rendue rauque par le désir et le constat si net de la manière dont il avait foutu en l'air leurs deux vies.

— Viens avec moi !

Mira frotta ses lèvres rougies et humides. Elle le regardait avec des prunelles incroyablement dilatées, pleines d'un mélange de désir et de regret.

— C'est l'heure de te débarrasser de moi une fois de plus, c'est ça ?

— Changement de plan, grogna-t-il. (Il lui reprit le poignet, plus fermement cette fois, et la ramena à la Jeep.) Finalement, tu n'iras nulle part.

Chapitre 7

Une heure plus tard, Mira ressentait encore sur les lèvres le frisson et le fourmillement du baiser inattendu de Kellan. Son sang fusait dans ses veines, chaud de colère et d'autre chose qu'elle se refusait à reconnaître. Se passant la main sur la bouche, elle avait tenté de faire disparaître le souvenir de celle de Kellan, qui s'y accrochait, tandis qu'il la conduisait au sud de Boston, traversant la ville de New Bedford pour continuer en direction d'un promontoire plat et obscur qui s'avançait dans l'Atlantique.

— Je connais cet endroit, murmura-t-elle comme la Jeep roulait sur l'asphalte craquelé d'une route qui n'avait visiblement pas été refaite depuis bien longtemps.

Cette route menait à l'entrée de ce qui avait été un parc avant la Première Aube et les guerres qui avaient suivi. Bien avant ça, au cours d'une autre guerre, le vaste terrain et la structure basse allongée qui s'étendait à son extrémité avaient servi de base militaire aux humains. Mira vit apparaître dans les phares de la Jeep le vieux panneau couvert de traces de balles qui avait autrefois accueilli les visiteurs sur le site historique de Fort Taber.

À présent, ce dernier était couvert d'herbes folles, de fourrés et de ronces. Le bâtiment qui s'étendait devant eux constituait une forteresse impressionnante, que masquaient presque entièrement le feuillage sombre et les lianes. Arrivé à son niveau, Kellan en fit le tour par le côté, éteignant les phares comme ils approchaient de la gueule obscure de l'entrée du fortin. Il continua à rouler dans l'obscurité. De petites lumières s'allumèrent loin à l'intérieur, éclairant ce qui semblait être une vieille batterie à canons inutilisée. Un peu plus loin se trouvait la camionnette noire qui avait servi à l'enlèvement de Jeremy Ackmeyer et au sien.

— Un peu maigre comme flotte, remarqua Mira avec un regard ironique pour Kellan.

— Nous n'avons pas les moyens illimités de l'Ordre. (Il s'arrêta près de la camionnette et mit le frein à main.) On fait avec ce qu'on a, aussi peu que ce soit.

Il avait dit ça sans acrimonie ni regret, énonçant simplement un fait. Mais elle avait décelé une note d'humilité dans sa voix, et elle se demanda s'il était gêné d'une façon ou d'une autre, s'il se sentait obligé de s'excuser auprès d'elle de la façon dont lui et ses disciples vivaient.

Kellan sauta à bas de son siège et fit le tour du véhicule pour lui dire d'en faire autant. N'ayant pas vraiment le choix, Mira le suivit dans la pénombre qui régnait dans le garage de fortune.

— Ce serait peut-être plus facile pour vous de trouver des mécènes si le travail que vous faisiez était plus noble.

Il ricana, pivotant pour lui faire face.

— Tu crois vraiment que nous ne pourrions pas trouver des gens prêts à financer nos missions si nous le voulions ? Nous n'avons à répondre de nos actes devant personne. Nous constatons des choses intolérables et nous y mettons un terme. Nous n'agissons pas sur commande et nous n'avons pas à nous inquiéter des susceptibilités politiques. Même l'Ordre ne peut plus en dire autant.

— Des missions ? rétorqua Mira. L'Ordre ne se permet pas d'enlever des civils ni d'interrompre des réunions diplomatiques. L'Ordre ne sabote pas des pourparlers de paix en s'érigeant en juge du monde chaque fois que cela lui convient.

— Peut-être est-ce ce qu'il devrait faire. (Les yeux de Kellan luisaient d'indignation dans la pénombre du bunker.) Nous faisons ce qu'il faut faire, parce que ça doit être fait.

Il commença à s'éloigner des véhicules garés là pour rejoindre un tunnel à large entrée.

— Quelle présomption ! lança-t-elle dans son dos. J'espère que tu es prêt à mourir pour tes convictions.

Pivotant sur ses talons, il se précipita sur elle, le visage grave et pensif, même si ses iris irradiaient l'ambre.

— Ouais, je suppose que je suis prêt à mourir pour ce en quoi je crois. Et ne me dis pas que ça n'est pas ton cas aussi.

Elle resta plantée là, incapable d'argumenter plus avant. Il la connaissait trop bien pour croire à la moindre dénégation de sa part. Il ne lui donna d'ailleurs pas le temps de répliquer. Il s'empara de son poignet et la tira derrière lui à travers le tunnel noir et le long d'une pente progressive pour rejoindre un autre bunker, qu'elle reconnut comme les quartiers d'habitation de la base rebelle.

L'équipe de Kellan se trouvait dans la pièce principale, une salle caverneuse au mobilier spartiate. Candice était en train de nettoyer des armes de poing avec l'homme nommé Vince et celui qu'ils avaient appelé Chaz. Doc était assis à une table métallique qui avait connu des jours meilleurs et mangeait le contenu de ce qui ressemblait à une vieille ration militaire. À califourchon sur une chaise près de lui se trouvait une jeune femme frêle aux cheveux bleus dont le visage s'ornait de nombreux piercings. Ses doigts volaient sur l'écran d'une tablette informatique qu'ils ne quittèrent même pas lorsqu'elle tourna la tête comme le reste des rebelles pour observer bouche bée Kellan et Mira, qu'ils ne s'attendaient à l'évidence pas à revoir dans cet endroit.

Candice fut la première à retrouver sa voix.

— Euh… Tout va bien, patron ?

Serrant toujours le poignet de Mira, il eut un bref hochement de tête.

— J'ai légèrement modifié le programme. Nous n'avons rien à gagner à relâcher l'un de nos prisonniers maintenant. Alors j'ai décidé qu'elle restait.

Vince haussa les sourcils.

— Tu crois que c'est bien judicieux, étant donné qui elle est et tout ça ? Si on garde l'un de ses membres, nous risquons de devenir une cible pour l'Ordre.

La réponse de Kellan fut immédiate et prononcée d'un ton égal.

— Nous sommes déjà une cible pour l'Ordre. Dès qu'ils seront au courant, ce qui n'est qu'une question de temps, quelques heures tout au plus, nous deviendrons les ennemis de Lucan Thorne et de ses guerriers.

Vince réfléchit à ce qu'il venait de dire en passant ses doigts épais dans ses cheveux blonds hirsutes. Puis il hocha la tête comme s'il venait soudain de comprendre et un sourire méchant naquit sur ses lèvres.

— En d'autres mots, tu penses que nous avons besoin de pouvoir faire pression sur l'Ordre et de garder un argument si les choses se passent mal avec Ackmeyer ?

Kellan gronda et lança à Vince un regard d'ambre meurtrier.

— Je me charge tout seul de cette femelle, de cette guerrière, déclara-t-il en s'adressant à Vince comme aux autres. Elle est sous ma surveillance et c'est moi qui m'en occupe. Compris ?

Un chœur d'assentiments murmurés lui répondit immédiatement, mais Kellan était déjà en mouvement, Mira dans son sillage. Il l'emmena loin de son équipe de rebelles pour rejoindre ses propres quartiers. Mira n'eut pas besoin de demander si la modeste chambre était celle de Kellan ; elle sentait son odeur tout autour d'elle, cette chaleur sombre et épicée qui avait été en permanence présente dans tous ses sens par le passé.

Il ferma la porte derrière eux et la relâcha enfin.

— Si tu es prête à coopérer, Mira, je m'abstiendrai de t'attacher.

— Je suis touchée, répliqua-t-elle avec un regard incendiaire tandis qu'il arrachait une couverture au lit unique pour la jeter sur le sol.

— Mais si tu tentes de t'échapper, poursuivit-il sans se laisser démonter, ou si tu essaies d'interférer avec ma mission d'une façon ou d'une autre, je t'enfermerai dans une cellule jusqu'à ce que tout ça soit terminé.

Elle l'observait tandis qu'il lui parlait si sévèrement, considérant ses mouvements quasi robotiques et la façon dont ses yeux ne s'arrêtaient jamais sur elle plus d'un instant furtif. Il n'aimait pas ce qu'il faisait, peut-être pas plus qu'elle. Mais il était le seul à avoir le pouvoir d'y mettre un terme.

— Il n'est pas trop tard pour arrêter tout ça, Kellan. À l'évidence, tes amis sont sur les dents à cause de ce crime qu'ils viennent de commettre, ils ont peur de ce que l'Ordre va faire. Et ils ont raison d'avoir peur. La trahison est un crime capital, entraînant une peine capitale. Tu le sais bien.

Kellan ne répondit pas, mais elle vit un tendon vibrer furieusement dans sa mâchoire serrée.

— Tu peux remettre Ackmeyer entre mes mains avant que tout cela n'aille plus loin.

Elle inspira profondément, tentant toujours de comprendre comment il était possible qu'elle soit là devant Kellan Archer, en train de plaider pour que le chef rebelle qu'il était devenu se rende avant de mourir une seconde fois.

— Libère-nous, Jeremy Ackmeyer et moi-même, ce soir, Kellan, et je dirai à Lucan et au CGN que tu as eu des remords, et que toi et tes disciples nous ont bien traités.

Un sourcil levé, il lui lança un regard ironique.

— Dans ma position, ce n'est pas un marché très intéressant.

Mira secoua lentement la tête. Elle souffrait à l'idée de Kellan devant répondre de ses actes, mais ce qu'il avait fait jusque-là ne pouvait être excusé sans qu'il y ait une forme de punition.

— Lucan sera juste, tu le sais. Aussi juste qu'il pourra l'être.

Kellan grognard.

— Et si Ackmeyer mourait ?

Elle sentit la panique l'envahir.

— Tu as dit que tu ne l'avais pas tué. Que tu ne le ferais…

— S'il accepte mes conditions, lui rappela Kellan. Mais s'il ne le fait pas…

Mira sentit sa gorge se serrer au ton de mercenaire qu'avait pris sa voix.

— Si tu n'obtiens pas ce que tu veux de lui, alors tu n'auras aucun scrupule à le tuer de sang-froid, c'est ça ?

— Pour sauver des milliers, peut-être même des millions d'autres vies ? (Kellan hocha la tête.) J'ai tué pour bien moins que ça en temps de guerre. Et toi aussi.

— Mais ce n'est pas la guerre, pas encore.

Mira se précipita vers lui, résistant à grand-peine à venir marteler son torse puissant de ses poings, ne fût-ce que parce qu'elle savait que le toucher, même sous l'effet de la colère, ne ferait que la tenter d'aller vers autre chose. Quelque chose qu'elle ne pouvait pas se permettre de ressentir pour lui, pas à présent… et jamais plus.

— Il n'est pas nécessaire que la guerre éclate, Kellan. Pas si tu arrêtes ça ici et maintenant. Ce n'est pas trop tard…

Il l'interrompit d'un juron bien senti.

— C'est trop tard. C'était déjà trop tard il y a des mois de ça, quand tout ça a commencé.

Il jura de nouveau, plus crûment cette fois, et alla jusqu'à une malle qui se trouvait au pied du lit. Il s'accroupit, arracha le cadenas et ouvrit le couvercle.

— Tu auras besoin de te changer à un moment ou à un autre. (Il lui lança un tee-shirt plié, suivi par un pantalon de jogging usé.) Si tu as besoin de quoi que ce soit que je n'ai pas, Candice te le trouvera.

— Quand quoi a commencé ? demanda Mira en s'approchant de lui. Tu as dit que tout ça a commencé il y a des mois de ça. Que s'est-il passé ?

Il se releva, et la regarda droit dans les yeux.

— Que sais-tu exactement sur Jeremy Ackmeyer ?

Mira secoua la tête.

— Au-delà de sa bio de base ? Pas grand-chose.

Essayant de se rappeler le peu qu'elle savait, elle débita une liste écourtée de ses exploits scientifiques et des distinctions qu'il avait reçues. Kellan écouta sans réagir, rien de ce qu'elle disait ne semblant l'étonner.

— Et bien sûr, conclut-elle, tu sais qu'il doit recevoir un prix généreusement doté par Reginald Crowe lors du gala organisé à l'occasion du sommet dans quelques jours.

Devant son absence de réaction, elle comprit quelque chose.

— Tout ça n'a rien à voir avec des désaccords politiques ni avec la volonté de perturber le sommet pour la paix, n'est-ce pas ? Tu as dit qu'Ackmeyer avait quelque chose que tu voulais...

Kellan soutint son regard inquisiteur, les yeux non plus étincelants d'ambre mais calmes à présent, ayant retrouvé l'éclat noisette qui semblait toujours la traverser jusqu'au plus profond d'elle-même.

— Il y a trois mois de ça, à New York, un mâle de Havrobscur s'est fait tirer dessus dans la rue par des brutes humaines. C'était un innocent civil de la Lignée, tué sans le moindre avertissement et sans la moindre raison par des hommes qui ont filé tranquillement dans un véhicule du gouvernement.

Mira essaya de se souvenir, puis fronça les sourcils, l'air sceptique.

— Il n'y a pas eu de meurtre de ce genre, en tout cas pas si récemment. Ç'aurait fait la une des journaux. Et ce serait même d'ailleurs encore un sujet d'actualité.

— Pas de corps. Pas de témoin, répliqua Kellan. Ou en tout cas c'est ce qu'ils pensaient.

— Que veux-tu dire ?

— Il y a une femme qui a tout vu. Elle a observé la scène depuis la fenêtre de son appartement qui donne sur l'allée dans laquelle le meurtre a eu lieu. (Le visage de Kellan était grave.) Il n'y avait pas de corps parce qu'il a été réduit en cendres sur place, Mira. Les balles avec lesquelles ces salopards humains lui ont tiré dessus étaient faites de lumière ultraviolette super concentrée et convertie en liquide. C'étaient des balles fabriquées avec pour unique objectif de tuer des vampires.

Mira réfléchit un moment, puis partit d'un rire incrédule.

— Allons, Kellan ! Tu peux faire mieux que ça. Des assassins à la solde du gouvernement utilisant des balles aux ultraviolets liquides ? C'est de la science-fiction pure. Ce genre de technologie n'existe pas.

— Tu en es bien sûre ?

— Oui, insista-t-elle. D'abord, ce serait une infraction à l'interdiction des armes susceptibles de conduire à une catastrophe mondiale. Ça n'aurait jamais pu être approuvé par le CGN. Ensuite, l'Ordre ne permettrait jamais que ce genre d'arme soit développé. Il ne laisserait jamais apparaître quelque chose d'aussi potentiellement dévastateur que des balles aux ultraviolets.

Il haussa les épaules.

— Et pourtant, à l'évidence, ç'a bien été le cas.

— Alors, prouve-le.

Kellan n'ajouta rien, se contentant de plonger la main dans sa poche et d'en retirer une douille usagée.

— La femme a récupéré ça dans les cendres du vampire mort, reprit-il. C'était son compagnon. Elle a expliqué qu'il n'avait aucun ennemi, qu'il rentrait juste chez lui avant le lever du soleil lorsque les humains l'ont accosté, ont commencé à le provoquer avec des injures anti-Lignée, puis l'ont abattu comme un animal… ou pire.

Laissant retomber sa colère, Mira déglutit en regardant la douille vide sans signe distinctif et en se représentant l'horreur de ce que cette femme devait avoir ressenti en voyant le vampire qu'elle aimait assassiné devant ses yeux.

— Elle ne savait pas à qui se fier ni où aller, expliqua Kellan. Alors elle a fait appel à nous.

— Qui est-elle ?

— Tu l'as vue dans l'autre pièce il y a quelques minutes à peine. C'est Nina. C'est une amie de Candice, et elle fait désormais partie de mon équipe.

Mira secoua la tête, essayant d'assimiler tout ce qu'elle entendait.

— Es-tu en train d'essayer de me dire que Jeremy Ackmeyer est responsable de ça d'une façon ou d'une autre ?

Kellan lui reprit la douille des mains et la remit dans sa poche.

— C'est sa technologie. Il nous a fallu du temps, mais nous avons fini par en remonter la trace jusqu'à lui. Nous avions prévu d'effectuer un raid sur son laboratoire, mais l'endroit est une vraie forteresse, encore plus que sa maison. C'est alors que nous avons appris qu'Ackmeyer n'allait pas tarder à bouger et qu'il attendait une escorte de sécurité chez lui.

— Moi, dit Mira, se sentant comme un pion qu'on manipule sur un échiquier.

— Nous devions agir rapidement, expliqua Kellan. Je ne savais pas que l'escorte qu'attendait Ackmeyer devait lui être fournie par l'Ordre. C'était un voyage de jour, et dans la mesure où environ quatre-vingt-dix-neuf pour cent des guerriers de l'Ordre ne patrouillent que de nuit…

— Qui t'a fourni l'info ?

Kellan la regarda fixement.

— Nous avons nos sources en ville.

— Coq, devina-t-elle avant de laisser échapper un petit rire comme il ne niait pas.

— Ce type est une ordure, admit Kellan, mais il a son utilité.

— Sais-tu que c'est à cause de lui que je me suis retrouvée à devoir escorter Ackmeyer ? (Elle fit la moue et secoua vaguement la tête.) C'était une sanction infligée par Lucan pour avoir embroché ce petit salopard de rouquin dans la salle de combats de *La Notte*. J'aurais dû viser le cœur.

Kellan haussa un sourcil.

— Tu le détestes vraiment.

— Je déteste tous les rebelles, dit-elle d'un ton acide. Je les déteste à cause de ce qu'ils m'ont pris.

Kellan croisa son regard brûlant et le soutint. Lorsque enfin il parla, c'était d'une voix grave, pleine de regrets mais pas d'excuses.

— Et à présent tu me considères comme faisant partie du lot.

— Je n'ai jamais voulu que nous soyons ennemis, Kellan. Ça vient de toi, pas de moi. Tu es en train de tout faire pour en ce moment, et tu es le seul à pouvoir y changer quelque chose.

Elle l'observait, attendant qu'il lui dise que tout ça n'était qu'une terrible erreur et qu'il allait la réparer. Qu'il l'aimait toujours et que, d'une façon ou d'une autre, ensemble, ils allaient trouver un moyen d'échapper à ce sombre piège qui refermait sur eux ses mâchoires meurtrières.

Mais il ne dit rien de tout ça.

— Je te demanderai de te souvenir de ce que je t'ai dit à propos d'une éventuelle tentative d'évasion ou perturbation de mon opération. Je ne veux pas que tout ça soit plus dur pour toi que ça ne l'est déjà, Mira.

Elle se blinda contre les regrets qu'elle lisait dans sa voix, se focalisant à la place sur le fait que rien de ce qu'elle lui avait dit ne l'avait convaincu de changer d'avis. Il était perdu pour elle, tout autant à présent qu'il l'avait été huit ans plus tôt.

— Épargne-moi ta pitié, Bowman ! Je n'en ai pas besoin. Je n'ai besoin de rien qui vienne de toi.

Il la considéra un long moment, puis, se contentant d'un vague hochement de tête, la laissa seule dans sa chambre tandis qu'il en sortait pour rassembler ses troupes rebelles pour une réunion tactique.

Il était minuit passé et personne n'avait encore eu de nouvelles de Mira. D'après ce qu'en disait Washington,

Lucan était furieux parce qu'elle avait négligé de faire son rapport, mais lorsque Nathan sut qu'on n'avait pas entendu parler d'elle de la journée, il eut l'intuition que quelque chose de terrible avait dû se produire. C'était la raison pour laquelle il avait rassemblé son équipe cette même nuit pour rejoindre la campagne de l'ouest du Massachusetts où vivait Jeremy Ackmeyer.

Et ce qu'ils avaient trouvé chez le savant reclus sentait très mauvais.

La pelouse éclairée par la lune était déchirée de profondes ornières et parsemée de morceaux de phares. Quant à l'allée pavée, elle était parcourue de traces noires de gomme. Enfin, le sol était jonché d'une dizaine de douilles vides qui devaient provenir, autant que Nathan pouvait en juger, du 9 mm réglementaire de Mira.

Il n'y avait aucun signe d'elle ni de son véhicule. Pas plus que de Jeremy Ackmeyer.

— Il n'y a pas de dégâts à l'intérieur, mais nous avons trouvé des traces de lutte, rapporta Elijah avec son accent traînant.

Son expression était grave dans la pénombre comme Jax et lui tournaient le coin de la maison pour retrouver Nathan près de la porte du garage ouvert.

— Qui qu'ils aient été, ces types savaient exactement ce pour quoi ils venaient, et ils n'ont pas perdu de temps pour filer dès qu'ils l'ont récupéré.

— Et maintenant ils détiennent Mira.

La voix de Nathan ne trahissait pas la fureur qu'il ressentait à l'idée que l'un des membres de l'Ordre soit apparemment tombé entre des mains ennemies. Et qu'il se soit agi de Mira, une femelle qui lui était aussi proche que si elle avait fait partie de sa propre famille, lui glaçait le sang.

— Capitaine ! appela Xander Raphaël depuis l'autre côté de la pelouse, à l'endroit où le pire de la lutte semblait avoir eu lieu. Tu ferais mieux de venir voir ça.

Nathan le rejoignit, les narines pleines de la puanteur du carburant et des autres liquides automobiles qui s'étaient répandus au sol. Une autre odeur flottait dans l'air chaud de la nuit, évanescente, le doux parfum de lys du sang de Mira.

De petites gouttes de ce sang séchaient sur l'herbe. Nathan s'accroupit et passa les doigts dessus. Mira avait été blessée, mais il était prêt à parier n'importe quoi qu'elle ne s'était pas laissé faire sans combattre.

— Elle a dû laisser tomber ça dans la bataille, dit Xander Raphaël en tendant un objet de métal martelé allongé à Nathan.

Celui-ci n'eut même pas besoin de regarder pour savoir ce dont il s'agissait.

C'était l'une des lames adorées de Mira.

Nathan prit la dague faite main. La garde en était rugueuse contre ses doigts. Il la retourna dans sa paume, lisant les mots qui étaient gravés de part et d'autre de l'arme ouvragée : « Foi », « Courage ».

Il savait que Mira ne manquait pas de ce dernier. Quant à l'autre qualité inscrite, il aurait été bien incapable d'en juger. Ses outils à lui étaient la logique et la force, des instruments qu'il avait maîtrisés enfant lors de son éducation solitaire sous la coupe d'un fou meurtrier. Pour lui, la foi n'avait pas plus de réalité que la magie. Dans son monde, elle n'existait tout simplement pas.

Mais il connaissait l'espoir. Et malgré la froideur de sa logique, il conçut une colère encore plus froide, qu'il sentit grandir en lui tandis qu'il glissait la dague tant aimée de Mira à sa ceinture.

Elle survivrait, il en était persuadé. Elle combattrait les salopards qui s'étaient emparés d'elle ce jour-là, qui qu'ils fussent et quelles qu'aient été leurs raisons de s'en prendre à elle, et son courage la maintiendrait en vie assez longtemps pour que l'Ordre la retrouve.

Et quand ça arriverait Nathan ferait en sorte que ceux qui l'avaient enlevée souffrent avant de payer de leurs misérables vies.

Chapitre 8

Kellan allait et venait dans la salle principale du bunker rebelle. Il sentait dans ses os qu'au-delà des épais murs de béton l'aube arrivait. Les membres de son équipe s'étaient dispersés plusieurs heures auparavant pour mener à bien leurs tâches quotidiennes, qui consistaient à réapprovisionner les réserves alimentaires du camp, à faire le plein des véhicules, à entretenir les armes et à assurer la maintenance des panneaux solaires de la base et du terrain qui l'entourait.

En général, le matin, leur chef vampire s'autorisait quelques heures de sommeil. Mais ce ne serait pas le cas aujourd'hui, avec Mira enfermée dans sa chambre.

Il sentait encore la chaleur de leur confrontation… sans parler de celle du baiser qui, s'il était imprévu, n'avait pu être évité, un baiser que sa libido ne demandait qu'à voir se reproduire. Et Kellan savait que s'il s'avisait de s'approcher encore autant d'elle, s'il s'autorisait à la toucher, ne serait-ce que du bout des doigts, il trouverait bien vite le moyen de l'avoir couchée nue sous lui.

Mauvaise idée ça, très mauvaise idée.

Mais ça ne l'empêchait pas de sentir tout ce qu'il y avait de mâle en lui se mettre au garde-à-vous à cette pensée.

Il n'était pas retourné dans sa chambre de toute la nuit. Non, il avait préféré ordonner à Candice de le faire à sa place. Elle était allée voir comment se portait Mira à plusieurs reprises pendant la soirée, s'assurant qu'elle avait de l'eau et quelque chose à manger, l'amenant jusqu'aux installations sanitaires du bunker pour qu'elle puisse utiliser les toilettes et prendre une douche. Candice lui avait rapporté que Mira se montrait coopérative, mais qu'elle ne cessait d'observer attentivement tout ce qui l'entourait, étudiant chaque recoin tandis qu'elle lui faisait traverser le fortin en la gardant en joue.

Mon Dieu, il souffrait de devoir traiter Mira comme ça, d'avoir à l'entraîner au milieu d'une bataille à laquelle il n'avait jamais voulu participer, une bataille dont il n'était pas sûr de sortir vivant, sans parler de la gagner. Et à présent la femme qui à une époque lointaine avait été pour lui ce qu'il y avait de plus important au monde se trouvait derrière la porte verrouillée de sa chambre et le haïssait, souhaitant probablement qu'il meure, pour de bon cette fois.

Pour un scénario de merde, c'était vraiment un scénario de merde.

Quelque chose de faible en lui ne désirait rien tant que de la rejoindre pour lui demander pardon, pour tenter de lui faire comprendre que ce n'était pas ce qu'il voulait. C'était même, en fait, très exactement ce qu'il avait voulu éviter toutes ces années consacrées à s'éloigner de tous ceux qui l'avaient jamais aimé et qu'il avait aimés en retour.

Mais il n'était pas allé assez loin.

Pas moyen de distancer le destin, et à présent celui-ci venait de lui donner une gifle.

Kellan laissa échapper un juron bien senti et sortit de la pièce. Il résista à la tentation d'aller voir Mira, se dirigeant à la place vers la cellule installée au plus profond de la vieille forteresse.

Vu l'état d'énervement et d'agressivité dans lequel il se trouvait, il lui sembla que c'était le meilleur moment pour rendre visite à celui qui méritait vraiment de subir son humeur de chien. Jeremy Ackmeyer était assis dans l'obscurité humide d'un bloc de béton de trois mètres par trois sans fenêtre. Une lourde grille de fer forgé verrouillée fermait ce dernier, le rendant parfaitement sûr malgré la rouille qui s'était attaquée aux barreaux au cours des décennies. De toute façon, Ackmeyer ne semblait pas enclin à essayer de s'échapper.

Mince et dégingandé, vêtu d'un jean trop grand pour lui et d'une chemise à carreaux vieillotte, Jeremy Ackmeyer se tenait immobile au centre de sa prison. De longs cheveux châtains sans éclat lui tombaient sur le front et par-dessus ses épaisses lunettes. Il était affalé tête baissée, les bras serrés autour de la poitrine. Tandis que Kellan approchait des barreaux, il leva un regard las sans rien dire.

Le plateau de nourriture que Candice lui avait apporté plusieurs heures auparavant était posé sur le banc de béton de la cellule mais n'avait pas été touché. Évidemment, parler de nourriture s'agissant de rations militaires était peut-être un peu exagéré. De toute façon, Kellan, comme tous ceux de son espèce, n'avait aucune expérience des préférences diététiques des humains.

— Quel est le problème, Ackmeyer ? Les menus rebelles ne te conviennent pas ? (La voix sourde de Kellan était répercutée par les murs de la cellule, ce qui en amplifiait encore l'animosité.) Peut-être es-tu un peu trop habitué au luxe pour des plats aussi simples ?

L'humain cligna une fois des yeux derrière les verres déformants de ses lunettes et déglutit un grand coup.

— Je n'ai pas faim. Je voudrais sortir de cette cellule. Elle pue le mildiou et il y a une moisissure noire qui se répand dans le coin.

Kellan afficha un sourire sardonique.

— Je vais licencier la gouvernante de ce pas.

— C'est extrêmement malsain. Et même toxique, poursuivit Ackmeyer, qui semblait plus effrayé qu'arrogant.

Il s'agitait maladroitement, passant d'une fesse sur l'autre, inquiet, ressemblant moins à un savant diabolique qu'à un enfant nerveux et troublé.

— Vous rendez-vous compte que les spores se reproduisent de manière exponentielle par millions ? Des spores mortels que vous et moi sommes en train d'inspirer en ce moment même. Alors, s'il vous plaît… je vous en prie, ouvrez cette cellule et laissez-moi sortir.

Kellan le regardait incrédule, impressionné par le fait que cet homme semblait plus terrifié par de microscopiques bactéries que par l'autre menace autrement plus évidente à laquelle il avait à faire face. S'il jouait la comédie, ce type-là était un acteur de premier plan.

— Tu n'iras nulle part tant que je ne l'aurai pas décidé. Ce qui signifie que soit tu retiens ta respiration, soit tu apprends rapidement à vivre avec tes névroses.

Ackmeyer se recroquevilla sous l'effet du ton sec adopté par Kellan. Jouant sans s'en rendre compte avec l'ourlet de sa chemise, il fronça ses fins sourcils.

— Et la femme ?

— Quoi la femme ? grogna Kellan.

— Elle était chez moi quand ça s'est passé. Je l'ai entendue m'appeler juste avant d'être assommé. (Il leva des yeux marron pleins d'un regard à la fois doux et inquiet.) Est-ce qu'elle va… bien ?

— Ça ne te regarde pas.

Kellan s'approcha plus près de la grille, observant Ackmeyer à travers les barreaux. Il laissa échapper un rire caustique, qui résonna durement dans le calme du bunker.

— Tu voudrais me faire croire que tu t'inquiètes pour un autre être vivant, n'est-ce pas ? Si tu cherches la compassion, ce n'est pas chez moi que tu la trouveras.

Ackmeyer cligna des yeux rapidement et secoua vaguement la tête.

— Vous pouvez bien penser ce que vous voulez. Dans la mesure où l'attaque a eu lieu chez moi, je suppose qu'elle a à voir avec ma personne, et pas avec celle de cette femme.

— Finement observé, ricana Kellan. Une idée sur la raison pour laquelle tu te retrouves à présent assis devant moi dans une cellule verrouillée couverte de moisissures dans un bunker rebelle ?

Pris d'un frisson, Ackmeyer tourna lentement la tête pour le regarder en face.

— J'imagine que vous avez l'intention de demander une rançon ou de me tuer.

— Je n'ai pas l'intention de monnayer la vie d'un autre homme, répondit Kellan d'une voix sèche. Et toi ?

— Bien sûr que non ! (La réponse d'Ackmeyer avait fusé, pleine de conviction.) Je ne ferais jamais une chose pareille. La vie est trop précieuse…

Kellan l'interrompit vivement.

— Pour peu que cette vie n'appartienne pas à un membre de la Lignée, n'est-ce pas ?

Il savait que son regard était en feu. La chaleur d'ambre de son mépris pour le génie destructeur de cet humain se répandait dans sa vision, imposant un filtre rouge au regard qu'il dardait à travers la barrière métallique qui l'empêchait tout juste de s'en prendre au savant avec ses poings et ses crocs.

Ackmeyer comprit alors la réalité et l'importance de la menace. Se rendant compte exactement de ce à quoi il avait affaire, il se leva et rejoignit le fond de la cellule.

— Je… je ne sais pas de quoi vous voulez parler, je le jure ! bredouilla-t-il.

— Ah non ? rétorqua Kellan d'une voix rauque. J'ai des preuves du contraire.

L'humain se mit à secouer la tête frénétiquement.

— Vous vous trompez ! Je suis un homme de science. Je respecte la vie sous toutes ses formes car c'est un miracle de la nature.

Kellan ricana sombrement.

— Même une abomination dans mon genre, dans le genre de ma race ?

— Ou… oui, crachota Ackmeyer, avant de se rendre soudain compte de ce qu'il venait de dire. Je veux dire…

non ! Ce n'est pas ce que j'essayais de dire, je… je voulais juste dire qu'il y a là quelque chose qui ne va pas du tout. Quelle que soit l'offense que vous croyez que j'ai commise contre vous, je vous jure que je suis innocent. Il y a eu une erreur, une erreur terrible…

Il avait beau vouloir écarter les protestations de l'humain comme une dénégation désespérée d'un tueur froid, Kellan sentit quelque chose de déstabilisant s'installer en lui. Quelque chose qui l'amenait au bord d'un constat très dérangeant. Ce quelque chose était une sincérité qui le fit observer Jeremy Ackmeyer d'un peu plus près, à la recherche d'une trace du mensonge dont il s'était persuadé qu'il se rendait coupable.

D'une rapide commande mentale, Kellan ouvrit la serrure de la grille de la cellule et la poussa. Ackmeyer se recroquevilla sur lui-même tout en reculant vers le mur de la cellule jusqu'à coller le dos contre les parpaings couverts de moisissures. Kellan pénétra dans la cellule humide et avança jusqu'à se retrouver tout près de l'humain.

— Tu veux vraiment savoir pourquoi tu es ici ? (Surplombant Ackmeyer de toute sa hauteur, il vit le visage du jeune homme rougir sous la lueur d'ambre chaude qui émanait de ses iris.) C'est à cause de la technologie ultraviolette tueuse de vampires que tu as créée.

Ackmeyer secoua la tête, muet de peur.

— Tu es ici parce que cette technologie UV a été utilisée pour réduire en cendres un civil de Havrobscur dans la rue il y a quelques mois de ça. Du soleil liquide, exactement le genre de niveleur que certains membres de ton espèce tueraient pour posséder. (Kellan poursuivit sans tenir compte des larmes qui montaient aux yeux écarquillés de l'humain.) Est-ce que tu vas nier et prétendre que tu n'as rien à voir avec ça ?

— Je ne sais pas de quoi vous parlez. Est-ce que j'ai découvert un moyen de maîtriser la lumière UV et de la convertir en liquide ? Oui. Cela fait partie d'un des nombreux prototypes sur lesquels je travaille dans le cadre de mon projet « Étoile du matin ». Mais aucun élément de mes recherches n'a été rendu public. Il s'agit dans tous les cas de technologies visant à apporter la lumière aux gens, et en aucun cas d'armes. L'objectif principal du projet est d'apporter un plus aux habitants de la planète en révolutionnant la consommation d'énergie…

— C'est ce qu'on a dit pour l'énergie nucléaire, grogna Kellan. Je n'ai pas de temps à perdre avec toutes ces conneries. À qui as-tu vendu cette technologie ?

— À personne ! (Ackmeyer s'affaissa en hoquetant sur le sol de la cellule.) Les tests ne sont même pas terminés. Et à part ça, je n'ai jamais vendu aucune de mes recherches. Et je n'ai jamais créé quoi que ce soit dans l'idée de faire mal à qui que ce soit. Si quelqu'un prétend disposer de cette technologie, si comme vous le dites quelqu'un a utilisé mon travail, c'est qu'il l'a volé. Vous devez me croire ! Vous devez me croire quand je vous dis que je n'ai rien fait de mal !

Non, Kellan n'avait pas besoin de le croire. Il disposait d'un outil bien plus fiable que son intuition ordinaire.

Il posa la main sur le crâne tremblant d'Ackmeyer.

Et soudain, il sut, de manière irréfutable.

Le don de Kellan s'était immiscé dans les intentions de l'humain, fusant au cœur même de la vérité cachée au plus profond de l'âme de Jeremy Ackmeyer. Et il ne s'y trouvait que l'honnêteté la plus pure et les motivations les plus désintéressées qui soient. Pas la moindre trace de culpabilité chez cet homme.

Nom de Dieu!

Kellan retira la main comme s'il s'était brûlé. Le constat s'infiltra en lui comme de l'acide, impossible à évacuer maintenant qu'il était là.

Jeremy Ackmeyer lui avait dit la vérité. Il ne savait absolument pas que son travail avait été utilisé pour fabriquer une arme dans le but de détruire la Lignée.

Il avait ordonné l'enlèvement d'un homme honnête, d'un homme innocent.

— Y a-t-il quelque chose d'autre que je doive savoir à propos de cette situation ?

Le visage grave de Lucan Thorne emplissait l'écran plat accroché au mur du centre de commande de Boston.

Il n'avait pas été content du tout d'entendre le rapport de Nathan sur le terrain, mais alors que le leader Gen-1 de l'Ordre avait toutes les raisons de jurer et de se fâcher au vu de la façon dont une simple mission d'accompagnement avait si mal tourné, il avait clairement beaucoup de mal à accepter l'idée qu'un membre de l'Ordre ait disparu au cours des événements. Et qu'il se soit agi de Mira, une femelle élevée au sein de l'Ordre, rendait cette perte encore plus difficile à gérer avec objectivité, non seulement pour Lucan, mais aussi pour Nathan et les deux membres de l'Ordre assemblés avec lui dans la salle de réunion ce matin-là.

Sterling Chase, le guerrier vampire qui dirigeait les opérations de la Lignée dans la région de Boston depuis deux décennies, était assis, l'air grave, près de sa compagne, Tavia, sa grande main posée sur les doigts fins de cette dernière sur la table, un geste de tendresse que Tavia, même si on pouvait difficilement la considérer comme une délicate femelle de Havrobscur éloignée des réalités du monde, acceptait volontiers.

Née dans le même laboratoire et du même ADN extraterrestre que Nathan et une petite armée d'assassins élevés et formés comme lui, Tavia constituait une rareté impressionnante en tant que femelle Gen-1. En outre, contrairement aux autres membres de la Lignée, elle ne craignait pas les rayons du soleil. Alors qu'il aurait suffi que Nathan soit exposé quelques minutes à la lumière ultraviolette pour y laisser la vie, sa demi-sœur Tavia et ses enfants, une paire de jumeaux ayant pour noms Aric et Carys, pouvaient se faire dorer sur les plages tropicales toute la journée sans le moindre risque.

— S'il est arrivé quoi que ce soit à Mira, murmura Tavia, ses yeux vert printemps parcourus d'étincelles d'ambre, si on lui a fait du mal d'une façon ou d'une autre…

— Nous la trouverons, les rassura Nathan. Je ne m'autoriserai aucun repos tant que nous ne les aurons pas localisés tous les deux, elle et le savant humain.

Sur l'écran, Lucan hochait la tête.

— Je sais pouvoir compter sur toi. C'est pourquoi je te confie cette mission, à laquelle tu consacreras tout ton temps. Il est essentiel que le public ne soit pas informé de ce problème. Je veux un couvercle hermétique sur cette affaire, et je veux qu'on en finisse avec ces salopards proprement et de manière permanente. Ta formation fait de toi le sujet idéal pour ce genre de boulot à précision chirurgicale, Nathan.

Ce dernier acquiesça.

— Je ferai tout ce qu'il faudra.

— Je le sais. (Le regard gris de Lucan le transperçait à travers l'écran vidéo.) Tu as ma permission de faire disparaître tous les obstacles qui pourraient t'empêcher de mener à bien ta mission. S'il doit y avoir des conséquences, j'en prends toute la responsabilité.

Nathan soutint le regard grave du Gen-1.

— Ce ne sera pas nécessaire.

— Il va falloir informer Nikolaï et Renata, intervint Chase, caressant distraitement du pouce le dos de la main de Tavia. On ne pourra pas les empêcher de se joindre aux recherches.

— N'oublions pas quand même que Renata est enceinte et doit très bientôt accoucher, fit remarquer Tavia. Mais Chase a raison. Ils doivent savoir, Lucan. Mira est leur fille.

Le fondateur de l'Ordre serra les lèvres mais se rangea à cette opinion avec un petit hochement de tête.

— Ce n'est pourtant pas le genre de nouvelles qu'un parent devrait entendre, observa-t-il d'une voix grave, ses rides paraissant plus prononcées tandis qu'il réfléchissait à ce qui venait d'être dit. Gabrielle et moi les appellerons ensemble dès que nous en aurons fini tous les quatre. Je ne veux pas de quartier, ajouta-t-il à l'intention de Nathan. Pas question que l'un ou l'autre de ces salopards de rebelles se relève une fois la poussière retombée. Compris ?

Nathan confirma d'un petit coup de menton.

— Compris.

L'appel vidéo se termina quelques minutes plus tard et Nathan quitta la salle de conférence pour retrouver son équipe. Xander Raphaël, Elijah et Jax avaient été rejoints par Aric Chase, qui se leva dès que Nathan sortit.

— Que s'est-il passé là-dedans ? Est-ce que Lucan a désigné une équipe pour poursuivre ces ordures et ramener Mira ?

Âgé de vingt ans, Aric, le fils de Sterling Chase et de Tavia, s'était entraîné sous les ordres de son père avec son meilleur ami, Xander Raphaël. Mais alors que ce dernier avait fini sa formation depuis plusieurs mois, Aric n'avait pas encore été intégré comme membre à part entière de l'Ordre. Il était prévu qu'il quitte la côte Est pour Seattle quelques semaines plus tard afin de rejoindre l'une des équipes de Dante dans cette région en tant que guerrier nouvellement confirmé.

Nathan ne répondit pas à la question du bleu. Quant aux membres de son équipe, ils savaient bien qu'il ne fallait pas chercher à connaître les détails d'une conférence vidéo privée avec Lucan Thorne. Ils suivirent Nathan, qui venait d'emprunter le couloir qui allait le mener à la salle d'armes du centre de commande.

— Bon Dieu, j'aurais bien voulu que Lucan me confie la tâche d'escorter Ackmeyer jusqu'au sommet, lança Aric en leur emboîtant le pas. J'aurais fait en sorte que ces fils de putes d'*Homo sapiens* fassent une overdose de plomb et d'acier. Que ces lâches de rebelles se retrouvent face à un guerrier de la Lignée de jour et on les verra se pisser dessus en priant Dieu de leur venir en aide.

Même Nathan dut bien admettre que l'idée était amusante. Il sourit malgré lui tandis que ses compagnons guerriers continuaient à plaisanter, chacun d'entre eux en rajoutant sur la douleur et la terreur qu'il aurait aimé infliger aux salopards qui s'étaient emparés de Mira.

Alors qu'ils chahutaient et s'envoyaient des quolibets, Nathan se tenait à l'écart du groupe, habitué depuis toujours à s'isoler. Une fois seulement, il avait ouvert la porte de son cœur à un ami, à un frère d'armes, et la perte de Kellan avait été pour lui pire que celle d'un membre. Ces autres guerriers constituaient son équipe, mais il avait appris à ne pas se laisser aller à éprouver pour eux plus que la camaraderie et l'instinct de protection qui convenaient à leur statut de soldats placés sous son commandement.

Et à présent, Mira elle aussi avait disparu.

Si elle ne rentrait pas saine et sauve, il ne savait pas comment il le supporterait.

Non, corrigea-t-il en son for intérieur.

Il avait été formé pendant les treize premières années de son existence à rejeter toute émotion et à s'empêcher de se soucier de quoi que ce soit d'autre que d'obéir aux ordres de son maître. Si cela se passait mal pour Mira, il s'inspirerait des dures leçons apprises dans son enfance pour passer le cap.

Mais d'abord il tuerait ses ravisseurs. Jusqu'au dernier.

En esprit, il était déjà en train de se préparer pour la mission secrète qu'il commencerait dès le coucher du soleil, à tel point qu'il lui fallut un moment pour remarquer qu'il y avait eu un changement dans la température de l'air devant lui dans le couloir. La source de ce changement apparut un instant plus tard, sous la forme de Carys Chase, sortant d'une pièce qui donnait sur le long couloir. Elle transportait avec elle le frais parfum du matin, qui s'accrochait à sa chevelure caramel ainsi qu'au corsage noir qui moulait ses formes et au jean ajusté qui disparaissait dans des bottes à talons aiguilles.

— Carys ? (Aric avait stoppé net dans le couloir, bouche bée devant sa sœur jumelle.) Mais qu'est-ce que tu fous là, bon Dieu ?

Nathan et les membres de son équipe s'étaient aussi arrêtés à présent et regardaient tous fixement la superbe jeune femme de la Lignée qui trottinait vers eux d'un air faussement nonchalant, haussant ses minces sourcils au-dessus de ses yeux bleus étincelants bordés de longs cils noirs.

— D'après toi, grand frère ?

Aric fronça les sourcils.

— Je dirais que tu viens juste de te glisser par une fenêtre de derrière du domaine après avoir passé la nuit dehors à faire Dieu sait quoi.

Carys se mit à rire.

— Seigneur, Aric, on croirait entendre père. À part ça, depuis quand s'amuser avec des amis est-il devenu un crime ?

— Ce n'est pas sûr, là-dehors, Car. En tout cas pas pour une femme seule, sans personne pour la protéger.

Nathan lança à Aric Chase un regard visant à l'avertir le plus subtilement possible de ne pas divulguer les détails de ce qui était arrivé à Mira et au savant humain, pas plus que les soupçons de l'Ordre quant à la responsabilité des rebelles dans cette disparition. Le jeune homme comprit et eut le bon sens de ne pas aller plus loin.

— Je viens de te le dire, je n'étais pas seule, riposta Carys. Jordana Gates et moi avons retrouvé d'autres amis dans le North End. Tout ça était parfaitement sûr.

Aric serra la mâchoire, mais il se garda bien d'argumenter plus avant.

— Je me fais juste du souci pour toi, c'est tout. Je ne veux pas qu'il t'arrive quoi que ce soit.

Elle lui adressa un sourire chaleureux.

— Je sais bien. Mais j'ai beau être une femelle, grand frère, j'appartiens aussi à la Lignée, et je suis aussi forte que n'importe lequel d'entre vous autres mâles. Et ce n'est pas parce que je ne suis pas formée au combat comme vous l'êtes que je suis incapable de me défendre. (Constatant que son frère n'avait pas abandonné son air désapprobateur, Carys fit la moue et le regarda de dessous ses longs cils.) Tu ne vas pas parler de tout ça à père et à mère, n'est-ce pas ?

— Je devrais, rétorqua Aric. Je suis sûr que père serait enclin à en parler aux parents de Jordana aussi. Je ne pense pas que le chef du vénérable clan des Gates de Beacon Hill serait très content d'apprendre que sa Compagne de sang de fille se balade partout en ville la nuit.

— Mais tu ne diras rien, reprit Carys, toute de douceur enjôleuse.

Et pourtant Nathan était certain d'avoir détecté une note d'inquiétude dans les yeux brillants de la jeune femme à l'évocation de son amie de Havrobscur. Carys s'approcha de son frère et posa les paumes sur son torse.

— Tu ne diras rien, Aric. Et en échange je ne dirai rien à mère et à père sur le trio de danseuses que toi et Rafe avez partagé dans un bouge de Chinatown le week-end dernier.

— Où as-tu entendu parler de ça ? lâcha Aric comme paniqué, mais Xander Raphaël se contenta de sourire, avec une expression qui dénotait chez lui l'absence de toute repentance. Avec qui traînes-tu pour être au courant d'un truc pareil ?

— Tu as tes petits secrets, ironisa Carys avec un sourire, et j'ai les miens. Je te propose que nous convenions de laisser les choses en l'état, qu'en penses-tu ?

Elle se hissa sur la pointe des pieds et fit une bise rapide à son frère. Puis elle tourna les talons en faisant un petit signe à Nathan et aux autres et s'en alla.

Tandis que ses frères d'armes repartaient vers la salle d'entraînement, Nathan sentit son instinct le chatouiller avec un soupçon vague mais bien réel. Il jeta par-dessus son épaule un regard inquisiteur à Carys, qui tourna la tête brièvement vers lui avant de presser le pas et de disparaître dans un tournant du long couloir.

Chapitre 9

Mira se réveilla d'un sommeil agité, l'odeur chaude et épicée de Kellan tout autour d'elle. Elle pensa d'abord que cette odeur appartenait à ses rêves, des rêves de séduction dans lesquels il n'était pas son ennemi mais l'amant qu'elle avait tant aspiré à toucher de nouveau, le seul homme qu'elle ait jamais désiré.

Mais ce n'était pas un rêve qui emplissait ses sens à présent. C'était la réalité : le lit froid et vide de Kellan, sa propre solitude dans sa chambre verrouillée au sein de la base rebelle qu'il dirigeait.

Mira s'assit et repoussa ses cheveux en désordre, qui lui tombaient dans les yeux. La pièce était calme. Il n'y était pas revenu depuis qu'il l'avait quittée là la nuit précédente. La couverture qu'il avait jetée par terre pour lui-même n'avait pas bougé, personne n'ayant dormi dessus.

Où était-il ? Dans la mesure où il n'était pas revenu dans sa propre chambre, où avait-il choisi de passer la nuit ?

Peut-être avec l'une des jolies femmes humaines sous ses ordres. Candice, avec son sourire facile et ses mains aptes aux soins. Ou bien l'espèce de lutin aux cheveux bleus, Nina, avec ses yeux tristes et son visage espiègle. Mira sentit un accès de jalousie la traverser avec amertume.

Elle n'avait pas à se demander avec qui Kellan voulait passer ses nuits. Elle n'avait aucun droit sur lui. Elle n'en aurait plus jamais.

Et peut-être d'ailleurs n'en avait-elle jamais eu, puisqu'il était parvenu à la quitter si facilement.

Son cœur aurait bien voulu nier ça, mais son esprit luttait toujours pour comprendre le fait que Kellan avait été vivant tout ce temps, présent juste à la périphérie de Boston dans une nouvelle vie sans foi ni loi qu'il avait créée pour lui-même comme quelqu'un de complètement différent. Il n'avait jamais essayé de la joindre, ne l'avait jamais assez aimée pour mettre un terme à son chagrin et lui dire qu'il était sain et sauf, même si ce geste aurait été accompagné de la déception d'apprendre qui il était devenu. Non, il s'était contenté de partir sans regarder en arrière.

La souffrance qu'elle ressentait s'intensifiait, mais elle refusa de la laisser la briser.

Et elle n'aurait pas dû se soucier le moins du monde d'avec qui Kellan, ou plutôt Bowman, décidait de partager son lit, tant qu'il ne s'agissait pas d'elle.

Mira balança ses jambes nues par-dessus le bord du matelas et se servit un verre d'eau à la carafe que Candice avait laissée sur la table de chevet. Ses lentilles de contact s'y trouvaient aussi, dans une coupelle de solution saline, dont la présence était due également à la gentillesse de la jolie femme aux cheveux de jais. Mira les mit, puis but son verre d'eau, reconnaissante de ces délicates attentions envers la camarade rebelle de Kellan.

Se frottant les bras pour se réchauffer, elle posa les pieds sur le sol froid. Elle n'avait sur elle que sa culotte et le tee-shirt extra-large que Kellan avait sorti pour elle du coffre au pied du lit. Son soutien-gorge et le pantalon de jogging qu'il lui avait prêté étaient pliés sur une vieille chaise de bois. Elle allait se lever pour les prendre lorsqu'elle entendit le verrou de la porte s'ouvrir.

Sans prévenir et sans s'excuser, Kellan entra.

Son regard fila jusqu'à Mira assise sur son lit. Pendant un instant, elle ne put dire si c'était de la surprise ou du regret qu'elle lisait dans ses yeux noisette. Mais il y avait aussi quelque chose de grave dans son regard, quelque chose de troublé et de sinistre. Il referma la porte derrière lui.

Lorsqu'il parla, ce fut d'une voix rauque :

— Tu as l'air bien reposée.

Mira s'empressa de quitter le lit, bien trop consciente du fait qu'elle n'avait rien ou presque sur elle et que Kellan s'en était bel et bien aperçu.

— Je ne peux pas en dire autant de toi, répliqua-t-elle, s'efforçant au sarcasme tandis qu'elle s'éloignait du lit froissé. Ça me fait de la peine de me dire que tu as dû trouver un autre lit pour dormir, puisque ta chambre est devenue ma cellule.

Il grogna en avançant plus loin dans la pièce.

— Qui te dit que j'ai dormi ?

Mira l'observait. Elle aurait bien voulu qu'il lui soit plus difficile de l'imaginer réchauffant le lit d'une autre femme. Elle avait beau s'être dit qu'elle ne devait pas se soucier de ce qu'il faisait, ni d'avec qui il le faisait, le voir fatigué et chargé d'énergie menaçante la mettait en colère.

— Où étais-tu, Kellan ?

Il partit d'un grand rire caustique.

— En train de planifier des activités de rebelles, bien entendu ! (Il l'épingla d'un regard sombre, découvrant les pointes étincelantes de ses crocs.) C'est ça que je fais maintenant, tu te souviens ?

Mira le regardait fixement, surprise par la colère à peine retenue qui s'entendait dans sa voix. Le visage de Kellan était tendu d'agressivité, les angles francs de ses joues et de sa mâchoire ornée d'un bouc encore plus marqués qu'avant. Kellan était fou, fou furieux.

Elle le vit rejoindre la malle aux vêtements posée sur le sol comme s'il se rendait à la guerre. D'un geste brutal, il enleva son tee-shirt noir froissé et ouvrit le couvercle de la malle. Ses dermoglyphes luisaient de couleurs furieuses. Les arabesques et les ornements des marques propres à la Lignée qui couvraient sa poitrine et ses biceps étaient gorgés de nuances tempétueuses de rouge, de noir et de bleu nuit. Mira déglutit.

— Il s'est passé quelque chose, n'est-ce pas ? Quelque chose de mauvais.

Il laissa échapper un profond soupir.

— On pourrait dire ça, oui.

Son regard croisa celui de Mira, et à présent ses iris brillaient d'étincelles d'ambre, l'épinglant sur place. Elle sentait sa rage s'échapper de son corps, la voyait dans son regard brûlant, comme s'il ne pouvait supporter sa vue à ce moment précis.

— Vas-tu enfin me dire ce qui se passe ? demanda-t-elle, refusant de se laisser impressionner. Tu peux me parler, Kellan…

— Te parler ? éructa-t-il. Je ne veux pas parler. J'ai besoin de réfléchir. C'est mon problème. Tu n'en fais pas partie.

— J'en fais partie, que ça te plaise ou non, lui rappela-t-elle. Que toi ou moi aimions ou pas cette idée, tu as fait en sorte que ce soit le cas.

Il referma le couvercle de la malle avec tant de force que ce fut comme un coup de canon. Il se releva instantanément et fut devant elle avant qu'elle ait pu reprendre sa respiration. Ils étaient près l'un de l'autre à se toucher, si près qu'elle sentait la chaleur émaner de chacun de ses pores.

Les glyphes qui pulsaient des nuances tempétueuses de la colère et de la frustration de Kellan quelques instants auparavant fonçaient à présent. Il s'y lisait toujours de la rage, mais Mira vit les couleurs évoluer vers le désir et quelque chose de plus sombre tandis que Kellan la dominait de son corps puissant. Ses crocs lui paraissaient immenses, aussi pointus que des dagues derrière sa lèvre violemment retroussée.

— Tu veux que je te dise à quel point je me suis planté à poursuivre Jeremy Ackmeyer ? (Les yeux de Kellan brillaient comme des charbons ardents, les pupilles réduites à de fines fentes noires au milieu de tout cet ambre.) Tu veux entendre, poursuivit-il, comment je me suis emparé d'un homme innocent, d'un homme bien, d'un homme qui ne ferait pas de mal à une mouche et encore moins à un autre homme ?

Mira tenta d'assimiler ce qu'il était en train de lui dire, mais, consciente de son tourment, elle avait du mal à respirer. Une émotion prégnante jouait sur le visage de Kellan, lui donnant une apparence à la fois de désolation et de férocité.

Un sourd grondement monta de sa gorge.

— Tu veux que je t'explique comment les ordres que j'ai donnés signifieront une sentence de mort certaine pour Candice, Doc et le reste de mon équipe si je ne parviens pas à trouver un moyen de réparer les dégâts ?

Mira sentait son pouls battre dans ses oreilles. Elle aurait voulu le toucher, le réconforter d'une façon ou d'une autre, mais elle se contint, se concentrant sur la vérité de ce qu'il venait de dire.

— Jeremy Ackmeyer est innocent ? (Elle fouilla du regard le visage de Kellan, bravant la chaleur enragée du sien.) Je croyais que tu avais retracé l'origine de la technologie UV jusqu'à son laboratoire.

Kellan répondit par un grognement.

— Ackmeyer est bien à l'origine de la technologie. Mais il ne l'a cédée à personne, que ce soit pour de l'argent ou autre chose. Quelqu'un la lui a volée.

— C'est ce qu'il t'a dit ?

Kellan hocha la tête.

— Et j'ai lu que c'était la vérité lorsque je l'ai touché. Il est innocent, Mira.

— Tu dois le laisser partir, murmura Mira.

Cette fois, elle s'autorisa à tendre la main vers Kellan, faisant pivoter son visage vers elle lorsqu'il tenta d'échapper à son regard. Elle sentit sa mâchoire rigide dans sa paume et un tendon qui battait furieusement contre l'extrémité de ses doigts.

— Il faut que tu le libères. Ramène-le directement à l'Ordre et explique à Lucan ce que tu as découvert à propos de la technologie UV et de la mort du compagnon de Nina.

Il la regarda longuement, puis laissa échapper un juron et secoua la tête.

— Nous pouvons le faire ensemble, Kellan. (Mira chercha son regard enflammé, décidée à le convaincre.) Nous partirons ce soir, dès le coucher du soleil. Nous allons arranger ça, Kellan.

Il écarta son visage de la main de Mira en ricanant tristement.

— Je ne peux pas plus faire ça maintenant qu'avant de comprendre qu'Ackmeyer était innocent.

— Si, tu le peux. Ça change tout…

L'éclat des yeux de Kellan se fit encore plus brillant.

— Ça ne change rien. Je suis toujours coupable d'enlèvement et de conspiration. Le CGN se foutra pas mal des raisons que j'avais de prendre en otage un civil humain. Et tu crois vraiment que l'Ordre les prendra en compte, surtout lorsqu'ils apprendront où j'ai été toutes ces années, et ce que j'ai fait ?

— Alors nous ferons en sorte qu'ils comprennent, déclara Mira, elle-même pas très sûre de la manière dont ils pourraient y parvenir, mais absolument décidée à essayer. (Tout ce dont elle avait besoin, c'était de l'accord de Kellan.) Nous irons voir Lucan ensemble et lui expliquerons tout. Il doit bien y avoir un moyen. Quand ils verront Jeremy Ackmeyer libre et indemne, ils seront prêts à écouter, Kellan.

Il la regarda longuement en réfléchissant, en tout cas c'était ce qu'elle espérait. Mais il arborait une expression dure et inflexible.

— Il y a une chose sur laquelle tu as raison, Mira. Il faut que je le libère. Je vais vous libérer tous les deux. Mais pas avant que mon équipe ait eu la possibilité de démanteler notre base et de trouver un abri ailleurs. J'ai besoin de savoir qu'ils seront eux aussi sains et saufs, une fois tout ça terminé.

Il s'écarta d'elle, s'apprêtant à tourner les talons et à quitter la pièce. Mira le prit par le bras.

— Et toi ? Qu'adviendra-t-il de toi dans cette histoire ?

Elle n'aima pas l'inflexibilité qui se lisait dans ses yeux brillants.

— Ne t'inquiète pas pour moi. Cette fois je ferai ce que je n'ai pas pu faire auparavant.

— Que veux-tu dire ?

Il lui toucha le visage, avec tant de douceur qu'elle crut que son cœur allait se briser de nouveau.

— Je mettrai autant de distance que possible entre nous. Cette fois, je te le promets, je ferai en sorte que nos chemins ne se croisent plus jamais.

Elle eut le sentiment d'avoir reçu un direct à l'estomac. À présent, c'était elle qui écumait de rage, une rage instantanée qui lui faisait bouillir le sang.

— Espèce de fils de pute égoïste ! Comment oses-tu prétendre que tu fais ça pour moi ?

— C'est la pure vérité, affirma-t-il platement. Je ne veux pas te faire de mal, ma puce. Je ne l'ai jamais voulu.

Incapable de contenir la souffrance et la colère qui l'agitaient, Mira le gifla vivement.

— Et moi, ce que je désire le plus au monde à présent, c'est te faire mal. (Elle se mit à marteler des poings son torse puissant ; elle aurait bien voulu avoir une lame à portée de main.) Je veux que tu aies mal comme ça, toi aussi. Je te ferais saigner si je le pouvais !

Kellan lui prit calmement les poignets, et lui maintint tendrement les mains entre eux deux. S'il y avait mis de la force, elle se serait dressée contre lui avec toute l'énergie dont elle était capable. Elle aurait voulu disposer de cette excuse. Elle aurait voulu le maudire, le frapper et le haïr pour ce moment et tous les moments qui lui avaient apporté tant de souffrances de son fait.

Mais Kellan restait tout de douceur. L'air grave, les yeux pleins de chaleur et de regrets, il baissa la tête pour venir baiser les phalanges blanchies de ses deux poings serrés.

Mira tremblait de fureur impuissante. Elle aurait voulu hurler contre Kellan, mais seul un petit gémissement étouffé parvint à franchir ses lèvres. Sous le feu du regard de Kellan, elle ne parvenait plus à bouger et respirait difficilement. Il relâcha son étreinte et vint caresser sa joue du bout des doigts en partant de la petite marque de naissance de la larme tombant dans un croissant de lune sur sa tempe gauche.

Le souffle court, il murmura un juron et posa la bouche sur le front de Mira pour y déposer un baiser, sa barbichette taillée éraflant doucement son front. S'ensuivit un baiser sur sa marque de Compagne de sang... puis encore un autre, qui, cette fois, atterrit doucement sur ses lèvres entrouvertes.

Elle aurait voulu lui dire de cesser, mais tout ce qu'il y avait de femelle en elle répondit à son baiser en se laissant aller complètement. Les lèvres de Kellan effleurèrent les siennes, chaudes et humides, la poussant à en vouloir plus. Elle sortit la langue à la rencontre de la sienne et sentit son corps puissant se raidir contre elle. Il s'écarta d'elle un très bref instant pour la regarder, le souffle chaud contre sa joue, avec un nouveau juron.

Ce fut les mains tremblantes qu'il vint prendre son visage. Il était si doux, si respectueux. Son pouce caressa la ligne de sa mâchoire, puis continua le long de sa gorge, s'arrêtant contre le pouls qui battait comme un tambour à chaque caresse. Sans rien dire, il se pencha et l'embrassa de nouveau.

Elle ne pouvait pas plus l'empêcher de prendre sa bouche qu'elle ne pouvait arrêter l'éclair sauvage de plaisir qui la traversait comme du feu liquide. Kellan semblait tout aussi perdu, tout aussi incapable de s'empêcher de la toucher, de l'embrasser, de la désirer autant qu'elle le voulait lui. Sa peau était brûlante et ses dermoglyphes pulsaient en réponse aux besoins de son corps. Son érection fut rapide et évidente, saillie de granit appuyant avec exigence contre l'abdomen de Mira. Elle se perdait en lui, si dur et plein de désir, si puissamment vivant.

Il avait beau dire, il la désirait. Il ne pouvait plus désormais y avoir aucun doute sur la question. Même ce qui les séparait, la situation intenable qui les mettait chacun d'un côté de la loi, ne pouvait venir à bout du désir qu'ils avaient déjà connu, un désir qui n'avait jamais faibli au cours de toutes les années pendant lesquelles il avait disparu, quelle qu'ait pu être leur volonté à tous deux de le voir s'évanouir.

Et il avait faim d'autre chose aussi.

Elle sentit cette faim croître quand il quitta sa bouche avec un grondement pour dévier le long de sa mâchoire puis de la colonne sensible de son cou. Ses crocs lui effleurèrent la peau, pointus et menaçants, évoquant une morsure qu'elle désirait au-delà de tout. La veine située sous le lobe de son oreille s'électrifiait à chaque passage de ses crocs contre sa gorge.

Le désir l'envahit complètement, et elle inclina la tête sur le côté. Ç'avait beau être une folie, elle voulait sentir cette délicieuse égratignure sur la carotide, elle voulait sentir sa chair tendre céder pour lui, lui seulement, comme elle en crevait d'envie d'aussi loin qu'elle pouvait se souvenir.

Mais c'était quelque chose à quoi il avait résisté avec une volonté de fer qui semblait encore à présent inflexible.

— Non, grogna-t-il d'une voix rauque.

Ses yeux étaient brûlants, les pupilles aussi fines que des lames de rasoir, d'un autre monde. Il frissonnait, son torse magnifique et ses bras illuminés des couleurs de la soif et du désir et pourtant il laissait les mains sur elle, ses doigts puissants tremblant tandis qu'il continuait à la caresser.

— Seigneur, Mira !

Elle savait qu'il ressentait la même nécessité impérieuse qu'elle. Elle savait qu'il désirait son corps et son sang. Elle savait qu'il voulait planter ses crocs en elle avec le même besoin fiévreux qu'elle avait de devenir sa Compagne de sang sous la morsure qui les lierait.

Elle était prête à lui donner ce droit tout de suite, là, et tant pis pour tout le reste. Kellan serait sien, de nouveau et pour toujours. Et ils s'arrangeraient pour la suite d'une façon ou d'une autre, ensemble, liés par le sang.

— Je t'en prie, murmura-t-elle, se fichant pas mal de la faiblesse et de la vulnérabilité qu'elle affichait ainsi. Tout ce qui importait c'étaient les mains de Kellan sur elle, son souffle chaud sur sa gorge, ses crocs qui appuyaient délicieusement contre sa chair conquise.

— Non, éructa-t-il, plus fort cette fois. (Ses doigts s'enfoncèrent dans les bras de Mira tandis qu'il l'écartait de lui en secouant la tête.) Je ne le ferai pas, Mira. Je ne peux pas le faire. Ne me laisse pas rendre pire une situation déjà assez critique comme ça.

Il n'attendit pas sa réponse, non, il ne lui donna même pas cette chance. Il relâcha son étreinte et recula. Puis, avec un nouveau juron, il pivota sur ses talons et s'enfuit hors de la pièce.

Mais qu'est-ce qu'il s'imaginait, putain ?

Kellan sortit de sa chambre les nerfs en feu. Son pouls battait la chamade, se répercutant dans ses oreilles et ses tempes, sa poitrine et son sexe. Tout ce qu'il y avait de mâle en lui était enflammé par le désir. Tout ce qu'il y avait de surnaturel, d'extraterrestre et de sauvage rugissait de la nécessité de prendre ce qu'il voulait tellement.

Mira.

Il voulait la sentir dans son lit, nue et chaude sous lui, se retrouver perdu en elle, voulait lui donner du plaisir jusqu'à ce qu'elle crie son nom, pas sous l'effet de la colère ou du désespoir, mais sous celui d'une jouissance implacable et désespérée.

Et oui, il voulait percer sa veine et abreuver son propre corps de son sang au parfum de lys jusqu'à ce que plus rien n'ait d'importance, jusqu'à ce qu'elle soit liée à lui comme sa compagne éternelle, et qu'aucune loi, aucun mensonge, aucun foutu destin ne puisse les séparer de nouveau.

Nom de Dieu !

Le besoin de faire de ses désirs une réalité – là, maintenant, tout de suite – faillit lui faire faire demi-tour jusqu'à sa chambre. Il lui fallut faire appel à tout le self-control dont il était capable pour s'obliger à continuer dans la direction qu'il avait prise. Ses pas résonnaient sur le sol de terre battue du couloir du bunker. Ses yeux transformés lançaient une lueur vive sur les murs de béton pelés. Chaque battement de son pouls lui rappelait la soif qui le déchirait, une soif dont il savait qu'une seule femme pourrait jamais l'étancher.

Malheureusement, il appartenait à la Lignée, et indépendamment des exigences de son cœur, son corps avait des besoins qu'il ne pouvait ignorer. Il était incapable de se souvenir précisément de la dernière fois qu'il s'était nourri, mais à en juger par l'état dans lequel il se trouvait à présent, elle était déjà beaucoup trop loin.

Kellan continuait sa progression dans le couloir sombre du vieux fort, grognant et chargé d'agressivité. S'il avait fait nuit, il aurait couru jusqu'à la ville. Il n'était pas difficile de trouver un Amphitryon dans les banlieues densément peuplées de Boston. Aucun problème vraiment pour trouver un humain adapté et volontaire, même dans le cadre des lois et des couvre-feux stricts imposés pour se nourrir depuis la Première Aube.

Mais c'était le matin au-delà des murs épais de son repaire rebelle.

Et il savait parfaitement qu'attendre jusqu'au coucher du soleil serait pour lui insupportable. En tout cas tant que Mira serait sous le même toit que lui, tant que tout ce qu'il y avait de sauvage et de non humain en lui exigerait qu'il la retrouve pour la prendre, pour la garder comme sienne, sans penser au prix exorbitant qu'ils auraient tous deux à payer pour ça au bout du compte.

Devant lui, dans la partie principale du bunker, il entendit le bruit léger de l'eau qui gouttait dans la salle de douche et celui de pieds nus sur un sol de ciment mouillé.

La porte de la salle était ouverte, et Kellan jeta un coup d'œil à l'intérieur. Candice était assise sur un banc de pierre dans le vestiaire, en train de peigner ses cheveux noirs. Elle avait la peau humide sous son tee-shirt blanc au col en « V » et l'encre de ses nombreux tatouages transparaissait à travers le mince tissu. Elle jeta un regard par-dessus son épaule lorsqu'il s'arrêta dans l'encadrement de la porte.

Des yeux noisette croisèrent le regard d'ambre de Kellan et s'écarquillèrent un instant. Elle voyait sa faim et elle comprenait. Elle avait toujours compris. Avec un petit hochement de tête, elle posa son peigne et lui fit de la place près d'elle sur le banc.

Kellan hésita, sachant que ce n'était pas ce qu'il voulait, pas vraiment.

Candice aussi le savait. Il vit la compréhension dans ses yeux pleins de douceur tandis qu'elle l'observait, incertain au seuil de la pièce. Elle savait ce qu'il voulait, et de qui il le voulait, et pourtant cela ne l'empêcha pas de lui faire un sourire de compassion.

Elle lui tendit la main, comme elle l'avait fait bien des fois auparavant.

Kellan laissa échapper un soupir.

Puis il pénétra dans le vestiaire.

Chapitre 10

Pendant un long moment après le départ de Kellan, Mira ne bougea même pas.

La confusion la clouait sur place. Elle se sentait meurtrie au point d'avoir du mal à respirer. Et pendant tout ce temps-là, son pouls continuait à battre furieusement et son corps encore chaud à vibrer avec un désir futile et idiot.

« Ne me laisse pas rendre pire une situation déjà assez critique comme ça. »

Le rejet de Kellan la faisait souffrir bien plus qu'elle n'aurait été prête à le reconnaître.

Ainsi, c'était tout ce qu'elle était pour lui : une situation critique susceptible d'empirer.

Elle ne voulait pas croire ça, car les yeux de Kellan, brûlant d'ambre et de désir furieux, lui avaient montré tout autre chose. Son corps aussi, durci par la passion, ses dermoglyphes dignes d'un feu d'artifice, ses mains tremblantes lorsqu'il l'avait écartée de lui pour lui dire que ça n'était pas possible.

C'étaient ses mots qui étaient sans ambiguïté.

Il ne voulait pas d'elle.

Et qu'il le lui dise aurait dû suffire. Il ne pouvait pas se permettre de ressentir quoi que ce soit pour elle, malgré le fait que leur baiser n'avait rien perdu de sa flamme pendant toutes ces années où ils avaient été séparés ou celui que le moindre contact physique les échauffait tous deux et que l'envie qu'ils avaient l'un de l'autre défiait même la volonté de fer de Kellan.

Ça aurait dû suffire. Ça aurait dû la soulager, lui donner la chance de le ranger dans le compartiment émotionnel auquel il appartenait, celui de ses ennemis. Cela aurait dû constituer une clarification indispensable de ce qu'étaient son devoir de guerrière et sa mission d'assurer la sécurité de Jeremy Ackmeyer en dépit de son vœu irréalisable de voir Kellan revenir d'une manière ou d'une autre dans le giron de l'Ordre.

Et ce dernier point relevait bien de la pure fantaisie.

Pourtant, même à présent, quelque chose en elle refusait de lâcher prise.

Spécialement à présent.

Elle était indignée à l'idée qu'il puisse simplement s'éloigner d'elle et espérer qu'elle l'accepterait, qu'il continue à la repousser, comme il l'avait fait lorsque, adolescent de treize ans brisé et renfermé sur lui-même, il était arrivé au complexe de l'Ordre dévasté par la perte de ses parents. Elle ne l'avait pas laissé faire à l'époque, alors qu'elle n'était âgée que de huit ans, et n'allait certainement pas renoncer à présent.

Mira lança un regard furieux à la porte fermée par laquelle il avait filé quelques instants auparavant.

Elle réfléchit à la hâte qui avait présidé à ce départ, une hâte telle qu'elle n'avait pas entendu le verrou se refermer derrière lui. Elle traversa la pièce et testa la poignée. Elle ne résista pas.

Nom de Dieu !

Plusieurs options se présentèrent à elle rapidement. La première, c'était simplement de rester là tranquille comme il s'attendait à ce qu'elle le fasse, à fulminer jusqu'à ce qu'il décide quoi faire d'elle. Et ça, c'était hors de question.

Elle pouvait aussi considérer son rejet d'elle comme un don du ciel remettant au premier plan les objectifs de sa mission et tenter sans plus tarder de s'échapper avec Jeremy Ackmeyer. Ce qui constituait un vrai risque, vu qu'elle et son paquet humain devraient esquiver Kellan et son équipe de rebelles bien armés.

Enfin, elle pouvait partir à la recherche de Kellan sur-le-champ et le confronter, le forcer à lui dire qu'il n'en avait plus rien à faire d'elle ou, si ce n'était pas le cas, pourquoi il n'essayait pas d'arranger les choses de façon à réactiver la relation qui avait été la leur par le passé.

Il n'y avait pas photo, c'était l'option numéro trois qui était la bonne.

Mira avait des années d'expérience quant à la manière de débusquer Kellan derrière les murailles qu'il bâtissait autour de lui. Et ce n'était pas à présent qu'elle allait renoncer à le faire.

Elle enfila rapidement le pantalon de jogging de Kellan sous le tee-shirt trop grand pour elle dans lequel elle avait dormi, puis se glissa dans le couloir.

Il n'y avait pas beaucoup de signes d'activité matinale de ce côté-là du fortin. Mira partit dans la direction dans laquelle elle se souvenait que se trouvait la salle principale de la base rebelle, où elle pensait trouver Kellan. Au pire, si elle tombait sur un membre de son équipe à la place, il ne manquerait pas de faire venir son chef jusqu'à elle.

Mais l'endroit était si calme que Mira n'était même pas sûre qu'il y ait quelqu'un aux alentours.

Jusqu'à ce qu'elle entende un bruit léger venu de l'une des salles qui donnaient plus loin sur le couloir. Il s'agissait des douches, où Candice l'avait emmenée se nettoyer le soir précédent.

Le son qui provenait de l'intérieur de cette salle à présent était étouffé.

Comme intime.

Mira sentit son estomac se nouer tandis que ses pas continuaient à la mener dans cette direction.

Il y eut un murmure, une voix femelle d'abord, puis une voix mâle. Le cœur de Mira tressauta dans sa poitrine comme un bloc de plomb. Elle connaissait ce grondement sourd. Elle connaissait le rythme des mots prononcés à voix basse. Des mots intimes, des mots tendres.

Ah, Dieu !

La détresse, une détresse comme elle n'en avait jamais connu depuis la nuit où elle avait vu un entrepôt partir en fumée avec Kellan à l'intérieur, s'empara d'elle tandis qu'elle progressait avec une lenteur monstrueuse jusqu'à la porte restée ouverte.

Candice était là, assise sur un banc à l'extérieur des douches. Ses longs cheveux noirs humides brillaient sur son fin tee-shirt blanc. Elle avait la tête renversée et les yeux fermés comme en extase.

Kellan était là aussi, qui tétait à son poignet. Il était accroupi près d'elle, la tête penchée sur le bras de la femelle humaine, ses crocs blancs affûtés plongés dans le tatouage de flammes qui courait du poignet au coude de Candice. De sa main libre, Candice caressait doucement son dos nu avec une familiarité qui transperça Mira.

Elle en eut même le cœur brisé.

Horrifiée, toute envie de confrontation disparue instantanément, Mira se retira silencieusement, contente que sa présence n'ait pas été remarquée.

Peut-être était-ce là la raison pour laquelle Kellan ne voulait pas qu'elle l'aide à revenir au sein de l'Ordre. Peut-être était-ce pour ça qu'il paraissait décidé à rester avec les rebelles humains qui lui avaient sauvé la vie huit ans auparavant.

Peut-être était-ce à cause de ça qu'il lui avait été apparemment si facile de tourner le dos à Mira et à ce qu'ils avaient partagé autrefois. Parce qu'il avait trouvé quelqu'un d'autre : la jolie Candice, si pleine de compassion.

À présent, l'idée de récupérer Jeremy Ackmeyer et de s'enfuir avec lui semblait à Mira la meilleure, et de loin. Vu comme elle souffrait, elle ne pouvait plus attendre pour s'arracher à cet endroit. Il lui fallait s'en éloigner le plus possible avant que la douleur ait une chance de la dissoudre sur place.

Elle tourna les talons… et se retrouva face à face avec Vince.

— Tiens, tiens ! Qu'est-ce qu'on a là ? (Son sourire disparut.) Est-ce que le patron sait que l'un de ses poussins s'est échappé du poulailler ?

Mira grimaça : Vince avait volontairement haussé la voix. À présent on décelait des mouvements dans la salle de douche. Des rangers et des pieds nus se précipitaient sur le sol de ciment.

— Hors de mon chemin !

Mira repoussa Vince de toutes ses forces. L'humain trébucha en arrière, à l'évidence pris de court par la puissance du coup.

Elle le dépassa pour s'enfoncer plus avant dans le couloir.

Mais Kellan était derrière elle à présent. Elle percevait sa présence dans le couloir mais, bien malgré elle, regarda quand même par-dessus son épaule. Il était en train d'essuyer le sang de Candice sur ses lèvres. Ses yeux couleur d'ambre n'arboraient plus que de minces fentes en leur milieu. Ses crocs étaient immenses et ses dermoglyphes pulsaient, toujours saturés de couleur malgré le repas de sang qu'il venait de faire.

Le voir comme ça, juste après qu'il eut bu à une autre femelle, anéantit Mira.

Elle fonçait devant elle sans savoir vraiment où elle allait. Elle voulait simplement s'éloigner de Kellan et de tout ce à quoi elle venait d'assister.

— Restez où vous êtes, aboya-t-il d'une voix rauque surnaturelle. Mira !

Elle l'ignora, filant dans le couloir, dans l'espoir de lui échapper.

Soudain, elle perçut un courant d'air frais venu de nulle part. L'instant d'après, Kellan était devant elle, lui bloquant le passage.

— Mira, stop !

Elle secoua la tête. Elle n'avait plus de voix, seul un sanglot sortit de sa gorge. Elle s'étouffa dessus, tentant d'esquiver Kellan. Il l'attrapa par les épaules.

— Lâche-moi ! cria-t-elle d'une voix rauque. Je veux partir. Il faut que je sorte d'ici tout de suite !

— Je ne peux pas te laisser faire ça.

Des mots calmes qui ne permettaient aucune réplique. Elle n'en avait cure.

— Essaie seulement de m'en empêcher, cracha-t-elle en parvenant à s'arracher à son étreinte.

Elle tourna sur elle-même pour repartir dans la direction opposée. Vince et Candice attendaient à l'autre bout du couloir, bouche bée tous les deux, observant la scène ridicule qui se jouait devant eux. Mira ne s'était jamais sentie aussi bête.

Kellan leur intima de partir.

— Ce qui se passe ici est d'ordre privé. Je n'ai pas besoin de public.

Ils s'éloignèrent rapidement, mais Mira ne se sentit pas mieux pour autant lorsqu'elle se retrouva seule avec Kellan. Elle fit encore quelques pas rapides et il se retrouva de nouveau devant elle, la forçant à lui faire face.

— Nous pouvons continuer comme ça toute la journée, ma puce. Calme-toi, montre-toi raisonnable une minute.

Elle s'étrangla sur un ricanement.

— Me montrer raisonnable ? Va te faire foutre ! C'est assez calme et raisonnable pour toi ?

Une fois de plus elle pivota sur les talons et se précipita en avant avec toute l'énergie dont elle était capable. Mais il se déplaça si vite cette fois qu'elle ne le vit ni ne le sentit avant de se retrouver en l'air dans ses bras puissants.

— Lâche-moi !

Elle lutta contre son étreinte, mais il était fort – chaud, solide et intraitable –, un rappel tangible du fait qu'il était quelque chose de plus qu'un homme, quelque chose de dangereux, de sombre et de formidable.

Sans tenir compte de ses efforts pour lui échapper, il la ramena jusqu'à sa chambre, où il fit claquer la porte derrière lui d'un coup de pied. Puis il la posa par terre, mais sans lui donner la moindre possibilité de s'éloigner de lui. Avant qu'elle ait pu réagir, il lui avait collé le dos contre la porte fermée, la retenant prisonnière de la masse de son corps, ses bras musclés de part et d'autre du sien.

Elle lui lança un regard furieux, essayant d'ignorer la sensation brûlante que la proximité de leurs corps lui procurait. Malgré sa rage, la pointe de ses seins durcissait à son contact.

Kellan soufflait comme un taureau, la transperçant de ses yeux couleur d'ambre.

— Bon Dieu, Mira ! Je t'ai dit de ne pas quitter cette pièce.

— Tu avais peur de ce que je risquais de voir ? (Elle pointa fièrement le menton, ressentant toujours la brûlure de la jalousie au fond de la gorge.) J'imagine que tu aurais dû être plus prudent, Bowman. C'est toi qui n'as pas verrouillé la porte.

Kellan ne la quitta pas des yeux un seul instant, mais elle entendit derrière elle le claquement métallique du verrou, qu'il venait d'actionner à la seule force de son esprit.

— Maintenant, elle l'est.

Il avait retroussé les lèvres sur ses dents et ses crocs en disant ça d'une voix rauque qui n'aurait pas dû faire accélérer le rythme cardiaque de Mira comme elle le fit. Et ses veines n'auraient pas dû vibrer comme elles le faisaient tandis qu'il la maintenait là, piégée entre la colère et la souffrance, la conscience de son corps et le désir.

Elle ne voulait pas le désirer. Pas à ce moment-là, pas alors qu'elle fulminait, luttant toujours contre les larmes amères qui menaçaient de couler parce qu'elle avait vu sa bouche sur une autre femme, une femme humaine capable de le nourrir, de lui donner quelque chose que Kellan n'avait jamais pris chez elle.

— Pourquoi ne pas me l'avoir dit ? (Les mots lui avaient échappé en un murmure avant qu'elle puisse les rattraper.) Pourquoi ne pouvais-tu tout simplement pas me dire qu'il y avait quelqu'un d'autre ?

La lueur d'ambre des yeux de Kellan s'intensifia.

— Parce que cela n'aurait pas été la vérité.

— Je t'ai vu, Kellan… À l'instant même, avec Candice. J'ai vu tes crocs dans son poignet, son sang sur tes lèvres…

— Oui, admit-il sans ciller. Je me suis nourri de Candice par nécessité. Je l'ai fait de nombreuses fois, parce que j'appartiens à la Lignée et que je ne peux pas vivre sans sang. Je me nourris à sa veine parce que je peux lui faire confiance et qu'elle n'exige rien de moi.

Mira expira avec difficulté.

— Comme c'est pratique !

Elle aurait voulu qu'on sente l'ironie et l'indifférence dans sa réflexion, mais elle ne parvenait pas à masquer qu'elle était blessée. Elle ne supportait pas l'idée qu'il puisse s'en rendre compte, le lire dans ses yeux humides. Elle se protégea en regardant par terre, mais Kellan ne l'entendait pas ainsi.

Impitoyable, il lui releva le menton, puis raviva encore sa douleur en lissant du pouce une grosse larme sur sa joue.

— Regarde-moi, Mira ! Dis-moi si tu penses qu'il y a quelque chose de plus que ce que j'en dis à déduire de ce que tu as vu là-bas. (Il parlait d'une voix égale, mais intense.) Regarde mes yeux. Ils brillent toujours. Ils sont toujours enflammés de désir, même si j'ai bu jusqu'à plus soif le sang de Candice. Regarde mes glyphes, Mira. Y lis-tu la satiété, ou sont-ils toujours riches de couleurs, des couleurs d'un besoin différent et plus profond qui s'exprime alors que je me tiens là devant toi ?

Mira ne voulait pas le regarder, mais il ne lui donnait pas le choix. Et tandis qu'elle obéissait, le contemplant vraiment, lui, cet homme formidable doublé d'une créature surnaturelle dangereuse, elle comprit que tout ce qu'il venait de dire était la vérité. Si sa soif de sang avait bien été satisfaite, lui était loin de l'être.

Kellan se collait contre elle, la laissant sentir son corps dur sur toute sa hauteur. Il inclina la tête jusqu'à celle de Mira, poussant un sourd grognement contre le pavillon sensible de son oreille.

— Ai-je l'air d'un homme qui a obtenu ce qu'il voulait de quelqu'un d'autre que de la seule femme qu'il désire vraiment ?

Mira sentit son souffle la quitter en un petit gémissement. Elle sentait son érection, ressentait son désir pour elle émaner de son corps à la chaleur palpable.

Kellan laissa échapper un juron à voix basse.

— Pendant huit ans, j'ai souhaité trouver quelqu'un qui me permette de t'oublier. Mais il n'y a eu personne, Mira.

Il referma les lèvres sur le lobe de l'oreille de Mira, le suçotant entre ses dents et ses crocs. Son souffle chaud effleurait son oreille, pénétrant au plus profond d'elle-même, accélérant son pouls et faisant trembler ses cuisses.

— Il n'y a eu personne depuis, Mira.

Il lui prit le visage dans les mains et l'embrassa. Ce n'était plus le doux mordillement d'un instant plus tôt, mais un vrai baiser exigeant qui, possessif et brûlant, l'envahit impatiemment, décidé à ne pas faire de quartier.

Et Mira s'y soumit avec abandon.

Elle ne pouvait pas lui résister, pas plus qu'à la passion qui fusait à travers son corps en vagues brûlantes tandis qu'il l'entraînait plus avant dans son baiser, serrant son corps contre le sien.

Comme un barrage qui cède, les pauvres résistances mises en avant par Mira lui échappèrent en même temps que ses dernières résolutions combatives. Elle entoura Kellan de ses bras et s'ouvrit tout entière à son baiser plongeant. Elle fondait, son sang bouillant se précipitant vers son sexe, et elle sentit ses jambes se dérober sous elle.

Elle le voulait. Dieu qu'elle le désirait !

Elle aurait voulu que ce moment dure toujours.

— Kellan…, murmura-t-elle, se laissant aller à sa chaleur.

Un instant plus tard, elle eut le souffle coupé lorsque ses fortes mains passèrent devant elle pour se glisser sous le léger coton de son tee-shirt. Il avait les doigts calleux contre sa peau nue, des doigts de guerrier, mais il la touchait avec légèreté, provoquant chez elle un tremblement tandis qu'il les faisait courir sur ses côtes pour rejoindre ses seins gonflés, qu'il prit bientôt dans les mains pour les malaxer, en frottant des pouces les tétons durcis comme des galets sous sa caresse.

Mira enfonça le visage dans le creux de son épaule puissante, jouissant des mains de Kellan sur sa peau nue. Elle aussi le touchait, faisant courir ses doigts le long des muscles qui ondulaient de part et d'autre de sa colonne vertébrale, le parcourant entièrement, se souvenant de son corps comme s'ils ne s'étaient jamais séparés.

— Oh, mon Dieu… Kellan ! Tout ça m'a tellement manqué. Tu m'as tellement manqué…

Il répondit par un sourd grognement qui la fit vibrer jusqu'à la moelle. Sans un mot, sans lui en demander la permission, il la prit par la main pour la guider jusqu'au lit sans cesser de l'embrasser.

Même si elle l'avait voulu, elle n'aurait pu lui résister. Tout ce qu'il y avait de femelle en elle était gorgé de désir et elle était plus que prête à le recevoir de nouveau en elle.

Il la poussa sur le matelas et l'y suivit en la couvrant de son corps. Sa langue plongeait loin dans sa bouche, avant d'en ressortir pour recommencer, ne laissant aucun doute sur ce qui allait suivre. Mira s'ouvrit comme une fleur, lançant sa langue à la rencontre de celle de Kellan, prenant quand il se retirait, se soumettant quand il revenait.

Elle s'accrochait à lui, se cambrait pour lui, consumée du désir de le sentir profondément en elle.

Il savait toujours ce qu'elle attendait de lui. Il savait exactement comment la toucher, comment l'embrasser. Il savait encore tout de son désir après tout ce temps passé loin l'un de l'autre.

Mira enfonça ses doigts dans les épais cheveux brun-roux de Kellan, qui lui prenait la bouche en un baiser encore plus brûlant, encore plus exigeant, la laissant pantelante et comme droguée sous lui. Elle ne sut comment il était parvenu à lui enlever son pantalon et sa culotte et elle ne s'en soucia pas car soudain Kellan descendait le long de son corps, remontant le bas de son tee-shirt pour venir poser un chemin de chauds baisers sur son ventre plat. Elle gémit, se cambrant tandis qu'il lui malaxait les seins avant de prendre l'un de ses tétons en bouche. Puis il embrassa l'autre, l'excitant du bout des dents.

— Tu as toujours le même goût, murmura-t-il contre sa peau. Tu es toujours aussi douce et aussi tendre.

Elle était bien incapable de répondre, ne parvenant qu'à tordre le drap avec les doigts et à inspirer difficilement, tandis que la bouche de Kellan entamait une descente de feu sur sa peau du bout des lèvres. Il s'arrêta à sa hanche et en suça le bord.

— Encore plus douce ici.

Oh, mon Dieu !

Elle souleva la tête et le regarda descendre encore plus bas. Lorsqu'il parvint au « V » de ses cuisses, il leva les yeux vers elle, ses iris envahis par l'ambre engloutissant les fines lignes verticales de ses pupilles. Ce regard de prédateur extraterrestre resta sur elle tandis que les pointes de ses crocs s'allongeaient, participant au sourire carnassier qui s'épanouissait sur ses lèvres. Puis il lui écarta les jambes et plongea entre elles.

Il embrassa son mont de Vénus. Mira retenait son souffle, cœur battant, veines gorgées de feu liquide. Un autre baiser suivit, beaucoup plus long, tandis qu'il glissait le bout de sa langue entre les replis de son sexe. Il la lécha lentement, la téta, titilla son tendre bouton. Plongeant plus profondément, il poussa un grognement d'approbation qui se réverbéra en elle.

— Si tendre, si juteux. Voilà de quoi j'avais soif. J'avais soif de toi, Mira.

Il revint à la charge. Elle soupira par à-coups, ressentant comme de petits éclairs successifs, les prémices d'une tempête. Il joua avec elle, agaçant son clitoris, l'excitant de la langue, faisant s'ouvrir pour lui les pétales de son corps.

— Je te veux, lâcha-t-elle en se redressant pour l'attraper par ses épaules puissantes, dans lesquelles elle planta fermement les doigts. Je t'en prie, Kellan, je ne veux pas attendre. J'ai peur de t'attendre encore…

Peur que l'instant ne se brise et que la réalité ne les renvoie où ils étaient encore quelques minutes à peine auparavant : dos à dos comme des ennemis, et non des amants, comme des étrangers, et non des amis, un homme et une femme ayant partagé un passé distant, tributaires d'un présent difficile et sans certitudes quant à leur avenir.

Mira ne pouvait pas le lâcher, pas à ce moment-là.

— Remonte. J'ai besoin de te sentir contre moi. Je te veux en moi.

Ce qu'il répondit fut noyé dans un profond grognement. Il remonta sur le lit, se débarrassant en chemin de son pantalon. Mira l'admira dans toute la splendeur de sa nudité. Il était si beau, si solide et si puissant.

Si vivant.

Combien de temps avait-elle rêvé de cet instant, de se retrouver avec Kellan, de le voir revenu du monde des morts ?

Ça la rendait avide de lui à présent. Il lui fallait absolument le tenir contre elle, aussi proche que leurs corps pouvaient l'être l'un de l'autre.

Kellan la couvrit, chaque centimètre carré de sa peau vibrant de chaleur et de virilité. Il l'embrassa de nouveau, un baiser profond, long et possessif. Il avait glissé ses cuisses entre celles de Mira et placé son érection massive contre son sexe.

Mais ce n'était pas assez proche pour Mira.

Elle bougea les hanches qu'il puisse la pénétrer. Elle lui aspira la langue, et son membre tressauta en réponse. Kellan poussa un gémissement, expression crue de son désir, dans la bouche de Mira. Il s'arracha à leur baiser avec un juron et, dressé sur ses poings, la considéra sous lui.

— Je veux y aller doucement avec toi, mais… (Il n'alla pas plus loin et secoua la tête, basculant le pelvis, son gland s'enfonçant légèrement en elle.) Ah, Seigneur… c'est trop bon.

Le cœur de Mira s'agitait dans sa poitrine comme un oiseau en cage, chaque cellule de son corps vibrant d'un désir impatient.

— Je ne veux pas qu'on y aille doucement. Trop de temps nous a séparés, Kellan. Je ne veux plus attendre, Kellan, pas maintenant.

Il hocha la tête, les yeux rivés sur elle.

— Tu es si serrée. Juste comme la première fois.

Elle avait été vierge cette première et unique fois où elle et Kellan avaient fait l'amour. Lui aussi. Même si leur désir avait été partagé et évident des années avant cette première nuit, ils n'étaient jamais allés jusqu'au bout. Au début, elle était trop jeune, puis, par la suite, alors qu'elle était devenue femme, Kellan s'était jeté à corps perdu dans ses activités au sein de l'Ordre, acceptant des missions qui l'éloignaient d'elle pendant des semaines, voire des mois d'affilée. Mais il lui revenait toujours et il ne leur fallait alors pas longtemps pour finir en un tas de bras, de jambes et de bouches voraces.

Ils avaient appris à se satisfaire l'un l'autre d'autres façons jusqu'à ce moment, huit ans auparavant, où le désir s'était avéré plus fort que tout et où ils s'étaient donnés entièrement l'un à l'autre.

Ç'avait été magique, miraculeux… jusqu'à quelques heures plus tard, lorsqu'une bombe rebelle leur avait tout pris.

Elle leva les yeux sur Kellan, installé au-dessus d'elle sur son lit dans le calme de sa chambre. Elle avait toujours le cœur brisé par tout ce qui s'était produit cette nuit-là et depuis. Mais ce moment-ci était bien réel. Et il leur appartenait.

Elle sourit à l'impression que lui donnait le corps nu de Kellan sur elle, gémit de douleur et de plaisir quand son gland s'immisça entre les lèvres incroyablement serrées de son sexe. Il se montrait tellement prudent à son égard. Trop prudent. Elle caressa son beau visage.

— Il n'y a eu personne d'autre pour moi non plus de tout ce temps, Kellan.

Un éclair de stupeur passa sur les traits de Kellan.

— Personne ?

Elle secoua la tête.

— Il n'y a eu que toi.

— Ah, mon Dieu !

Il ferma les yeux un instant et, lorsqu'il les rouvrit, ils étincelaient d'une nouvelle lueur, encore plus vive. Il n'était pas content. Pas du tout.

— Ah, Seigneur, ma puce ! Comment as-tu pu faire ça ? Comment avons-nous pu tous les deux être incapables de lâcher ?

Avec un grognement, il s'enfonça en elle d'un coup. Mira cria, se mordant les lèvres tandis que la brûlure initiale cédait la place au plaisir.

Oh, putain !

C'était si bon !

Si bon de l'avoir en elle.

Elle savait comment bouger avec lui, tous ses instincts répondant comme si ç'avait été la veille qu'elle l'avait embrassé comme ça pour la dernière fois, nue, le souffle coupé, peau contre peau, fondant de plaisir et affamée de lui. Leur première fois avait été comme inscrite dans ses sens, comme une mémoire qui ne l'avait jamais quittée. Ç'avait été tout ce qui lui restait de lui et elle s'y était accrochée comme à son âme.

Et à présent Kellan était de nouveau avec elle, en elle.

Elle soupira son nom alors qu'il accélérait son rythme, chaque pénétration l'emmenant plus loin, alimentant le feu qui rugissait déjà en elle. Et lorsque son premier cri de jouissance remonta du fond de sa gorge, il l'embrassa furieusement.

Il ne faisait pas de quartier, mais c'était ce qu'elle avait voulu car son désir pour lui était encore trop brut, trop insatisfait.

Son orgasme arrivait à grands pas, précipité par chaque coup de reins, chaque baiser et chaque caresse. Kellan allait et venait en elle sans faiblir, la poussant sans pitié vers l'abîme.

— Oh, Seigneur, lâcha-t-elle alors que les premières vagues brûlantes déferlaient sur elle. Kellan !

S'accrochant à lui, Mira se laissa aller complètement au plaisir de l'instant, au plaisir de ces retrouvailles, même si son cœur savait qu'elles pourraient bien être de courte durée.

Chapitre 11

Kellan n'avait connu qu'une fois auparavant le bonheur de sentir le corps de Mira l'enserrer, la douce pression exercée par son sexe sur le sien, ses contractions à l'approche de l'orgasme. Il en avait gardé un souvenir parfaitement clair, ou en tout cas c'était ce qu'il avait cru jusqu'à ce que l'image de Mira sur le point de jouir pour lui à présent, s'accrochant à lui en soufflant frénétiquement son nom, le fasse se rendre compte d'à quel point ce souvenir avait pâli au cours des années.

Seigneur, qu'elle était belle.

Ses cheveux blonds s'étalaient en désordre sur l'oreiller, sa peau de porcelaine rosie par l'afflux de sang à ses joues et dans ses jolis seins mutins. Elle avait les paupières tombantes, ses cils noirs à la verticale. Elle respirait par saccades à travers des lèvres entrouvertes rougies par les baisers, sa bouche en bouton de rose tremblant à chaque inspiration.

Comme un nouveau soubresaut la parcourait, elle s'agrippa à lui. Subjugué, triomphant, Kellan contempla la jouissance l'envahir. Tremblant sous sa force, elle serra encore plus son membre, prêt lui aussi à exploser.

Il aurait voulu rester ainsi sur la crête douloureuse du plaisir pour toujours. Mira se remit à trembler, son petit corps tendu sous lui, le souffle court, le pouls battant la chamade contre la peau de Kellan partout où ils étaient en contact. Il fit durer son plaisir en augmentant encore le rythme de ses profondes pénétrations.

— Ne t'arrête pas, balbutia-t-elle. Oh, mon Dieu, Kellan… je t'en prie… ne t'arrête pas.

Il grogna en retour, sa fierté de mâle montant en lui comme un tsunami.

Elle était sienne.

De nouveau.

Toujours.

Pour toujours…

Cette dernière pensée, ce mensonge, fut comme une piqûre de rappel. Il aurait beau vouloir de toutes ses forces que ce ne soit pas le cas, « toujours » ne leur appartenait plus.

Et ç'avait été injuste de sa part de prendre tout ça à Mira – son plaisir, sa reddition, sa fidélité et son affection imméritées –, en sachant très bien que ça ne durerait pas. Ça ne pouvait pas durer, pas avec l'avenir sinistre qui s'ouvrait devant lui.

Mais c'était difficile de ressentir cette angoisse en ce moment précis, difficile de sentir quoi que ce soit d'autre que cette pure satisfaction masculine tandis qu'il gardait son splendide corps nu contre lui et qu'il s'émerveillait du plaisir qu'il lui donnait.

Alors que son orgasme prenait doucement fin, il l'embrassa et caressa son joli visage. Elle leva un regard amoureux vers lui. Lorsqu'il parla, ce fut d'une voix profonde qui avait quelque chose de plus animal qu'humain, même à ses propres oreilles.

— Je savais que nous finirions comme ça, nus dans mon lit ensemble.

Il n'en était pas fier, mais il lui était quasiment impossible de le regretter.

La raison pour laquelle il s'était d'abord montré si distant avec elle, avant que sa vie ne change de cours, était qu'il savait que céder à son désir pour Mira ne pourrait que la lui faire désirer encore plus. L'aimer comme ça lui donnait immédiatement l'envie de goûter à son sang, de la lier à lui, des choses qu'il n'avait plus le droit de vouloir.

Des années auparavant, il avait résisté à la tentation avec une volonté de fer qu'il était bien incapable de comprendre à présent. Quel imbécile il avait été de la maintenir à distance, de la repousser. À présent, il ne désirait rien de plus que de la garder près de lui.

Il bascula lentement les hanches, grognant de plaisir. Il lui caressa le visage, dégageant une boucle de cheveux humide de son front.

— Je le savais quand j'ai reçu l'appel de mon équipe depuis chez Ackmeyer et que j'ai pris la décision de te faire venir ici… Je savais que si je reposais les yeux sur toi je ne pourrais pas résister à l'envie de te toucher, de t'embrasser… (Il pressa les lèvres contre le front de Mira et fit courir son pouce sur la marque de Compagne de sang qui ressortait à la limite de ses cheveux sur sa tempe gauche.) Et je savais que si j'en arrivais là, si je te touchais, si je t'embrassais, rien ne m'arrêterait, rien ne m'empêcherait de me retrouver de nouveau en toi aussi.

Mira avait les doigts dans ses cheveux et l'arrière de son crâne dans le creux de la paume.

— Je ne veux pas que tu t'arrêtes.

Elle l'attira à lui pour un baiser enflammé qui lui électrisa tout le corps. Elle se remit à bouger sous lui avec exigence. Elle acheva son baiser en lui pinçant des dents la lèvre inférieure. Sa bouche était chaude et affamée contre la sienne.

— Ne t'arrête pas, Kellan !

Ah, Seigneur !

Il n'aurait pas pu le faire si sa vie avait été en jeu.

Il lui reprit la bouche avec exigence en recommençant à la pénétrer lentement et profondément. Le souffle court de Mira l'entraînait, ses gémissements légers accroissant encore son érection, chaque poussée plus possessive que la précédente.

Il glissa sa main le long d'une de ses cuisses satinées, plia sa jambe au genou et vint la mettre sur son épaule. Puis il bascula son pelvis de nouveau, augmentant le rythme de ses pénétrations jusqu'à atteindre celui de son cœur.

— Je ne pourrai jamais aller assez profondément en toi, lâcha-t-il contre la bouche de Mira. Je te veux tout entière.

— Oui, murmura-t-elle en s'accrochant à lui tandis qu'il accélérait encore, oublieux de tout ce qui n'était pas l'impression que lui donnait le sexe de Mira refermé autour du sien comme un gant, se contractant sur lui par à-coups.

Il lui toucha la joue ; il voulait voir son visage au moment où il exploserait en elle. Sa jouissance se précipitait rapidement en lui, ressort de chaleur à la base de sa colonne vertébrale.

Mira tourna la tête dans sa paume, qu'elle embrassa. Le bout de sa langue fusa, chaud et humide contre la peau de Kellan. Il accéléra encore le rythme, sur le point de perdre tout contrôle. Et puis elle tourna la tête et prit son pouce dans la bouche pour le sucer.

Kellan se laissa aller avec un abandon frénétique, le nœud de douleur et de plaisir plus dense à chaque battement de son pouls. Mira ne lâchait pas son doigt. À présent elle tournait la langue autour, les yeux dans les siens, le laissant sortir de sa bouche pour mieux le reprendre immédiatement, envoyant des frissons dans tout le corps de Kellan chaque fois que ses petites incisives lui éraflaient la peau. Puis elle referma les dents et la morsure submergea tous ses sens.

Kellan rugit sous la force de sa jouissance.

Impossible de retenir la semence qui fusait hors de lui pour venir emplir Mira. La force de son orgasme le stupéfia et le laissa chancelant.

Il ressentit soudain du soulagement en se disant que même si c'était très mal de sa part de prendre son plaisir avec elle, au moins il ne risquait pas de lui avoir fait un enfant. En effet, il en aurait fallu plus que cet élan irresponsable qui l'avait fait se retrouver entre ses cuisses ce jour-là. Il fallait que la lune soit dans une phase précise pour que les Compagnes de sang soient fertiles et, en outre, la conception exigeait un échange simultané de sang entre un mâle de la Lignée et l'une d'elles.

Il était dangereux de penser à des choses comme le lien de sang. Surtout à présent, alors que le regard fiévreux de Kellan était déjà attiré par l'artère qui battait comme un papillon en cage dans la gorge délicate de Mira. Et sous le parfum entêtant de la peau de Mira, les sens exacerbés de vampire de Kellan décelaient la douce senteur de lys de son sang.

La faim qu'il avait d'elle, de plonger ses crocs dans la colonne blanche et lisse de son cou pour la lier à lui et en faire ainsi sa compagne pour la vie, lui revint avec la force d'un ouragan, au point qu'elle en était presque insupportable.

— Merde ! murmura-t-il en fermant les yeux et en détournant la tête de la tentation.

Les douces mains de Mira encadraient son visage. Mais on lisait de la tristesse dans ses yeux, le trouble se faisait jour dans les mots qu'elle murmura doucement.

— Tu n'as jamais voulu franchir cette dernière étape avec moi. Tu n'as jamais voulu te lier à moi.

— Est-ce que tu crois vraiment ça ?

Il fouilla son regard, espérant que derrière les lentilles mauves qui protégeaient ses yeux, des lentilles qui faisaient taire son don de voyance, Mira savait qu'elle était la seule qu'il ait jamais imaginée à ses côtés comme sa compagne liée par le sang.

Mais cet espoir lui-même constituait une cruauté de sa part, parce que, qu'il l'ait jamais voulue sienne ou non, il semblait que le destin ait envisagé les choses différemment.

Kellan avait pu le constater par lui-même, lors d'un autre matin comme celui-ci, alors qu'il tenait Mira nue dans ses bras, leurs corps joints intimement, satisfaits et épuisés, exactement comme ils l'étaient à présent.

Il se pencha en avant et vint déposer un tendre baiser sur chacune de ses paupières, en guise d'excuse ou d'absolution, il ne savait pas précisément.

— Ç'aurait été toi, Mira. Et si je pouvais croire que nous avions le moindre espoir de futur ensemble, de n'importe quel avenir qui ne risquerait pas de s'achever par une blessure profonde que je t'aurais moi-même infligée, alors ce serait toi. Mais je ne peux pas me résoudre à quelque chose d'irrévocable, à quelque chose qui serait éternel, alors que je sais qu'il ne peut rien en sortir de bon.

La tristesse et le trouble qu'il avait lus dans son regard quelques instants auparavant se transformèrent en quelque chose de plus dur. Elle laissa échapper un petit ricanement, sa bouche adoptant une moue qu'il avait vue bien souvent lorsqu'ils grandissaient ensemble.

— Quelque part je te traiterais bien de connard de première pour me dire un truc pareil alors que tu es encore en moi. Et ça ne serait pas juste n'est-ce pas ? Parce que j'avais envie de te baiser tout autant que tu avais envie de le faire, même si à mon avis aussi il n'en sortira pas grand-chose de bon.

Kellan grimaça.

— Ce n'était pas juste une baise, bon Dieu !

— Qu'est-ce que c'était, alors ?

Il secoua la tête, son esprit s'emplissant d'un millier d'adjectifs dont aucun n'aurait su évoquer ce qu'il ressentait, couché là sur Mira, avec une nouvelle érection en elle.

Il bascula lentement les hanches, gémissant lorsqu'elle répondit en se cambrant pour le prendre encore plus profondément en elle.

— Mon Dieu, j'aimerais que ce ne soit pas si bon. J'aimerais que ça ne semble pas si juste. Je ne suis pas encore prêt à te quitter.

Il baissa la tête et lui prit les lèvres en un long baiser passionné. Lorsque enfin il quitta sa bouche, sa respiration était saccadée, sifflante entre ses crocs allongés.

—Ah, putain… C'était une erreur. À présent que je t'ai sous moi, je ne sais pas comment je vais réussir à te laisser sortir de mon lit.

Mira posa les mains sur la poitrine de Kellan et le repoussa sur le dos. Elle accompagna le mouvement, le gardant enfoui en elle tandis qu'elle se retrouvait à califourchon sur lui.

—Maintenant, c'est toi qui es sous moi, et peut-être que j'aurai quelque chose à dire sur le fait de quitter ce lit ou non.

Elle ondula du bassin, le prenant en elle aussi profondément que possible. Puis elle se mit à le chevaucher avec une lenteur insoutenable. Elle ferma les yeux, son corps souple de guerrière se cambrant et se courbant avec la grâce d'une danseuse tandis qu'elle le maintenait fermement en elle, le menant vers un orgasme de plus en plus proche. Ses petits seins se mirent à tressauter tandis qu'elle trouvait son rythme, et Kellan eut bien du mal à ne pas jouir sur-le-champ en regardant son membre massif disparaître dans son sexe à chaque rebond.

Dieu qu'elle était sexy. Il n'avait jamais rien connu d'aussi bandant. Elle était dure, butée et courageuse, ne renonçant jamais à rien de ce qu'elle avait acquis au cours de sa vie, lui compris.

Aucun mâle, humain comme membre de la Lignée, ne pourrait jamais espérer de meilleure compagne. Et le temps d'un fol instant, Kellan se laissa aller à l'idée qu'elle était en fait sienne, que tout était différent, qu'il n'était pas nécessaire qu'il la laisse partir, qu'il n'avait pas regardé dans ses yeux nus huit ans auparavant et aperçu un avenir qui les arracherait l'un à l'autre, qui ferait de lui un traître à tous ceux qu'il avait jamais aimés.

La vision lui revint dans toute sa froideur.

Kellan arrêté par Lucan et l'Ordre, accusé de complot et de meurtre, de haute trahison. Toutes charges contre lesquelles il ne pouvait se défendre, tous crimes punissables de la peine capitale.

Et Mira, debout devant Lucan et le Conseil global des nations dans une salle de réunion sans fenêtres en train de les supplier de lui faire grâce, avant de s'effondrer de chagrin quelques instants plus tard lors du prononcé du jugement.

La mort.

Kellan ne remarqua qu'il s'était immobilisé sous elle que lorsque Mira lui caressa le visage.

— Ça va ? Où étais-tu parti à l'instant ?

Il secoua la tête, essayant de se débarrasser de la vision et de l'angoisse qui venait de s'installer au creux de son estomac.

— Je suis là, répondit-il en levant la main pour effacer les rides d'inquiétude au coin de la bouche de Mira. Je vais bien. Pour l'instant, tout va bien.

Elle sourit et tourna la tête pour planter un baiser dans sa paume. Elle se remit à bouger sur lui, soupirant d'aise comme elle retrouvait son rythme pour le chevaucher avec un abandon magnifique.

Lorsqu'elle commença à gémir, se cambrant au-dessus de lui dans les affres d'un nouvel orgasme, Kellan la ramena sous lui pour accroître encore son plaisir. À ce moment précis il ne voulait lui donner que de la joie, assez de joie pour longtemps.

Assez de joie pour qu'elle leur dure à tous deux.

Chapitre 12

Lorsque Mira se réveilla un peu plus tard ce matin-là, elle était nichée dans les bras puissants de Kellan. Sa chaleur l'entourait, cocon de paix et de contentement tels qu'elle n'en avait pas connu depuis très longtemps.

Pas depuis ce matin huit ans auparavant, lorsqu'elle s'était réveillée dans une position semblable, dans un état similaire d'épuisement bienheureux.

Ce jour-là s'était terminé par un cauchemar de feu, de cendres et de larmes. Aujourd'hui, elle se sentait comme revigorée, pleine d'espoir. Elle se sentait heureuse, et c'était ce qui lui faisait le plus peur. Surtout dans la mesure où son bonheur lui était venu dans les bras de Kellan Archer. Mais il ne s'agissait pas de l'adolescent qu'elle adorait enfant, et pas même du jeune guerrier de la Lignée qui s'entraînait à ses côtés au sein de l'Ordre et qui était devenu son ami le plus cher et son confident le plus proche.

Non, son bonheur lui avait été donné par le chef d'une bande de rebelles hors-la-loi, qui non seulement avait enlevé un civil innocent mais avait défié Lucan Thorne et l'Ordre dans son ensemble en mettant à mal une de ses opérations et en prenant en otage l'un de ses membres.

Et pour ne rien arranger, cet otage s'était retrouvé parfaitement consentant dans le lit de l'ennemi, où il s'était laissé aller à des activités merveilleusement illicites.

Mira ne put résister à l'envie d'embrasser le biceps massif qui l'emprisonnait contre le grand corps de Kellan. Elle suivit de la langue les arabesques des glyphes de son bras, se repaissant à la vue des couleurs sombres que laissait derrière lui son baiser.

Il bougea et, avec un gémissement sourd, plia le bras pour la serrer encore plus contre lui. Son torse était un mur de chaleur solide contre ses tétons, son abdomen sculpté comme une paroi de granit chauffée au soleil contre son ventre. Et plus bas encore, son membre en érection cognait contre sa hanche, raide et brûlant, bien trop tentant pour qu'elle n'aille pas y mettre les mains.

Doucement, Mira fit glisser les doigts le long de la peau souple de son torse et de ses abdominaux, au-delà de son nombril, pour rejoindre son sexe dressé. Elle le caressa une fois, s'émerveillant de la douceur qui enveloppait tant de rigidité.

Elle leva le regard pour voir si elle l'avait réveillé.

Des yeux de braise la regardèrent à leur tour, enflammés d'un désir bien éveillé.

— Des rêves agréables ? demanda-t-elle, feignant l'innocence.

On ne la lui faisait pas. Il retroussa les lèvres en un sourire purement charnel.

— Qui a besoin de rêves alors que la réalité est si douce et si caressante ?

Il la fit rouler sous lui, agissant avec une rapidité qui la surprit, même si elle était bien consciente de la puissance et de l'agilité qu'il avait en permanence à sa disposition. Puis elle écarta les cuisses pour l'accueillir de nouveau, le cœur battant la chamade.

Kellan se pencha pour prendre le lobe de l'oreille de Mira entre ses lèvres et ses dents, lui murmurant à l'en faire rougir toutes les manières dont il entendait profiter d'elle dans les instants qui allaient suivre.

Elle était tellement focalisée sur son désir qu'il lui fallut une seconde pour s'apercevoir qu'il s'était soudain immobilisé au-dessus d'elle. Il leva la tête, l'oreille aux aguets.

— Mais qu'est-ce que…

Quelqu'un, dans le couloir, frappait furieusement à la porte.

— Bowman ! Es-tu là-dedans ? (C'était une voix de femme, rendue aiguë par la panique. Ce n'était pas Candice, mais l'autre femme de la base rebelle.) Bowman, viens vite !

— C'est Nina, murmura Kellan, qui se dégageait déjà de Mira et enfilait son pantalon.

Il lui lança un regard grave. Mira se précipita hors du lit et se dépêcha d'enfiler le tee-shirt et le pantalon de jogging que lui avait donnés Kellan. Il lui jeta un coup d'œil pour s'assurer qu'elle était habillée, puis débloqua le verrou par une commande mentale avant d'ouvrir la porte à Nina.

— Oh, mon Dieu ! s'exclama la femelle humaine, dont le visage avait pris la couleur de la cendre. C'est Vince. Il… Oh, mon Dieu !

— Que se passe-t-il ? demanda vivement Kellan. Où est-il ?

— Je ne sais pas !

Nina secouait la tête, ses cheveux bleus s'agitant d'un côté et de l'autre, les dizaines de petits anneaux métalliques qu'elle avait dans les oreilles se balançant en cadence. Elle sanglotait à présent.

— Vince est parti. Il a pris la camionnette. Il a Ackmeyer avec lui.

Même si Mira s'était efforcée de rester à l'arrière-plan, elle ne put retenir un cri. Kellan lui-même semblait choqué par la nouvelle. Il resta sans voix un moment, puis parut se reprendre comme le leader qu'il était désormais.

— Où ? (Sa voix était comme un roulement de tonnerre, sombre et meurtrière, digne en tout point d'un guerrier de la Lignée. Il sortit dans le couloir.) Où l'a-t-il emmené ?

— Je n'en sais rien, pleura Nina. Mais Chaz et Candice ont essayé de l'en empêcher. Oh, mon Dieu… Il a tué Chaz. Il est mort, Bowman. Vince lui a tranché la gorge…

— Seigneur ! murmura Kellan. (Ses épaules s'affaissèrent un peu, mais lorsqu'il parla ce fut d'un ton sans réplique.) Quand tout cela s'est-il passé ? Depuis quand ce salopard est-il parti ?

Nina secoua la tête.

— Je ne sais pas. Il y a peu de temps. Il a tué Chaz, puis il a volé la camionnette et s'est enfui.

Mira ferma les yeux, assimilant tout ce qu'elle venait d'entendre. Jeremy Ackmeyer était dans les mains d'un tueur de sang-froid. Kellan avait été trahi par l'un des siens. Il y avait un mort parmi ses camarades.

— Et Candice, poursuivit Nina. (Elle prit une inspiration saccadée, puis se remit à sangloter.) Vince l'a poignardée.

Doc fait ce qu'il peut, mais elle saigne vraiment beaucoup. Il dit que la lame a percé une artère dans sa cuisse. Il ne parvient pas à stopper l'hémorragie.

D'une voix toujours égale, Kellan jura. Par-dessus son épaule, il lança à Mira un regard dans lequel se lisaient à la fois la souffrance et le regret. Mira sentit la culpabilité s'emparer d'elle aussi. Toute cette violence et cette trahison s'étaient produites pendant qu'elle et Kellan faisaient l'amour.

Son corps bourdonnait encore du plaisir que lui avait donné Kellan, mais son cœur était lourd de savoir qu'une vie avait été perdue ce jour-là, et une autre mise en danger, avec la fuite de Vince. Et Mira lisait dans le regard tourmenté de Kellan que s'il arrivait quoi que ce soit à Candice à présent, il ne se le pardonnerait jamais.

Elle lui fit un petit signe de tête, parfaitement consciente que tout ce qu'ils avaient pu partager dans l'intimité de son lit au cours des dernières heures était désormais du passé. En ce moment précis, ce n'était plus à elle qu'il appartenait, mais bien à eux, ses camarades, ses amis.

— Ils ont besoin de toi, dit Mira d'une voix calme, à son intention exclusive. Va les rejoindre.

Kellan fila comme l'éclair, Nina courant sur ses talons.

Kellan n'eut pas besoin de se demander où Doc s'occupait de Candice. Le choc olfactif des globules rouges fraîchement versés le guida comme un phare jusqu'à la cellule qui avait été celle d'Ackmeyer.

Seigneur !

Il y avait du sang partout : en flaque presque noire sous l'amas recroquevillé du corps immobile de Chaz à l'intérieur de la cage ouverte, en grandes éclaboussures sur les murs de parpaings, étalé par terre un peu partout par les rangers de Vince et les pas hésitants de Jeremy Ackmeyer tandis qu'il était entraîné de force, et enfin celui de Candice.

Allongée sur le sol de la cellule, les bras écartés le long du corps, elle était couverte de sang du haut en bas de son tee-shirt, et il y en avait qui continuait à se répandre sous elle. Ses jambes étaient nues : Doc lui avait apparemment retiré son jean afin de pouvoir s'occuper de la méchante incision qu'elle avait à la cuisse droite. L'air grave, il jeta un bref regard à Kellan avant de reporter toute son attention sur la blessure de Candice.

Kellan sentit sa peau se tendre et ses crocs lui emplir la bouche. Sa vision avait viré instantanément au rouge, pas tant à cause de la réaction physique à la présence de tant de sang frais que sous l'effet de la rage qui le prenait devant la trahison de l'un des siens, une trahison qui avait eu pour effet le meurtre d'un ami et la blessure sévère d'une autre.

Et tous ces événements dramatiques pendant que Kellan était distrait par le plaisir qu'il avait eu à avoir Mira dans son lit.

Il avait fait défaut à son équipe de la pire façon qui soit, failli aussi à son devoir envers Jeremy Ackmeyer, qu'il aurait dû libérer immédiatement en apprenant son innocence plusieurs heures auparavant. Rien de tout ça ne serait arrivé si Kellan avait gardé la tête froide comme le leader que ces gens attendaient qu'il soit. Ils lui avaient confié leurs vies, leur sécurité.

Et au lieu de ça, il s'était laissé embarquer avec Mira dans un imbroglio romantique qui ne pouvait que se terminer par un désastre. Alors, oui, il avait échoué avec elle aussi ce jour-là, et il était trop tard pour revenir sur ses erreurs.

— Putain ! lâcha-t-il, la colère qu'il éprouvait envers lui-même donnant à sa voix une inflexion brute et violente même à ses propres oreilles.

Il aurait voulu plus que tout s'arracher à ce bunker et partir à la recherche de Vince, soleil ou non. Il aurait voulu que ce salopard souffre pour ce qu'il avait fait, aurait voulu le saigner. Mais c'était son équipe qui saignait et souffrait à présent, l'un de ses membres mort à ses pieds au sol, l'autre risquant de le rejoindre rapidement.

Voir Candice si sévèrement touchée ramena Kellan à son devoir en tant que commandant de cette base et de ces gens. Ignorant l'odeur cuivrée du sang qui s'échappait de la blessure de Candice, il s'approcha d'elle et s'accroupit à son côté.

Sa respiration sifflante s'échappait entre ses lèvres exsangues. Elle avait les yeux écarquillés et, sans ciller, les gardait rivés au plafond tandis que Doc pliait sa jambe au niveau du genou pour élever sa blessure avant de serrer sa ceinture autour de sa cuisse en guise de garrot.

Kellan attrapa au sol son jean et le roula en oreiller de fortune. Alors qu'il lui soulevait la tête pour la poser dessus, le regard vitreux de Candice glissa jusqu'à lui.

— Vince… J'ai essayé de l'arrêter, mais il…

— Je sais. Ne t'inquiète pas de lui. Contente-toi de tenir le coup, tu as compris ?

Elle inclina faiblement la tête et ferma les yeux. Kellan serra les dents et les crocs en caressant son front moite.

— Qu'est-ce que ça donne, Doc ?

— Ça ira beaucoup mieux une fois que j'aurais arrêté l'hémorragie, répondit Doc, les mains rougies par le sang, le visage grave tandis qu'il serrait la ceinture sur la cuisse de Candice.

Kellan lança un regard par-dessus son épaule à Nina, qui se tenait sans trop savoir quoi faire dans l'encadrement de la porte.

— Des serviettes propres, le plus possible. Du tissu aussi. Apporte tout ce que tu trouveras.

— J'y vais, répondit-elle en filant déjà.

Candice se mit à claquer des dents. Ses yeux au regard absent tantôt roulaient vers le haut, tantôt revenaient sur lui.

— J'ai… j'ai peur, Bowman. Je ne veux pas mourir.

— Ça va aller, la rassura-t-il. Doc a vu pire. Tu te souviens dans quel état merdique je me trouvais lorsque tu m'as sorti de l'eau pour m'amener jusqu'à lui ?

— Ouais, répondit-elle d'une voix qui n'était plus qu'un mince filet. Je me souviens.

Kellan hocha la tête et ramena de la main une boucle de cheveux noirs humides collée à sa joue. Sa peau était froide, trop froide.

— Ni Doc ni toi ne m'avez laissé mourir cette nuit-là. Lui et moi n'allons pas te laisser mourir aujourd'hui toi non plus. Alors tu tiens le coup, Brady, et c'est un ordre.

— D'accord, dit-elle avec un faible sourire en refermant les yeux.

Un frisson prolongé lui traversa le corps. Elle tremblait, les lèvres bleues, malgré l'humidité estivale qui régnait dans le bunker.

— C'est glacial ici, murmura-t-elle. J'ai si froid.

Avant que Kellan ait pu répondre quoi que ce soit ou se détourner pour trouver quelque chose pour la réchauffer, une couverture apparut comme venue de nulle part.

Mira.

Levant les yeux, il la vit debout derrière lui avec en main une couverture qu'elle avait prise sur son lit. Elle passa devant lui pour couvrir le torse de Candice, remontant la couverture jusque sous son menton et par-dessus ses épaules pour qu'elle ait aussi chaud que possible.

Quand ce fut fait, elle recula et posa tendrement la main sur l'épaule de Kellan. Il leva la sienne pour venir lui serrer les doigts avec reconnaissance. Il ressentait encore violemment sa culpabilité, mais la présence de Mira derrière lui, sa main sur son épaule en signe de soutien silencieux, était un soulagement qu'il ne pouvait se refuser. Il vit le regard de Doc considérer rapidement leur échange muet, sentit la question qui se dessinait dans les yeux du rebelle tandis que sa main s'attardait sur celle de Mira, possessive et intime.

— Dis-nous ce que tu veux que nous fassions, Doc.

— Gardez-la éveillée, dit l'ancien infirmier, retournant à la blessure. Le choc va la pousser à dormir, mais nous ne pouvons pas nous permettre de la laisser faire. Pour l'instant il faut absolument qu'elle reste consciente.

Kellan acquiesça

— Ouvre les yeux, Candice, intima-t-il. J'ai besoin que tu me regardes. Reste concentrée, ajouta-t-il en lâchant la main de Mira pour secouer l'épaule de Candice. J'ai besoin que tu me racontes ce qui s'est passé ici avec Vince. Tu peux faire ça ?

— Oui, murmura-t-elle. (Elle souleva les paupières, même si cela paraissait pour elle un effort considérable.) Je suis venue ici pour ramasser le plateau du repas d'Ackmeyer. Chaz est venu avec moi… pour emmener Ackmeyer aux toilettes.

Kellan grogna en réponse, son regard filant jusqu'au plateau renversé auprès de restes de nourriture éparpillés au sol. Lorsque Candice frissonna de nouveau, luttant pour inspirer, Kellan se pencha et lui passa la main sur le crâne.

— C'est très bien, Candice. Prends ton temps, mais reste avec moi. Tu restes éveillée, Brady.

— D'ac… cord. Je vais bien. (Elle leva les yeux vers lui et prit une profonde inspiration.) Ackmeyer m'a demandé si nous allions le laisser partir… Il a commencé à dire qu'il était innocent… qu'il n'avait jamais eu l'intention de faire du mal à qui que ce soit avec ses inventions.

C'était ce que Kellan avait entendu lui aussi de la bouche du savant. Des choses que son don avait confirmées comme la vérité.

— Il a dit que quelqu'un avait dû voler son travail, poursuivit Candice, dit qu'il voulait nous aider à trouver qui c'était et à faire condamner les coupables… Il a dit que si c'était vrai que son travail avait été utilisé pour faire le mal, pour tuer des gens, il s'assurerait personnellement que la technologie soit détruite, quelle que soit sa valeur.

Kellan serra la mâchoire à l'idée d'à quel point il s'était trompé en s'en prenant à Jeremy Ackmeyer. Il avait supposé le pire et il craignait à présent que les conséquences de cette erreur ne soient terribles.

Un nouveau frisson traversait Candice de la tête aux pieds lorsque Nina revint les bras chargés de serviettes qu'elle tendit à Doc. Mira intervint sans qu'on le lui ait demandé, aidant Doc avec Nina à panser la blessure de Candice, tandis que celle-ci continuait son récit.

— Nous n'avions pas remarqué que Vince était dans la pièce... jusqu'à ce qu'il demande à Ackmeyer combien il pensait que quelqu'un paierait pour sa technologie.

— Le fils de pute, maugréa Kellan, qui n'avait pas besoin d'explications supplémentaires pour deviner ce que serait le prochain geste de Vince. Qu'est-ce que lui a répondu Ackmeyer ? À combien a-t-il estimé la valeur de sa technologie UV ?

— Il ne l'a pas fait, répondit Candice. Il a dit à Vince que ça n'avait pas d'importance... qu'elle n'était pas à vendre, et qu'il ne laisserait désormais plus personne en tirer profit.

— Une réponse qui à l'évidence n'a pas convenu à Vince, ironisa Kellan, dont la fureur et le besoin de faire payer ce traître n'avaient pas cédé.

Depuis l'endroit où elle était accroupie près de Doc et de Nina, travaillant comme un membre de l'équipe et pas comme la captive non consentante qu'elle avait été jusqu'à la nuit précédente, Mira croisa son regard. Kellan ne voulait pas la considérer comme un membre de son équipe, aurait bien voulu ne pas penser à elle du tout à ce moment-là. Il détourna le regard et le ramena sur sa camarade blessée.

— Garde les yeux ouverts, Candice. Raconte-moi la suite.

— Tout s'est passé si vite, expliqua-t-elle dans un murmure. Vince avait un regard sombre… Tout à coup, il avait un couteau en main. Il s'est précipité sur Chaz… lui a tranché la gorge. Puis il s'est emparé d'Ackmeyer… lui a mis le couteau sous le menton… a dit qu'il allait commencer à faire les choses à sa façon.

Le grondement de Kellan résonna dans la cellule silencieuse. L'ambre de sa vision devint plus prononcé encore, sa fureur augmentant à chaque mot.

— J'ai essayé de l'arrêter, Bowman.

Candice leva les yeux vers lui et ne le quitta plus de son regard, vitreux et endormi mais rivé à lui comme en attente de son pardon. Kellan jura à voix basse.

— Même après qu'il m'a poignardée, j'ai essayé de l'empêcher d'emmener Ackmeyer et de s'enfuir, ajouta-t-elle faiblement. J'ai essayé…

— Bien sûr. (Kellan lui posa la main sur le côté du crâne.) Tu as fait tout ce que tu as pu, je le sais bien. C'est moi qui aurais dû être là pour me charger de Vince. (Son regard passa sur le corps de Chaz pour revenir sur les trois visages graves qui l'observaient dans la cellule ensanglantée du bunker rebelle.) Ce salopard est un homme mort. Il va le savoir très vite.

Et sans en dire plus Kellan se releva et sortit de la pièce.

Il ne fut pas surpris d'entendre Mira derrière lui dès qu'il eut mis le pied dans le couloir, mais il n'en fut pas heureux pour autant.

— Qu'est-ce que tu fais ? lança-t-elle derrière son épaule, courant pour ne pas se faire distancer. Kellan, où vas-tu ?

Entendre son nom, son vrai nom, sur ses lèvres rendit encore plus menaçant le grognement par lequel il lui répondit en pivotant pour lui faire face. Il l'attrapa par les bras et la plaqua contre le mur le plus proche.

— Un de mes hommes a perdu la vie là-derrière, un autre membre de mon équipe pourrait bien saigner à mort d'ici quelques minutes si Doc ne parvient pas à faire des miracles sur sa jambe et un prisonnier qui était sous ma surveillance a été enlevé par l'un des miens, à mon nez et à ma barbe, et risque d'être vendu au plus offrant ou tué avant le coucher du soleil. Et tu crois que je vais rester assis là à ne rien faire ?

— Nous sommes en milieu de journée. Tu ne peux aller nulle part…

— C'est mon problème, trancha-t-il d'un ton volontairement dur alors qu'il la lâchait et tournait les talons en la laissant derrière lui dans le couloir.

Mais Mira n'avait jamais été du genre à renoncer si facilement. Non, pas elle ! Elle reprit sa course juste derrière lui, toujours pieds nus, à grandes enjambées décidées. Il ne lui fallut que quelques instants pour se retrouver devant lui et lui bloquer le passage de son corps, un corps qui était beaucoup trop désirable dans son tee-shirt et son pantalon de jogging trop long aux jambes retroussées aux chevilles.

— Ne sois pas stupide, dit-elle, les yeux lançant des éclairs derrière le mauve de ses lentilles de contact. Tu mourrais en quelques instants là-dehors à cette heure-ci.

— J'ai une bonne demi-heure devant moi avant de me soucier de mon exposition au soleil, fit-il remarquer. Et je peux être en ville en moins de dix minutes à pied.

— Et puis quoi ? répliqua-t-elle furieusement. Vingt minutes pour mettre Boston à feu et à sang à la recherche de Vince et d'Ackmeyer avant de te retrouver grillé ? C'est suicidaire et tu le sais.

Il ricana, même s'il savait qu'elle avait raison.

— Tu as une meilleure idée ?

— Oui. Je pars à leur recherche. Si je ne trouve pas Vince moi-même, je me chargerai de tous ces salopards de rebelles en ville jusqu'à ce que quelqu'un mange le morceau.

Kellan eut de nouveau un rire plein d'ironie.

— Oublie ! C'est mon bordel, et c'est à moi de le réparer, pas à toi. Tu n'as rien à voir avec tout ça, Mira. Et je préférerais m'engouffrer dans le soleil lui-même plutôt que de te lancer au milieu de cette merde.

S'il avait eu le moindre honneur, c'est ce qu'il aurait fait huit ans auparavant, en s'assurant qu'il n'aurait jamais la possibilité de la blesser comme sa vision lui avait montré qu'il le ferait. Mais il n'avait pas été capable de se séparer complètement de Mira. Il était resté à proximité, plus près d'elle que ce n'était raisonnable. Il aurait dû mettre des continents entre eux et faire tout ce qui était en son pouvoir pour que leurs chemins ne se croisent plus jamais.

Mais il n'avait rien fait de tout ça.

Même à présent, il lui était presque impossible de s'empêcher de la toucher. Et il croisa les bras quand la tentation de lisser les rides provoquées par son expression d'indignation lui parut trop forte.

— Espèce de salaud ! (Mira prit une profonde inspiration, puis lâcha un long soupir.) Mon Dieu, tu es toujours le plus exaspérant, le plus obstiné des mâles que j'aie jamais connus. Tu vas rester là devant moi à me dire que je n'ai rien à voir avec tout ça, que tu préférerais te tuer plutôt que de me laisser pénétrer dans ton monde, alors qu'il y a à peine un instant tu avais ta queue en moi ? Tu m'as dit beaucoup de choses tendres, des choses que j'ai été presque assez bête pour croire...

Kellan lâcha un juron.

— Je pensais tout ce que j'ai dit, chaque mot, Mira. Mais c'était avant.

Elle était bouche bée, le souffle court.

— Avant quoi ?

— Avant tout ce qui est arrivé dans cette cellule, là derrière nous, répondit Kellan. Avant que tout ce qui s'est passé avec Vince il y a quelques minutes me rappelle que ça ne marchera jamais, que ça ne peut pas marcher.

Il décroisa les bras et se passa une main sur le crâne, tentant d'imaginer une manière de s'arracher au parcours que le destin semblait décidé à lui imposer. Mais il n'y en avait pas. La défection de Vince avec Jeremy Ackmeyer sous le bras l'avait confirmé.

— Quoi qu'il arrive maintenant, quoi que Vince finisse par faire d'Ackmeyer, je ne veux pas que tu fasses partie du tableau. Pour tout le monde en dehors de ce bunker, tu es toujours ma prisonnière, spectatrice innocente de tout ce que j'ai pu faire. Et j'ai l'intention qu'il continue à en être ainsi. Je ne veux pas que tu mettes en danger ton avenir en pensant pouvoir m'aider. Tu ne le peux pas, parce que je ne le permettrai pas.

— Cette décision ne t'appartient pas, répliqua-t-elle l'air renfrogné. Je n'ai pas besoin de ta permission pour me soucier de toi, Kellan. Ce n'est pas à toi de décider ce qui est important pour moi.

Il n'en fallait pas plus à Kellan pour se rappeler la petite fille butée qui lui avait fait comprendre à peu près la même chose en paroles et en actes à de nombreuses reprises lorsqu'il n'était qu'un adolescent stupide et renfermé incapable d'accepter son amitié, et encore moins son amour. C'était par la seule force de sa volonté qu'elle l'avait amené à participer à la vie qui l'entourait alors que le chagrin et la colère provoqués chez lui par l'anéantissement de sa famille l'avaient presque détruit. Petite fille, Mira lui avait tenu la main et l'avait fait sortir de l'obscurité. Femme, elle s'était emparée de son cœur malgré tous ses efforts pour s'empêcher d'aimer quelqu'un qu'il ne supporterait jamais de perdre.

À présent, il espérait seulement trouver la force de repousser Mira alors qu'il ne désirait rien de plus que de la serrer contre lui pour ne plus jamais la laisser partir.

Il s'efforça de garder une voix calme et de s'exprimer avec le plus de douceur possible.

— Cette fois, c'est moi qui décide. Je m'en veux déjà assez de n'avoir pas su rester loin de toi, alors même que je savais très bien où cela allait nous mener au bout du compte. (Il baissa la tête et soutint son regard scrutateur ;

il fallait absolument qu'elle comprenne à présent.) Il est hors de question que je t'entraîne dans ma chute.

Mira était à présent parfaitement immobile devant lui. Elle ne cillait pas et respirait à peine.

— Qu'est-ce que tu veux dire, par « je savais où cela allait nous mener au bout du compte » ?

Kellan regardait les yeux de Mira, ces miroirs voilés où il avait lu sa malédiction ce matin qui avait été si brièvement parfait huit ans auparavant. À présent ils étaient implorants, à la recherche d'une vérité qu'il espérait bien ne jamais avoir à énoncer devant elle.

— Dis-moi, implora-t-elle presque. (Sa colère avait cédé la place à la gravité, à une angoisse tangible, qui bouleversa Kellan.) Qu'entendais-tu par là, Kellan ? (Sa voix n'était guère plus qu'un murmure sur une respiration chancelante.) Dis-moi ce que tu sais, putain !

Il tendit la main vers elle, mais elle l'esquiva. Puis secouant la tête, sans jamais le quitter des yeux, elle répéta :

— Dis-moi !

— Ce matin-là, expliqua-t-il, les mots lui arrachant la gorge au passage, le matin avant l'explosion de l'entrepôt...

— Nous avons fait l'amour, murmura-t-elle.

— Oui.

— Et nous avions commencé dès la soirée précédente, reprit-elle pour combler les vides d'un récit qu'il semblait incapable de continuer. Nous avons fait l'amour pendant des heures. Pour la première fois.

Il hocha la tête.

— La première fois pour nous deux. Ç'a été la plus belle nuit de ma vie, Mira. Jusqu'à la nuit dernière, cette nuit d'il y a huit ans et le matin où je me suis réveillé près de toi ont été les meilleurs moments que j'aie jamais connus. Je n'ai jamais eu l'occasion de te le dire. J'aurais dû le faire alors, mais je ne savais pas.

Elle déglutit avec difficulté, sa jolie gorge se serrant visiblement.

— Tu ne savais pas quoi ?

— Que tout allait se terminer cette nuit-là. Je ne savais pas que j'allais te quitter si vite. Je pensais avoir le temps d'expliquer. (Il haussa mollement les épaules et secoua la tête.) Je pensais que... J'ai prié pour que nous soyons capables de régler ça, de trouver un moyen... une façon d'arranger les choses.

— Je ne comprends rien à ce que tu dis, Kellan. (Mais même si elle fronçait les sourcils, il voyait bien dans ses yeux que c'était de moins en moins vrai au fur et à mesure qu'elle le regardait.) Que s'est-il passé ce matin-là ? Est-ce que j'ai fait quelque chose de mal ? Est-ce que j'ai dit quelque chose, ou...

— Non, mon Dieu, non ! Tu n'as rien fait de mal. (Il lui prit le menton et fit glisser son pouce sur sa bouche tremblante.) Tu étais parfaite. Tu étais tout ce que je pouvais désirer. Plus que je n'ai jamais mérité.

— Mais tu m'as quittée, dit-elle d'une voix calme. Pourquoi, Kellan ? Je veux la vérité cette fois. Quelque chose s'est produit le matin où nous étions ensemble. Quelque chose d'assez terrible pour que tu penses que je serais plus heureuse en croyant que tu étais mort dans cette explosion.

— Ah, ma puce, murmura-t-il en remontant la main de ses lèvres à sa marque de Compagne de sang à la tempe.

Il caressa la petite larme tombant dans un croissant de lune, puis se pencha en avant et déposa un baiser sur chacune de ses paupières. Lorsqu'il s'écarta, des larmes se formaient dans les yeux de Mira.

— Tu le vois bien, tu serais plus heureuse si j'étais mort cette nuit-là. Et j'aurais préféré que tu portes le deuil de quelqu'un que tu avais aimé plutôt que de te retrouver un jour à plaider pour la vie du traître que j'étais destiné à devenir.

Posant les mains sur le torse de Kellan, elle le repoussa.

— Mais qu'est-ce que tu racontes ?

— Je l'ai vu, Mira. Dans tes yeux, ce matin-là quand nous nous sommes réveillés ensemble, nus dans ton lit. Tes yeux aussi étaient nus. Les lentilles qui font taire ton don de voyance…

— Non ! s'exclama-t-elle.

— J'ai regardé dans tes yeux, une seconde seulement…

— Non ! (Elle secoua une fois la tête, puis une seconde fois, plus violemment.) Non, je n'y crois pas. Je l'aurais su. J'aurais senti ma vue baisser après. L'usage de mon don m'en fait toujours perdre un peu…

— Je sais bien, dit-il d'une voix douce. Et c'est la seule raison pour laquelle j'ai détourné le regard aussi vite que je l'ai fait. Je ne voulais pas que tu aies à payer pour mon imprudence involontaire. Mais il y avait quelque chose en moi qui aurait pu se perdre dans ton regard nu pour toujours.

Elle était bouche bée.

— Mais non, tu n'aurais jamais fait une chose pareille ! Tu sais bien qu'il ne faut pas regarder dans mes yeux lorsqu'ils ne sont pas protégés. Tout le monde sait ça !

— Je ne pensais pas à tes visions ni à ce que je risquais de voir dans tes yeux, ma puce. Ce matin-là, je me suis retourné pour embrasser la superbe femme qui m'avait invité dans son lit et qui m'avait donné plus de plaisir que je ne l'aurais jamais cru possible. Tu m'as alors donné le plus doux des baisers qui soient, puis tu m'as souri et tu as ouvert les yeux.

— Oh, mon Dieu ! Non, Kellan ! Pourquoi as-tu regardé ?

Elle laissa échapper un gémissement qui le transperça jusqu'à la moelle. Lorsqu'elle détourna la tête, Kellan la força doucement à lui faire face de nouveau.

— Tes yeux sont extraordinaires, Mira. Ils brillent comme des diamants. Ils sont clairs et sans défaut, comme des mares de cristal. Dans cet instant si bref où j'ai vu ton regard nu, j'ai senti que je te voyais, tout entière, pour la première fois. Et je n'avais jamais rien vu d'aussi beau. (Il lui caressa le visage, écrasant une larme sur sa joue.) Cela valait le prix à payer, n'importe quel prix que le destin envisage de me faire payer au bout du compte.

— Qu'as-tu vu, Kellan ?

Il n'avait plus le choix. Il devait le lui dire.

— Je me suis vu amené devant Lucan et le CGN. Il y avait des charges qui pesaient contre moi, des charges extrêmement graves : conspiration, meurtre et trahison. Ils me jugeaient coupable de tous les chefs d'inculpation. Et ils me condamnaient. (Il aurait voulu amortir le choc de ce qu'il allait dire, mais il n'y avait pas moyen.) C'était une sentence de mort, Mira. J'ai vu alors que tu étais là avec moi, et que tu les suppliais de m'épargner. Je ne veux même pas penser à la douleur que j'ai vue en toi, au chagrin que tout ça te causera lorsque je serai mis à mort pour mes crimes.

Elle resta là sans rien dire, se contentant de le regarder en pleurant.

Kellan tenta d'essuyer ses larmes, mais il y en avait trop. Il jura à voix basse, désespéré de l'avoir fait souffrir comme ça.

— Je t'ai dit que je pensais que tu serais plus heureuse en croyant que j'étais mort il y a huit ans de ça, déclara-t-il. Mais j'ai aussi une raison plus égoïste. Je préférerais garder le souvenir de la douceur de ton sourire ce matin-là au lit après que nous avons fait l'amour pour la première fois que celui de la façon dont tu me regardes maintenant.

Il y eut soudain un petit bruit derrière eux dans le couloir. Nina se raclait la gorge.

— Bowman ? Doc a besoin de déplacer Candice pour pouvoir cautériser sa blessure et la recoudre. Il m'a demandé de venir te chercher…

— J'arrive, répondit Kellan, s'écartant de Mira sans pour autant la quitter des yeux.

Et quand enfin il tourna les talons pour retourner à ses camarades rebelles, ce fut avec l'espoir que Mira en profiterait pour le quitter sans regarder derrière elle.

Il ne lui en voudrait pas si elle le faisait.

Chapitre 13

Allongé coudes relevés sur les larges planches d'une table de pique-nique dans l'un des parcs naturels des alentours de Boston, Vince renversa la tête en arrière et laissa le soleil estival de midi lui baigner le visage. Au-dessus de lui, un corbeau traversait l'azur éblouissant du ciel.

Ça, c'est moi, pensa Vince, avec un sourire satisfait vers les nuages. *L'oiseau libre.*

Et bientôt un oiseau libre riche à en mourir.

Il ne savait pas exactement qui il devait rencontrer lors de ce rendez-vous que Coq avait négocié pour lui. D'ailleurs, ça lui était bien égal. Tout ce qu'il savait, c'était que l'appel qu'il avait passé à la petite fouine rousse après avoir fui la base avec Ackmeyer allait très vite lui rapporter le gros lot.

Coq avait immédiatement tâté le terrain auprès de quelques-uns de ses contacts, qui à leur tour en avaient fait autant auprès des leurs… et puis « boum » ! Moins d'une heure plus tard, ils avaient fait une touche et ferré un poisson prêt à aligner Dieu seul savait combien en échange du savant et de l'accès à sa technologie UV pour fumer les vampires.

Si Bowman avait été malin, aussi malin que Vince, il aurait pensé à se faire du blé avec Ackmeyer lui-même.

Mais non… il était bien trop préoccupé à humer le fumet de la pute de l'Ordre pour se rendre compte de la véritable opportunité que présentait pour lui Ackmeyer. De toute façon, Bowman et Vince n'avaient jamais été vraiment d'accord sur la façon dont les choses devaient être faites.

Les missions organisées par Bowman étaient toujours basées sur de grands principes à la con, comme la vengeance ou la justice. Il n'y avait pas beaucoup de blé à se faire en faisant fuiter des informations sur des politiciens ou des hommes d'affaires véreux, mais ça n'avait jamais semblé l'arrêter. Et il n'avait aucun scrupule à faire capoter les opérations d'autres groupes de rebelles s'il considérait que leurs buts ou leurs méthodes étaient trop extrêmes.

En ce qui concernait Vince, Bowman et sa morale supérieure pouvaient bien aller se faire mettre. Lui préférait opérer sur la base du fric et de la négociation.

Surtout quand tous les bénéfices tombaient dans son escarcelle, comme ça allait être le cas d'une minute à l'autre.

Il avait bien du mal à ne pas fantasmer sur ce qu'il allait faire et acheter avec le pacson qu'il allait récupérer. Au moins une paire de millions. Et après tout, peut-être devrait-il fixer son prix de départ à cinq millions et voir où ça le menait.

Il allait commencer par se payer une belle bagnole, et aussi un appart « chicos ». Peut-être même qu'il allait mettre en place sa propre base d'opérations, recruter sa propre équipe et faire vraiment bouger les choses. Malheureusement, il lui faudrait ouvrir boutique loin de Boston, parce qu'il n'avait aucun doute sur le fait qu'après ce qu'il venait de se permettre, Bowman allait lui tomber dessus sans faire de quartier.

Pas question de se mentir : l'idée de se retrouver face à un vampire furieux était sérieusement dérangeante. Ce qui n'aidait pas, c'était qu'il avait vu Bowman en action assez souvent pour comprendre que tout ça risquait de lui coûter très cher. Ce mâle de la Lignée avait des dispositions qui allaient au-delà de sa génétique surnaturelle. Il était mortel sans même l'avantage fourni par son ADN extraterrestre, largement aussi dangereux que n'importe lequel des guerriers de l'Ordre. Et pour la première fois depuis qu'il connaissait le commandant vampire de la base rebelle de New Bedford, il resta songeur à cette idée.

Vince avait toujours cru que l'appartenance de Bowman à la Lignée constituait son plus gros secret, mais à présent il se demandait si le vampire ne dissimulait pas quelque chose d'autre…

Mais ça n'avait pas d'importance.

Si les choses se passaient comme il les envisageait, il serait assez puissant pour se faire Bowman avec son équipe. D'ailleurs, peut-être allait-il utiliser une partie de la manne de ce jour pour se payer un contrat sur la tête de ce fils de pute de vampire. Est-ce que ce ne serait pas un juste retour des choses si Bowman se retrouvait cramé avec quelques-unes des balles aux UV d'Ackmeyer ?

Ouais, c'est exactement comme ça que les choses allaient se passer, et tout de suite encore… ce qui constituerait un excellent moyen de proclamer qu'il était le nouveau boss.

Alors qu'il rêvait les yeux fermés à la naissance imminente de son empire rebelle, le ronronnement du moteur d'un véhicule à l'évidence luxueux le fit redresser la tête. Vince leva la main en visière sur son front, plissant les yeux pour regarder la longue berline noire s'arrêter et un homme en costume sombre portant des lunettes de soleil en sortir côté passager. Avec son oreillette et la coupe militaire de ses cheveux poivre et sel, ce type sentait l'agence gouvernementale à plein nez, mais le standing du véhicule évoquait plutôt une entreprise privée, une entreprise privée à très gros budget.

Imaginant ce à quoi il pourrait ressembler en déambulant en ville dans une caisse de ce genre, Vince s'empressa d'augmenter le prix qu'il comptait demander pour Ackmeyer.

Le type au costume impeccable traversa le parking vide pour rejoindre la table de pique-nique dans l'herbe.

— Monsieur Sunshine ?

Vince sourit, amusé par le pseudo si bien choisi qu'il avait adopté pour cette transaction.

— C'est moi. Et vous êtes… ?

— Pourquoi ne pas venir vous asseoir dans la voiture ? Nous pourrons y discuter plus confortablement.

Ce n'était pas une réponse. D'ailleurs, ce n'était même pas aimable. Aux oreilles de Vince, cela sonnait plus comme un ordre, dont était de fait complètement absent le respect qu'il considérait lui être dû. Il n'appréciait pas du tout cette attitude supérieure, et il n'était certes pas assez stupide pour monter dans un véhicule avec quelqu'un qu'il ne connaissait ni d'Ève ni d'Adam, quel que fût l'enjeu financier.

— Je suis bien là au soleil, dit-il en laissant retomber son bras et en se disant qu'il aurait dû apporter des lunettes de soleil à cette réunion.

Faute de l'avoir fait, il était obligé de plisser les yeux à cause de la forte luminosité. Il tenta de transformer cet inconvénient en avantage, ricanant dans l'espoir de se faire passer pour un dur à cuire.

— Écoutez, je suis un homme très occupé. J'ai plusieurs interlocuteurs intéressés par ce que j'ai à offrir ici aujourd'hui, alors passons aux choses sérieuses.

— Mais bien sûr, répondit l'homme au costume. Où est le paquet ?

Vince gloussa.

— Quelque part en sécurité.

Il n'était pas non plus assez stupide pour avoir gardé Ackmeyer avec lui sans avoir conclu. Vince l'avait enfermé dans la camionnette, qui était garée à un peu moins de deux kilomètres de là sur la route, dans une autre partie de la zone naturelle protégée. Lorsqu'il aurait les billets en main, il livrerait la marchandise, mais pas une seconde plus tôt.

Le type en costume ne paraissait pas comprendre le concept.

— Tant que je ne peux pas confirmer à mon employeur que vous livrerez bien ce que vous avez promis, nous n'avons rien à négocier.

— Votre employeur ? répéta Vince, pas qu'un peu vexé d'entendre ça. Je pensais rencontrer le décideur, pas un sous-fifre.

— Alors, vous comptez montrer la marchandise ou pas ? demanda l'homme, pas déstabilisé pour un sou.

— Bien sûr que non ! (Vince sauta à bas de la table de pique-nique, son agitation manifeste.) Tu me fais perdre mon temps, mec. J'ai quatre, non cinq autres acheteurs potentiels avec qui je pourrais être en train de traiter maintenant, tous prêts et capables d'aligner des fournées d'oseille.

Il bluffait, mais la colère le rendait trop sûr de lui. Il se mit à faire les cent pas devant le coursier bien mis.

— Mais vu la situation, je veux conclure rapidement. Alors, je vais te dire... Je suis prêt à faire affaire avec toi, ou plutôt avec ton employeur, sur-le-champ. Dix millions cash. Là, maintenant, tout de suite, sans entourloupes, ou bien je me casse.

Le type ne répondit rien. Pas un traître mot. Vince n'était même pas sûr qu'il l'ait écouté. Il le vit lever la main jusqu'à son oreillette.

— Ton rapport, murmura-t-il, plus comme un ordre que comme une question.

Une seconde plus tard il grogna, avant de lancer :

— Excellent !

Puis il baissa la main et continua à regarder à travers Vince comme s'il était invisible.

— Alors ? s'agaça Vince, impatient et de plus en plus irrité devant le manque de respect de son interlocuteur. Qu'est-ce que ce sera ? Si tu me laisses attendre une seconde de plus ta réponse, mon prix va doubl...

Un bruit de moteur et un crissement de pneus soudains sur le parking interrompirent Vince au milieu de sa menace. Ce n'était pas le chaud ronflement d'une autre berline de luxe mais le bruit de ferraille d'un véhicule qu'il connaissait bien. Ce même véhicule qu'il avait dissimulé à un endroit qu'il avait estimé sûr dans une autre partie du parc.

C'était la camionnette où se trouvait Jeremy Ackmeyer, l'homme qui devait faire sa fortune.

Il y avait derrière le volant un autre homme de main, auquel le type debout dans l'herbe devant Vince fit un bref signe de tête.

— Mais, bordel, qu'est-ce que…, cria Vince. Qu'est-ce que c'est que cette histoire, putain ?

Mais comment tout ça avait-il merdé si rapidement ?

Il n'eut pas le temps de s'appesantir sur la question. Lorsqu'il se retourna vers le type en costume à côté de lui, il se retrouva avec le canon d'un 9 mm noir dirigé en plein milieu de son front.

À présent, le type semblait de nouveau s'intéresser à lui. Il esquissa un sourire.

— Dans la voiture, connard !

Vince dut alors se mettre en route sous la menace de l'arme.

Avançant vers la berline, il comprit avec un sentiment proche du désespoir qu'il lui fallait abandonner toute espérance de posséder un jour un si bel objet de métal et de cuir et sa mécanique de précision.

Mira laissa tomber une brassée de serviettes humides gorgées de sang dans un lavabo d'eau froide savonneuse dans la salle de douches du bunker et regarda le tout devenir écarlate.

Elle aurait dû partir quand elle en avait eu l'occasion.

Elle aurait dû s'enfuir après avoir entendu ce que Kellan lui avait dit. Filer retrouver l'Ordre, rentrer auprès des membres de son équipe à Montréal, retourner à la maison chez Nikolaï et Renata.

Tout plutôt que rester ici.

Si ce que disait Kellan était vrai, à savoir que le destin le lui arracherait de nouveau, pour de bon cette fois, alors elle ferait beaucoup mieux de prendre toutes les mesures nécessaires pour s'épargner cette souffrance. Elle avait à peine survécu à sa perte une première fois. Comment pourrait-elle supporter une telle douleur de nouveau ?

Mais elle n'était pas parvenue à emprunter le chemin qui l'aurait menée hors de la base rebelle de Kellan.

Impossible de le quitter alors qu'elle voyait bien qu'elle signifiait toujours quelque chose pour lui. Et quelque part elle voulait croire qu'il l'aimait encore, même s'il refusait de se l'avouer ou de le lui dire.

Alors Mira n'avait pas fui.

Elle était restée, prenant sur elle d'éponger le sang résultant des violences perpétrées par Vince, tandis que Kellan, Doc et Nina se trouvaient ailleurs dans le bunker, occupés à leurs affaires de rebelles et à la préparation des funérailles de Chaz maintenant que Candice avait été stabilisée.

Mira plongea les mains dans l'eau ensanglantée et se mit à laver les serviettes et à les rincer. Elle tenta de s'abstraire de la réalité de la tâche, du fait que le sang qui lui tachait les mains et les vêtements et s'échappait en filet écarlate dans l'évacuation du lavabo représentait une vie arrachée quelques heures auparavant et une autre sauvée de peu. Elle essayait de se dire qu'elle n'avait pas à s'inquiéter de cet endroit et de ces gens qui vivaient ou venaient de mourir là.

Mais elle s'inquiétait bel et bien.

Elle s'inquiétait pour Candice, pour Doc et Nina, qui tous avaient perdu un vieil ami et s'étaient fait un nouvel ennemi ce jour-là. Elle s'inquiétait aussi pour Jeremy Ackmeyer, parce que, aussi effrayée qu'elle ait été de le savoir aux mains de Kellan, ce n'était rien comparé à l'angoisse qu'elle ressentait à l'idée que Vince le détenait à présent et qu'il était à l'évidence prêt à tuer quiconque se mettrait en travers de son chemin.

Et, bien sûr, elle s'inquiétait pour Kellan.

La vision qu'il avait eue dans ses yeux ce terrible matin qu'elle avait pourtant cru si parfait la glaçait jusqu'au sang.

Mira baissa la tête et remplit le lavabo d'eau froide pour la lessive suivante.

Une fois encore elle se dit qu'elle aurait préféré naître sans son don. Cette aptitude maudite n'apportait que des tourments à la plupart de ceux qui avaient le malheur de regarder dans ses yeux nus. Elle n'avait jamais su si ses yeux lui diraient son avenir à elle aussi. Elle n'avait jamais eu le courage d'essayer.

À présent, elle se demandait si elle ne devrait pas le faire.

Verrait-elle la même chose que ce qu'avait vu Kellan ?

Mira enfonça quelques serviettes pleines de sang dans l'eau et regarda le liquide clair rougir et se troubler.

Serait-elle capable d'épuiser son don de voyance une bonne fois pour toutes si elle regardait assez longtemps dans le reflet de ses yeux nus ? Elle était tentée de vérifier, et tant pis si sa vision baissait chaque fois qu'elle l'exerçait.

Ça lui était égal. Mieux valait qu'elle s'aveugle plutôt que de risquer d'être encore à l'origine des souffrances de quelqu'un d'autre avec cette terrible aptitude.

Elle trouva le reflet de son visage dans l'eau sombre qui emplissait le lavabo. Des yeux lavande pâles et fatigués la regardaient. La douleur qu'elle ressentait était inscrite partout sur son visage, l'inquiétude marquant sa bouche et la peau délicate sous ses yeux.

Elle entendit un gémissement étranglé et ne s'aperçut qu'il était sorti de sa gorge que lorsque la jeune femme hagarde du reflet rouge sang ouvrit la bouche sur un sanglot.

L'eau souillée s'agita sous son souffle haletant, éparpillant son image en une centaine de fragments ondulants.

Il lui fallut quelques minutes pour se ressaisir. Elle finit la lessive puis mit les serviettes humides à sécher sur un étendoir où se trouvaient déjà des vêtements propres. Elle se frotta ensuite les mains sous l'eau, mais ça ne suffit pas à faire partir les taches qu'elle avait sous les ongles et sur les cuticules. Pour ça, il lui faudrait les faire tremper avec beaucoup de savon.

Elle se promit de faire ça plus tard et se sécha les mains, avant de sortir dans le couloir principal du bunker. Une fois là, elle s'aperçut qu'elle ne savait pas vraiment où aller.

Elle ne pouvait se résoudre à rejoindre la chambre de Kellan pour l'y attendre assise sur son lit et elle savait qu'il n'était pas question pour elle de s'immiscer dans les discussions ou les activités qu'il partageait avec son équipe en effectif réduit. Elle se mit en route sans but précis et se retrouva bien vite devant la chambre de Candice.

Elle n'y jeta qu'un coup d'œil rapide, mais cela lui suffit pour remarquer que la jeune femme, allongée dans son lit, était éveillée. Sa jambe blessée était pliée au genou et surélevée avec un tas d'oreillers et de couvertures, dont la plupart étaient à un moment ou à un autre tombés sur le côté et qu'elle essayait sans succès de récupérer.

Mira soupira et fit un pas hésitant dans la pièce.

— Allons, laissez-moi vous aider avec ça.

— Merci.

Candice se laissa retomber sur le dos et regarda Mira recréer le monticule sous sa jambe.

Mira leva les yeux.

— Qu'est-ce que ça donne ?

— C'est beaucoup mieux. (Candice était toujours aussi pâle que les draps qui la couvraient et seules ses lèvres, qui esquissaient un sourire, avaient retrouvé un peu de couleur.) Pourriez-vous me donner un peu d'eau, s'il vous plaît ?

— Bien sûr. (Mira prit la tasse équipée d'une paille qui se trouvait sur la table de chevet branlante près du lit et la tint tandis que Candice aspirait avec difficulté un peu d'eau.) Comment vous sentez-vous ?

— Bien. (Elle fit signe à Mira qu'elle pouvait poser la tasse.) Doc dit que je vais m'en sortir. Interdiction de marcher pendant une ou deux semaines, et il faudra que je fasse doucement pendant quelque temps.

— Mais vous êtes vivante, fit remarquer Mira, qui en était sincèrement heureuse.

— Ouais. Doc est le meilleur. Et c'est un homme bon. (Candice regardait au-delà de Mira à présent, fronçant légèrement ses sourcils noir de jais.) Où sont les autres ?

— Dans le coin, répondit Mira. Il y avait des choses qui devaient être faites. Des choses pour Chaz…

Elle avait dit ça avec douceur, désireuse de ne pas faire de peine à Candice. Mais les yeux noisette de cette dernière s'assombrirent en s'emplissant de larmes.

— Est-ce qu'ils l'ont déjà enterré ?

— Pas encore. Je les ai entendus dire qu'ils s'occuperaient de ça plus tard dans la soirée. Ils veulent faire les choses bien. Ils disaient qu'il méritait une cérémonie à la hauteur de l'existence qu'il avait menée.

— Bowman, déclara Candice en souriant de nouveau, plus franchement cette fois. Ça sonne comme un truc qu'il dirait.

Mira s'abstint de confirmer ou d'infirmer. Mais c'était bien lui qui avait prononcé ces mots. C'était lui qui avait porté le corps sans vie de Chaz depuis la cellule jusqu'à une pièce isolée quelque part au fond du bunker. C'était lui qui avait informé les autres qu'il voulait un enterrement digne du guerrier qui avait servi avec honneur et qui était tombé bien trop tôt.

Le regard de Candice était posé sur Mira avec compréhension.

— Bowman lui aussi est un homme bon. J'ai l'impression que vous savez ça mieux que personne.

Mira s'apprêtait à secouer la tête, mais le démenti ne vint pas.

— C'était il y a longtemps, murmura-t-elle à la place.

L'expression de Candice s'adoucit encore.

— Je n'ai pas besoin de savoir comment il s'appelait à l'époque, mais je sais que ce n'était pas Bowman. Je l'ai su à l'instant même où il m'a dit ce nom qui n'était pas le sien, lorsqu'il a fini par se réveiller après les deux mois que j'avais passés à m'occuper de lui sans savoir s'il allait jamais ouvrir les yeux, ou parler. Je n'ai pas eu besoin de connaître son vrai nom non plus à ce moment-là ni de savoir ce qu'il avait fait pour se retrouver au milieu d'une zone de guerre.

Mira était incapable de parler. Elle ne pouvait que regarder Candice et l'écouter tout en revivant l'enfer qu'elle avait vécu la nuit où elle avait perdu Kellan et où il avait commencé sa nouvelle vie.

— Je me suis dit qu'il me dirait son vrai nom un jour, mais il ne l'a jamais fait et j'ai fini par ne plus me poser la question. (Candice sortit la main de sous la couverture et la posa sur celle de Mira.) Il n'a pas fallu longtemps pour que j'apprenne tout ce que j'avais besoin de savoir sur le mâle de la Lignée appelé Bowman qui avait choisi de vivre parmi les humains plutôt qu'au sein de sa propre race. J'ai vu par moi-même que c'était un homme honorable. Peu après avoir récupéré, il a appris qu'il y avait une faction rebelle qui cherchait à vendre un groupe de jeunes femmes à des souteneurs. Le marché avait déjà été conclu avec des mafieux d'outre-mer, mais le soir où l'échange devait avoir lieu, Bowman s'est interposé pour l'empêcher et libérer ces filles à lui tout seul.

Mira ne fut pas étonnée d'entendre ça car elle avait vu Kellan en action lorsqu'ils faisaient partie de la même unité de l'Ordre. C'était un guerrier puissant, qui n'avait peur de rien quand il s'agissait de combattre et de protéger ceux qui ne pouvaient pas le faire eux-mêmes, et il semblait que ces qualités ne lui aient pas fait défaut dans cette nouvelle vie, en dépit de la morale difficile à défendre qui semblait être à présent la sienne.

— J'ai tout de suite vu qu'il était courageux et juste, poursuivit Candice. Mais il était aussi terrifié au fond de lui. Il était seul et le restait par choix. J'ai compris qu'il appartenait à quelqu'un d'autre. Simplement je n'ai pas su qui jusqu'au moment où j'ai vu comme il vous a regardée lorsque nous vous avons ramenée avec nous à la base ce jour-là.

— Vous lui avez sauvé la vie, parvint enfin à coasser Mira la gorge sèche, envahie de gratitude pour cette femme qu'elle connaissait à peine. J'ai cru qu'il était mort, mais vous l'avez trouvé. Vous avez pris soin de lui. Vous et Doc ne le connaissiez pas du tout, mais vous ne l'avez pas laissé mourir…

Candice fronça légèrement les sourcils puis haussa les épaules.

— Il avait besoin d'aide. Nous l'avons aidé. Voilà tout.

— Mais vous avez fait tout ça alors qu'il appartenait à la Lignée.

— Si vous trouviez quelqu'un de blessé, en sang dans la rue, est-ce que vous prendriez le temps de regarder s'il est différent de vous avant de vous occuper de lui ?

Mira se tut tandis que les mots de Candice prenaient tout leur sens. Elle ressentit alors une honte profonde, parce qu'elle comprenait que quelque temps auparavant elle aurait pu, elle, se détourner. Sa haine et sa méfiance des humains, en particulier des rebelles, étaient si aveugles et si profondes qu'elle ne se serait probablement même pas arrêtée si l'un d'entre eux avait eu besoin de son aide.

Ce qu'elle s'était laissée devenir était laid.

Pendant si longtemps elle avait méprisé les gens comme Candice, Doc et Nina, les associant à des ordures comme Vince et Coq, tous des méchants à écraser sous sa botte ou à embrocher sur ses dagues.

Et à présent… ?

Se sentant indigne de la gentillesse que lui montrait la jeune femme, elle retira sa main de sous celle de Candice. Elle éprouvait de la compassion pour la perte que ces gens avaient subie ce jour-là. Et elle avait peur de ce que l'avenir leur réserverait si ce que Kellan avait vu dans ses yeux finissait par arriver.

Cette pensée lui noua l'estomac. Il lui fallait parvenir à prendre de la distance avec l'angoisse qu'elle éprouvait lorsqu'elle envisageait le prix que tous risquaient d'avoir à payer si cette vision s'avérait.

Elle s'efforça de produire un sourire qu'elle espéra rassurant.

— Vous devriez vous reposer maintenant. Je donnerai de vos nouvelles à Doc.

Candice acquiesça et Mira s'éloigna du lit et pivota sur ses talons pour rejoindre le couloir. Là, elle fit une pause, sentant la gratitude monter en elle, chassant même les émotions plus sombres qui tentaient de la tirer vers le bas.

Elle se retourna vers la femelle humaine qui avait accompli l'impossible huit ans auparavant, ramenant Kellan du royaume des morts pour réaliser le miracle que Mira avait appelé de toute son âme.

— Merci de l'avoir sauvé.

Candice sourit.

— Mon rôle a été le plus facile. À présent c'est à vous de jouer.

Chapitre 14

Kellan sentait ses vêtements lui coller à la peau dans l'humidité du bunker. Il avait les mains et les avant-bras éclaboussés de sang figé et le léger parfum cuivré des globules rouges morts suffisait à lui faire battre les tempes et vibrer les muscles d'agressivité tandis qu'il avançait dans le couloir principal du fortin.

Il avait des envies de meurtre, pas seulement à cause de l'effet sur ses instincts de prédateur du parfum de tant de sang répandu, mais aussi parce que des gens qu'il aimait, des individus profondément bons, avaient été tués ou blessés sans l'avoir mérité.

Et tout ça à cause de lui.

Tout ça parce qu'ils lui avaient fait confiance comme à leur chef et qu'il leur avait fait défaut.

Il n'était pas parti à la recherche de Vince ce matin-là comme il en avait eu l'intention. Il brûlait toujours de l'envie de mettre Boston sens dessus dessous pour trouver ce salopard, mais son équipe avait eu plus besoin de lui sur place. Et son bon sens lui avait rappelé que Mira avait raison : une poursuite à grande échelle en plein jour aurait été suicidaire. De toute façon, si on devait en croire sa vision, il serait mort assez vite comme ça. Mais il ne pouvait s'empêcher de penser que ne pas avoir foncé sous le soleil ce jour-là ne faisait que confirmer le fait qu'il était sur un chemin le menant directement au destin entrevu dans les yeux de Mira.

Les rangers de Kellan rendaient un son creux dans le couloir tandis qu'il se dirigeait vers sa chambre pour se laver et se changer. Le silence qui régnait dans le bunker autour de lui était impressionnant et le perturbait. Il n'aimait pas l'idée qu'il avait lui-même mis en danger la base.

Même s'ils avaient vécu en permanence en lisière de la loi, Kellan et les membres de sa petite troupe de rebelles n'avaient jamais vu la violence franchir leur seuil sous la forme d'une attaque de l'intérieur. Ils n'avaient jamais perdu l'un des leurs auparavant, pas même sur le terrain. Ils avaient eu de la chance, faisant toujours profil bas, menant à bien des opérations bien ficelées et vivant dans la clandestinité. Ils avaient toujours soigneusement évité le genre d'attention indésirable et de notoriété sur lesquelles d'autres factions rebelles semblaient prospérer. Ce premier coup porté à leur intégrité constituait pour eux un choc et un chagrin profonds.

C'était un sentiment auquel Kellan n'était pas étranger.

Tout ce sang répandu le ramenait à son passé, à l'époque où il était un jeune de Havrobscur protégé et où les forces du mal l'avaient privé de sa famille. En une seule nuit, la violence d'un fou avait détruit la résidence principale des Archer à Boston, privant Kellan de tous ceux qu'il aimait à l'exception de son grand-père, Lazaro. Heureusement pour tous les deux, l'Ordre avait été là pour leur offrir sa protection et un abri. Ses membres avaient accueilli Kellan et Lazaro en leur sein comme s'ils en avaient toujours fait partie, un acte de bonté que Kellan ne pourrait jamais leur revaloir assez.

Sans parler de Mira…

Elle avait été là pour lui dès l'instant où il avait mis le pied dans le complexe de l'Ordre. Une espèce de mouche du coche qui ne l'avait jamais laissé s'enfermer dans son désespoir, même à l'époque. Après avoir perdu tant de gens qu'il aimait, il était si terrifié à l'idée de ressentir quelque chose de proche de l'amour pour qui que ce soit qu'il avait refusé toute tendresse.

Et même si lui s'était comporté comme un idiot, incapable de reconnaître cette peur terrible à l'origine de sa douleur et de sa morosité, Mira s'était montrée beaucoup plus sage, même enfant. Elle avait vu clair en lui. Elle l'avait pris avec obstination sous sa petite aile comme ami et avait toujours refusé de lâcher l'affaire, même quand il la repoussait.

Plus même : chaque fois qu'il l'avait repoussée, elle s'était accrochée, tenant bon pour lui, exactement comme elle l'avait fait ce jour-là, prenant sur elle d'intervenir comme si elle avait fait partie de son équipe, de les soutenir avec une compassion sincère, malgré l'état de leurs relations personnelles.

Il aurait voulu être furieux contre elle à cause de ça, à la manière dont l'adolescent caustique et distant qu'elle avait si bien connu aurait réagi à un tel acte de générosité. Mais l'homme qu'il était devenu entre-temps était bien incapable de trouver en lui de la colère à son égard. Non, ce qu'il ressentait à la place était un sentiment bien trop plaisant, un fort sentiment de gratitude et de fierté à l'idée qu'elle lui appartenait.

Qu'elle aurait dû lui appartenir, corrigea-t-il sans faux-semblants.

Se maudissant intérieurement, il franchit un tournant du couloir et passa devant la porte fermée de la salle de douches du bunker.

L'eau coulait de l'autre côté.

Ce n'était ni Doc ni Nina, étant donné qu'il les avait laissés tous deux avec le corps de Chaz quelques minutes auparavant à l'autre bout de la forteresse. Et Candice, qui ne pourrait se déplacer avant plusieurs jours, se trouvait dans sa chambre, où il venait de lui rendre visite.

Ne t'arrête pas!

C'était ce qu'il aurait dû faire. Et pourtant, il stoppa devant la porte et en tourna la poignée.

Mira était nue sous la douche, la tête renversée en arrière, l'eau coulant sur ses cheveux blond pâle et sa peau crémeuse.

Kellan en eut le souffle coupé. Mais, au lieu de refermer doucement la porte et de continuer son chemin, il l'ouvrit grand et entra dans la pièce pleine de vapeur avant de la refermer derrière lui.

En entendant le déclic du pêne, Mira se couvrit de ses mains et de ses bras et regarda de son côté. Il y avait comme de l'incertitude dans ses yeux lavande et elle gardait les lèvres entrouvertes sans rien dire.

Kellan restait là à l'admirer.

— Tu es restée, murmura-t-il.

Elle déglutit. Des gouttes d'eau perlaient à ses cils et lui tombaient du menton.

— Je suis restée.

Il hocha la tête.

— Je viens de vérifier comment allait Candice, reprit-il sourcils froncés. Elle m'a dit que tu étais passée la voir, que vous aviez parlé… de moi ?

— Oui, répondit doucement Mira, sans lâcher les bras, pas prête encore à se laisser aller, ce qu'il n'aurait certes pu lui reprocher.

— Tu ne lui as pas révélé mon nom, fit-il remarquer. Tu ne lui as rien dit de mon passé au sein de l'Ordre. (Tête baissée, les yeux rivés sur elle, il avança d'un pas, puis d'un autre.) Tu n'as pas trahi mes secrets, aucun d'entre eux.

— Bien sûr que non, répliqua-t-elle.

— Tu m'as protégé, reconnut-il. (À présent, il était juste devant elle, au bord même de la douche ouverte.) Tu as fait ça pour moi, alors même que je ne t'ai donné aucune raison pour.

Elle hocha légèrement la tête, bras toujours tendus croisés comme en un bouclier.

— Oui.

Comme il pénétrait sous l'eau près d'elle, sans s'être débarrassé ni de ses vêtements, ni de ses rangers, elle laissa échapper un petit cri. Debout devant elle, il se laissait tremper de la tête aux pieds sans s'en préoccuper le moins du monde.

— Tu aurais pu t'en aller sans problème aujourd'hui. Mon Dieu, j'aurais aimé que tu le fasses.

— Je…, commença-t-elle, mais il l'interrompit par un juron.

— Tu aurais pu quitter tout ça. Au lieu de ça, tu as aidé à nettoyer les conséquences d'un désastre dont j'étais responsable, puis tu as eu la grandeur d'âme d'aller prendre des nouvelles d'un membre blessé de mon équipe. (Il secoua la tête et lui prit doucement les mains et les écarta de son corps nu, avant de déposer un baiser sur chacun de ses poings serrés.) Après tout ce que je t'ai dit aujourd'hui là-bas, tu es restée.

Elle le regardait, lèvres entrouvertes, poitrine se soulevant et s'abaissant rapidement. Kellan ne lui avait pas lâché les mains. Doucement, il les abaissa à ses côtés, dégageant sa nudité dans toute sa splendeur.

— Après tout ce que j'ai fait, laissa-t-il échapper dans un murmure, pas seulement aujourd'hui ou il y a huit ans quand je suis parti en te laissant croire que j'étais mort, mais depuis notre première rencontre, ma puce. Depuis toujours, depuis le tout début, tu es restée avec moi. Tu m'as toujours soutenu.

— Et je te soutiendrai toujours, répondit-elle d'une voix calme, mais le regard décidé. C'est ce qu'on fait quand on aime quelqu'un.

Kellan se figea. Il pouvait à peine bouger, à peine respirer.

— Ne dis pas ça, Mira. C'est la pire chose que tu puisses me dire maintenant.

— Pourquoi ? (Elle leva les yeux vers lui sous le jet de la douche, sa peau baignée de la chaude lumière provenant des yeux de Kellan, où s'allumaient des étincelles d'ambre.) Pourquoi est-ce que je ne te dirais pas ce que je ressens pour toi ?

Il eut du mal à retrouver sa voix et commença par émettre un grognement surnaturel.

— Parce que quand tu dis ça, j'ai envie de t'avoir encore plus proche de moi, alors même que je devrais te laisser partir… avant que les choses empirent.

— Alors lâche-moi, Kellan.

Ces mots le prirent de court. C'était un ordre, énoncé sans la moindre hésitation. Il regarda fixement son beau visage, ses yeux courageux au regard intraitable et son nez espiègle parsemé de taches de rousseur, sa bouche obstinée qui ne lui avait jamais délivré la moindre pitié, même quand il s'agissait de plaisir, et dont les lèvres étaient à présent serrées en attente de sa réponse.

— Si tu ne m'aimes pas, reprit-elle, si tu veux vraiment que je parte… alors lâche-moi.

Il n'en fit rien. Même si tout ce qu'il y avait de sain et de logique en lui lui criait de lui lâcher les mains tout de suite et de s'en aller, il garda les doigts serrés sur ses poignets en pressant de plus en plus fort.

— Putain de Dieu, ma puce, cracha-t-il.

Puis, sans prévenir, il inclina la tête jusqu'à celle de Mira et l'embrassa.

Ce baiser fut violent, profond et possessif. Il n'aurait pas pu en être autrement pour lui en cet instant.

Et elle l'accepta de toute son âme. Il glissa sa langue au-delà des lèvres de Mira, grognant de désir animal lorsqu'elle la suça en haletant.

Il avait les veines en feu, un feu qui circulait dans ses membres, sa tête, son cœur et son sexe. Il entrelaça ses doigts à ceux de Mira et la poussa jusqu'à lui plaquer le dos contre le mur mouillé de la douche. Il sentait ses tétons durcis à travers le tissu trempé de son tee-shirt. Ses courbes fabuleuses s'adaptaient parfaitement à son corps sculpté.

Kellan leva les bras, entraînant ceux de Mira vers le haut le long du mur jusqu'à maintenir ses mains bien au-dessus de sa tête. Il l'épingla là, prisonnière de son étreinte et immobilisée par le poids de son corps, qu'il collait au sien. Sans cesser de l'embrasser, dévorant sa bouche, il pressait son érection contre l'abdomen de Mira. Elle était tellement désirable que son pelvis allait et venait de lui-même, son membre tressautant dans la prison de son jean.

Il inclina la tête jusqu'à son cou et l'embrassa là dans le creux, la sentant gémir et frissonner sous ses lèvres.

— Oh putain, Mira ! grogna-t-il contre sa gorge délicate sur laquelle ruisselait l'eau. Bordel !

Il allait et venait contre elle, vêtements trempés, enivré par le chaud parfum de sa peau nue et la douce fragrance de miel de son excitation. Ses crocs vibraient et envahissaient sa bouche.

Il lui fallait absolument goûter à sa douceur, tout de suite !

Le sang de Mira l'appelait, mais ce fut un autre nectar qui l'arracha à son cou avec un grognement étouffé. Ce ne fut qu'alors qu'il lui lâcha les mains, s'agenouillant lentement devant elle, jalonnant sa descente de baisers sur ses seins et son ventre si doux.

Elle laissa échapper un petit cri d'impatience comme il prenait son temps pour atteindre son objectif, lèvres et langue goûtant à chaque centimètre de peau tendre qu'elles traversaient. Une main sur sa poitrine, il fit glisser l'autre sur son flanc, lui laissant la chair de poule dans son sillage et la faisant trembler de petits spasmes entrelacés de soupirs.

Tout en l'embrassant partout sur le corps, il laissa sa main descendre le long de sa cuisse, puis passer à l'intérieur de celle-ci avant de remonter paresseusement le long de la peau satinée. D'une pression délicate des doigts, il lui fit alors écarter les cuisses. Devant sa réaction enthousiaste, il sourit contre son estomac, puis plongea le bout de sa langue dans son nombril tout en caressant les pétales de son sexe du dessus de la main.

Les écartant du bout des doigts, il glissa ceux-ci à l'intérieur. Elle frissonna contre sa main, souffle coupé, lorsqu'il vint titiller du pouce son clitoris. Transpercé par le désir, Kellan sentit ses crocs s'allonger dans sa bouche.

Il était à présent complètement à genoux devant elle, tête baissée entre ses jambes tandis que le jet d'eau chaude lui cascadait dessus. Avec un grognement profond, il tourna le visage vers l'intérieur de la cuisse de Mira et se mit à suçoter sa peau tendre. Elle gémissait, hors d'haleine, son orgasme déjà en vue alors qu'il n'avait pas encore posé sa bouche à l'endroit qu'il visait chez elle.

Kellan lui souleva la jambe pour la poser sur son épaule, l'embrassant encore, prenant un malin plaisir à constater qu'elle était si prête à le recevoir, si réactive. Tout ça pour lui, pensa-t-il avec gourmandise. Elle l'avait dit elle-même ce matin-là dans le lit. Il n'y avait eu personne d'autre que lui au cours de tout ce temps qu'ils avaient passé séparés, jamais.

Une vague de possessivité s'empara de lui, inattendue, imméritée et pourtant indéniable.

Il tourna de nouveau la tête pour admirer son sexe rose gonflé. Un rapide baiser la fit frissonner. Le contact de ses lèvres et de ses crocs sur ses pétales juteux lui coupa le souffle et elle lui passa les mains dans les cheveux pour le maintenir en place tandis qu'il plongeait sa langue en elle.

— Oh, mon Dieu, lâcha-t-elle d'une voix rauque. Je vais jouir.

— Attends, murmura-t-il.

Puis il passa les mains derrière elle pour attraper son petit cul ferme et l'attira jusqu'à sa bouche affamée.

Il enfonça son visage entre ses cuisses, buvant à sa source, s'y noyant. L'instant d'après, elle explosait contre sa bouche, basculant les hanches, traversée de grands spasmes. Il lécha tout son soûl, toujours assoiffé.

Alors que son orgasme commençait à refluer, elle descendit la jambe de son épaule et l'attrapa par le tee-shirt, essayant de toutes ses forces de le lui arracher.

— En moi, intima-t-elle pantelante. Maintenant, Kellan.

Obéissant sans rechigner, il se leva, arracha son tee-shirt et le jeta sur le sol de la douche, puis se débarrassa de ses rangers tandis que Mira s'occupait des boutons de son jean trempé. Comme elle ne s'en sortait pas, il prit la relève. À peine eut-il défait le dernier bouton que Mira baissait son pantalon pour libérer son sexe dressé.

Au bout de quelques caresses, il n'en pouvait plus.

La prenant dans ses bras, il lui mit les cuisses autour de sa taille et la pénétra d'un coup. Tous deux grognèrent sous l'impact puis frissonnèrent lorsqu'il l'emplit complètement, l'écartant comme un gant de soie autour de son membre.

Il fit aller et venir son pelvis quelques fois, mais il était déjà trop loin pour faire les choses doucement.

Il accéléra le rythme sans lâcher Mira, admirant son visage alors qu'une nouvelle jouissance s'apprêtait en elle. Elle s'accrocha à lui, talons plantés dans ses fesses, ongles lui griffant les épaules. Son propre orgasme se préparait à la base de sa colonne et la chaleur fusait dans ses veines.

Mira l'agrippa avec encore plus de force, ses soupirs de plaisir se transformant en halètements tandis que les premiers tremblements de sa jouissance se répercutaient le long du membre de Kellan. Il plongea plus profond et plus fort en elle, la poussant vers le point de non-retour, retenant son orgasme jusqu'à ce qu'il la sente éclater autour de lui. Elle jouit soudain en laissant échapper un cri de gorge, son souffle comme celui d'un volcan contre l'oreille de Kellan.

Il ne la quitta pas de ses yeux enflammés, se gorgeant de toutes les étapes de son plaisir. Elle était si belle, si sexy, si gourmande, se contractant sur lui tandis qu'il accélérait encore le tempo.

Son orgasme se précipita sur lui, féroce et incontrôlable.

Il jouit en rugissant, la chevauchant sauvagement, incapable de s'arrêter même une fois toute sa semence éjectée. Épuisé mais loin d'être repu, il laissa tomber la tête dans le creux de l'épaule de Mira et resta là à se balancer contre elle, savourant la présence de son corps contre le sien et le refuge brûlant de son sexe.

— Tu es restée, murmura-t-il en glissant la bouche le long de son cou, où son pouls battait en rythme avec le sien.

La réponse chuchotée de Mira glissa dans ses cheveux où elle avait posé les lèvres sur le dessus de son crâne.

— Tu ne m'as pas lâchée.

Chapitre 15

Ils firent de nouveau l'amour, lentement cette fois, puis se lavèrent l'un l'autre sous le jet d'eau chaude de la douche.

Quelques minutes plus tard, Mira se retrouva dans la chambre de Kellan, s'habillant en même temps que lui dans un silence confortable. Elle pouvait presque s'imaginer qu'ils formaient réellement un couple et qu'ils partageaient cet espace comme compagnons liés, ainsi que le lit comme amants, ce qui n'aurait pas dû l'exciter tant, vu les orgasmes répétés qu'il venait de lui offrir.

Mira regardait Kellan se mouvoir en mettant des vêtements propres. Il enfila un tee-shirt noir qui collait à son torse et à ses épaules musclés, l'ourlet de ses manches courtes serré autour de ses biceps ornés de dermoglyphes. Quant à ses longues cuisses fermes, elles disparurent dans un jean sombre qui moulait son joli cul et arrivait juste au bon niveau de sa taille si bien dessinée.

Il était superbe, et quelques minutes auparavant elle s'était repue de chaque centimètre carré de son corps divin. Elle se laissa aller à savourer ce souvenir un instant, debout au pied du lit, vêtue simplement de son soutien-gorge et de sa culotte.

C'était si facile de se sentir normale près de lui, de se sentir entière. Elle n'était pas prête à abandonner ça. Elle ne le serait jamais, quoi qu'ait pu lui montrer son foutu don de voyance.

Tout en boutonnant sa braguette, Kellan lui lança un regard admiratif par-dessus son épaule.

— Tu es tellement belle là-dedans, que tu ferais mieux de te mettre quelque chose sur le dos avant que je te saute de nouveau dessus. (D'un coup de menton, il indiqua la malle qui contenait ses vêtements aux pieds de Mira.) Tu trouveras d'autres tee-shirts là-dedans. Fais ton choix.

Le jean noir qu'elle portait le jour où elle avait été amenée avec Jeremy Ackmeyer à la base rebelle se tenait encore à peu près, il était un peu usé mais ferait l'affaire. Son tee-shirt par contre avait été ruiné, déchiré dans la bataille et couvert de sang et de tripes. Mira s'accroupit devant le coffre de Kellan et fouilla parmi la dizaine de tee-shirts et de pulls légers qui s'y trouvaient soigneusement empilés.

Soudain, elle cogna contre quelque chose de métallique et froid coincé entre deux vêtements. Elle sortit l'objet pour voir ce que c'était. Il s'agissait d'un miroir à main, élégant et féminin, dont le dos était d'argent poli incrusté d'onyx noir finement taillé pour former un arc équipé d'une flèche, emblème de la famille Archer.

— Il appartenait à ma grand-mère, expliqua Kellan lorsque Mira leva les yeux, l'air interrogateur.

— Il est magnifique. (Elle fit courir le bout de son doigt sur le remarquable travail d'artisan, admirant la perfection de chacune de ses lignes.) Comment as-tu eu ça ?

Lorsqu'il avait disparu des années auparavant le soir de cette patrouille qui s'était si mal terminée, il ne portait rien d'autre que les vêtements qu'il avait sur le dos et ses armes.

Kellan alla jusqu'à elle et lui prit doucement le miroir des mains. Il le fit tourner dans ses doigts, esquissant un sourire intérieur.

— Il y a à peu près deux ans, j'ai fait une reconnaissance sur un groupe de miliciens que je comptais mettre hors d'état de nuire. Ils dealaient de la drogue et des armes légères à partir du Maine, au nord d'Augusta. Une fois ma mission achevée, je me suis aperçu que je n'étais qu'à quelques kilomètres du domaine que possédait mon grand-père, Lazaro, là-haut.

— Le complexe temporaire dans lequel l'Ordre s'est réfugié quand notre quartier général de Boston a été compromis.

Mira s'en souvenait bien, même si elle avait été encore petite fille à l'époque où elle, Kellan et le reste des guerriers et leurs compagnes avaient vécu là-bas.

Après la Première Aube, Lucan et les autres aînés de l'Ordre avaient décidé qu'il fallait répartir ses ressources un peu partout aux États-Unis et en Europe, afin de mieux combattre les soulèvements et la violence qui s'étaient déclenchés après que la Lignée eut révélé son existence à l'humanité. Lazaro Archer, le grand-père de Kellan, était désormais le chef du centre de commande de l'Ordre en Italie.

Mira repensa aux bons moments, et aux mauvais, bien plus rares, qu'elle avait connus dans ce Havrobscur niché à l'écart dans les forêts profondes du nord du Maine.

Sa première bataille de boules de neige, contre Kellan et Nathan ; son premier arbre de Noël, partagé avec Renata et Nikolaï et le reste de sa nouvelle famille, les guerriers et leurs compagnes ; la cérémonie de présentation de Xander Raphaël, le fils de Dante et de Tess, né quelques jours à peine après le déménagement de l'Ordre en urgence.

Il y avait là tant de souvenirs, et elle voyait que Kellan les revivait lui aussi.

— Il n'y avait personne, sinon je n'aurais jamais pris le risque de m'approcher, reprit Kellan. Mais l'endroit n'était pas vide pour autant. Il restait des meubles, quelques vêtements… Et ça. (Il toucha l'emblème à l'arc et à la flèche avec révérence.) C'était dans la chambre de mon grand-père, sur une coiffeuse qu'il avait fabriquée pour ma grand-mère avec du pin des forêts environnantes. Le miroir était noirci de suie et de cendres. J'ai compris alors qu'il avait dû retourner à notre Havrobscur de Boston après l'incendie volontaire qui l'avait détruit. Il avait dû se frayer un chemin à travers les ruines pour récupérer ça, même s'il avait fait le vœu de ne jamais retourner sur les lieux de la mort de ma grand-mère, de la maison où elle, comme mes parents, toute sa famille, ma famille, avait péri dans les flammes.

— Kellan, murmura Mira, le cœur serré.

— Je n'avais aucun droit de le prendre, mais une fois que je l'ai eu en main, je n'ai pas pu me résoudre à le laisser derrière moi. (Il replaça soigneusement le miroir dans le coffre sur le dessus des vêtements.) J'ai aussi là autre chose que je n'avais aucun droit de garder.

Il alla jusqu'à une commode et en ouvrit le tiroir du haut, dont il sortit sa chère dague. Elle la lui prit des mains avec un petit sourire de reconnaissance.

Elle lut les mots gravés de part et d'autre de la garde de la précieuse lame : « Honneur », « Sacrifice ». L'autre, avec laquelle celle-ci faisait la paire et qu'elle avait perdue le jour où elle avait retrouvé Kellan, portait un autre jeu de principes selon lesquels elle s'efforçait de vivre : « Foi », « Courage ».

— Ça fait bizarre de la retrouver seule, murmura-t-elle. C'est comme s'il lui manquait l'équilibre, comme si elle n'était pas aussi forte sans sa compagne. Je n'avais jamais imaginé qu'elles se retrouveraient séparées un jour.

Kellan posait sur elle un regard tendre, l'air grave, plein de regret. Il comprenait parfaitement qu'elle aurait aussi bien pu parler d'eux deux.

— Je n'ai jamais rien voulu te prendre, ma puce, surtout pas ton bonheur. Je ne voulais pas te coûter quoi que ce soit, y compris la lame que j'avais promis de te rendre avant que tout aille si mal. Et voilà encore une autre façon dont je t'ai fait défaut.

Il la prit doucement aux épaules pour la relever. Puis il lui caressa le visage, avec tant de tendresse qu'elle faillit s'étrangler sur le sanglot qui naissait dans sa gorge.

— Si je pouvais revenir en arrière, il y a tant de choses que je changerais, déclara-t-il. Et d'abord je ferais tout ce qu'il faudrait pour m'assurer que tu ne te retrouves pas piégée dans tout ça avec moi.

— Non, répliqua-t-elle en reprenant ses esprits et en secouant fermement la tête. Non. Je n'échangerais pas une minute de ce que nous venons juste de partager. Et toi ?

Il ne dit rien pendant un long moment, se contentant de lui caresser les joues et de lui lisser les lèvres du pouce avant de passer sa main chaude derrière sa nuque.

— Est-ce que tu annulerais vraiment tout ? demanda-t-elle inquiète.

Il esquissa lentement un sourire tandis que ses yeux crépitaient d'une chaleur certes contrôlée mais toujours présente.

— Je ne t'ai toujours pas lâchée, n'est-ce pas ?

Il l'embrassa, mais Mira ne parvenait pas à se défaire de l'angoisse qu'elle ressentait à l'idée de le perdre de nouveau. Elle ne voulait pas laisser l'horreur de la vision qu'il avait eue dans ses yeux ruiner cet instant, mais cela ne l'empêchait pas d'être là, refusant de la laisser en paix. Elle s'arracha au doux baiser de Kellan et inclina la tête en avant, fermant les yeux lorsqu'il vint poser son front contre le sien.

— Kellan, dit-elle avant de s'écarter pour plonger le regard dans ses yeux emplis d'étincelles d'ambre. Raconte-moi de nouveau la vision que tu as eue. Redis-moi les charges qui pesaient contre toi.

Son beau visage prit une expression de gravité et il serra les mâchoires.

— Il s'agissait de charges criminelles, ma puce, comme je te l'ai déjà dit.

— Oui, mais plus spécifiquement ?

— Complot, répondit-il d'une voix égale, trahison, kidnapping et meurtre.

À ce dernier mot, elle sentit son pouls s'emballer.

— Meurtre… Combien de gens as-tu tués, Kellan ?

— Trop pour pouvoir m'en souvenir, répondit-il sans la moindre trace de culpabilité dans la voix. Et tu as su pour tous. Tu étais avec moi pour bien trop d'entre eux, lorsque les rues étaient rouges de sang.

— Non, répondit-elle. C'était en temps de guerre, et ce n'étaient pas des meurtres. Combien en as-tu tué sans en avoir le droit, Kellan ? Combien de fois depuis que tu es devenu Bowman as-tu arraché la vie à quelqu'un ?

Il regarda longtemps dans le vide en réfléchissant, puis il secoua résolument la tête.

— Il n'y a pas moyen de dire jusqu'à quel point du futur va la vision. Nous savons seulement qu'elle se réalisera, parce que les visions que tu as données se sont toujours réalisées, Mira. (Il s'éloigna d'elle en se passant une main dans les cheveux.) Et puis ça n'enlève rien aux autres crimes dont je suis coupable : l'enlèvement d'Ackmeyer, parent d'un diplomate de haut rang du CGN, et par conséquent complot dans le but d'interrompre un sommet pour la paix. En faisant ça, j'ai commis avec mon équipe un acte de trahison en toute connaissance de cause.

— Mais pas un meurtre, insista Mira. (Maintenant qu'elle avait une bribe d'espoir à laquelle se raccrocher, elle n'allait pas la laisser s'échapper.) Tu n'es pas coupable de ce dernier chef d'accusation. Et c'est une chose sur laquelle tu as dès maintenant la possibilité d'agir. Et si la vision se trompe sur l'une des charges, elle peut très bien se tromper sur les autres. Peut-être peut-on changer le cours de cette prédiction, Kellan. Ensemble.

Il revint à Mira et se tint face à elle sans rien dire. Il la transperçait du regard, le visage parfaitement immobile à l'exception d'un tendon qui tiquait dans sa mâchoire. Elle sentait son cerveau bouillonner et son pouls battre en faisant vibrer la mince couche d'air qui séparait leurs corps.

Il murmura un juron bien senti. Ce n'était pas de sa part de la colère mais du soulagement, de l'espoir.

Il l'attira vivement contre lui et l'embrassa passionnément sur la bouche. Puis il la lâcha et se retourna pour prendre son Smartphone sur la commode à côté du lit. Il regarda l'heure et lança à Mira un regard où se lisait de la férocité.

— Le soleil se couche dans trente minutes. (Il attrapa une paire de rangers secs posés par terre et les enfila.) Je file à Boston. Il faut que je retrouve Vince et que je sorte Ackmeyer de là vivant.

— Je viens avec toi, déclara Mira, qui portait déjà un tee-shirt et enfilait son jean noir.

Alors qu'elle allait prendre ses rangers, Kellan l'en empêcha en posant vivement la main sur son poignet.

— Tu restes là, dit-il. Il est hors de question que je te mette en danger. À part ça, j'irai plus vite à pied.

Elle se planta face à lui; exactement comme lorsqu'ils étaient enfants.

— Soit je vais avec toi, Archer, soit j'y vais toute seule.

Le tendon qui tiquait dans sa mâchoire quelques secondes auparavant se mit à battre furieusement. Ses yeux lançaient des éclairs, inondant Mira de leurs étincelles d'ambre. Elle ne s'en laissa pas compter et soutint son regard dangereux. Il fallait bien qu'il comprenne qu'elle n'avait pas l'intention de renoncer.

— Nom de Dieu ! grogna-t-il. Nous partons dans cinq minutes.

Il se précipita hors de la pièce. Mira mit la dague dans son fourreau contre sa cuisse et sortit derrière lui.

Le coup frappé sur la porte de l'appartement du rez-de-chaussée du petit immeuble de trois étages infesté par les rats dans le quartier de Charlestown à Boston survint à peu près sept minutes après le coucher du soleil. Sacrément rapide, car son ami n'avait enjoint à Coq de le rejoindre par un coup de fil urgent et inattendu que cinq minutes plutôt.

Nathan regarda sans émotion le maquereau dealer d'héroïne qui était étendu mort là où il était tombé, la trachée écrasée, quatre minutes et demie auparavant, ayant eu la mauvaise idée d'envisager de se débarrasser du vampire qui se trouvait dans son salon à l'aide du revolver caché sous un coussin de son canapé. La crosse du Smith & Wesson, qui n'avait pas servi, était toujours coincée entre la mousse dégarnie recouverte par un plaid et la couverture polaire qui ne masquait pas vraiment les taches et les brûlures de cigarettes qui ornaient le meuble crasseux.

Nathan supposait que l'arme était chargée, mais s'en fichait pas mal. Encore enfant, il avait été formé à tuer à mains nues d'une centaine de manières différentes. Il n'avait jamais été pris en défaut. Son palmarès était impeccable. Et il n'avait aucune pitié.

Coq frappa de nouveau deux coups rapides sur la porte.

— Hé, Billy ! Tu vas ouvrir cette foutue porte ou…

L'instant d'après les mots lui restaient en travers de la gorge comme Nathan, ayant ouvert la porte, l'alpaguait et le tirait à l'intérieur de la pièce, avant de verrouiller derrière lui en moins de temps qu'il n'en aurait fallu à l'humain pour proférer une syllabe de plus.

— Mais, putain, qu'est-ce que… ? finit-il par ululer en atterrissant sur le canapé, sur lequel Nathan l'avait précipité.

Il écarquilla ses yeux injectés de sang, s'efforçant de se redresser et de se repérer dans la pénombre de l'appartement. Son regard confus finit par tomber sur Nathan, debout dans l'ombre devant lui.

— Ah, merde ! Putain, c'est pas possible ! Billy, mais qu'est-ce que tu fous avec l'Ordre, mec ?

Nathan le considérait de toute sa hauteur.

— Il faut qu'on parle, Coq. J'ai bien essayé chez toi, mais tu n'y étais pas.

— Parler ? Je ne veux rien avoir à voir avec toi mec. Rien à foutre de ce putain d'Ordre !

Les yeux de Coq s'agrandirent encore tandis qu'il regardait autour de lui, sans aucun doute à la recherche du soutien de son ami. Un soutien qui ne viendrait pas, comme il s'en rendit compte quelques instants plus tard lorsque son regard paniqué se posa sur le corps aux membres immobiles et aux yeux sans regard allongé deux mètres plus loin.

— Bordel de Dieu ! C'est Billy, ça ? Non, je n'y crois pas, putain ! Je viens juste de lui parler, il y a à peine cinq minutes.

Nathan haussa les épaules.

— Billy t'a appelé parce que je lui ai demandé de le faire. Puis il a fait une connerie et maintenant il est mort.

— Oh, mon Dieu ! hurla Coq avant d'enfoncer sa tête dans ses mains. Merde, mec… C'est n'importe quoi ! Mais qu'est-ce que tu veux de moi, putain ?

— D'abord, quelques infos, répondit Nathan.

Il avait fait quelques recherches discrètes pendant les heures de jour qui s'étaient écoulées entre le moment où Lucan lui avait confié cette tâche en solo et le coucher du soleil, heure à laquelle il avait pu enfin rejoindre les rues de la ville et se mettre vraiment au boulot. Il avait ainsi appris que la plupart des malfrats locaux ne savaient rien d'un enlèvement de civil, ce qui signifiait que le responsable, quel qu'il fût, s'était bien gardé de le faire savoir. Mais le dénominateur commun lorsqu'il était question de factions rebelles et des activités qui leur étaient attribuées autour de Boston était le connard à crête rouge qui crachotait en s'agitant sur le canapé devant Nathan.

— Je n'ai aucune info, pleurnicha Coq. Tu t'es trompé de type, mec.

Nathan durcit le regard qu'il dardait sur l'indic humain.

— Je sais que tu ne vas pas rester assis là à nier que tu fais des petites affaires qui pourraient m'intéresser. Et je ne parle pas de maquereaux trafiquants de drogue comme ce connard de Billy là par terre, mais d'autres de tes associés. Ceux qui pourraient savoir quelque chose d'un épisode qui a eu lieu il y a deux jours dans les Berkshires.

La lèvre supérieure de Coq se mit à battre.

— Quel genre d'épisode ?

— Un enlèvement, répondit Nathan. Quelqu'un de très important, peut-être même de très très important.

Le souffle court, le mouchard ne tenait plus en place et ne cessait de croiser et de décroiser les bras. Il savait de quoi il s'agissait à présent. Il avait des informations. Il parlerait. C'était juste une histoire de temps, mais malheureusement pour Coq la mission de Nathan était très urgente.

— L'enlèvement concernait aussi un autre otage, ajouta-t-il. Un otage qui intéresse directement l'Ordre, et moi en particulier.

Coq expira profondément. Son haleine empestait.

— Je ne sais rien d'elle, je le jure.

— Tu viens juste de me dire le contraire.

L'instinct meurtrier de Nathan essayait de prendre le dessus, mais il resta extérieurement aussi calme que ses années de formation implacable de tueur lui avaient appris à l'être.

Il empoigna Coq au niveau des biceps, sûr que les blessures que Mira lui avait infligées avec ses lames à *La Notte* quelques nuits auparavant faisaient toujours souffrir l'humain. Puis il appuya, sans se soucier du cri de douleur de Coq.

— Jette un coup d'œil à ton copain. Tu te souviens que j'ai dit que Billy avait fait une connerie avant de mourir ? (La crête rouge tremblota sous l'effet du hochement de tête de son propriétaire.) Ne sois pas idiot, Coq. Dis-moi où ils ont emmené Mira et Jeremy Ackmeyer.

Comme il n'entendait pas de réponse au milieu des gémissements de douleur qui sortaient de la bouche de Coq, Nathan augmenta la pression.

— Je ne sais pas, hurla l'humain. Je n'en sais rien, putain ! Aux dernières infos, Ackmeyer était avec Vince, mec. C'est lui que tu devrais interroger, pas moi !

— Vince qui ? demanda vivement Nathan.

— Je ne connais pas le nom de famille de ce type, tout ce que je sais c'est qu'il traîne avec Bowman et son équipe. Ou en tout cas que c'était le cas jusqu'à aujourd'hui.

— Bowman, répéta Nathan. (C'était la première fois qu'il entendait prononcer ce nom à propos des rebelles.) Où est-ce que je peux trouver Bowman ?

— Je n'en sais rien. Je ne l'ai jamais rencontré. (Comme Nathan ne lui lâchait pas les bras, Coq faisait une grimace épouvantable.) Tout ce que je sais, c'est qu'il dirige une petite opération quelque part dans les environs de Boston.

Nathan assimila cette nouvelle information mais revint au reste de ce que venait de dire Coq.

— Et cet autre individu, Vince ? C'est lui qui détient Ackmeyer maintenant ? Il a décidé de faire cavalier seul ou quelque chose comme ça ?

Coq hocha la tête.

— Il cherchait à se faire payer pour lui lorsqu'il m'a contacté ce matin. Je ne l'ai jamais entendu si excité et si content de lui. Il disait qu'Ackmeyer était une sorte de génie, qu'il avait inventé une espèce de technologie UV qui valait une fortune pour le bon acheteur.

Même si Nathan connaissait vaguement le curriculum de Jeremy Ackmeyer et ses contributions à la science et à la technologie, la mention d'une invention du genre de celle dont Coq venait de parler fut pour lui une surprise, et même une surprise très désagréable.

Il ne commenta pas cette information, laissant son esprit balayer toutes sortes de conséquences possibles à une découverte scientifique concernant la lumière ultraviolette. Et aucune d'entre elles n'était favorable à la Lignée. En revanche, il imaginait parfaitement l'intérêt qu'une telle technologie pouvait susciter chez certains.

— Que sais-tu d'autre sur les plans de Vince visant à vendre Ackmeyer ? A-t-il mentionné quels étaient ces acheteurs potentiels ? (Nathan observait l'indic agité d'un air scrutateur.) Laisse-moi deviner. C'est pour cette raison que Vince t'a appelé, pour que tu le mettes en contact avec quelqu'un que ça pourrait intéresser.

Coq déglutit, toujours grimaçant sous l'effet de la douleur que lui infligeait Nathan.

— Il m'a promis un pourcentage, alors j'ai passé quelques coups de fil. Je ne sais pas qui a mordu à l'hameçon. Tout ce que j'ai fait c'est faire circuler l'info.

Nathan se sentait le droit de tuer Coq pour cette seule raison, mais il ne fallait pas qu'il oublie Mira.

— Et la femelle ? Est-ce que Vince envisageait de tirer profit d'elle aussi ?

— Comme je te l'ai déjà dit, mec, je ne sais rien d'elle. Seulement ce que Vince en a dit lors de son coup de fil.

— Et qu'est-ce qu'il en a dit ? répliqua Nathan d'un ton menaçant.

— Il a dit que Bowman semblait prendre du bon temps avec elle, déclara Coq avec un amusement non feint, gloussant malgré la souffrance qu'il endurait. Ne me demande pas d'avoir de la peine pour cette pute. Après ce qu'elle m'a fait l'autre nuit, en ce qui me concerne, elle peut bien aller se faire foutre.

Nathan fut surpris de l'ampleur de la fureur qu'il ressentit. Elle lui irriguait le corps, même s'il était clair à en croire son bavardage continu que l'humain n'avait pas senti que l'atmosphère était passée d'une tension dangereuse à un calme mortel.

Coq parlait toujours, sa bêtise bien plus étendue que celle dont avait fait preuve Billy en essayant de se défendre contre une mort certaine.

— J'espère qu'il la lui a enfoncée bien profond. Et j'espère qu'elle y a eu droit de la part de Vince et de tout le reste des membres de l'équipe de Bowman. Ça servira de leçon à cette salope arrogante, ça la remettra à sa foutue place.

Nathan perdit soudain tout contrôle, d'un coup, même si ça ne se vit pas un seul instant à l'extérieur.

Il relâcha les bras de Coq et lui prit la tête dans les mains. Puis il tourna, tordant le cou de l'humain comme s'il s'était agi d'un poulet.

Il laissa le corps retomber et la tête de Coq, avec sa crête écarlate, se mit à pendre avec un angle bizarre vers ses genoux.

Puis Nathan tourna les talons et sortit calmement du taudis pour continuer sa mission dans la nuit.

Chapitre 16

Ils étaient en ville depuis plus d'une heure, mais jusque-là Coq restait introuvable. Il n'était pas chez lui et, à en croire les crapules avec lesquelles il passait en général son temps à dealer de la drogue ou à fourguer de l'électronique volée dans West Roxbury, on ne l'avait pas vu de la journée.

Quant à Kellan, même s'il savait qu'il reconnaîtrait la chevelure caractéristique de Coq sur-le-champ, il n'avait jamais eu de contact direct avec lui, messages et infos passant toujours par le biais de Vince. Il regrettait d'ailleurs cet état de fait car il aurait été beaucoup plus facile pour lui de retrouver ce salopard s'il avait pu passer un coup de fil à Coq et le menacer directement de mort s'il refusait de coopérer pour retrouver Vince. Ce qui n'était d'ailleurs pas forcément le meilleur moyen pour éviter l'accusation de meurtre qu'il avait la ferme intention de ne pas encourir.

Mais tandis que le niveau de frustration de Kellan s'acheminait rapidement vers une fureur meurtrière, Mira ne se laissait pas décourager par le manque de succès qu'ils avaient connu jusque-là. Elle chargea bille en tête avec sa détermination habituelle, l'entraînant jusqu'au vieux quartier de North End pour rejoindre le club où elle avait vu Coq pour la dernière fois quelques nuits auparavant.

— Tant qu'à faire, puisqu'on est en ville, dit-elle alors que la silhouette néogothique de l'ancienne église se dressait sur le ciel nocturne devant eux. Il est encore tôt, alors s'il n'est pas quelque part à l'intérieur du club, notre meilleure chance sera de trouver un fumeur de crack qui se fait appeler Billy the Kid. Lui et Coq ont passé quelque temps à l'ombre ensemble pour possession de drogue et, d'après ce que j'ai entendu dire, ils sont toujours proches.

Kellan grogna, impressionné comme toujours par Mira et trouvant bien trop facile de retomber dans la routine propre aux partenaires de patrouille. Il dut se rappeler à lui-même qu'il ne s'agissait pas là d'une opération organisée avec d'autres guerriers. Il n'était plus membre de l'Ordre et Mira risquait sa vie rien qu'en se trouvant avec lui, pas à cause du danger de ce qu'ils entreprenaient à ce moment-là mais à cause de qui il était, de qui il était devenu au cours des huit années précédentes.

Heureusement, il avait fait bien attention à garder profil bas. Son nom, Bowman, était certes prononcé de loin en loin dans des endroits ou des ruelles isolés, mais il pouvait pratiquement compter sur les doigts d'une seule main le nombre de personnes à avoir jamais vu son visage. La plupart de ces dernières se trouvaient encore à la base de New Bedford et l'une d'entre elles était morte.

On entendait la pulsation des basses et les stridences des guitares tandis que Mira se dirigeait vers la porte qui donnait sur le hall d'entrée de *La Notte* puis l'ouvrait. Kellan marchait à son côté, observant attentivement les lieux. Même si le club paraissait bien plein si tôt dans la soirée, la clientèle rassemblée devant le groupe de cinq hommes secouant la tête en rythme semblait pour l'essentiel constituée de gosses venus des banlieues ou de touristes. Il s'agissait principalement d'humains, même si Kellan remarqua dans un renfoncement un trio de jeunes de Havrobscur, les yeux rivés à un groupe de jeunes femmes à longues chevelures à peine vêtues assises à une table couverte de verres vides qui avaient l'air plus que prêtes à continuer à faire la fête.

— Les combats dans la cage ne commencent pas avant minuit, expliqua Mira à Kellan en se penchant à son oreille pour éviter d'avoir à crier par-dessus le vacarme de la musique et des bavardages. La soirée ne fait que commencer.

Le souffle de Mira à son oreille le traversa comme un jet de flammes et il eut bien du mal à résister à l'envie de poser les mains sur elle, la tête soudain pleine d'images de son corps nu sur son lit ou sous la douche. Mais Mira lui posa la main sur l'avant-bras, l'attirant vivement dans la foule.

— Viens ! Coq n'est pas là. Bougeons !

— Que se passe-t-il ? demanda-t-il en tournant la tête sourcils froncés pour balayer du regard la zone derrière le bar, vers laquelle elle avait eu les yeux rivés juste avant de l'entraîner plus loin.

Il s'arrêta sur une paire de mâles, dont l'un était à l'évidence membre de la Lignée, avec de longs cheveux blonds tirés en arrière retenus par une cordelette de cuir tressée, ce qui accentuait des pommettes qui auraient pu sembler féminines n'eût été la froideur de tueur de ses yeux bleu pâle. Massif, il se tenait bras croisés, écoutant l'autre mâle, qui lui faisait face, dos à Mira et à Kellan.

— C'est Syn, dit-elle en montrant le géant d'un signe de tête. C'est l'un des nouveaux lutteurs. Quant à l'humain auquel il est en train de parler, ajouta-t-elle en montrant l'autre, c'est Cassian, le propriétaire de l'endroit. Il vaudrait mieux que ni l'un ni l'autre ne nous voie ici.

Aussi grand que Syn mais moins imposant que lui, Cassian était vêtu de la tête aux pieds de cuir noir orné de pointes étincelantes. Ses cheveux blanc argenté coupés en brosse lui faisaient comme une auréole sur le crâne, mais il n'y avait pourtant rien d'angélique en lui. Aucun des deux hommes n'avait l'air content. Mira conduisit Kellan jusqu'à un escalier plongé dans la pénombre sans que ni l'un ni l'autre lève le nez de leur conversation. Au bas de l'escalier se trouvait un couloir de cave aux murs de vieilles briques et au sol de pierre usé faiblement éclairé par des ampoules placées à distance les unes des autres.

— Nous sommes dans ce qui était jadis la crypte, expliqua Mira. À présent, on trouve là-bas les loges des lutteurs et l'arène.

Kellan n'avait jamais eu l'occasion de visiter l'un des clubs où se déroulaient des combats en cage illégaux, et il était loin d'être ravi de se rendre compte d'à quel point Mira en était devenue familière. En la regardant progresser dans le couloir, ondulant des hanches à chaque pas, il sentit se lever en lui un sentiment protecteur. Il ne voulait pas la savoir à proximité de mâles dangereux et surtout pas de mâles de la Lignée qui devenaient riches et célèbres en se mettant en pièces les uns les autres pour le plus grand plaisir d'humains avides de violence prêts à payer pour ce spectacle.

— Hé !

Il attrapa la main de Mira et la força à s'arrêter. Puis il l'attira vers lui plus près qu'il n'était nécessaire, histoire de sentir sa chaleur contre lui dans la fraîcheur humide du couloir.

— Mais où allons-nous, bon Dieu ?

— Voir Rune.

Kellan se hérissa. Il connaissait ce nom, savait qu'il appartenait à une figure célèbre du monde souterrain de Boston, quelqu'un dont même les criminels les plus dangereux de la ville avaient peur. Pour être plus précis, Rune était un lutteur vampire brutal connu pour n'avoir jamais perdu le moindre match. Il était même de notoriété publique que certains de ses adversaires lui avaient demandé de les achever dans la cage.

— Hors de question ! Tu ne t'approches pas de ce type !

C'était un ordre spontané provoqué par une possessivité purement masculine et Kellan ne put faire marche arrière, pas plus qu'il ne put s'empêcher de serrer Mira au plus près.

Le sourire qu'elle lui adressa en réponse lui parut tout à la fois de plaisir et de contrariété.

— Je suis une grande fille, Kellan. Je peux me débrouiller toute seule. Nous avons besoin de renseignements et Rune pourrait bien en avoir. (Elle se dressa sur la pointe des pieds et vint lui planter un baiser rapide sur les lèvres.) Mais quelque part j'aime bien te voir comme ça, grognon et protecteur.

Elle ne lui donna pas la possibilité de discuter, ce qu'il ne se serait pas fait faute de faire. Tournant les talons, elle repartit le long du couloir et s'arrêta devant une porte en mauvais état sans signe distinctif. Là, elle frappa deux fois du poing, le son de ses frappes se répercutant comme des coups de canon dans le couloir étroit.

— Foutez le camp ! grogna sèchement l'occupant de la pièce.

Mira frappa de nouveau, en jetant un coup d'œil à Kellan, qui se positionnait à son côté, prêt à se battre.

— Bordel de Dieu !

La voix était profonde, rauque. On entendit un grognement encore plus menaçant de l'autre côté de la porte avant que des pas lourds s'en approchent avec impatience. Le vieux battant grinça sur ses gonds en s'ouvrant à la volée. Ils se retrouvèrent alors face à quelque deux mètres et plus de cent trente kilos de vampire furieux torse nu devant eux.

— Quelle partie de « foutez le camp ! » avez-vous été infoutus de piger ?

— J'ai besoin de renseignements, Rune. C'est important, répondit Mira, parlant par-dessus le sourd grondement qui émanait de la gorge de Kellan.

Cette réaction avait été chez lui automatique, réponse de mâle alpha à la menace potentielle que ce dangereux vampire présentait pour la Compagne de sang debout devant eux.

Ma Compagne de sang, pensa très fort Kellan.

Menton baissé, les yeux rivés sur lui en guise d'avertissement silencieux, il faisait face au lutteur aux cheveux noirs.

Mais Rune ne semblait pas d'humeur à le mettre à l'épreuve. Ses yeux bleu nuit passèrent brièvement de Mira à Kellan et, lorsqu'il parla, ce fut d'un ton bourru et indifférent.

— Ce n'est pas mon truc de fournir des informations ou quoi que ce soit d'autre à qui que ce soit. Et encore moins à l'Ordre.

Il recula et s'apprêta à fermer la porte.

Mira vint poser la paume de sa main contre le panneau de bois abîmé avant que Kellan ne puisse la tirer en arrière.

— Si tu peux m'aider, risqua-t-elle, sans se laisser impressionner par la rebuffade du lutteur, je te promets de faire en sorte que tu en retires une compensation.

Le lutteur plissa ses yeux noirs parcourus à présent d'étincelles et sa voix rauque s'aventura dans les aigus. Quant aux dermoglyphes qui envahissaient son torse, parcourus de couleurs sombres lorsqu'il était apparu dans l'encadrement de la porte, ils pulsaient à présent de nuances menaçantes.

— Est-ce que j'ai l'air d'un type qu'on peut acheter ?

— La dame te demande ton aide, intervint Kellan en s'avançant pour se placer entre la porte partiellement ouverte et Mira, qui se retrouva derrière son épaule. Tu es prêt à la lui accorder ou pas ?

— La dame, répéta Rune l'air pensif, en prononçant le mot comme un gloussement. J'ai vu la façon dont elle se sert de ses dagues. C'est peut-être une femelle, mais pas une dame. Et toi, t'es qui, bordel ?

Kellan sentit ses yeux s'allumer à leur tour d'étincelles d'ambre et ses pupilles se resserrer en fentes tandis que sa mauvaise humeur prenait le dessus.

— Quelqu'un de prêt à te faire un joli trou dans la gorge si tu lèves ne serait-ce qu'un doigt sur elle.

Rune le regarda fixement.

— Je crois que tu le ferais. Ou en tout cas que tu essaierais. (Il s'agissait d'un défi, mais l'expression féroce du grand vampire se relâcha un peu tout de suite après.) Je ne fais pas de mal aux femelles, pas même à celles qui sont armées de lames et qui la ramènent trop pour leur propre bien. Et pas même à celles qui viennent me déranger jusque dans ma tanière alors que je me repose avant de devoir aller transformer en purée sanglante un pauvre connard sur le ring, et qui se permettent en prime de m'insulter effrontément en laissant entendre que mon aide éventuelle pourrait être tarifée.

— Je te présente mes excuses pour ça, Rune, déclara Mira de derrière le bouclier formé par le corps de Kellan. S'il te plaît, laisse-nous entrer qu'on n'ait pas à discuter dans l'entrebâillement de ta porte.

Rune ne bougea pas d'un pouce, mais Kellan aperçut derrière lui dans la pièce le mouvement rapide d'une autre personne, seulement vêtue d'un drap de satin noir et d'un voile de cheveux brun miel qui masquaient son visage tandis qu'elle plongeait hors de vue.

À présent, Kellan comprenait pourquoi l'autre mâle était tellement irrité d'avoir été dérangé. Les yeux étincelants de Rune se rivèrent sur lui comme pour le mettre au défi de mentionner la présence de la jeune femme nue qui avait depuis disparu dans la salle de bains du lutteur.

— Ce n'est pas moi qui ai envie de parler, alors crachez ce que vous avez à dire et cassez-vous. J'ai des choses à faire et je n'aime pas perdre mon temps.

Mira se laissa aller à un bref juron.

— Nous sommes à la recherche de Coq. Il est important que nous le trouvions, et c'est urgentissime.

Rune serra les lèvres.

— Tu en pinces toujours pour ce petit merdeux, hein ?

— Est-ce que tu l'as vu ? insista-t-elle.

Rune secoua la tête.

— Pas depuis quelques nuits, depuis que tu as pratiquement arraché les bras de ce salopard avec tes méchantes lames devant tout le monde ici.

Kellan ne dit rien en entendant ce récit perturbant, mais il jeta quand même un regard inquisiteur à Mira. Il n'y avait aucun doute sur le fait qu'elle avait compris son déplaisir devant une action si téméraire, mais elle se contenta de lui rendre son regard sans la moindre trace de repentance.

Rune haussa les épaules.

— Quoi qu'il en soit, je ne l'ai pas revu depuis. J'ai entendu dire que la FIMUS l'avait laissé filer le même soir et t'avait renvoyée queue basse à ton patron. On a même dit que tu avais été exclue du service de l'Ordre pour ça. En fait, j'aurais cru qu'à l'heure qu'il est tu serais de retour à Montréal en train de panser tes plaies.

Kellan comprit alors que le bruit de l'enlèvement de Jeremy Ackmeyer et de l'implication de Mira dans l'histoire ne s'était pas encore répandu en ville. Même un individu aussi louche que Rune ne savait rien du fait que des rebelles s'étaient emparés d'un savant connu pourtant sous protection de l'Ordre.

Ce qui le laissait penser que Lucan avait mis un couvercle sur la marmite et donné à ses guerriers l'ordre de garder l'information secrète.

Et ça, ce n'était pas une bonne nouvelle pour Kellan et son équipe.

Car si Lucan et l'Ordre ne voulaient pas que l'enlèvement d'Ackmeyer et de Mira s'ébruite, cela signifiait probablement qu'il y avait une opération spéciale en cours au moment même. Une opération menée presque certainement par un escadron de la mort autorisé à tuer quiconque se mettrait en travers de son chemin.

Kellan avait fait suffisamment longtemps partie de l'Ordre pour savoir que Lucan Thorne n'avait pas pour habitude de tergiverser, surtout lorsque l'Ordre était frappé de près. Prendre Ackmeyer en otage en risquant de détruire une paix fragile au sommet du CGN serait considéré comme une grave offense, mais mêler Mira à tout ça en était une que Lucan ne pardonnerait jamais.

Pas plus d'ailleurs que Nikolaï et Renata, les parents adoptifs de Mira.

Ou encore Nathan, qui avait été comme un frère pour Kellan comme pour Mira depuis leur enfance commune.

Sans parler du reste des guerriers et de leurs compagnes, y compris Lazaro Archer, qui aurait honte de son petit-fils, honte qu'il ait disparu comme un lâche pour réapparaître près d'une décennie plus tard sous les traits d'un méchant qu'ils auraient tous raison de mépriser.

Putain ! Même la fin la plus optimiste de ce scénario n'était pas rose, indépendamment du fait que lui et Mira parviennent ou non ce soir à retrouver Vince et à mettre Ackmeyer en sûreté.

Mira n'avait apparemment pas compris ce que révélait la réponse de Rune. Regardant par-dessus l'épaule de

Kellan, elle fronça les sourcils en s'adressant à l'autre mâle de la Lignée.

— Qui t'a dit que j'avais été réprimandée par Lucan ? Où as-tu entendu que j'aurais pu être interdite de patrouille ?

— Quelle différence est-ce que ça fait ? (Rune haussa les épaules.) La plupart des individus que je vois ici ne portent pas l'Ordre dans leur cœur. Les gens parlent. J'ai pu l'entendre n'importe où.

— Eh bien, quoi que tu aies entendu, répliqua Mira, je suis ici maintenant. Et j'ai besoin de ton aide pour localiser Coq. Je n'irai pas par quatre chemins, Rune. Il faut que je lui parle. Alors, si tu le vois ici ce soir, j'ai besoin que tu trouves le moyen de le retenir jusqu'à ce que je revienne. Je ne te demanderais pas ça si je connaissais quelqu'un d'autre capable de m'aider.

Il réfléchit un long moment.

— Je ne fais de faveurs à personne. Et en tout cas je n'en fais pas pour être payé.

— Alors, fais-le parce que c'est important, insista Mira. Et c'est important, Rune ! Je ne te mentirai pas, c'est une question de vie ou de mort.

— De quelle vie parlons-nous ici ?

Même si elle ne regarda pas Kellan et n'eut aucun geste à son égard, il sentit son corps se tendre à côté de lui.

— Quelle différence est-ce que ça fait de quelle vie il s'agit ? répondit-elle, renvoyant au lutteur ses propres mots.

— Ça pourrait en faire une, rétorqua-t-il, ou pas.

— Je dois parler à Coq, et le plus tôt sera le mieux, déclara Mira. Et personne ne doit savoir que je suis à sa recherche, personne.

Le regard dur de Rune la transperça avant de se reporter sur Kellan avec ce qui ressemblait beaucoup à de la suspicion.

— Et l'Ordre ?

— Personne, répéta Mira avec fermeté.

Il s'écoula un long moment avant que le lutteur menaçant ne réagisse. Lorsqu'il le fit, il se contenta d'un bref hochement de tête. Il était d'accord, même s'il recommençait à fermer la porte sur eux, pour de bon cette fois.

— Si vous en avez terminé, j'ai des choses plus importantes à faire.

Le bruit du verrou dans la gâche ponctua cette dernière sortie. Kellan et Mira se retrouvèrent de nouveau seuls dans le couloir.

— Allons-nous-en d'ici, dit Kellan en la prenant par la main pour retourner vers l'escalier et rejoindre le club au niveau de la rue.

Ils venaient à peine de franchir la dernière marche et de se mettre à traverser la foule bruyante lorsqu'une voix profonde se fit entendre derrière eux.

— J'aurais cru que tu avais compris le message il y a quelques nuits de ça lorsque tu étais ici à foutre le bordel, guerrière.

Kellan et Mira s'arrêtèrent puis firent face ensemble à Cassian, le propriétaire de *La Notte*. Ses yeux couleur de péridot lui donnaient un regard de faucon sous ses sourcils noirs et la couronne blanche de ses cheveux en brosse. D'une stature impressionnante pour un humain, il avait les bras croisés sur sa veste de cuir et se tenait jambes écartées en une attitude autoritaire.

— Au cas où je n'aurais pas été assez clair, tu n'es pas la bienvenue dans mon club. (Il esquissa un sourire qui frisait le vulgaire.) À moins que tu ne sois là par plaisir avec ton copain ?

Il n'avait pas regardé Kellan en disant ça, mais celui-ci sentit son sang bouillir à la vue du type. La tension envahit ses membres et il resserra son étreinte sur la main de Mira.

— Nous partions justement, répondit-elle.

— Qui c'est ? demanda Cassian. Une nouvelle recrue ?

Kellan baissa la tête tandis que l'homme avançait vers eux, se déplaçant avec une fluidité de panthère qui faisait mentir la rugosité du reste de son attitude. Les yeux verts brillants de Cassian épinglèrent Kellan d'un regard dur.

— Je te connais, toi.

— Je ne pense pas, grogna Kellan, certain de n'avoir jamais rencontré l'humain.

Il se serait souvenu de son arrogance et de la menace à peine voilée qu'il aimait à diffuser autour de lui.

Sa chevelure blanche avait quelque chose de glaciale sous les lumières colorées qui virevoltaient derrière eux. Un énorme écran Faceboard installé sur le mur opposé diffusait en live un match de boxe humain sanglant, sans nul doute en guise d'apéritif aux combats qui devaient avoir lieu plus tard ce soir-là dans le sous-sol du club. Les images éclairaient le visage anguleux de Cassian, en découpant les reliefs et les ombres.

— Oui, confirma-t-il en étirant le mot jusqu'à en faire presque un sifflement. Cela fait plusieurs années, mais je t'ai déjà vu quelque part une fois.

Kellan lâcha la main de Mira et serra les poings à ses côtés.

—Et moi, je te dis que tu te trompes.

—Allons-y, intima Mira en lui prenant le bras à deux mains comme si elle était prête à l'arracher à une confrontation avec le propriétaire de *La Notte*.

Cassian gloussa.

—Elle t'aime bien, elle veut te protéger. C'est curieux. J'aurais cru qu'elle prendrait le parti inverse… ce que j'aurais trouvé également curieux.

L'homme fit l'erreur de faire un pas vers Mira, et Kellan tendit la main comme une vipère pour le bloquer. La poitrine qui s'aplatit contre sa paume était solide comme un roc et ne cédait pas. Et alors que le regard de Cassian était de glace, son corps était brûlant comme des braises sous le cuir et il en émanait une puissance que Kellan avait bien du mal à associer avec ce qu'il voyait.

Alors qu'il maintenait l'homme en place, l'empêchant physiquement de s'approcher de Mira, le don psychique de Kellan se réveilla en lui. Circulant à travers son contact avec Cassian, il se mit à explorer les intentions de l'humain.

Mais ce dernier s'avéra absolument illisible.

Putain, comment est-ce possible ?

Cassian soutint son regard une seconde de plus que ce qu'aurait aimé Kellan, puis il fit un pas de côté et partit calmement vers le bar, où un groupe de jolies jeunes femmes alcoolisées avaient du mal à tenir debout sur leurs talons aiguilles.

Kellan essayait encore de comprendre ce qui venait de lui arriver, et il fut surpris que Mira n'ait rien à dire à propos du manque d'intérêt soudain de Cassian pour eux et la raison de leur présence dans son établissement.

Mais Mira avait cessé de regarder l'homme.

Elle avait les yeux rivés sur l'écran Faceboard de l'autre côté de la salle. Kellan suivit son regard et il eut l'impression que le sang cessait d'irriguer son cerveau.

Le match de boxe avait été remplacé par un flash de la FIMUS, à peine audible par-dessus le vacarme de la foule et de l'orchestre qui continuait à jouer sur scène. Mais le bandeau défilant en bas de l'immense écran apprit à Kellan tout ce qu'il avait besoin de savoir.

« L'explosion d'un laboratoire dans l'ouest du Massachusetts a coûté aujourd'hui la vie au célèbre savant Jeremy Ackmeyer…

On a retrouvé sur place un second corps, qui a été identifié comme celui de Vincent DeSalvo, un ancien repris de justice connu pour ses liens avec les organisations activistes et rebelles de la région de Boston…

Le Conseil global des nations parle de complot et d'assassinat et exige que toute la lumière soit faite… »

— Kellan, murmura Mira, immobile, comme figée, même après qu'il lui eut pris la main. Oh, mon Dieu, Kellan… Jeremy Ackmeyer est mort.

Chapitre 17

L'humeur maussade qui régnait au quartier général de l'Ordre à Washington ne s'était pas améliorée au cours des heures qui s'étaient écoulées depuis que la mort de Jeremy Ackmeyer aux mains des rebelles avait fait les gros titres partout dans le monde. En tant que leader de l'Ordre et chef *de facto* de la nation vampire dans son entier aux yeux du public, Lucan Thorne était certainement de tous celui dont l'humeur était la plus sombre.

Il était à présent plus de minuit et la plupart des aînés de l'Ordre basés aux États-Unis étaient là avec leurs compagnes, rassemblés dans le salon de la grande maison bourgeoise située à quelques kilomètres à peine du quartier général du CGN sur le National Mall. Voir là une demi-douzaine de dangereux guerriers de la Lignée vieux de plusieurs siècles et plus habitués aux tenues de combat et aux armes lourdes assis sur des chauffeuses de velours et de fragiles fauteuils néoclassiques avait quelque chose de presque amusant.

Lucan n'était pas particulièrement fanatique de ce mobilier, mais cela faisait plaisir à sa Compagne de sang et il s'était donc incliné. Gabrielle avait insisté pour qu'ils conservent l'authenticité architecturale du lieu, qui comportait une petite fortune en œuvres d'art du XVIIIe siècle et en porcelaines d'Asie que le propriétaire d'origine de la résidence, qui avait servi comme ambassadeur des États-Unis au début du XXe siècle, avait reçues en cadeau.

Ça ne l'avait toutefois pas empêchée de remplacer une grande tapisserie anglaise du XVIIe siècle représentant Alexandre le Grand par une autre, beaucoup plus ancienne, représentant un héros dont elle disait préférer de loin le spectacle.

Lucan était à présent en train de faire les cent pas devant cette réalisation médiévale, avec le sentiment que l'illustration de son propre visage le jugeait depuis la tapisserie qui avait été jadis suspendue dans son appartement du complexe de l'Ordre à Boston. Gabrielle, Gideon et sa compagne, Savannah, Brock, Jenna et tous les autres membres de l'Ordre rassemblés dans le salon observaient un silence prolongé tandis que les rangers de Lucan creusaient leur sillon dans le tapis d'Orient.

Rio et sa Compagne de sang, Dylan, étaient arrivés à peine une heure auparavant de la base de l'Ordre à Chicago. Le guerrier espagnol au visage marqué de cicatrices, qui était normalement d'humeur rieuse, était assis les coudes sur les genoux, observant Lucan de son intense regard topaze.

Tegan et Élise, arrivés aussi peu de temps auparavant, venaient de la base que Tegan dirigeait à New York. Le Gen-1 à la chevelure fauve était l'un des membres fondateurs de l'Ordre et était devenu au cours des deux dernières décennies l'un des plus proches amis de Lucan. Tegan et Élise avaient leurs propres soucis, à savoir le fait que leur fils de vingt ans, Micah, qui venait juste de terminer sa formation de guerrier, venait d'embarquer avec son équipe pour une opération spéciale à Budapest.

Élise était ouvertement inquiète à l'idée d'avoir laissé son seul enfant survivant s'en aller, mais Micah était le fils de son père, et Lucan savait comme tout le monde que refuser de lâcher ne pouvait que rendre la séparation beaucoup plus longue lorsqu'elle surviendrait. Il le voyait chez son propre fils tous les jours, et c'était pour lui un poids, même au milieu des problèmes plus immédiats auxquels il avait à faire face cette nuit-là.

Manquaient encore à l'appel le Chasseur et Corinne, qui devaient arriver de La Nouvelle-Orléans quelques heures plus tard, Tess et Dante – qui avaient la responsabilité de la base de l'Ordre à Seattle –, dont l'arrivée était prévue la nuit suivante, et Alex et Kade, qui géraient le centre de commande du lac Tahoe. Vu les événements de la nuit à Boston, Chase et Tavia n'en bougeraient pas jusqu'à la veille du gala d'ouverture du sommet, auquel ils viendraient assister.

De l'autre côté de la pièce élégamment décorée, Nikolaï lâcha à voix basse un juron chargé de haine en se détournant de sa Compagne de sang enceinte pour reporter ses yeux bleu de glace sur Lucan.

— Est-ce qu'on en sait plus sur ces salopards de rebelles et sur leur cachette ?

— Non, on a seulement ce que tu sais déjà suite à l'appel de Nathan ce soir, répondit d'un ton grave Lucan. Malheureusement, sa meilleure piste pour l'instant vient de l'information selon laquelle l'un des rebelles a fait défection, emmenant Ackmeyer avec lui pour le monnayer. Et nous savons tous comment ça a tourné.

Nikolaï grogna.

— Et nous ne savons toujours rien de Mira. Ni où elle est, ni ce qu'ils veulent d'elle. Ou s'ils l'ont déjà...

Que le guerrier sibérien blanchi sous le harnais ait été incapable d'exprimer jusqu'au bout sa pensée disait bien à quel point il était inquiet. Il en allait de même pour Renata. La femelle si résistante qui était devenue une participante appréciée et très efficace des missions de combat de l'Ordre au cours des deux décennies écoulées était affalée près de son compagnon, ses cheveux noir de jais retombant sur son visage sans pour autant masquer totalement les rides de souci qui se formaient sur son front. Les mains de Renata, si aptes au maniement des armes, tremblaient un peu sur le ventre rebondi de sa grossesse avancée.

— Nous ne savons rien de plus pour l'instant, mais cela viendra, leur déclara Lucan. Nous la ramènerons saine et sauve, je vous le promets.

Il réfléchit à l'opération spéciale qu'il avait confiée à Nathan, dont le but était de récupérer Mira et l'humain et d'en finir avec leurs ravisseurs, le tout le plus discrètement possible. Il n'était pas question de remettre en cause les aptitudes de Nathan pour le job, mais l'explosion du laboratoire et la mort de Jeremy Ackmeyer avaient considérablement modifié sa mission.

Et les conséquences de cet événement désastreux étaient à l'origine de nouveaux problèmes, encore plus importants.

Au cours des quelques heures qui avaient suivi la nouvelle de la mort du célèbre savant, il y avait eu un tollé général réclamant des sanctions. Et ces protestations étaient d'autant plus gênantes que certains rapports suggéraient non seulement que des rebelles étaient impliqués, mais aussi que l'Ordre était en partie responsable de son enlèvement et donc de son assassinat.

Lucan était encore particulièrement furieux que l'oncle d'Ackmeyer, le conseiller du CGN Charles Benson, se soit précipité au-devant des enquêteurs et de la presse pour déclarer que l'Ordre avait été engagé pour protéger le civil – et avait échoué à le faire – dans le cadre de ce qui était supposé n'être qu'une simple escorte de sécurité jusqu'à Washington pour le gala à venir.

La population humaine, déjà peu faraude, avait eu des réactions de paranoïa et de suspicion, d'autant que quelques prophètes de malheur avaient déclaré que cet échec ne faisait que confirmer ce qu'ils craignaient déjà, à savoir qu'on ne pouvait pas faire confiance à la Lignée, et à l'Ordre en particulier, pour attacher de l'importance à la vie humaine.

Et les pires d'entre eux hurlaient à qui voulait bien les entendre qu'à vivre aux côtés de monstres inhumains on n'aurait jamais la paix.

La panique se répandait rapidement. Les émeutes de Boston avaient été suivies d'autres dans plusieurs villes. Le petit nombre de manifestants qu'il était de règle de trouver devant le quartier général de l'Ordre à Washington s'était accru de plusieurs dizaines de personnes en quelques heures à peine. Et comme si les réactions des civils ne posaient pas assez de problèmes, partout dans le monde des groupes d'activistes exploitaient à présent l'attaque du laboratoire d'Ackmeyer par ceux qu'on croyait être des rebelles comme un cri de ralliement pour vandaliser et piller et pour s'en prendre à des gouvernements qu'ils considéraient comme trop enclins à capituler devant la puissance et la volonté de l'Ordre et du reste de la Lignée.

En un mot, c'était le chaos.

Et Lucan et l'Ordre se retrouvaient au cœur de ce chaos.

— Il faut mettre bon ordre à ces conneries, grogna Lucan, dont la colère montait au rythme de la rumeur des manifestants devant les grilles de la résidence. Nous devrions être chacun à notre place dans notre centre de commande régional, au cas où la réaction à la nouvelle de ce soir passerait de la provocation aggravée à l'anarchie totale.

— D'un autre côté, intervint Gideon, il pourrait s'avérer plus important que jamais de nous tenir aux côtés du CGN et de montrer ainsi aux humains que leur panique est injustifiée et que l'Ordre est avec eux. Bref, montrer au monde qu'on peut compter sur nous pour tenir notre rôle dans l'effort de paix entre nos races.

Lucan vit Gabrielle et quelques autres opiner du chef. Il savait qu'ils avaient probablement raison, mais pour le moment il avait du mal à faire taire ce moi ancien qui ne se sentait responsable que devant lui-même, le leader qui depuis des siècles était habitué à décider des règles et, lorsque c'était nécessaire, à les faire respecter sans pitié.

Et à cet instant précis, s'il y avait bien quelque chose dont il se foutait royalement, c'était d'apparaître en public au sommet simplement pour montrer sa solidarité avec le CGN, dont les membres semblaient bien trop prêts à jeter l'opprobre sur l'Ordre, ou avec les humains, qui ne verraient peut-être jamais la Lignée comme quelque chose d'autre qu'un ramassis de croque-mitaines n'attendant que l'occasion de les égorger.

La diplomatie n'avait jamais été son fort et ce soir elle l'agaçait plus que jamais.

Lucan s'efforça de faire taire sa violence interne et s'arrêta d'aller et venir pour s'adresser à Gideon :

— Tu as des pistes sur le nom que Nathan nous a fourni, ce salopard de rebelle, Bowman ?

— *Nada* pour l'instant, répondit Gideon. Bowman a su se faire tout petit, ça, c'est sûr. J'ai fouillé partout : dossiers criminels, comptes-rendus d'arrestation, etc. Rien de solide sur lui nulle part. Il est comme un fantôme.

Renata leva la tête, ses yeux vert jade étincelants de rage.

— En attendant, il détient mon enfant. S'il a fait du mal à Mira de quelque façon que ce soit, s'il l'a... touchée... je veux être celle qui l'étripera.

— Pas si je mets la main sur ce fils de pute d'abord, bébé, commenta Nikolaï d'une voix douce mais le regard plein d'une fureur d'ambre.

Rio fut le suivant à prendre la parole.

— Moi je propose que toi et moi, mon ami, nous armions et filions sur Boston. Là, nous pourchasserons ce Bowman et la vermine qui l'accompagne, et quand nous les aurons trouvés, nous les trufferons de balles d'acier.

Lucan ressentait le même besoin d'être celui qui trancherait la tête de l'ennemi qui s'était emparé de l'un des membres de l'Ordre. Et que Bowman ait aussi orchestré l'enlèvement et la mort d'Ackmeyer, provoqué des émeutes et mis en danger le succès du sommet en même temps lui faisait encore plus bouillir le sang.

Alors qu'il imaginait le traitement qu'il ferait subir au chef rebelle insaisissable, Lucan entendit son Smartphone sonner dans sa poche. *Quoi encore?* se demanda-t-il irrité avant de lâcher un juron quand il vit qui l'appelait.

— Bordel de Dieu, grogna-t-il. C'est déjà assez lourd d'avoir été obligé de répondre à des appels de membres du Conseil, d'officiels de la FIMUS et de la presse toute la nuit, voilà maintenant que ce mytho de Reginald Crowe veut s'en prendre à moi à son tour!

Comme un chien marquant son territoire, l'arrogant magnat avait saisi toutes les occasions pour s'attribuer le mérite du sommet.

Lucan ignora l'appel de Crowe, mit l'appareil en mode silencieux et le fourra dans sa poche en se laissant aller à un nouveau juron.

Juste à cet instant, Darion apparut dans l'encadrement de la porte du salon. Il suffit à Lucan d'un coup d'œil à l'expression grave qu'arborait le jeune guerrier pour comprendre que de nouveaux ennuis allaient leur tomber dessus.

— Qu'y a-t-il, fils?

— C'est le conseiller Benson, répondit Darion, sa voix profonde étranglée par une indignation qu'il avait du mal à contenir. Il vient juste de faire une déclaration publique. Ça passe sur toutes les chaînes de radio et de télé à l'instant même. Le CGN s'est vu proposer, et a accepté, une escouade de sécurité privée fournie par Crowe Enterprises à l'occasion du sommet. D'après Benson, l'équipe de Crowe viendra en complément de celle de l'Ordre, qu'elle contrôlera, et cette disposition est effective immédiatement.

Quelques-unes des Compagnes de sang en restèrent bouche bée, alors que les réactions des guerriers assemblés dans la pièce s'exprimaient plus violemment.

— Ça reste à voir ! grogna Lucan.

Alors qu'il digérait cette histoire de fou avec l'air de celui qui ne se laisse pas impressionner, il bouillait intérieurement. Et l'essentiel de sa colère visait le rebelle inconnu qui était à l'origine de ce fiasco complet.

Lucan empoigna son Smartphone et tapa le numéro de Nathan.

— Retourne à la base immédiatement et attends-y mes instructions. Cette opération spéciale se transforme en mission à grande échelle avec autant d'équipes que nécessaire sur le terrain pour trouver Bowman et ramener Mira à la maison. Ce type et ses rebelles doivent être mis au pas, de préférence au vu et au su de tous. Et quand je dis « mis au pas », je veux dire « mis hors d'état de nuire définitivement ».

Kellan était assis tout seul sur le carré de grandes herbes éclairées par la lune qui couvrait le monticule de pierre surmontant le bunker au bord de l'océan. Cela faisait plusieurs heures qu'il était de retour à la base rebelle avec Mira, après l'annonce de la mort de Jeremy Ackmeyer et les débordements qu'elle avait provoqués en ville, qui menaçaient de devenir rapidement incontrôlables. Il ne voulait pas que Mira se retrouve à proximité d'une foule en colère prête à tout, mais il était aussi sérieusement préoccupé à l'idée d'un escadron de la mort de l'Ordre se rapprochant de lui à chaque seconde.

Tôt ou tard, quelles qu'aient pu être les précautions qu'il avait prises au cours de toutes ces années, quelqu'un allait mentionner le nom de Bowman et pointer le doigt dans la direction du camp de base de New Bedford. Et Kellan avait la ferme intention de faire face seul lorsque ce moment arriverait et d'éviter que Mira et le reste de son équipe, ses amis, ne constituent des dommages collatéraux.

Que le propriétaire de *La Notte* ait insisté pour dire qu'il le reconnaissait ne faisait qu'accroître le malaise de Kellan. Il avait l'impression que l'homme était dangereux. Peut-être même encore plus du fait qu'il n'avait rien livré de lui-même au don de Kellan.

Mais il n'avait pas beaucoup de temps pour s'inquiéter de ce que sa rencontre avec Cassian pourrait signifier dans l'avenir. Sa préoccupation du moment était Mira et la poignée de gens qui comptaient sur lui pour les protéger, pour les diriger, même s'il ne s'était jamais senti aussi peu armé pour garder le cap dans ce qui était en train de prendre des allures de tempête.

Lorsqu'il était arrivé avec Mira, il avait appris au reste de l'équipe l'explosion qui avait tué à la fois Vince et Ackmeyer et les émeutes qui en avaient résulté. Puis Doc et Nina l'avaient aidé à enterrer leur mort tandis que Mira assistait Candice pour qu'elle puisse participer à la cérémonie. La tombe de Chaz sur le terrain qui jouxtait le vieux bunker sentait la terre fraîchement retournée, une odeur qui se mêlait à celle de la brise d'océan humide qui arrivait de la baie jusqu'à l'endroit où se tenait Kellan, veillant au cœur de la nuit.

De son poste sur le promontoire où se dressaient le fortin et les batteries de canons désaffectés, Kellan voyait les lumières de Boston dans le lointain. Le bunker, qui avait été construit comme forteresse militaire au cours de la guerre de Sécession des humains et qui avait survécu près de deux cents ans par la suite, lui paraissait à présent vulnérable et exposé. L'Ordre pouvait frapper à n'importe quel moment dans l'obscurité. Et de jour, la base constituait une cible parfaite pour un raid de soldats de la FIMUS à la gâchette facile.

Kellan ne savait pas quelle heure il était. Le matin n'était certainement pas loin, mais il faisait encore sombre. Alors, il attendait, il veillait, se préparant à ce qu'il avait à faire pour que Mira et son équipe soient à l'abri.

— Hé ! (Sa voix douce l'avait pris par surprise car elle n'avait fait aucun bruit en grimpant sur le flanc du monticule de pierre pour le rejoindre.) Tout le monde dort. Quand pensais-tu rentrer ?

— Dans un moment.

Il tendit le bras et elle vint se pelotonner contre lui. Son corps s'adaptait tellement bien au sien, sa tête blonde pesant agréablement contre son torse, ses cheveux doux et soyeux suite à la douche qu'elle venait visiblement de prendre. Il lui entoura les épaules du bras et ferma les yeux pour savourer ce moment où il la tenait simplement comme ça sous les étoiles. Il lui posa un baiser sur le haut de la tête.

— C'était super la façon dont tu as aidé Candice pour la cérémonie funéraire de Chaz ce soir, aussi simple qu'elle ait été.

— J'ai juste fait ce qu'il y avait à faire, et pour ce qui est des funérailles de ton ami, vous lui avez tous donné un bel au revoir, murmura-t-elle. Simple, oui, mais pur. Vous lui avez fait honneur, Kellan.

Les mots qu'elle avait utilisés, réservés aux occasions les plus solennelles dans la tradition de la Lignée, le touchèrent au-delà de toute expression. Il lui souleva légèrement le menton du bout des doigts et l'embrassa. Ce ne fut pas un baiser affamé du genre de ceux qu'ils avaient partagés chaque fois qu'ils s'étaient retrouvés depuis qu'elle était revenue dans sa vie quelques jours auparavant mais un baiser fait de tendresse et de gratitude, de respect… et, oui, d'amour.

Il aimait cette femme.

Sa femme.

Il l'avait aimée presque toute sa vie. Cet amour n'avait jamais faibli, malgré tout le temps qu'il avait passé loin d'elle. Et maintenant qu'il ressentait la puissance de sa présence près de lui, qu'elle faisait partie de son monde, installée dans son cœur, il se demandait comment il trouverait jamais la force de s'arracher à elle.

Mais il faudrait bien qu'il le fasse.

Et très vite.

Il ne voulait pas interrompre leur baiser, mais Mira s'écarta doucement. Elle leva sur lui un regard grave, ses yeux lavande pleins de douceur mais aussi de détermination tranquille.

— Nous trouverons un moyen de nous en sortir, déclara-t-elle d'une voix posée, comme si elle s'apprêtait au combat. Ce qui est arrivé ce soir à Jeremy Ackmeyer…

— … change tout, ma puce. (Il caressa sa mâchoire butée puis laissa échapper une profonde expiration en secouant lentement la tête.) Non, c'est faux. Ça ne change rien. Un homme innocent a été tué ce soir. Assassiné, juste comme la vision l'avait annoncé.

— Oui, mais pas par toi, Kellan. Tu ne l'as pas tué.

Il eut un petit ricanement.

— Ah bon ? Serait-il mort si je ne l'avais pas enlevé ? C'est parce que j'ai ordonné qu'on s'empare de lui que tout ça s'est mis en marche. J'ai les mains aussi couvertes de son sang que ceux qui l'ont fait sauter avec Vince dans ce labo.

— Mais tu ne l'as pas fait. (Il sentait la détermination de Mira glisser vers le désespoir.) Tu n'es pas coupable de meurtre, Kellan, et il faut que tu fasses en sorte que l'Ordre le sache. Il faut qu'ils sachent tout. Et maintenant, avant que les choses ne deviennent encore plus dangereuses.

Il ramena derrière son oreille une mèche de cheveux qui flottait au vent.

— Tu as raison.

— J'ai raison ? (Elle déglutit et se raidit dans ses bras.) Tu veux dire… que tu es d'accord ? Tu viendras avec moi expliquer tout ça à Lucan ?

— J'irai voir Lucan, Mira.

Avec un petit cri, elle lui jeta les bras autour du cou et enfonça son visage dans sa poitrine.

— Je sais que tout finira par s'arranger pour nous, Kellan. C'est le seul moyen…

— Ma puce, déclara-t-il doucement en l'écartant de lui pour qu'elle puisse voir son visage. (Il fallait qu'elle comprenne la décision qu'il avait prise.) J'irai voir Lucan et le reste de l'Ordre. Je leur dirai ce que j'ai fait et pourquoi je suis parti sans explication il y a huit ans de ça. Je leur dirai tout. Mais je le ferai à mes conditions. Et je le ferai seul.

Le visage de Mira se décomposa, puis se durcit sous l'effet du trouble et de la colère.

— Je dois être avec toi quand tu les verras. Il faut qu'ils entendent ma version des faits.

— Quand je rencontrerai l'Ordre, ce ne sera pas avec l'espoir d'être pardonné, Mira. Si j'étais Lucan, je ne verrais pas comment faire preuve de miséricorde. Je suis le chef d'un groupe rebelle. J'ai enfreint la loi, et ce un nombre de fois incalculable. Je suis coupable de complot. Et à partir de maintenant, je le suis aussi du meurtre d'un civil. Un civil humain, Mira. (Il jura à voix basse.) Que crois-tu qu'il se passera lorsque la FIMUS et le CGN sauront ça ? Lorsque le public saura que le chef rebelle connu sous le nom de Bowman est en fait membre de la Lignée, les émeutes qui ont eu lieu cette nuit auront l'air de réunions de scouts. Il n'y a aucun moyen que l'Ordre me pardonne sans annihiler par la même occasion tous les efforts que la Lignée a faits en vue d'une paix durable avec l'humanité.

— Non. (Elle secoua la tête d'abord lentement, puis avec détermination.) Non, il faut que je puisse confirmer ce que tu leur dis. Et si rien d'autre ne marche, alors il faut que je puisse me jeter à leurs pieds et les supplier de comprendre, que je plaide pour qu'ils fassent une exception pour toi, pour moi, pour nous. Kellan, tu dois me promettre de me laisser cette possibilité…

— Je ne peux pas te promettre ça, Mira. Je ne peux pas faire la promesse de t'infliger encore plus de souffrances que je ne l'ai déjà fait. (Il lui prit le visage dans les mains et lui caressa tendrement les joues et la bouche des pouces.) Mais il y a une chose que je peux te promettre : je t'aime. Dieu ! Je t'ai toujours aimée. T'en es-tu seulement rendu compte ? Tous ces mois et toutes ces années que j'ai passés à tenter de te repousser quand nous étions jeunes ! J'étais terrifié par l'amour que j'avais pour toi. J'avais perdu tant de gens que j'aimais que je ne pouvais supporter l'idée que, si je me laissais aller à t'aimer, je risquais de te perdre toi aussi un jour.

— Tu ne me perdras jamais, Kellan.

Avec un sanglot étranglé, elle lui remit les mains derrière la nuque. Ses yeux mauve pâle étincelaient au clair de lune, pleins de larmes.

— Je me fous de la vision que tu as eue. Je ne te laisserai pas partir. Je suis à toi. Je le serai toujours.

— Ah, ma puce !

Il laissa son front tomber contre celui de Mira. Il aurait bien aimé posséder le courage que lui donnait sa loyauté.

— Tu me fais honneur, trop.

— Je t'aime, murmura-t-elle. Je ne cesserai jamais de t'aimer.

Elle s'accrochait à lui à présent et il la serrait contre lui, aussi près que possible. Et pourtant ce n'était pas assez près. Ça ne pourrait jamais l'être, vu les sentiments qu'il éprouvait pour cette femelle extraordinaire.

Il ne voulait pas mourir. Et il ne voulait surtout pas laisser Mira de nouveau, pire, la laisser une nouvelle fois dans les affres du chagrin et du désespoir. Il ferait tout ce qui était en son pouvoir pour empêcher la vision de s'accomplir, mais il connaissait trop bien la puissance du don de voyance de Mira, qu'il n'avait jamais vu pris en défaut. Et c'était quelque chose qu'il ne pouvait se permettre de nier à présent, quelle que fût la force avec laquelle il voulait croire qu'ils trouveraient un moyen de passer outre à la sentence de mort que Lucan était destiné à décréter à son égard.

Mais il leur restait l'ici et maintenant.

Il leur restait ce moment.

Il se releva avec elle sur le monticule herbeux au-dessus du bunker. À l'est apparaissait une pâle lueur, les prémices de l'aube. La nuit s'achevait et ils étaient toujours là en sécurité, toujours ensemble pour l'instant.

Et ils avaient désormais plusieurs heures de jour devant eux pour envisager des décisions que ni l'un ni l'autre ne voulait prendre.

Jusque-là, Kellan ne voulait que Mira.

— Viens avec moi, murmura-t-il dans ses cheveux de soie. Laisse-moi t'aimer un moment.

Elle glissa sa main dans la sienne et ils rentrèrent ensemble dans la forteresse endormie pour retrouver le paradis de son lit.

Chapitre 18

Les rêves de Mira furent de violents cauchemars emplis de larmes, d'angoisse et d'un terrible sentiment de perte.

Une perte absolument insupportable.

Kellan...

Elle se réveilla en sursaut, soulevant les paupières dans l'obscurité silencieuse d'une pièce qui sentait la pierre humide, une odeur lointaine d'océan... et lui.

Dieu merci, ce n'était qu'un cauchemar.

Kellan était là près d'elle. Ils étaient tous deux nus dans son lit et son cœur battait tranquillement sous la joue de Mira, son torse chaud sous sa paume. Il était là. Il était sauf.

Il bougea sous elle et Mira s'immobilisa, ne voulant pas le déranger pendant son sommeil après la longue veille qu'il s'était imposée sur le toit du bunker.

Sans parler des longues heures qu'ils avaient consacrées à faire l'amour, qui devaient l'avoir également fatigué, même si elle ne l'aurait pas imaginé sur le moment, lorsqu'il lui avait procuré trois orgasmes éclatants, chacun suivi de près par sa propre jouissance.

Se remémorer sa passion, le plaisir qu'ils s'étaient donné l'un à l'autre peu de temps auparavant, l'aida à calmer les battements paniqués de son cœur, comme le fit le souvenir de cette tendre promesse d'amour qu'il avait prononcée lorsqu'ils s'étaient étreints à la lueur déclinante des étoiles quelques instants avant qu'il ne la ramène dans son lit.

Kellan l'aimait. Il ne voulait pas la quitter, elle le savait. Mais il le ferait. Comme il le lui avait dit avec tant de douceur cette nuit-là, lorsqu'il serait prêt à se rendre à l'Ordre, il le ferait seul. Il ne voulait pas qu'elle soit là.

Et l'imaginer faire face tout seul à la sentence et aux conséquences prophétisées par son don de voyance lui nouait l'estomac.

Il fallait qu'elle trouve le moyen de faire taire son angoisse, de s'empêcher de retourner au cauchemar dont elle venait de sortir quelques instants auparavant ou de penser à la description épouvantable qu'avait faite Kellan de ce qu'il avait vu dans ses yeux. Même si son besoin de s'accrocher à Kellan endormi à côté d'elle avait quelque chose de désespéré, Mira était trop excitée pour rester allongée tranquillement. Sa tête bourdonnait, ses membres s'agitaient, l'inquiétude la travaillait comme un insecte grignotant sa santé mentale.

Avec précaution, elle s'écarta de Kellan et rejoignit le bord du lit. Il soupira et roula sur le côté, sa respiration se faisant plus profonde. Mira se leva, pas très sûre de ce qu'elle pouvait faire et d'où elle pouvait aller pour se débarrasser du poids de son angoisse. Plus que de sommeil ou de distraction, elle avait besoin de réponses.

Il lui fallait savoir ce qu'allait être son futur avec Kellan. Plus que tout, elle avait besoin de l'espoir qu'ils pourraient, d'une manière ou d'une autre, sortir de la situation dans laquelle ils étaient et trouver un moyen de rester ensemble.

Elle jeta un coup d'œil par-dessus son épaule, vers le pied du lit. Ses yeux se posèrent sur la malle qui se trouvait là au sol, le coffre qui contenait le miroir de la grand-mère de Kellan.

Non... Rien que d'y penser était trop dangereux.

Elle ne savait même pas si ça marcherait.

Et pourtant elle prit la boîte vide de ses lentilles de contact sur la table de chevet, puis rejoignit le coffre de bois. Elle s'accroupit devant lui et en souleva silencieusement le couvercle.

Le miroir en argent était posé à l'envers sur le dessus d'une pile de tee-shirts de Kellan. Mira le prit et ses doigts effleurèrent le dessin incrusté de l'emblème de la famille Archer.

Il fallait qu'elle essaie.

Il fallait qu'elle sache, même si ça la terrifiait de faire ça, cette chose qu'elle n'avait jamais osé tenter auparavant. Le pire était de ne pas savoir, d'avoir peur que ce que Kellan avait vu puisse vraiment être son destin.

S'il y avait la moindre chance que le fait de regarder dans son propre regard non protégé lui donne ne serait-ce qu'un faible espoir d'un futur apaisé avec Kellan, elle était prête à tout risquer. Elle donnerait n'importe quoi pour savoir de façon certaine s'il était destiné à vivre... ou condamné à mourir.

Mira pivota sur ses talons, tournant le dos à la malle en s'agenouillant sur le sol avant d'enlever ses lentilles de contact et de les poser dans leur boîtier. Miroir en main, elle ferma les yeux et inspira profondément.

Elle pouvait le faire.

Elle devait le faire !

Elle leva le miroir devant son visage, ses paupières occultant encore son don. Son cœur battait la chamade, assourdissant dans ses tempes, et elle s'attendait presque à ce que cela réveille Kellan. Elle avait les paumes moites et la bouche sèche.

Il fallait qu'elle essaie.

Il fallait qu'elle sache.

Elle souleva les paupières et se figea en voyant son visage qui la regardait dans l'ovale de verre poli. Elle était si différente sans les lentilles mauves qui tamisaient l'intensité cristalline de son regard. Elle eut du mal à se reconnaître comme ça : c'étaient ses traits, bien sûr, mais comme éclairés d'un feu de glace qui lui sembla sans âge, à peine de ce monde.

« Extraordinaire », avait dit Kellan.

Surprenant, pensa-t-elle. Dérangeant. Si peu familier qu'elle ne pouvait pas…

Elle n'acheva pas sa pensée. Les flaques claires de ses iris commençaient à se troubler dans le miroir, leurs surfaces se plissant comme lorsqu'on jette un petit caillou dans un lac étale.

Subjuguée, saisie, elle ne parvenait pas à détourner le regard.

Et puis, sortant des profondeurs incolores, une image commença à se former. Plusieurs images, des silhouettes indistinctes, un groupe assis sur le devant d'une grande salle au plafond très haut, un grand banc surélevé séparant le groupe du personnage plus petit qui se tenait devant lui, attendant sa réponse.

Même avant que la forme des images ne commence à se faire plus précise, Mira avait reconnu la silhouette de la personne qui se tenait devant la cour. Elle sentait son énervement, sa profonde angoisse et son incertitude, parce que cette personne… c'était elle.

Dans la vision, elle s'efforçait de ne pas trembler tandis qu'elle faisait face à Lucan et aux autres membres du Conseil global des nations érigé en tribunal, sachant qu'ils avaient le pouvoir soit de la sauver, soit de la détruire avec leur décision. Leurs visages étaient impassibles, impitoyables.

Pleine d'angoisse et d'espoir, elle se regarda demander instamment la clémence et n'obtenir en réponse que des expressions fermées. Dans la vision, elle se mit à pleurer, plongeant le visage dans ses mains, les épaules tressautant sous la force de ses sanglots.

La souffrance qui émanait de cette image poignarda le cœur de Mira en temps réel, faisant trembler ses lèvres par réaction. Elle aurait voulu détourner les yeux à présent avant d'en voir plus, mais c'est alors que tous les membres du tribunal se tournèrent pour regarder derrière eux l'accusé qui pénétrait dans la salle pour entendre la sentence.

Kellan !

Oh, mon Dieu ! C'était exactement comme il l'avait décrit.

Il s'avançait, les épaules redressées, la tête haute, mais elle lut de la résignation sur son beau visage lorsqu'il la regarda. Mira pouvait presque sentir son acceptation stoïque tandis qu'elle voyait la scène se dérouler dans la réflexion de son regard.

Dans la vision, elle faisait face à ceux qui tenaient le sort de Kellan dans leurs mains. Elle les suppliait. Elle essayait de faire rejaillir une partie du blâme sur elle. Sans succès.

La sentence fut celle que Kellan lui avait décrite. Pour les charges criminelles dont il était accusé, il était… condamné à mort.

La vision continuait à se dérouler, mais Mira savait qu'elle ne pouvait pas souffrir plus qu'elle ne souffrait déjà.

Elle avait tort parce que la vision terrible à laquelle Kellan l'avait préparée commençait à disparaître dans un brouillard obscur pour céder la place à une autre image dans le reflet de son regard. Quelque chose d'affreux. Quelque chose d'encore bien pire que la perspective de l'exécution de Kellan.

Son corps sans vie, pâle et immobile, étendu devant elle.

Non…

Non! hurla son esprit, à moins qu'elle n'ait vraiment crié son horreur à haute voix. Elle ne ressentait plus que l'incrédulité et la souffrance absolue qui la submergeaient tandis que dans la vision elle s'effondrait sur le cadavre de Kellan et se mettait à sangloter.

Ça ne pouvait pas être vrai!

Ça ne pouvait pas se terminer comme ça pour eux deux.

Elle ne pourrait jamais supporter une telle souffrance.

Elle préférerait mourir au côté de…

Le miroir vola hors de ses mains et alla s'écraser sur le mur proche en une pluie d'éclats de verre.

Sous le choc, elle sursauta et s'arracha à l'étau de la vision.

Kellan se tenait au-dessus d'elle, si furieux qu'il en tremblait. La chaleur émanait de son corps en vagues tangibles. Ses yeux lançaient des éclairs et ses lèvres se retroussaient sur ses crocs.

— Mais qu'est-ce que tu fais, bordel ? s'exclama-t-il d'une voix de tonnerre. Mira, nom de Dieu ! Dis-moi que tu n'as pas essayé de… Ah, Seigneur !

Il regardait ailleurs à présent, ayant détourné le regard de ses yeux nus. Toujours secouée, toujours écrasée par le chagrin provoqué par les choses affreuses qu'elle venait de voir, Mira se dépêcha de mettre ses lentilles. Le temps qu'elle le fasse, Kellan s'était effondré à genoux sur le sol devant elle.

— Putain, ma puce ! Mais pourquoi… Mais à quoi pensais-tu, bordel ? (Tremblant, il la prit par les bras.) Regarde-moi, bébé. J'ai besoin de te voir. J'ai besoin de savoir que tu vas bien.

Elle leva le visage pour croiser son regard étincelant. Ses traits étaient brouillés par les larmes qui lui emplissaient les yeux.

— Je… Oh, mon Dieu, Kellan ! Tu avais raison. La vision. Le jugement. Tout !

— Tu as vu, murmura-t-il, et il relâcha un peu son étreinte. Tu utilisais ton don sur toi-même. Mira… pourquoi ?

— Il fallait que je sache. Je ne voulais pas le croire. Je ne pouvais pas me forcer à le croire… jusqu'à maintenant. (Un instant, la voix lui manqua.) J'ai tout vu, exactement comme tu me l'avais décrit. Et il y avait quelque chose de plus. Oh, mon Dieu, Kellan, ils te condamnaient à mort et puis je te voyais… tu étais… (Elle n'arrivait pas à le dire. Avec un sanglot, elle s'affala contre son torse, épuisée et meurtrie.) Je ne peux pas supporter l'idée de te perdre. Pas encore une fois. Pas comme ça.

Il la serra dans ses bras musclés.

— Moi non plus, je ne veux pas avoir à faire face à cette réalité. Si je pouvais te garder avec moi, t'étreindre pour toujours, je le ferais.

Elle hocha la tête contre sa chaude poitrine, au désespoir. Elle avait besoin de sentir ses bras autour d'elle. Elle avait besoin de sentir les battements de son cœur, sa respiration, la force et la chaleur de son corps. Elle avait besoin de sentir par elle-même qu'il était avec elle, sain et sauf. Il était vivant.

Alors qu'elle s'accrochait à lui, son regard tomba sur le miroir brisé aux morceaux épars sur le sol. Une nouvelle souffrance s'empara d'elle.

— Le miroir de ta grand-mère… Kellan, je suis désolée. Il a été détruit par ma faute.

— Je me fiche pas mal de ça, murmura-t-il contre le haut de son crâne. Tout ce qui m'importe, c'est toi. Tu ne peux même pas savoir quel dommage tu viens de te causer à toi-même, ma puce. Est-ce que tu t'en rends compte ?

— Il fallait que je sache, répéta-t-elle en effleurant de sa main tendue l'un des petits morceaux de verre étincelant.

Elle le ramassa et le garda entre ses doigts, pleine de remords à l'idée que le seul objet restant du passé de Kellan ait été détruit à cause de son désir de la protéger.

— Je voulais tellement prouver que tu avais tort quant à ce que tu avais vu. Je voulais simplement un peu d'espoir, l'espoir que nous pourrions rester ensemble. Mais c'était pire que ce que j'imaginais. C'était tellement pire que tout ce que je pourrais accepter de croire.

Elle ne remarqua qu'elle était en train de serrer le morceau de verre tranchant comme un rasoir dans son poing que lorsqu'elle le sentit mordre dans sa paume.

Mais Kellan, lui, savait.

Il s'était complètement immobilisé, ses muscles instantanément raidis, son corps tendu comme un câble. Il s'écarta légèrement d'elle, assez pour qu'elle voie ses narines frémir lorsqu'il inspirait. Les étincelles d'ambre qui émanaient de ses yeux quelques instants auparavant avaient cédé la place à des braises brûlantes coupées verticalement par les fentes de ses pupilles. Un grondement s'éleva de sa poitrine, se répercutant dans les os de Mira.

— Mira…

Il prit son poing dans sa main et l'ouvrit, laissant tomber le verre au sol. Sa paume était couverte de sang. Il riva les yeux sur les petits filets de sang qui glissaient vers son poignet pâle et lâcha à travers ses crocs un juron qui n'était pas de colère.

Il se transforma encore plus, son visage devenant plus anguleux, plus sauvage, d'un autre monde. Elle l'avait déjà vu sous sa vraie nature auparavant, mais jamais comme ça. Elle avait devant elle Kellan Archer dans toute la splendeur de la Lignée, formidable prédateur assoiffé qui l'avait choisie pour proie.

À présent, il voulait ce qu'elle allait lui offrir, ce qui avait été à lui depuis toujours.

— Je t'appartiens, Kellan. Il n'y aura jamais personne d'autre pour moi. Pas même si je ne peux être avec toi. Pas même si tu es parti.

Elle baissa les yeux sur sa main sanglante, qu'il tenait toujours dans les siennes. La blessure de sa paume n'était pas très grave, mais il n'en fallait pas beaucoup pour activer un lien. Une lampée suffirait et il serait uni à elle pour toujours.

— J'ai besoin d'être liée à toi. De toutes les façons possibles. Et tant pis pour ce que dit mon don de voyance. La vision ne peut pas nous arrêter cette nuit. Elle ne peut pas arrêter ça.

Un son étranglé sortit de la gorge de Kellan tandis que son regard enflammé croisait celui de Mira. Il garda les doigts serrés comme un étau autour de son poignet. Ses crocs s'allongeaient encore, pointes acérées emplissant sa bouche tandis qu'il écartait les lèvres sur un grognement. Ses glyphes pulsaient, de sombres nuances de soif et de désir se répandant majestueusement sur toute sa peau de vampire.

Mira tendit la main pour venir lui caresser le visage.

— Je t'offre mon sang volontairement, Kellan. Si tu l'acceptes à présent.

Ses yeux d'ambre étincelant revinrent à la paume rougie de Mira, sa respiration rauque à travers ses dents et ses crocs. Il prononça son nom, qui sonna comme un mélange trouble d'impie et de sacré, tout en portant sa main à ses lèvres pour lécher le sang qui coulait vers son coude.

Mira soupira lorsque sa langue remonta le long de son poignet, douce comme du velours contre sa peau. Il prit tout son temps, ne laissant échapper aucune goutte. Puis il mit le visage au cœur de sa paume et elle sentit sa barbe la chatouiller, ses lèvres chaudes et humides, son souffle comme de la vapeur contre sa chair à vif. Il posa la bouche sur sa blessure et inspira sa première vraie goulée.

Elle sentit le corps de Kellan se tendre sous l'effet de l'éclair qui le traversa lorsque le lien prit racine en lui. Il gémit dans sa main en tirant la gorgée suivante. La vibration de sa bouche, la chaleur humide de sa langue, le raclement de ses crocs contre sa paume, tout ça se combinait en l'une des sensations les plus érotiques qu'elle ait jamais connues et son corps réagit avec un sursaut de plaisir.

Elle sentit le désir s'installer partout en elle, irriguant chaque centimètre carré de son corps tandis que Kellan suçait sa peau. Il lui semblait que son sang s'éveillait de plus en plus à chaque seconde qui passait. Il fusait dans ses veines, impatient de nourrir Kellan. Son excitation ne connut bientôt plus de bornes. Deux points de son corps en particulier retenaient toute son attention, l'un au niveau de son sexe, l'autre à l'endroit où la bouche de Kellan était collée à elle.

— Mon Dieu, Mira… Tu as si bon goût, murmura-t-il. Ton sang est si doux, si puissant. Seigneur, je te sens dans mes muscles, dans mes os, dans mes sens… C'est si bon !

Elle s'était mise à le caresser pendant ces louanges, et son membre raidi se dressait à présent entre leurs corps nus, tandis qu'elle fondait, mourant d'envie qu'il la pénètre.

— Oui, dit-il d'une voix grave et affamée. Je sens ton désir à travers notre lien. Je sens ton pouls comme si c'était le mien. (Sa langue fit un dernier tour dans la paume de Mira, scellant sa blessure avec douceur.) Je n'aurais jamais pensé que ce serait aussi fort… aussi complet. Mais j'ai besoin d'être en toi.

Sans un mot de plus, il prit Mira dans ses bras et la reposa sur le lit. Il s'installa au-dessus d'elle, ses bras puissants de chaque côté de sa tête, son grand corps tendu comme un arc dans l'obscurité. Et ses yeux… Elle était baignée de leur lueur, hypnotisée par le désir qu'elle voyait brûler dans le regard extraterrestre de Kellan.

Elle ne l'avait jamais vu aussi formidable, aussi incroyablement puissant. Il était magnifique dans son état de transformation complète, nourri par ce nouveau lien qui l'unissait à elle pour aussi longtemps qu'ils vivraient. Il était exalté et excité au plus haut point, et elle tremblait de joie à l'idée de toute cette chaleur focalisée sur elle.

Elle était prête quand il la pénétra, tellement prête… Il s'enfonça profondément en elle et il lui parut énorme, plus dur et plus chaud que jamais tandis qu'il se mettait à aller et venir dans son corps. La bouche de Kellan trouva celle de Mira et il couvrit ses lèvres d'un baiser exigeant, assoiffé.

Mira s'agrippa à lui, accrochant les jambes autour de sa taille pour le rapprocher encore. Elle aurait voulu ne faire qu'un avec lui.

Elle cria son nom lorsque sa bouche quitta la sienne, puis perdit le souffle comme elle descendait pour se poser juste sous son oreille.

— Prends-moi, murmura-t-elle comme les lèvres de Kellan se posaient sur sa gorge. Prends-moi tout entière.

Il répondit par un grognement sauvage alors que les pointes de ses crocs trouvaient leur place sur sa carotide. Folle de désir, Mira mit la main dans les cheveux de Kellan, enfonçant les doigts dans ses boucles épaisses et serrant le poing pour le maintenir en place.

— Prends-moi, répéta-t-elle d'une voix rauque. Je suis déjà tienne.

— Oui, répondit-il, mienne !

Puis il perça.

Mira se mit à haleter d'euphorie tandis que ses crocs s'enfonçaient et que ses hanches se mettaient à aller et venir entre ses cuisses ouvertes.

Kellan allait bientôt mourir – dans quelques heures, quelques jours ou quelques semaines, il ne savait pas exactement –, mais il ne s'était jamais senti aussi vivant.

La fierté l'envahit devant les gémissements de plaisir que lançait Mira tandis que ses crocs pénétraient sa chair délicate pour percer l'artère qui pulsait si vigoureusement contre sa langue. La possessivité l'envahit comme le corps de Mira s'accrochait au sien tandis que les premiers tremblements de son orgasme la parcouraient.

La puissance du lien de sang qui le liait désormais à elle était telle que la montée de sa jouissance trouvait un écho dans sa propre conscience, dans tous ses sens. Il aurait dû se haïr de franchir cette étape avec elle, sachant qu'il n'y avait pas de futur pour eux. Mais elle avait un tel goût, un goût de paradis. Et cela faisait si longtemps qu'il désirait ce lien intime et irrévocable avec elle.

Il était affamé de tout ce qu'elle pourrait lui donner désormais, sauvage dans sa revendication de son corps et de son sang. Elle lui appartenait. Le vœu qu'elle lui avait murmuré à l'oreille l'entraînait à présent, rendant ses coups de reins insistants et sa morsure animale.

Elle était sienne.

À cet instant, elle était sienne pour toujours.

C'était si facile de se dire ça, et si tentant de croire qu'il pourrait étirer ce moment pour en faire une éternité avec elle, garder Mira auprès de lui comme compagne pour aussi longtemps qu'ils vivraient tous les deux.

Et c'était presque impossible de résister à l'envie qui se levait en lui à présent, celle de compléter le lien de sang, de sceller ce dernier en ouvrant sa propre veine pour nourrir Mira à son tour.

Il le voulait avec une violence qui le secouait.

Elle le voulait aussi. Il sentait son envie de lui, brute et exigeante. Il l'entendait dans ses halètements tandis qu'elle s'agrippait à lui et se cambrait sous lui, la tête penchée sur le côté sur l'oreiller pour lui offrir un accès total à sa carotide.

Elle voulait plus de lui. Plus que ce qu'il était prêt à donner. Il ne pouvait pas la laisser boire de son sang à présent, pas alors que ce nouveau lien ne ferait que démultiplier sa douleur lorsque la mort les séparerait.

— S'il te plaît, souffla-t-elle. Oh, mon Dieu… Kellan…

Il faillit céder à sa demande l'instant suivant, lorsqu'elle commença à jouir, les ongles griffant ses épaules, son nom tel un rugissement rauque dans sa gorge. Il aurait voulu saigner pour elle.

En cet instant, il aurait voulu plus que tout la lier à lui et lui donner la même intensité de plaisir que celle qu'elle lui donnait à présent. Mais il résista tant bien que mal. Appuyant sa bouche sur sa veine ouverte, il scella de la langue la morsure et se prépara à la vague de son orgasme. Chaque nuance des émotions de Mira se gravait sur ses sens. Elle jouit avec la même intensité forcenée qui accompagnait presque tous ses actes, son orgasme le surprenant par sa puissance tandis qu'il fusait dans ses veines comme si ç'avait été le sien.

Il ne pouvait pas brider la tempête qui se levait en lui aussi à présent. Toujours emporté par l'orgasme de Mira, Kellan jouit à son tour en criant.

Et le corps si doux et si accueillant de Mira accepta tout ce qu'il avait à lui donner.

Il ne sut pas combien de temps il fallut pour que le choc en retour se calme. Quelques instants ? Des heures ?

Il n'était conscient que de la douceur de son corps chaud sous lui sur le lit, de leurs membres entrelacés, des doigts de Mira qui jouaient dans ses cheveux sur sa nuque tandis que sa tête reposait sur son épaule.

Ce fut la voix calme de Mira qui le ramena dans le présent.

À la réalité de ce à quoi ils avaient encore à faire face.

— Je ne veux pas que tu ailles te rendre à l'Ordre. (Il sentait son inquiétude dans son pouls, dans l'angoisse qui filtrait en lui à travers le lien.) J'ai changé d'avis, Kellan. Je ne veux plus que tu ailles plaider ta cause et essayer de convaincre l'Ordre et le Conseil de te pardonner. Je veux que tu restes loin de Washington. Aucun de nous deux ne doit jamais y retourner.

— Ah, ma puce… (Il embrassa la courbe de son épaule nue, puis se redressa sur un coude pour pouvoir croiser son regard troublé.) Tu dis ça, mais tu ne le penses pas. Tu n'as jamais été douée pour fuir et te cacher. Ç'a toujours été plutôt ma façon d'agir, tu te souviens ? Et regarde où ça nous a menés.

— Je m'en fous, murmura-t-elle d'un ton buté. Restons ici comme ça. Pour le temps que ça durera, restons ensemble et profitons de ce que nous avons.

Il l'embrassa de nouveau, sur la bouche cette fois, tendrement, sans se presser.

— Moi non plus je ne veux pas que ça se termine. Ni maintenant, ni jamais. Mais je ne veux pas de ça si ça signifie t'obliger à passer ton existence à te cacher et à avoir peur chaque fois que tu tournes un coin de rue. Je ne peux pas faire ça, Mira. Et nous ne pouvons pas rester ici. Ce n'est sûr pour aucun de nous à présent. Nous allons tous devoir partir d'ici bientôt, trouver un autre lieu. Un lieu à l'écart de la ligne de mire de l'Ordre.

— Où ?

— Dans un endroit sûr.

Sa peur de voir l'Ordre se rapprocher de lui était toujours très présente et pesante. Et il n'était pas prêt à prendre le risque d'avoir affaire à un escadron de la mort discret ou, après les événements de la nuit précédente, à une invasion à grande échelle. La culpabilité s'emparait de lui lorsqu'il imaginait Candice, Doc et Nina sous le feu d'armes lourdes dans le chaos d'un raid. Quant à Mira, il connaissait sa Compagne de sang suffisamment bien pour savoir qu'elle combattrait jusqu'à la mort si elle pensait pouvoir le sauver.

Comme il le ferait pour elle.

Et aurait à le faire dans peu de temps.

Il avait été un piètre chef pour son équipe de rebelles, même si ça n'avait jamais été sa véritable intention de les diriger. Et il n'avait pas non plus été un digne compagnon pour Mira, et pourtant c'est ce qu'il aurait voulu plus que tout.

Mais il avait encore le temps de se rattraper auprès d'eux tous. Il pouvait mettre en place des mesures qui limiteraient au maximum le risque de blessure, voire de massacre, pour sa Compagne de sang et ses amis. Alors seulement, il serait prêt à faire ce qu'il avait à faire, affronter le destin qui l'attendait à l'autre bout de ce chemin de plus en plus inexorable.

C'est en prenant la main de Mira dans la sienne, et en caressant des doigts le cœur parfaitement guéri de sa paume que son plan prit corps dans son esprit.

— Nous partirons dès que possible ce matin.

Elle fronça les sourcils.

— En plein jour ?

— Dès que possible, répéta-t-il. (Maintenant qu'il savait ce qui devait être fait, il voulait mettre son plan à exécution.) Nina a des amis qui peuvent nous trouver un véhicule sans poser de questions. Je ferai le voyage à l'arrière, à l'abri du soleil. Un membre de mon équipe peut conduire. Nous pourrons être là-bas en quelques heures.

Mira le regardait fixement, une question se lisant dans son regard protégé.

— Tu m'emmènes avec toi ?

— Je veux que tu sois en sûreté, dit-il en lui soulevant le menton pour l'embrasser. Tu es mienne désormais, tu te souviens ?

— Je suis tienne.

Tellement pur et confiant, son sourire faillit briser le cœur de Kellan. Elle s'enfonça dans la courbe de son corps, épousant ses formes.

— Ne me lâche pas, Kellan. Promets-moi que tu ne me lâcheras pas.

— Je ne te lâcherai pas, ma puce.

Il la serra dans ses bras et posa un baiser sur son front tandis que le souffle de Mira s'apaisait.

Et à cet instant, il fut heureux qu'elle n'ait pas de lien direct avec ses émotions.

Parce que si elle avait été liée à lui par le sang, elle aurait compris que quel qu'ait été son désir de respecter sa promesse il ne le ferait pas.

Chapitre 19

Dès la tombée de la nuit, pas moins d'une dizaine de membres de l'Ordre faisaient une descente sur Boston.

Nathan était à la tête d'une unité composée de son équipe de trois et de l'escadron de Mira, Balthazar, Torin et Webb, qui étaient revenus de Montréal pour aider à la retrouver. Tandis qu'ils fouillaient le vieux North End à la recherche de pistes qui les mèneraient aux rebelles qui la détenaient, Nikolaï, Tegan, le Chasseur et Rio, venus du quartier général de Washington et rejoints par Sterling Chase, directeur du centre de commande de Boston, se chargeaient de l'autre côté de la ville.

Ils avaient tous juré de ramener Mira avant l'aube dans le giron de sa famille, l'Ordre.

Ce serment restait clairement présent à l'esprit de Nathan tandis que lui et Xander Raphaël se séparaient d'Elijah, de Jax et des trois équipiers de Mira pour mener des recherches dans les établissements connus pour accueillir favorablement les rebelles et les individus de même acabit. Ils avaient choisi de commencer par *La Notte* dans la mesure où Coq était un spectateur habitué de ses combats illégaux. Nathan et Xander Raphaël avançaient ensemble, parcourant tous deux du regard la foule. Il y avait près de cent personnes qui faisaient la fête à l'intérieur, habillées pour la plupart de cuir noir, les yeux soulignés de noir aussi et s'agitant sur le tempo inexorable d'un groupe de rock industriel hurlant sur scène des paroles qui parlaient de douleur et de trahison. Tous d'innocents clubbeurs. Et aucun signe du délinquant que cherchait Nathan.

Tandis qu'il traversait la foule trépidante avec Xander, Nathan remarqua le propriétaire de *La Notte*, qui les observait d'un regard peu amène. S'arrachant à une paire de jolies femmes trop jeunes pour lui d'au moins dix ans, Cassian se dirigea vers Nathan. Il était vêtu comme nombre de ses clients, de cuir noir de la tête aux pieds et de Doc Martens. Ce soir-là, ses cheveux en brosse lui faisaient une couronne d'épis fixés au gel. Ses yeux verts brillants étaient surmontés par des sourcils noirs, dont chacun était percé d'une paire de petits anneaux en argent, et il avait une petite sphère noire sur le bout de la langue.

— Je ne m'étais pas aperçu que mon club avait autant de succès auprès de l'Ordre, déclara-t-il d'une voix traînante. Je ne sais pas si je dois en être flatté ou offensé.

Nathan fit comme si Cassian n'était pas là.

— Vérifie l'arène en bas, dit-il à Xander.

Tandis que le jeune guerrier pivotait pour obéir à l'ordre, Nathan continuait à parcourir le club au niveau de la rue. Cassian ne le lâchait pas d'une semelle.

— Les combats ne commenceront pas avant plusieurs heures, guerrier.

— Nous ne sommes pas là pour assister à ton sport de sang.

— Non, répliqua Cassian. À te voir, je dirais que vous êtes là pour pratiquer le vôtre. Ça n'aurait pas quelque chose à voir avec cette femelle soupe au lait qui appartient à votre organisation, non ?

Dans la seconde qui suivit, Nathan avait pris Cassian à la gorge.

— Qu'est-ce que tu sais d'elle ?

Plusieurs des hommes de main du tenancier, y compris le lutteur appelé Syn, émergèrent de nulle part et s'approchèrent d'eux. Toujours pris dans l'étau de la poigne de Nathan, Cassian renvoya ses brutes d'un regard et d'un petit signe de tête.

— Il ne me tuera pas. S'il en avait eu l'intention, ce serait déjà fait.

Nathan fut tenté, mais il était plus important d'obtenir des renseignements.

— Que sais-tu à propos de Mira ?

Entre-temps, Xander était remonté du sous-sol. Nathan remarqua la présence de son frère d'armes du coin de l'œil. Bien entraîné et létal, Xander avait une lame dans une main tandis que l'autre était prête à dégainer le semi-automatique 9 mm qu'il avait dans un holster à la ceinture.

Nathan ne relâcha pas sa pression sur la gorge de l'humain.

— Je t'ai posé une question. Si tu sais où est Mira, tu as intérêt à me le dire maintenant.

Cassian sourit, pas impressionné pour deux sous. Il était même amusé.

— Une surprise de plus concernant cette chieuse.

— Tu sais quelque chose, insista Nathan, certain d'avoir trouvé la piste dont il avait besoin. Sais-tu où Bowman la retient ?

— La retient ? (Le sourire de Cassian s'élargit.) D'après moi, il la retient tout contre lui.

Nathan serra plus fort, prenant aux gargouillis qui sortirent alors de la gorge de l'homme un plaisir sadique inattendu chez lui. Comme Cassian toussait, respiration sifflante, ses hommes et ses combattants s'approchèrent encore. Vif comme l'éclair, Xander vint se placer entre lui et Nathan et les gardes menaçants.

— Dis-moi où trouver Bowman, exigea Nathan d'une voix calme, ou je te tue. Ne te fais aucune illusion. Ta vie ne vaut que ce que vaudra le renseignement que tu vas me donner à présent. Où Bowman la retient-il prisonnière ?

Le propriétaire du club inspira difficilement.

— Je ne peux rien te dire à propos du leader rebelle et de ta camarade disparue, mais c'est dommage que tu n'aies pas été là hier soir, car tu aurais pu leur poser la question directement.

Le sang de Nathan ne fit qu'un tour.

— De quoi parles-tu ?

— Ils étaient là tous les deux, répondit Cassian. Ils ont parlé avec Rune en bas dans sa loge.

Nom de Dieu !

Nathan jeta un regard en biais à Xander, qui fila immédiatement vers l'escalier. Puis il reporta son regard sur l'homme qu'il tenait à la gorge et relâcha un peu sa pression pour permettre à Cassian de s'exprimer plus facilement.

— Est-ce qu'elle allait bien ? Est-ce qu'elle avait l'air d'avoir été blessée d'une façon ou d'une autre ?

— Elle avait toujours la langue bien pendue et sa morgue habituelle, si c'est ça que tu veux dire.

— Tu lui as parlé ?

Nathan n'aimait pas le trouble qui s'emparait de lui. Il était habitué à raisonner logiquement et cette révélation était la dernière chose à laquelle il se serait attendu. Malgré son esprit vif, il avait du mal à comprendre ce qu'il entendait.

— Qu'est-ce qu'elle t'a dit ? Est-ce que tu as parlé à Bowman aussi ?

Xander remontait du sous-sol en secouant la tête.

— Pas trace de Rune là en bas.

— Non, dit Cassian sur le ton de la conversation. Rune a pris sa soirée.

— Où est-il ? demanda Nathan sur un ton comminatoire.

Cassian gloussa et la sphère noire qu'il avait au bout de la langue étincela quand il parla.

— Trouve celle qui ne craint rien du soleil et tu trouveras Rune.

Nathan resta interloqué et ce fut Xander qui posa la question suivante.

— Quoi ? Tu veux dire Carys Chase ?

— Et oui, cette jolie petite poulette qui traîne dans mon club depuis quelques semaines. Trouve-la et je te le garantis, Rune ne sera pas loin.

Ils avaient entrepris le long voyage en voiture qui devait les mener jusqu'au vieux Havrobscur de son grand-père dans le nord du Maine plus tôt dans l'après-midi.

À mi-chemin, Mira avait été prise d'un violent mal de tête. Elle avait assuré à Kellan qu'elle allait bien, mais il avait ressenti la douleur fuser dans son crâne à travers leur lien. Et il la ressentait toujours alors qu'elle était allongée dans la grande chambre du Havrobscur. Elle souffrait moins maintenant qu'elle dormait, mais le fait qu'elle ait pu avoir mal, en particulier après avoir utilisé si longuement son don de voyance, le perturbait plus qu'il n'était prêt à l'admettre.

Au moins avait-elle retrouvé un peu de calme après leur arrivée dans le Maine. Son épuisement l'avait fait succomber au sommeil moins de deux heures auparavant et quand Kellan était passé voir comment elle allait quelques minutes plus tôt, elle n'avait même pas bougé lorsqu'il s'était assis près d'elle sur le lit.

Quant à son équipe, elle s'était rapidement adaptée au déménagement. Après avoir installé Candice et s'être occupés de sa blessure, Doc et Nina s'étaient mis au travail, balayant les sols et dépoussiérant le vieux mobilier et les vieux appareils qui n'avaient pas été utilisés depuis des années avant de remplir le cellier et la cache d'armes avec les fournitures qu'ils avaient rapportées avec eux depuis le bunker de New Bedford.

Le Havrobscur constituait une amélioration considérable par rapport aux installations primitives de leur base précédente, avec une cuisine pleine d'électroménager haut de gamme, dont un frigo et une cuisinière parfaitement fonctionnels, de nombreuses pièces meublées confortablement, et près de mille mètres carrés de surface habitable. Mais leur séjour ne pourrait être que temporaire. C'était juste un refuge devant leur permettre de tenir quelque temps, jusqu'à ce que Kellan ait la possibilité de faire face à la tempête qui se précipitait sur lui de partout à la fois.

Et de ce côté-là, il espérait que son instinct était le bon.

Il priait pour que ce soit le cas, car sinon cela signifiait qu'il avait probablement risqué leurs vies à tous en faisant ce qu'il avait fait ce jour-là.

Debout devant la porte-fenêtre qui donnait sur la forêt épaisse à l'extérieur de la grande maison, Kellan n'entendit Nina approcher derrière lui que lorsqu'elle se racla doucement la gorge. Il se retourna, fronçant un sourcil interrogateur devant le petit flacon blanc qu'elle lui tendait.

— Des pilules contre la migraine, dit-elle en secouant légèrement le flacon. Il ne m'en reste que quelques-unes, mais tu peux les avoir si tu penses qu'elles pourraient aider ton… amie.

Il hocha la tête, prit le flacon qu'elle lui tendait, et le glissa dans sa poche.

— Merci.

Tous les trois, Nina, Candice et Doc, étaient assemblés dans la grande salle avec lui. Ça faisait un moment qu'ils l'observaient faire les cent pas et il se rendit soudain compte du silence inconfortable qui entourait le groupe. Cela avait à voir en partie avec les événements des vingt-quatre heures écoulées, l'explosion d'un laboratoire qui avait fait la une dans le monde entier et les émeutes qui s'en étaient suivies ; le triste au revoir à Chaz ; et à présent ça, la fuite précipitée vers un endroit dont ils ne connaissaient même pas l'existence auparavant.

Mais le malaise de son équipe avait également à voir avec la guerrière de l'Ordre, qui était à l'évidence pour lui quelque chose de plus qu'une prisonnière retenue contre son gré.

En regardant leurs visages, il vit leur trouble, leur incertitude inquiète quant à qui il était vraiment et ce que Mira signifiait pour lui.

Et ces regards gênés l'embarrassaient à son tour.

Ils ne le connaissaient pas, même après huit ans de vie commune. Ils avaient protégé le secret de ses origines, mais il ne leur avait rien donné en échange. Ils lui avaient offert leur confiance et leur amitié, mais il les avait laissés à l'écart de qui il était.

Il décida que ç'avait assez duré.

Ces trois individus – ces humains, bordels ! – étaient devenus ses amis. Ils étaient même devenus sa famille, et il s'en voulait de ne voir ça qu'à présent, alors qu'il serait bientôt obligé de les quitter.

— J'ai été injuste avec vous, déclara-t-il en secouant tristement la tête. Je vous ai menti tout ce temps. Vous ne connaissiez même pas mon nom. Ce n'est pas Bowman. C'est Kellan. Mon nom est Kellan Archer.

Doc fronça les sourcils et plissa les yeux, l'air suspicieux. Nina inclina sa tête aux cheveux bleus d'un air interrogateur où se lisait un malaise accru. Seule Candice croisa son regard sans perplexité ni surprise. La jeune femme intelligente et pleine de compassion avait probablement compris l'essentiel par elle-même le jour où elle avait parlé avec Mira. Ces deux-là s'étaient retrouvées dans une sorte de camaraderie, qui aurait pu se transformer en amitié si les circonstances avaient été différentes.

Elle eut un petit hochement de tête à l'intention de Kellan et il se racla la gorge avant de poursuivre.

— Vous avez su dès le début que j'appartenais à la Lignée. C'est quelque chose que je ne pouvais espérer vous cacher. Candice et Doc, vous l'avez su la nuit où vous m'avez sorti de la Mystic et m'avez ainsi sauvé la vie. Nina, cela fait des mois que tu le sais. Vous connaissiez tous mon secret et vous l'avez gardé.

— Nous sommes tes amis. Ça fait partie des choses que les amis font les uns pour les autres, Bow… (Doc s'interrompit brusquement et secoua la tête en lâchant un long soupir.) Les amis se protègent. C'est ce que tu as fait pour nous aussi… Kellan ?

Il hocha la tête comme pour confirmer que c'était bien son nom.

— Je te protège toujours, Javier. Sache que tant que je vivrai, je vous protégerai tous. Et je veux tout vous révéler ce soir. Plus de secrets. Plus de mensonges. Je veux que vous connaissiez la vérité, toute la vérité. Et une partie de ma vérité dort dans cette chambre un peu plus loin dans le couloir.

— Tu l'aimes.

Le visage de Nina s'était adouci et exprimait à présent la compréhension. Elle était calme et mélancolique, sans aucun doute à cause de l'amour qu'elle avait connu il n'y avait pas si longtemps, un amour perdu, qui lui avait été arraché par ceux qui avaient volé la technologie UV de Jeremy Ackmeyer.

— Ça fait longtemps que tu aimes cette femme, n'est-ce pas ?

Kellan acquiesça.

— Je l'aime depuis toujours. En tout cas, c'est comme ça que je me le représente. Je l'aime depuis que nous étions enfants... à l'époque où Mira et moi étions tous deux élevés au sein de l'Ordre.

Personne ne disait rien. Même Candice le regardait à présent dans l'expectative.

— Tu fais partie de l'Ordre ?

— Faisais, corrigea-t-il. Il y a très longtemps.

Il leur raconta la destruction du Havrobscur de sa famille quand il avait treize ans, la façon dont lui et son grand-père, Lazaro Archer, le propriétaire de la résidence qu'ils occupaient à présent, avaient été acceptés dans le giron de l'Ordre. Il expliqua comment il avait rencontré un petit diable blond buté de huit ans qui avait refusé de le laisser ruminer sur tout ce qu'il avait perdu, l'avait empêché de laisser tomber et l'avait forcé à l'accepter comme amie. Il leur exposa comment ce même petit diable était devenu une femme fabuleuse et une guerrière hors pair, comment lui et Mira s'étaient entraînés ensemble avec l'Ordre, pour finir par devenir membres de la même patrouille.

Et puis il leur dit comment, après qu'il s'était enfin avoué qu'il était tombé amoureux d'elle, après qu'ils avaient finalement cédé au désir qu'ils avaient l'un de l'autre, son monde s'était écroulé en un instant lorsqu'il avait aperçu son avenir dans ses yeux extraordinaires.

Il leur parla de l'explosion de l'entrepôt qui aurait dû le tuer mais ne l'avait pas fait et leur expliqua comment il s'était montré lâche en empruntant ce qui lui avait paru la meilleure porte de sortie, s'enfuir aussi loin et aussi vite que possible de l'effrayante vision, et en laissant Mira et tous ceux qu'il aimait à l'époque croire qu'il était vraiment mort.

— Moi qui croyais avoir pris toutes les précautions possibles pour que nos chemins ne se croisent plus jamais. (Il jura à voix basse.) Et puis vous avez appelé pour dire que l'enlèvement d'Ackmeyer ne s'était pas passé de la façon que nous avions prévue. Quand j'ai entendu que vous vous étiez emparés d'un membre de l'Ordre... d'une guerrière... C'est alors que j'aurais dû tout vous dire. Je crois que je me faisais encore des idées en pensant que je pourrais échapper à tout ça, que je pourrais échapper à l'inévitable.

— Si j'entends bien, tu es en train de laisser tomber, patron. (Doc le regardait comme il l'aurait fait d'une blessure mortelle sur le terrain.) J'ai bien l'impression que tu nous as amenés ici pour nous dire au revoir.

— Il fallait que je fasse tout mon possible pour m'assurer que vous trois auriez une chance de vous en sortir sans dégâts, répondit Kellan, qui n'était pas encore prêt à parler d'adieux. Je veux que vous pensiez à ce que vous allez faire de vos vies une fois que tout ça sera terminé.

— Et toi et Mira ? demanda doucement Candice.

Il secoua la tête lentement en réfléchissant.

— J'ai besoin de la savoir en sûreté elle aussi. Sa place est au sein de l'Ordre ; c'est là sa famille. Ils prendront soin d'elle. Ils l'aideront à traverser cette épreuve.

Candice l'observait, le regard de ses yeux noisette bien trop conscient.

— Et toi, Kellan ? Où te retrouves-tu dans tout ça ?

Il eut un grognement ironique plein de résignation.

— Exactement où j'ai commencé.

Au moins aurait-il su se montrer honnête à cet instant, avec ces gens. Au moins aurait-il eu quelques jours lumineux et quelques précieuses nuits avec Mira, un cadeau pour lequel il était prêt à payer n'importe quel prix.

Il possédait son amour.

Et son cœur lui appartiendrait pour toujours.

— Je crois qu'elle a fini par se réveiller, intervint Nina, quelques secondes après que Kellan eut entendu un mouvement suivi d'un choc provenant de la chambre un peu plus loin dans le couloir.

Il se précipitait déjà dans cette direction, mis en mouvement par une flambée de douleur soudaine qui lui avait été transmise par le lien de sang. Il fut sur place en quelques enjambées et, ouvrant la porte, trouva le lit vide, les couvertures écartées.

— Mira ?

Il la vit une seconde plus tard, assise par terre au pied du lit. Elle avait les mains serrées autour de son tibia. Dès qu'il avait ouvert la porte, Kellan avait senti ses narines frémir sous le coup porté à son odorat par son sang au parfum de lys.

— Seigneur ! Que s'est-il passé ?

— R… rien, balbutia-t-elle. (Il vit alors que sa jambe saignait.) Je devais être encore à moitié endormie lorsque je suis sortie du lit. Je me suis cogné le tibia dans le montant.

— Je vais te chercher quelque chose pour ça. (Il fonça dans la salle de bains mouiller à l'eau froide un gant de toilette qu'il lui rapporta.) Tiens, sers-toi de ça.

Les doigts tremblants, elle prit la compresse de fortune et la posa sur sa blessure. Ce n'était rien de sérieux, mais le fait qu'elle ait trébuché, alors qu'il n'avait jamais vu de femelle plus sûre sur ses jambes, lui noua l'estomac.

— Comment te sens-tu ?

— Bien, répondit-elle rapidement.

Trop rapidement, et le lien de sang lui racontait une tout autre histoire. Il sentait la peur et le trouble sous la brûlure de la blessure et le battement toujours présent de son mal de crâne.

— Ne t'inquiète pas pour moi, Kellan. C'est juste une égratignure.

Il observa son visage, ses yeux, qui semblaient voir au-delà de lui malgré ses efforts pour croiser son regard. Oh, mon Dieu ! Il repoussa la pensée qui s'insinuait dans son esprit. Il ne voulait même pas considérer l'affreuse possibilité.

— Mira…

Il leva la main jusqu'à son visage, tout près de ses yeux.

Son regard se déporta légèrement mais ne vint pas se poser sur lui comme il priait pour qu'il le fasse. Sa voix semblait si ténue, si terriblement effrayée.

— Qu'est-ce… qu'est-ce que tu fais, Kellan ?

Elle ne le savait pas. Il comprenait ça sans le moindre doute à présent.

Il fallait qu'il sache, qu'il contemple la vérité par lui-même.

— Ne bouge pas, dit-il avec douceur. Je ne vais pas te faire mal.

Avec précaution, il lui enleva une de ses lentilles de contact.

— Kellan, non… (Elle prit une brève inspiration et tenta de détourner le visage, mais il lui prit doucement le menton et lui enleva la seconde lentille.) Kellan… Je ne voulais pas que tu saches. Je me suis dit que si je me reposais un moment, ça irait peut-être mieux.

— Oh, ma puce ! (Il avait du mal à parler. Les mots avaient un goût de cendres sur sa langue.) Oh, Seigneur, bébé… Non !

Derrière les lentilles, ses iris n'étaient plus des miroirs clairs.

Ils étaient blancs et opaques comme du lait.

Et ses pupilles regardaient droit devant, minuscules têtes d'épingle au centre de ses yeux aveugles.

Chapitre 20

Nathan avait déjà Aric Chase au téléphone lorsque Xander Raphaël et lui quittèrent *La Notte*.

—As-tu la moindre idée d'où est ta sœur ce soir ?

—Carys ? Ouais, elle est chez Jordana Gates, qui a un appartement dans Back Bay.

Nathan jeta un coup d'œil à Xander, qui lui fit un petit signe d'assentiment.

—Je connais l'endroit. C'est sur Commonwealth, à un pâté de maisons du jardin botanique.

—Qu'est-ce qu'elle a encore fait ? demanda Aric, avant d'ajouter sur un ton moins vif: elle n'est pas en danger, n'est-ce pas ?

—Ça reste à voir, répondit Nathan, conscient que ce n'était pas la chose la plus rassurante à dire au frère jumeau de la jeune femelle. (Après tout, il manquait de pratique en matière de diplomatie.) Je te tiendrai au courant dès que je lui aurai parlé.

Il coupa la communication sans rien dire de plus et remit son Smartphone dans la poche de son treillis noir. Puis lui et Xander tournèrent le coin et filèrent vers Back Bay. Prendre leur véhicule ne présentait aucun intérêt dans la mesure où leurs gènes de vampires leur permettraient de traverser la ville en un rien de temps à pied. Et si Rune se permettait une relation illicite avec Carys Chase, Nathan voulait en être absolument sûr avant d'étriper ce salopard de lutteur à mains nues.

Il ne leur fallut que quelques minutes pour rejoindre l'immeuble victorien qui se dressait à l'adresse qu'Aric leur avait indiquée. Franchissant en un quart de seconde le perron de marbre qui menait à la double porte de bois noir poli, ils se précipitèrent à l'intérieur du hall, leurs rangers sonnant à eux seuls comme une armée d'envahisseurs dans le calme luxueux de l'endroit.

Un homme d'âge mûr aux tempes grisonnantes vêtu de l'uniforme d'une entreprise de sécurité se leva de derrière un long bureau de réception en acajou alors que la paire de guerriers vampires traversait le hall. Alors que le garde corpulent commençait à protester, Nathan le fit taire avec un regard noir et un aperçu de ses crocs. L'homme reposa sagement son cul sur sa chaise et s'empressa de contempler ses ongles.

Nathan lança une commande mentale à l'ascenseur et celui-ci se mit à descendre vers le rez-de-chaussée.

— Reste là en bas, dit-il à Xander alors que les portes s'ouvraient. Si tu vois Carys ou Rune essayer de s'échapper pendant que je suis en haut, tu les contiens ici et tu m'appelles.

Le jeune guerrier hocha sa tête blonde, le regard déterminé, tandis que Nathan montait dans l'ascenseur et actionnait d'un ordre psychique la serrure qui défendait l'accès à l'appartement-terrasse.

Quelques secondes plus tard, les portes de l'ascenseur s'ouvrirent et il se retrouva devant une grille de fer forgé noire verrouillée. De l'autre côté de cette élégante barrière se trouvait l'intérieur somptueux de l'appartement de Jordana Gates : plafonds de quatre mètres de haut, sol de marbre blanc étincelant, éclairage tamisé baignant d'une lueur chaude des murs peints de nuances de crème, de blanc et de bleu pâle.

Alors qu'il se tenait là, derrière la grille, il entendit une voix féminine haut perchée qu'il devina être celle de l'amie de Carys avant de la voir.

— Seamus, ne me dites pas que j'ai encore laissé mon parapluie dans le hall.

Une grande blonde élancée qui avait quelque chose d'éthéré tourna le coin d'un pilier de marbre massif pour pénétrer dans le vestibule. Vêtue d'une jupe ajustée ivoire qui lui descendait au genou et d'un corsage de soie gris étain qui, comme le nota Nathan avec un intérêt qu'il aurait bien voulu ne pas éprouver, était déboutonné pour laisser apercevoir le creux de ses seins, elle s'arrêta net sur ses fines sandales à talons hauts. Une cascade de cheveux épais blond platine dévalait le long de son dos jusqu'à l'arrière de ses cuisses. Elle était… éblouissante.

— Oh, dit-elle, s'apercevant à présent qu'elle ne s'adressait pas au garde de l'immeuble.

De grands yeux expressifs, au bleu électrique à l'intensité presque irréelle, croisèrent son regard sévère de l'autre côté du décor de lianes noires de la grille.

— Carys Chase, annonça Nathan d'une voix ferme.

— Pardon ? (Elle fronça les sourcils et déglutit.) Non, je suis Jor…

— Je sais qui vous êtes. Je suis ici pour Carys Chase. Je veux parler à cette femelle maintenant.

L'inquiétude se lut sur les traits remarquables de Jordana Gates.

— Y a-t-il… quelque chose qui ne va pas ? Pourquoi pensez-vous qu'elle…

Faisant appel au pouvoir de son esprit, Nathan déverrouilla la barrière de fer forgé.

— Je sais qu'elle est là.

Jordana fit un pas en arrière tandis qu'il pénétrait dans le vestibule sans y être invité. Elle jeta un regard anxieux par-dessus son épaule, élevant la voix à un niveau qui lui permettrait sans aucun doute d'être entendue jusqu'au fin fond de l'immense appartement.

— Elle n'est pas là et je n'apprécie guère que l'Ordre se pointe chez moi sans s'être annoncé.

Nathan esquissa un sourire à l'idée que cette mondaine de Havrobscur puisse imaginer l'empêcher de réaliser son objectif. Il avança encore d'un pas, mais cette fois, au lieu de reculer, la Compagne de sang se mit en travers de son chemin.

— Non, dit-elle, se plantant fermement devant lui. Non. Vous ne pouvez pas vous permettre de parcourir ma résidence privée comme si vous étiez chez vous.

Il inclina la tête, perplexe et un peu ennuyé devant son absence de crainte et sa résistance.

— Carys Chase ! rugit-il d'une voix qui résonna dans le plafond en coupole du vestibule.

Jordana s'approcha de lui.

— Je vous ai dit que vous n'étiez pas le bienvenu ici. Je veux que vous partiez sur-le-champ. Je ne plaisante pas.

L'agacement de Nathan se transforma en incrédulité quand elle vint se coller juste devant lui, pas intimidée pour un sou.

— Je ne vous laisserai pas faire un pas de plus chez moi, guerrier.

Nathan ne put retenir un gloussement.

— Femelle, à moins que vous n'ayez une armée de gardes du corps installée dans votre salon, comment donc pensez-vous m'en empêcher ?

Il entama un nouveau pas en avant, et elle aussi. Mais au lieu de le repousser ou d'appeler à l'aide, Jordana Gates fit quelque chose de beaucoup plus surprenant.

Elle l'embrassa.

Sans le moindre signe avant-coureur, elle avait collé ses lèvres aux siennes, l'avait agrippé aux épaules et avait écrasé sa poitrine contre son torse.

Un long moment, Nathan resta pétrifié, complètement ahuri. La chaleur de sa bouche, la douceur de son corps, la façon dont ses lèvres se fondaient avec les siennes... tout ça se combina pour provoquer en lui un déferlement de sensations qu'il était mal équipé pour gérer, même dans les meilleures circonstances qui soient. Le combat à mains nues et les exécutions furtives ne lui posaient aucun problème, mais cette situation allait bien au-delà de ses aptitudes et de sa formation.

Il n'était pas vierge, loin de là. Mais les rencontres personnelles qu'il privilégiait n'impliquaient aucun geste de tendresse et aucun baiser.

À cet instant, Jordana Gates ne l'aurait pas plus choqué si elle avait sorti son 9 mm du holster qu'il portait à la ceinture pour lui tirer une balle à bout portant dans la poitrine.

À tel point qu'il ne s'aperçut qu'ils n'étaient plus seuls dans la pièce que lorsqu'il entendit le bruit d'un mâle qui se raclait la gorge quelque part près d'eux.

Abruptement, Nathan se dégagea de l'étreinte de Jordana et mit une distance de sécurité entre eux. Les yeux bleus de la femelle étaient écarquillés, pupilles agrandies, et ils étaient passés au cours du baiser de l'azur d'un ciel antillais à un turquoise agité. Elle porta la main à sa bouche et recula vivement, se mettant en sûreté au côté de son amie dans le salon attenant au vestibule.

Carys Chase, toujours aussi belle et sophistiquée, se tenait là, la main dans celle de Rune, le dangereux lutteur basané.

— Tout va bien, Jordana ? murmura-t-elle avant de s'adresser à Nathan d'une voix dépourvue de toute douceur. Qu'est-ce que tu fais là ? Pourquoi, bon Dieu, viens-tu de t'en prendre à Jordana ? Dis-moi ce qui se passe !

L'autre Compagne de sang secoua sa chevelure blond platine sans dire un mot. Nathan lui-même eut du mal à retrouver sa voix. Il jeta un regard froid à Rune.

— C'est ce que je suis venu tirer au clair : que se passe-t-il, bordel ?

Rune soutint son regard sans ciller.

— Je rends visite à des amies à l'occasion d'une rare nuit de congé. J'imagine qu'il n'y a aucune loi contre ça.

— Ne te fais aucune illusion, toi et moi aurons l'occasion de reparler de ce que tu penses être en train de faire avec cette femelle, répondit Nathan. Et nous aussi nous en reparlerons, lança-t-il à Carys avec un regard dur. (Celle-ci releva le menton d'un air impertinent dépourvu de toute repentance.) Pour l'instant, je suis là pour parler de l'amie que tu as rencontrée la nuit dernière au club, ajouta-t-il en s'adressant de nouveau à Rune.

L'espace d'une fraction de seconde, le lutteur de la Lignée arbora une expression étrange, mais il la remplaça aussitôt par un masque d'indifférence.

— Je n'ai pas la moindre idée de ce que tu veux dire.

— Ce n'est pas ce que Cassian m'a dit il y a à peine quelques minutes lorsque j'étais là-bas, rétorqua Nathan. Il m'a dit que tu avais eu une visite d'une ordure de rebelle du nom de Bowman.

Rune gloussa, et autant que Nathan put en juger, il était sincère dans sa dénégation.

— Tu as été mal informé, mec. Je ne vais pas essayer de deviner à quel jeu Cass joue avec toi, mais je ne traîne pas avec les rebelles. Et je ne connais personne de ce nom.

— Vraiment ? Cassian m'a dit que Bowman était à *La Notte* la nuit dernière avec Mira. (L'expression de Rune sembla se durcir.) Cassian dit que tu as parlé avec eux pendant un bon moment dans ta loge.

— C'est un mensonge, intervint Carys, dont les cheveux brun caramel suivirent le mouvement quand elle secoua vivement la tête. Rune n'avait personne dans sa loge hier soir… à part moi.

Le juron de Nathan s'échappa d'entre ses lèvres serrées. La consternation qu'il éprouvait à cette nouvelle n'était que légèrement moindre que ce que serait celle des parents de Carys ou de son frère jumeau.

— À l'évidence, quelqu'un me ment en ce moment même, dit Nathan. Je vous préviens que je n'ai pas de temps pour ces conneries et je ne le répéterai pas.

Rune le considérait l'air scrutateur, presque suspicieux.

— Il semblerait que l'Ordre ait un problème à résoudre.

— As-tu oui ou non vu Bowman avec Mira hier soir ? demanda-t-il au lutteur. Si tu sais quoi que ce soit à propos de ce qu'elle fait avec lui, j'ai besoin de le savoir. Sa vie pourrait en dépendre.

Il remarqua que Carys serrait la main de Rune un peu plus fort, mais le visage de ce dernier resta de marbre.

— Désolé, je ne peux pas t'aider.

— Désolé, répéta Nathan sur un ton ironique. Je peux faire en sorte que tu sois désolé.

Peut-être était-ce ce dont avait besoin ce salopard ? Nathan fit un pas en avant et ne put s'empêcher de remarquer que Rune ne bougeait pas. Ce qui ne changea rien, parce que dans la seconde qui suivit, les deux femmes se précipitèrent entre les deux mâles de la Lignée.

— Arrêtez ça tout de suite ! cria Carys. (Elle se tourna vers Rune.) Arrêtez ça tous les deux !

Nathan ne parvenait pas à détacher le regard de Jordana mais cela ne l'empêcha pas de voir du coin de l'œil Rune caresser doucement la joue de Carys.

Nathan s'en voulait à l'avance de devoir probablement lui faire de la peine au cours des minutes suivantes, lorsque la discussion avec son improbable petit copain tournerait au pugilat.

Alors qu'il envisageait d'en arriver là, son Smartphone vibra dans sa poche. Il le sortit, vit que c'était Elijah, l'un de ses équipiers de Boston, qui l'appelait. Avant que Nathan ait pu lui demander son rapport, Elijah s'empressa de lui donner les nouvelles pour lesquelles Nathan aurait été prêt à tuer cette nuit-là.

— On a une piste pour Bowman.

— Où ? demanda vivement Nathan, l'impasse dans laquelle il se trouvait avec Rune soudain moins importante à la lumière de cette information capitale.

— Il s'agirait d'une possible base rebelle à New Bedford. Un petit trafiquant d'armes a vendu à Vince une dizaine de semi-automatiques l'hiver dernier. Il dit qu'il a traité uniquement avec Vince, qu'il n'a jamais vu ni Bowman ni qui que ce soit d'autre, mais le tuyau semble bon. Ce n'est pas énorme, mais c'est déjà quelque chose, n'est-ce pas ?

— Absolument, répondit Nathan. Où es-tu ? (Elijah débita rapidement les coordonnées de l'équipe en ville.) D'accord. Rafe et moi serons là dans moins de cinq minutes. Contacte l'ensemble de la patrouille et dis-leur qu'on est sur le coup. On file immédiatement sur New Bedford.

— Bien reçu, capitaine.

Nathan coupa la communication et lança un dernier regard au lutteur en remettant son Smartphone dans sa poche.

— S'il arrive quoi que ce soit à Mira parce que tu n'as pas voulu parler, je te le ferai regretter. Et ça vaut aussi s'il arrive quoi que ce soit à cette femelle.

— Je donnerais ma vie pour Carys, affirma Rune en plissant ses yeux noirs devant la menace.

Nathan ricana, conscient des antécédents douteux de ce mâle de la Lignée et de son mode de vie peu recommandable.

— Elle en vaut dix comme toi, et tu le sais.

— Ouais, acquiesça Rune avec un regard grave mais sans remords. Ça, je le sais, guerrier.

Sous les yeux de Jordana Gates, qui le regardait comme s'il était le diable en personne surgi au milieu de son vestibule, et ceux de Carys, qui serrait toujours dans la sienne la grande main couverte de cicatrices de Rune, Nathan tourna les talons et sortit de l'appartement.

Dans l'ascenseur qui le ramenait en bas pour retrouver Xander, Nathan dut faire appel à tout ce qu'il avait appris pour parvenir à contrôler ses sens et à se concentrer sur la tâche qui l'attendait.

Il sortit de l'ascenseur au rez-de-chaussée et fit signe de la main à son équipier. Il informa Xander des nouveaux développements de l'opération, puis les deux guerriers sortirent de l'immeuble, prêts à s'en prendre sans pitié à Bowman et à ses partisans rebelles.

Mais la bouche de Nathan brûlait toujours du baiser inattendu de Jordana Gates, qu'il lui était impossible d'oublier.

L'obscurité était complète, d'un noir d'encre.

Et le vide autour d'elle était froid, silencieux, tandis que Kellan s'écartait d'elle et de la cécité qui l'enveloppait. Elle ne savait pas ce qu'il voyait dans ses yeux désormais, sûre seulement que la laideur de son regard aveugle l'avait arraché à elle sur un juron violent.

— Kellan, je ne voulais pas que tu saches, murmura-t-elle, terrifiée par son recul. Je ne voulais pas que tu me voies comme ça…

— Tu ne peux vraiment rien voir ?

Il avait la voix plombée, parcourue d'une rage dont elle savait qu'elle aurait pu la lire sur son beau visage si ses yeux avaient été capables de le trouver dans le noir. Lorsqu'elle secoua lourdement la tête, il en eut le souffle coupé.

Même si Kellan n'avait pas bougé, elle entendit le verrou de la porte se fermer derrière elle comme un coup de canon. Elle sursauta, tous les autres sens en alerte maximale faute de vision.

Lorsqu'il reprit la parole, ce fut d'une voix blanche, en murmurant.

— Nous sommes maudits, Mira, pour avoir tout foutu en l'air.

— Kellan, je suis désolée…

— Non, pas toi, l'interrompit-il, et il posa ses mains sur les bras de Mira, les doigts tremblants mais avec tendresse, une tendresse douloureuse. Seigneur, ne t'excuse pas, pas auprès de moi. Je ne le mérite pas. Regarde ce que je t'ai fait.

Elle aurait tant voulu voir son visage. Elle avait besoin de savoir si l'émotion qu'elle entendait dans sa voix était de la tristesse pour elle ou la pitié qu'elle croyait y déceler. Elle déglutit, si effrayée à l'idée de le perdre, pas à cause du destin qui menaçait de le lui voler, mais parce qu'elle n'était plus entière à ses yeux. Elle était brisée et ne pouvait s'en prendre qu'à elle-même.

— Je ne peux pas te laisser vivre comme ça, murmura-t-il, lui brisant le cœur encore un peu plus. Il faut que je répare ça, si je le peux. Tu as besoin de sang, Mira. Le lien pourra peut-être réparer ça.

Combien de temps avait-elle attendu pour l'entendre dire qu'il était prêt à lui donner son sang ? Combien d'années passées à se représenter le couple lié par le sang qu'ils auraient pu former ? À présent elle ressentait cette offre comme une gifle. Elle lui faisait mal, la blessait si profondément qu'elle se laissa aller en arrière, anesthésiée par le coup.

— Je ne veux pas que tu te sentes désolé pour moi, parvint-elle à coasser. Je t'interdis de me faire la charité, Kellan.

— La charité, murmura-t-il d'une voix épaisse. Il leva une main pour lui caresser la joue. Dieu, non ! Ce que je ressens n'est pas de la pitié. C'est du regret. Et de la peur. Et de l'amour, Mira. Tant d'amour pour toi. (Il expira avec un son rauque.) Je n'avais jamais pensé que les choses pourraient se passer si mal pour nous. Il y a eu tellement d'occasions où j'aurais voulu te demander de me prendre comme compagnon. J'aurais dû le faire, mais j'étais terrifié à l'idée de la douleur que j'aurais à ressentir si jamais je te perdais.

— C'est toi qui es parti, lui rappela-t-elle. Moi, je suis restée. Je serais restée avec toi, même en sachant comment ça risquait de se terminer.

— Je sais, répondit-il sa voix profonde chargée de remords. Et je te devais ce choix, je m'en rends compte à présent. (Il ricana doucement.) Il y a beaucoup de choses que je vois plus clairement maintenant, alors qu'il est trop tard pour changer quoi que ce soit. Sauf peut-être ça, dit-il en passant doucement son pouce sur la paupière de Mira tout en continuant à caresser sa joue. Je peux peut-être réparer ça pour toi. Je te demande de me laisser cette chance, Mira.

C'étaient des mots tendres, des mots magnifiques. Elle pouvait ressentir son affection dans le léger tremblement de sa voix et dans la douceur de son toucher sur sa peau. Il l'aimait, elle n'avait plus aucun doute à présent.

Mais il ne se donnait pas à elle comme compagnon. Il lui donnait la possibilité de guérir grâce au lien de sang. Il voulait la savoir entière de nouveau, mais lui ferait-il ce don si elle était en train de le regarder dans les yeux à cet instant, le voyant comme l'homme qu'elle aimait, le mâle que son cœur avait choisi, avec ou sans lien de sang pour sceller cette union ?

Son propre sang avait dû la trahir auprès de lui, parce qu'à peine avait-elle eu ces pensées que la main de Kellan glissa jusqu'à son menton pour lever son regard aveugle vers lui.

— Lorsque je m'imaginais partageant cette part de moi avec toi, Mira, c'était en un acte sacré. Quelque chose qui aurait été fait avec passion, avec plaisir, avec la promesse d'une éternité devant nous. Jamais comme ça, affirma-t-il, la voix rauque mais douce. Ça n'a jamais été supposé se faire alors que tu souffrirais et que tu aurais peur, tandis que je serais perdu, désespéré, sûr de te perdre au bout du compte et aussi peu digne de ce lien qu'en ce moment.

— Je ne veux personne d'autre, Kellan. Je n'ai jamais voulu personne d'autre.

Elle tendit la main vers lui mais ne parvint à toucher que l'air et l'obscurité et laissa échapper un petit cri de frustration.

Kellan lui prit alors la main fermement.

— Là, dit-il en posant un baiser au creux de sa paume. Je te tiens, ma puce.

— Oui, tu me tiens, répondit-elle, sentant son amour pour lui gonfler en elle jusqu'à avoir l'impression que son cœur allait éclater. Tu ne me lâcheras pas, n'est-ce pas, Kellan ? C'est ce que tu m'as promis. Tu ne me lâcheras pas.

Il proféra un juron comme s'il murmurait un serment. Puis il posa ses lèvres sur celles de Mira pour un baiser de possession d'une douceur terrible. Quand il s'écarta d'elle quelques instants plus tard, elle sentit qu'il bougeait son bras. Elle entendit un doux bruit humide et senti l'odeur chargée d'épices de son sang.

— Ouvre la bouche pour moi, bébé, murmura-t-il en plaçant son poignet contre ses lèvres entrouvertes.

Mira le prit en elle, la première gorgée de son sang comme une flamme sur sa langue. Elle avala, puis tira une nouvelle gorgée, puis une autre…

Elle n'avait jamais été préparée à ça.

Comment aurait-elle pu être préparée à connaître le rugissement de chaleur et de puissance que représentait ce lien avec Kellan ?

Mira le but en gorgées fiévreuses et gourmandes. Lorsque le lien de sang fut complet, elle ne put que s'accrocher à lui et s'abandonner à la vague de lumière, de force et de quelque chose d'encore plus intense, quelque chose qui défiait toute description, se déversant dans chacun de ses muscles, chacun de ses os, chacune de ses cellules.

Il était sien.

À présent Kellan lui appartenait complètement et si le sort voulait le lui arracher, Mira comptait bien affronter ce salopard avec l'énergie du désespoir.

Chapitre 21

Vide!

Aucun signe de Mira, de Bowman ni de qui que ce soit d'autre au vieux fort militaire situé au bout de New Bedford. Le bunker et sa série de batteries souterraines, installés sur un promontoire à l'abandon bordé sur trois côtés par l'Atlantique, semblaient avoir été abandonnés très récemment. Ils avaient raté ces salopards de rebelles.

Ce n'était pas le genre d'information que Nathan aurait voulu avoir à rapporter à Lucan. Ç'avait déjà été assez difficile avec Nikolaï quelques instants auparavant. Il avait mal pris la chose, éclatant de rage meurtrière. Le père de Mira, qui se trouvait à Boston avec une petite équipe de ses frères d'armes de l'Ordre, s'était juré de ramener Mira saine et sauve avec eux avant l'aube. Mais à présent ce projet semblait de moins en moins réalisable.

L'équipe de Nathan, aidée des trois équipiers de Mira, venait juste de terminer une fouille complète de la base rebelle sans rien trouver. Il n'y avait là que des meubles abandonnés. Tables, chaises, lits et lits de camp n'avaient clairement pas bougé depuis que les occupants de la base s'en étaient servis pour la dernière fois. Mais Mira était bien passée par là. Nathan percevait presque sa présence dans ses os.

— Et merde ! explosa-t-il, incapable de se contenir.

La réaction de ses compagnons ne lui échappa pas. Les regards graves de ses équipiers et de ceux de Mira se portèrent sur lui à travers l'obscurité tandis que les guerriers se regroupaient sur la prairie envahie de mauvaises herbes devant le bunker. Nikolaï et son escadron étaient en train de les rejoindre pour voir les lieux par eux-mêmes et envisager la suite de la patrouille de nuit avec Nathan et les autres.

— Ils sont partis vite, à l'évidence, fit remarquer Balthazar, sans son humour habituel. Comme des rats quittant un navire en train de couler.

Xander Raphaël hocha la tête, l'air grave.

— Peut-être quelqu'un les a-t-il avertis de notre arrivée.

— Si on les a prévenus que nous étions à leurs trousses, intervint Elijah, cela voudrait dire qu'ils ont filé d'ici moins de cinq minutes après que nous avons eu le tuyau.

— Ils ne sont pas partis dans l'urgence, affirma Torin. (Il renversa la tête en arrière, les longues tresses qu'il portait au niveau des tempes se balançant dans le vide tandis qu'il lisait l'énergie dans l'air.) Ils ont eu le temps de ramasser tout ce dont ils avaient besoin. Lorsqu'ils sont partis et, autant que je peux en juger ils ont dû le faire en fin de matinée, ç'a été parce qu'ils en avaient décidé ainsi.

Jax faisait circuler entre ses doigts souples un de ses *hira shuriken*, dont le métal étincelait au clair de lune.

— On se fiche pas mal du « pourquoi » ou du « quand » ils sont partis. La seule chose qui compte c'est le « où ».

— Ce qui nous ramène à notre point de départ, dit Webb, le guerrier que Lucan avait désigné pour diriger l'escadron de Mira après l'incident avec Coq à peine une semaine auparavant.

À lire son expression, c'était une charge qu'il avait acceptée par devoir, et pas par ambition personnelle.

— J'ai du mal à croire qu'à l'heure où nous parlons elle ne soit pas venue à bout de ces rebelles toute seule et ne nous ait pas rejoints comme si ça n'avait été qu'une partie de plaisir. Merde, quand on connaît la façon de se battre de Mira ! (Webb secoua la tête, le regard contemplatif.) Putain de Walkyrie, mec ! Peu importe qu'elle n'appartienne pas à la Lignée ; il faudrait une armée d'humains pour en venir à bout. Et je fais partie de ceux qui refusent de croire qu'elle ne soit pas toujours vivante quelque part.

Nathan se faisait la même réflexion, et ce n'était pas la première fois. Qu'avaient-ils bien pu faire à Mira pour la garder prisonnière tant de temps ? Avait-elle essayé de se battre ? Et qu'en était-il de Bowman ? Comment avait-il pu l'amener le soir précédent à *La Notte*, un endroit public, sans qu'elle trouve un moyen de s'échapper ?

Un scénario dérangeant était en train de se former dans l'esprit de Nathan.

Il n'aimait pas ça du tout. Il ne voulait pas croire que Mira puisse s'être involontairement laissé impliquer dans les activités des rebelles, pire… qu'elle se soit laissé charmer par Bowman.

Cette dernière idée était presque ridicule tellement elle était incompréhensible. Il n'y avait jamais eu qu'un homme pour Mira et il était mort depuis huit ans. Quelques jours passés en compagnie de rebelles humains, un groupe d'individus qu'elle méprisait ouvertement, n'auraient pas pu la détourner soudainement de l'Ordre et des siens.

Et pourtant…

C'était cette dernière possibilité, aussi dérangeante et aussi peu logique qu'elle ait été, que Nathan avait le plus de mal à ignorer.

Il y avait là quelque chose qu'il n'avait pas vu, quelque chose dont le sens lui échappait, quelque chose sur quoi il était passé rapidement et qu'il avait rejeté comme sans importance à cause de l'urgence de la fouille du bunker.

— Un problème, capitaine ?

D'un signe de main, il rejeta la question sans même voir qui l'avait posée. Il filait déjà vers le bunker pour replonger dans la pénombre humide de la cachette rebelle.

Il revérifia chaque pièce et chaque couloir, plus lentement cette fois, détaillant chaque élément du mobilier rustique, tables, chaises, etc., et chaque recoin de l'endroit. Et il ne trouva rien jusqu'au moment où il pénétra dans la dernière pièce, celle qui était située à l'extrémité du couloir de béton.

Quelque chose crissa sous sa botte de combat. C'était un petit morceau de verre brisé.

Il s'arrêta et souleva le pied pour récupérer la longue écharde argentée. Tenant le petit éclat de miroir entre son pouce et son index, il leva le regard et parcourut chaque centimètre carré de la pièce obscure, sa vision de vampire tout aussi précise dans l'obscurité qu'en plein jour.

Il inclina soudain la tête, le regard accroché par un objet qui se trouvait au centre du lit aux draps en vrac. Il fut tenté de ne pas en tenir compte. Après tout ce n'était qu'un miroir cassé, jeté en hâte sur un lit défait alors que les rebelles se dépêchaient d'évacuer les lieux.

Et pourtant ils étaient partis sans précipitation.

Nathan s'en était douté un peu plus tôt, lorsqu'il était devenu évident qu'ils avaient eu le temps de prendre des armes et de l'équipement, des vêtements et des vivres. Puis Torin l'avait confirmé en lisant l'énergie qui subsistait à cet endroit dans le sillage de l'évacuation.

Bowman et ses rebelles étaient partis avec Mira quand ils l'avaient décidé et pas sous l'effet de la panique. Ils avaient eu le temps de balayer tous les débris qui jonchaient le sol, à l'exception de l'écharde sur laquelle avait marché Kellan, et pourtant ils n'avaient pas pris la peine de retirer le miroir brisé en même temps.

À présent l'instinct de Chasseur de Nathan se réveillait.

Il venait de comprendre que l'objet avait été laissé sur place volontairement et non pas jeté là par hasard.

Il alla jusqu'au lit et prit le miroir, dont il contempla le dos d'argent poli incrusté, reconnaissant immédiatement le motif de l'arc et de la flèche, même s'il ne l'avait pas vu depuis longtemps, pas depuis le quasi-anéantissement de la famille dont il constituait l'emblème.

— Archer, murmura Nathan pour lui-même, avant de lâcher un juron, mi-incrédule, mi-indigné. Bowman : ça signifie « archer » en anglais !

Comment était-ce possible ?

Il ne connaissait qu'une seule personne susceptible de détenir ce souvenir, une seule personne capable de déjouer les radars de l'Ordre tout en restant juste sous son nez.

Mais cette personne était morte.

Nathan avait personnellement assisté à l'explosion dans laquelle le guerrier qui était pour lui comme un frère avait péri. Il avait vu les flammes s'élever dans le ciel nocturne quelques secondes après que Kellan Archer était entré dans l'entrepôt, juste avant que Nathan et Mira ne s'apprêtent à le suivre à l'intérieur et à mourir à ses côtés.

Mais ce que Nathan n'avait pas vu, il s'en rendait compte à présent, ce que personne n'avait jamais cherché à trouver dans les cendres et les débris qu'avait laissés l'explosion, c'étaient les restes de Kellan.

Le fils de pute !

Nathan serra plus fort le manche du miroir délicat portant le blason de la famille Archer. Il n'aimait pas du tout le trouble qui le prenait à présent, alors qu'il essayait de trouver une explication logique à un problème dérangeant qui se posait à lui pour la première fois. Kellan Archer pouvait-il être en vie ? Avait-il pu tromper tout ce temps tous ceux qu'il avait connus, vivant à Boston comme une espèce de fantôme ? Et si oui, comment avait-il fini dans cet endroit, avec un nouveau nom et une bande de rebelles humains sous ses ordres ?

La trahison ne faisait pas partie des choses que la logique meurtrière de Nathan lui avait appris à combattre. Il ne s'était jamais soucié suffisamment de quelque chose pour ressentir la moindre injustice une fois qu'elle avait disparu, mais à présent cette émotion inconnue s'installait dans ses tripes, qu'elle brûlait de son acidité.

Et qu'en était-il de Mira ?

Il avait beau vouloir nier l'éventuelle tromperie de Kellan, la perspective que Mira ait pu être ajoutée à cette équation calmait cette acidité en réveillant l'assassin qu'il avait en lui, calculateur, prêt à se débarrasser de tout lien émotionnel dans l'exécution de sa mission.

Nathan contempla le miroir cassé qu'il serrait dans son poing. Kellan ou Mira l'avait laissé là en sachant, en espérant peut-être, qu'il serait découvert par quelqu'un qui le reconnaîtrait. Quelqu'un qui appartiendrait à l'Ordre. Peut-être Nathan lui-même.

S'il s'agissait de Mira, peut-être était-ce un appel à l'aide, une sorte d'indice pour aider à son sauvetage ? Sauf que Nathan connaissait la guerrière Compagne de sang trop bien pour croire ça. Son amour pour Kellan Archer avait supporté huit ans d'absence. Si elle s'était retrouvée réunie avec lui après tout ce temps passé à le pleurer il ne serait pas question de le lui arracher de nouveau.

Quant à Kellan, Nathan le connaissait trop bien également… ou en tout cas il le pensait. Toujours était-il que Nathan était certain que la personne qui avait laissé le miroir là entendait bien qu'on le trouve et qu'il ne s'agissait pas d'une moquerie téméraire visant à exciter la colère de l'Ordre.

Non, Nathan le comprenait bien à présent, on l'avait laissé là comme une invitation, un indice destiné à mener la bonne personne directement à l'endroit où elle pourrait trouver Kellan.

C'était un gage de reddition.

Ce ne fut pas vraiment un bruit qui réveilla Kellan mais comme une attente. Il la sentait dans l'air autour de lui, dans le clair de lune sur la forêt épaisse au-delà de la porte-fenêtre de la chambre du Havrobscur. Une attente silencieuse, furtive, mortelle.

Ils avaient été découverts si vite ?

Mais il n'était pas surpris. Non, il était prêt à cet instant depuis le moment où ils avaient quitté la base de New Bedford. Depuis plus longtemps même, depuis le moment où il avait trouvé Mira en train de contempler sans lentilles son propre reflet et où il avait compris terrifié ce que repousser l'inévitable lui coûtait, combien ça lui avait déjà coûté.

Il voulait que tout ça cesse à présent. Pour elle.

Pourvu qu'il ne soit pas déjà trop tard.

S'arrachant délicatement aux bras de Mira, qui dormait nue près de lui, Kellan se glissa hors du lit. Il enfila son jean et rejoignit pieds nus la porte-fenêtre. Puis il ouvrit sans faire de bruit et sortit dans la nuit d'été fraîche parfumée par l'odeur des pins.

Une ombre se détacha de l'obscurité des arbres.

Nathan. Vêtu d'un treillis noir et équipé d'une ceinture garnie de lames et d'armes de poing, l'ancien assassin aurait déjà pu tuer Kellan d'une dizaine de façons différentes. Mais il ne fit absolument pas mine d'attaquer tandis qu'il quittait la couverture des arbres pour approcher de Kellan et contempler son visage pour la première fois depuis huit ans.

Kellan lança un regard rapide dans la direction de la forêt environnante.

— Je suis venu seul.

La voix profonde de Nathan était posée, à peine un murmure dans le calme qui les entourait, et elle était sans la moindre émotion, indéchiffrable comme l'étaient ses yeux, qui ne cillaient pas.

— Personne ne sait où je suis. J'imagine que c'est ce que tu voulais.

Kellan hocha vaguement la tête.

— Ce que j'espérais, oui.

— Elle est là avec toi ?

— Oui.

— Elle était en sûreté tout ce temps ?

Kellan pouvait difficilement confirmer ce dernier point, surtout à présent, alors qu'il n'était pas sûr qu'elle retrouve jamais toutes ses facultés. Il lui avait fait boire de son sang plus d'une heure auparavant dans l'espoir que compléter leur lien permettrait de lui rendre la vision. Elle s'était endormie dans ses bras, confiante dans une amélioration, mais il avait semblé à Nathan qu'il s'agissait encore d'une promesse qu'il serait incapable de tenir.

— Mira est à l'intérieur, dit-il à Nathan, incapable de mentir à son vieil ami mais pas encore tout à fait prêt à accepter l'idée que Mira ne puisse être guérie. Elle dort, comme dorment les trois membres restants de mon équipe, qui m'ont aidé à l'amener jusqu'ici.

Nathan grogna.

— Et toi. Pas mort finalement.

— J'aurais dû mourir, répondit Kellan. Quelqu'un m'a aidé après l'explosion cette nuit-là, a pris soin de moi jusqu'à ce que je guérisse. Je n'ai jamais eu l'intention de disparaître comme je l'ai fait…

Nathan l'interrompit, d'une voix froide, sèche et efficace.

— Inutile d'expliquer. Au moins en ce qui me concerne. Je ne suis pas là pour te juger, mais juste pour récupérer un traître.

Kellan redressa le menton, encaissant comme un smash.

— J'imagine que, vu que nous sommes amis, j'ai bien mérité cette réponse.

— Mon ami est mort il y a huit ans de ça. Je ne connais pas Bowman.

— Et pourtant tu es venu seul après avoir trouvé l'indice qui permettrait mon arrestation.

Nathan esquissa un pas en avant, le visage grave.

— Disons que c'est une gentillesse à la mémoire de mon ami mort. Et à l'intention de la femelle qui n'a jamais cessé de l'aimer, une femelle qui mérite mieux que ça, dont le cœur sera sans aucun doute de nouveau brisé très bientôt.

— C'est à cause de Mira que je t'ai attiré ici. D'elle et de mes amis. J'avais besoin de savoir qu'ils seraient tous en sûreté lorsque ce moment viendrait. Faire en sorte que ça se passe ici, comme ça, était la seule façon que j'avais de m'en assurer.

Sous ses sourcils d'ébène, Nathan plissa légèrement les yeux.

— Comment peux-tu être si sûr de ça ?

— Parce que tu es venu seul, répondit Kellan. Et parce que, en dépit de ta formation, je sais que tu ne tues pas les innocents. C'est moi que toi et l'Ordre voulez. J'ai l'intention de me laisser emmener sans résistance. Tout ce que je demande, c'est que mes équipiers puissent partir libres et que Mira rentre à la maison sauve, sans qu'on lui reproche ce qui est arrivé à Jeremy Ackmeyer ou le temps qu'elle a passé avec moi.

Le regard froid de Nathan s'était fait encore plus perçant.

— Elle ne sait pas que tu te rends. (Ce n'était pas une question, c'était juste l'énoncé précis d'un fait.) Mais pourquoi lui ferais-tu ça ?

— Je lui ai fait assez de mal comme ça. Je veux que tout ça se termine.

Nathan fronça les sourcils.

— Tu l'aimes, c'est évident, même pour moi. Et je sais qu'elle t'aime. Pourquoi ne pas vous enfuir ensemble quelque part ? Après tout, tu as vécu un mensonge pendant toutes ces années. Pourquoi te précipiter sur la lance à présent ?

Conscient de l'ironie de la situation, Kellan se laissa aller à un soupir.

— Parce que je n'ai pas d'autre choix, putain !

Nathan inclina la tête, considérant Kellan d'un air scrutateur.

— Qu'est-ce que c'est ? Une prise de conscience de la vingt-troisième heure ? C'est trop tard pour ça. S'il s'agit d'une résurrection soudaine de ton honneur après une si longue absence, je t'assure que ça ne sert à rien. Les choses sont allées trop loin. Tout est public à présent. Il n'y aura aucune clémence pour toi, pour Bowman, c'est impossible.

Kellan hocha la tête.

— Je sais. Ça ne peut se terminer que d'une seule façon pour moi. Je l'ai vu moi-même.

— Tu l'as vu ?

Une froide étincelle de suspicion parcourut le regard fixe de Nathan. Sa voix, qu'il s'était efforcé de garder neutre et basse, augmenta d'un ton.

— Tu veux dire que Mira t'a montré quelque chose. Une vision ? (Il lâcha un juron violent.) Tu as utilisé son don, sachant ce que ça lui coûte ?

— Seigneur, non ! Je ne ferais jamais une chose pareille, répondit Kellan. En tout cas pas intentionnellement...

— Va te faire foutre avec tes intentions, grogna Nathan. (Il s'avança, dangereusement indigné.) Est-ce que tu l'as utilisée ? Est-ce que tu as utilisé son aptitude pour ton propre gain égoïste ?

— Kellan... ?

Ah, bon Dieu !

C'était la voix inquiète de Mira qui provenait de derrière lui dans l'obscurité de la chambre. Il n'était pas prêt à ce qu'elle intervienne dans sa conversation avec Nathan pour l'instant. Il n'était pas prêt à ce qu'elle apprenne qu'il avait fait venir Nathan jusqu'à eux pour pouvoir se rendre sans effusion de sang. Tout allait trop vite, comme une boule de neige prenant de la vitesse en dévalant la pente d'une montagne.

— Tout va bien, la rassura-t-il par-dessus son épaule en l'entendant se lever. Mira, reste où tu es. J'arrive dans un instant et nous pourrons parler.

Elle continua à bouger, et on entendit un froissement de tissu tandis qu'elle tirait un drap du lit pour s'envelopper dedans. Pieds nus, elle s'avança prudemment sur le parquet à grandes lattes vers la porte-fenêtre ouverte.

— Avec qui parles-tu là-dehors ? Kellan, qu'est-ce qui se passe ?

Puis elle trébucha. En entendant le bruit de son faux pas, Kellan sentit son cœur s'arrêter.

Il se retourna et fut à son côté pour la retenir avant qu'elle tombe. Son petit cri de détresse le transperça comme l'aurait fait une flèche.

— Tout doux, la calma-t-il. Je te tiens, Mira. Tout va bien maintenant.

Un sourd grondement s'éleva dans son dos et il sentit sa nuque frissonner sous l'avertissement.

— Bon Dieu ! C'est encore pire que ce que j'avais imaginé.

— Nathan ? demanda Mira, cherchant à le distinguer dans l'obscurité de ses yeux pâles et laiteux. Kellan… Qu'est-ce que Nathan fait là ? Dis-moi ce qui se passe ! Kellan… ?

— Espèce d'infâme salaud ! (La voix du Chasseur n'était que menace, une menace destinée exclusivement à Kellan.) Tu l'as carrément aveuglée !

Chapitre 22

— Nathan, non !

Même si Mira ne voyait pas le guerrier de la Lignée bouger, elle perçut l'impact de son corps lorsqu'il se précipita sur Kellan. Et elle sentit dans ses veines l'écho de chacun des coups de poing qui pleuvaient sur la tête et le torse de Kellan.

Mais la douleur physique qu'elle ressentait à travers son lien de sang n'était rien comparée à la souffrance de savoir que les deux hommes qu'elle aimait le plus au monde, ses deux meilleurs amis, qui à une époque avaient été proches comme des frères, étaient à cet instant-là engagés en un combat brutal à cause d'elle.

Mais « combat » n'était pas le terme qui convenait à ce qui se déroulait devant elle. Même si sa vision n'était rien d'autre qu'obscurité et ombre, elle pouvait dire que Kellan n'essayait même pas de rendre ses coups à Nathan. Il repoussait les poings de ce dernier, esquivait quand il y parvenait, mais ne frappait pas lui-même. Il ne voulait pas se battre avec son ami. Kellan avait trop d'honneur pour ça, malgré tout ce que Nathan devait penser de lui à ce moment-là.

— Nathan, arrête !

Handicapée par sa cécité et le drap qui protégeait sa nudité, Mira se débattit, frustrée, jusqu'à parvenir à poser la main sur la forme massive penchée sur Kellan au-dessus du parquet de pin de la chambre. Elle referma le poing sur son tee-shirt de combat ajusté et tira pour essayer de l'écarter de Kellan.

— Nathan, ce n'est pas Kellan qui m'a rendue aveugle. Je l'ai fait moi-même. Putain, écoute-moi ! Tu dois arrêter ça tout de suite !

La grêle de coups faiblit, puis s'arrêta tandis que la masse de Nathan se décalait. Elle sentit la chaleur de son regard sur son visage et sut alors que ses yeux devaient être complètement transformés, étincelants d'ambre et de rage. Il haletait. En se rendant compte d'à quel point il était furieux, Mira comprit que Nathan aurait pu tuer Kellan sur place s'il l'avait vraiment voulu. Il aurait d'ailleurs pu le tuer dehors quelques instants auparavant, avant même qu'elle sache qu'il était là.

— Laisse-le se relever, Nathan. Kellan ne te demandera pas de lui faire grâce, mais moi je le ferai.

Elle chercha le visage de Nathan de sa main libre en un mouvement gauche qui provoqua chez lui un juron.

— Ah, putain, Mira ! Regarde ce qu'il t'a fait.

— Non, dit-elle en secouant la tête. Non, Kellan n'a rien fait. Il a essayé de m'aider. Il m'a donné son sang…

— Seigneur ! s'exclama Nathan. (Sa voix changea de direction et elle sut qu'il avait reporté son regard sur Kellan.) Tu as attendu tout ce temps pour revenir dans sa vie, rien que pour la ruiner en l'entravant avec le lien de sang ?

— Je l'aime, déclara Kellan.

Mira l'entendit se relever et sentit sa chaleur comme il s'approchait d'elle. Il posa doucement les mains sur ses épaules, en un geste de réconfort.

— Je l'aimerai toujours, quoi que le destin ait à dire sur le sujet. (Il posa la bouche sur la tempe de Mira avec tendresse et douceur.) Je t'aime, Mira. Je t'aime plus que n'importe quoi d'autre dans ce monde ou le prochain.

Elle le savait. Tout au fond d'elle, elle savait que chacun de ses mots était sincère. Et pourtant il était en train de lui briser le cœur.

Il la lâchait.

— Tu m'as promis, murmura-t-elle en serrant les paupières à cause de la douleur. Tu as dit que tu ne me lâcherais pas.

— Ah, ma puce !

Il lui donna un autre baiser, cette fois sur la paupière. Sa voix n'était plus qu'un murmure rauque, bas et intime, empli d'émotions.

— Te lâcher est la dernière chose que j'aurais voulu faire. S'il y avait un moyen de changer tout ça, crois-moi, je le ferais.

Tandis que Kellan la calmait avec de tendres mots d'adieu, des bruits étouffés d'infiltration et de lutte leur parvinrent d'ailleurs dans le Havrobscur. Des voix profondes et familières ordonnaient aux équipiers de Kellan de se laisser faire pour que personne ne soit blessé.

On entendit soudain de lourds bruits de bottes dans le couloir.

— Tu m'as menti, lança Kellan à Nathan. Tu m'as dit que tu étais venu seul.

Nathan grogna.

— Il n'était pas question pour moi de laisser quoi que ce soit au hasard. Comme tu me l'as dit dehors, cette rencontre que tu as préparée pour ce soir visait à assurer le bien-être de Mira. Nous devions nous aussi tout faire pour qu'elle s'en sorte saine et sauve.

— Mira ! gronda Nikolaï depuis l'encadrement de la porte de la chambre, qu'il venait d'ouvrir.

— Papa ?

Elle ne put s'empêcher de se jeter dans ses bras quand il avança dans la chambre. Elle sut à quel instant précis il avait regardé son visage et vu ses yeux laiteux. Il eut un rugissement animal, prédateur létal prêt à bondir sur l'intrus qui avait blessé l'un de ses petits.

— Le fils de pute ! Tant pis pour l'arrestation, je vais tuer le salopard…

Avant que Mira ait pu dire quoi que ce soit, Nathan avait stoppé Nikolaï rien qu'avec des mots.

— Elle est liée à lui. Si tu fais du mal à Kellan, tu lui fais du mal à elle aussi.

— Est-ce que c'est vrai ? demanda sombrement Nikolaï. As-tu bu de son sang ?

— Nous sommes liés, répondit-elle en serrant le drap contre elle face à la fureur de Nikolaï. Notre lien est complet.

Le juron qui s'ensuivit résonna dans toute la chambre.

— Ôtez-le de ma vue avant que je lui arrache la tête, hurla-t-il.

Mira sentit qu'on emmenait Kellan sans qu'il résiste. Elle aurait voulu pouvoir voir son visage. Elle avait besoin de le voir. Elle ne supportait pas l'idée de ne plus jamais poser les yeux sur lui.

— Viens, ma chérie, dit Nikolaï en la prenant par les épaules. Trouvons quelques vêtements pour toi et partons d'ici. C'est fini, rentrons à la maison.

Mais ce n'était pas terminé.

Mira se mit en route près de Nikolaï comme anesthésiée, accrochée à lui pour ne pas trébucher tandis qu'il la guidait doucement hors de la chambre.

Pour elle, rien n'était encore fini. Elle marchait en silence, incapable de retrouver sa voix pour dire à son père qu'une fois qu'ils seraient arrivés à Washington, le pire de son supplice ne ferait que commencer.

Les équipes de patrouille de l'Ordre rejoignirent Washington en provenance du vieux Havrobscur du Maine juste avant l'aube, ramenant avec elles Mira, Kellan Archer et les trois rebelles humains qui, aussi incroyable que ç'ait pu paraître, avaient servi sous ses ordres pendant plusieurs années.

Lucan avait été tenu au courant de l'essentiel de la situation quelque dix heures auparavant, quand Nathan l'avait appelé pour l'informer que la mission était terminée. À part le fait que les rebelles étaient désormais sous le contrôle de l'Ordre et que Mira avait été récupérée et était sur le chemin du retour, les nouvelles transmises n'étaient pas bonnes. Lucan était encore sous le coup de tout ce qu'il avait entendu, et pourtant, après plus de neuf cents ans d'existence, il lui en fallait vraiment beaucoup pour être surpris.

Il n'avait vraiment assimilé l'ensemble des événements que lorsqu'il s'était retrouvé dans le vestibule du quartier général de l'Ordre pour assister à l'arrivée de Nikolaï guidant Mira à l'intérieur. Les yeux à présent inutiles de cette dernière étaient ouverts mais braqués sur le vide tandis qu'elle progressait lentement sur le sol de marbre blanc en s'accrochant au bras de son père adoptif.

Les compagnes des guerriers convergèrent sur Mira dès qu'elle pénétra dans la maison. Lucan vit l'élan d'affection qui se déversait sur la jeune Compagne de sang tandis que les femmes de l'Ordre l'emmenaient rapidement, concentrées sur son bien-être. Il les regarda partir, sachant qu'il aurait plus tard l'occasion de lui rendre visite lui-même, lorsqu'il se serait calmé et que son sang ne bouillonnerait plus de l'envie d'étriper le salopard responsable de son enlèvement quelques jours auparavant et de son état physique du moment.

L'objet de sa fureur pénétrait justement à son tour dans le vestibule, poussé sans ménagement par Tegan et Rio. Suivaient Nathan et Xander Raphaël, ainsi que les deux autres membres de leur équipe et les trois équipiers de Mira.

— Chase et le Chasseur sont avec les rebelles dehors, rapporta Nathan. L'une d'eux est handicapée par une blessure à la jambe. Elle a été traitée, mais la plaie est profonde et elle ne peut pas marcher dessus.

Lucan grogna.

— Rafe, ordonna-t-il en regardant le fils de Dante et de Tess, aide cette femme à rentrer et regarde ce que tu peux faire.

Le guerrier blond doué de l'extraordinaire toucher guérisseur de sa mère acquiesça et sortit rapidement pour exécuter l'ordre.

Quant à Kellan Archer, c'est sous le feu des regards de plus d'une dizaine de guerriers de la Lignée en colère qu'on l'arrêta au milieu du splendide vestibule. Dieu ! C'était un choc de le revoir après l'avoir cru mort pendant près d'une décennie. Lucan avait toujours aimé le gosse, mais le hors-la-loi qui se tenait devant lui à présent lui donnait l'envie d'ajouter quelques ecchymoses de son cru à celles qu'il arborait déjà.

Et il n'était pas le seul à être indigné de ce dont Kellan était accusé. La rage des frères d'armes de Lucan était tangible, s'échappant du groupe de vampires comme une vague furieuse.

— Par ici, ordonna Lucan avant que quiconque soit tenté d'agir impulsivement.

Son regard sévère mit Kellan en mouvement et imposa au reste des membres de l'Ordre de rester où ils étaient, les laissant rejoindre le bureau de Lucan seuls.

Kellan alla jusqu'au milieu de la pièce et s'arrêta tandis que Lucan fermait la porte derrière eux avant de venir se placer face au guerrier dévoyé. Lucan reconnaissait le soldat courageux dans le regard droit et l'attitude de Kellan, qui se tenait au garde-à-vous devant lui, prêt à accepter sa colère, prêt à faire face au fait que le chemin qu'il avait choisi l'avait plus que probablement mené à la mort.

— Tu nous reviens avec une chiée de problèmes, remarqua Lucan, laissant tomber tout préambule poli pour aller droit au fait de cette réunion impromptue. Nathan m'a fait son rapport sur tout ce qui s'est passé ces derniers jours. Bowman est un type sacrément occupé ! Enlèvement, obstruction, complot, aide à rébellion et plus généralement multiples infractions à la loi. Sans oublier bien sûr trahison et exploitation des dons d'autrui. Apparemment tes points forts, à en juger par l'état dans lequel tu as laissé Mira. Si tu mérites de souffrir pour ce que tu as fait, faire du mal à cette fille est pour moi tout en haut de la pile de tes responsabilités. Seigneur ! Et en plus, cerise sur le gâteau, tu l'as liée à toi.

Kellan ne se départit de son expression stoïque qu'à la mention de Mira. Sa voix profonde était chargée d'une souffrance que Lucan ne pouvait pas ne pas entendre.

— Je ne lui aurais pas donné mon sang si je n'avais pas pensé que le lien pourrait aider à réparer les dommages faits à sa vision. (Fronçant les sourcils, il secoua la tête de remords.) Mais ça n'a pas marché. Il faut que j'essaie de nouveau, Lucan. Il faut que je lui en donne plus pour voir si ça lui permet d'aller mieux.

Lucan gronda.

— Tu ne crois pas que tu en as fait assez ?

— Alors peut-être que sinon Rafe ou Tess...

— Mira se trouve où elle doit être à présent, déclara Lucan sur un ton volontairement cassant. (Pas question pour lui d'avoir la moindre compassion pour l'inquiétude évidente qu'éprouvait Kellan envers la compagne qu'il s'était arrogée sans en avoir le droit.) L'Ordre fera en sorte que Mira reçoive toute l'aide possible. Elle est en famille à présent et toi tu as tes propres problèmes à gérer.

Kellan soutint le regard de Lucan.

— Tant que Mira est en sûreté, mes problèmes n'ont aucune importance.

— Tu veux mourir, fils ?

La réponse de Kellan fut immédiate.

— Non ! Bien sûr que non ! Je veux vivre, avec Mira près de moi. Je ne me suis rendu compte d'à quel point je désirais ça que lorsque je l'ai eue de nouveau dans mes bras. (Il lâcha un juron bien senti.) Mais ce que je veux n'a pas d'importance.

— À cause de la vision, compléta Lucan. Nathan m'a parlé de ça aussi. Toi et moi savons tous les deux que le don de Mira est une chose puissante. Qu'il ne se trompe jamais. Mais avec ou sans cette fin prophétisée au-dessus de la tête comme une épée de Damoclès, ton implication avec des rebelles, et surtout, nom de Dieu, le fait de les avoir dirigés, me lie résolument les mains. Ce sont des rebelles qui sont accusés de la mort d'Ackmeyer, des rebelles agissant sous le commandement d'un hors-la-loi du nom de Bowman. Ça a donné au public un sujet de mécontentement, et les gens manifestent bruyamment. Ils réclament du sang, ton sang. Et je n'ose même pas penser à ce qu'il en sera quand on saura que non seulement tu appartiens à la Lignée mais que tu es aussi un ancien guerrier de l'Ordre ! Les humains ne seront contents que lorsqu'ils auront eu ta tête, fils, et je n'aurai guère d'autre choix que de la leur donner ou de mettre en péril le résultat de tous les efforts que nous avons faits pour mettre en place une paix avec l'humanité.

Le regard ferme de Kellan disait qu'il comprenait parfaitement à quel point la position de Lucan était difficile.

— Si on en arrive là, je suis prêt à faire face au verdict requis.

Lucan passa une main dans sa chevelure sombre.

— Putain, Kellan ! Ce n'est sûrement pas comme ça que j'imaginais les choses tourner pour toi lorsque tu t'es pointé au complexe de Boston il y a vingt ans de ça, pas plus que quand tu as achevé brillamment ta formation. Appeler la FIMUS pour qu'ils viennent te chercher ce soir ne va pas être facile pour moi.

— Je m'en rends bien compte, répondit Kellan d'un ton grave. Mais avant que tu passes cet appel, Lucan, je voudrais te demander quelque chose pour mon équipe. Leur liberté, si tu es d'accord pour la leur accorder. Ne les livre pas à la FIMUS avec moi. Je revendique une responsabilité totale non seulement pour mes actions, mais aussi pour celles des gens sous mes ordres.

Lucan hocha la tête, ressentant un véritable respect pour ce chef prêt à payer pour ceux qui l'avaient suivi au combat.

— Je veux que tu saches, dit Kellan, que j'ai fait beaucoup de choses dont je ne suis pas fier au cours de ces huit années écoulées. Les pires étant d'avoir fait du mal à Mira et de t'avoir trompé ainsi que l'Ordre, ma famille, à propos de ma mort. Je suis coupable de bien des choses, Lucan, mais le meurtre n'en fait pas partie. La nuit où le laboratoire a été détruit, Mira et moi étions en ville à la recherche de pistes sur Ackmeyer. Nous espérions trouver quelque chose qui nous mènerait à lui ou au membre de mon équipe qui avait fait défection ce matin-là, l'emmenant avec lui pour le monnayer.

Lucan lui jeta un regard mauvais.

— Ce qui n'excuse pas le fait que tu aies enlevé un civil important ; Ackmeyer était pratiquement un trésor national, putain ! Et puis tu t'es emparé en plus d'un membre de l'Ordre ? Mais à quoi pensais-tu donc, bordel ?

— Enlever Mira n'a jamais fait partie du plan. Je ne savais pas qu'elle serait là. Nous avons su à la dernière minute qu'Ackmeyer bougerait ce jour-là, c'est pourquoi nous nous sommes lancés dans cette opération pour le récupérer. Mira s'est retrouvée prise dans la nasse par hasard. Ça n'était pas prévu, et mon erreur en ce qui la concerne a été de ne pas la renvoyer immédiatement à l'Ordre. Mais si tu me demandes de regretter ce que j'ai partagé avec elle ces derniers jours, ne compte pas sur moi.

Lucan soupira en observant le jeune mâle. Son amour pour Mira était évident. Et Lucan ne put s'empêcher de repenser à ses propres erreurs d'il n'y avait pas si longtemps, dont n'importe laquelle aurait pu lui coûter la femme qu'il chérissait de tout son cœur, sa Compagne de sang, Gabrielle. Ils avaient eu de la chance. Ils partageaient le bonheur d'une vie ensemble et d'un fils qu'ils adoraient et dont ils étaient tous les deux fiers. Des choses que Kellan et Mira ne connaîtraient probablement jamais.

Le cœur plus lourd qu'il n'aurait été prêt à l'admettre, Lucan se racla la gorge et se concentra sur les choses qui exigeaient encore des réponses.

— Pourquoi prendre Ackmeyer pour cible ? Quelle faute avait-il commise pour faire de toi ou de tes rebelles des ennemis ?

— Il y a trois mois, un civil de la Lignée a été tué par balles à Boston. L'une des femmes de mon équipe, Nina, a assisté au massacre. Ce mâle était son amant. Il venait de quitter son appartement ce soir-là et marchait dans la petite rue où elle habitait lorsqu'un véhicule gouvernemental s'est approché du trottoir. Deux humains en sont sortis et l'ont tué sans raison. (Animé d'une colère qu'on sentait bouillonner sous la surface de son calme extérieur, Kellan gardait son regard intense rivé sur Lucan.) Leurs pistolets contenaient des balles aux UV. Du soleil liquide, bien proprement encapsulé dans des munitions destinées à tuer les vampires. Ce mâle de la Lignée n'avait aucune chance de s'en tirer. Il a été réduit en cendres sur place.

— Mon Dieu !

Lucan se balança en arrière sur les talons, plus impressionné qu'étonné. L'humanité s'était toujours montrée ingénieuse, de manière parfois diabolique, mais les ramifications d'une technologie ultraviolette développée à des fins militaires avaient quelque chose d'hallucinant. Avec un peu de temps et d'imagination, elles pourraient signifier à terme la disparition de la nation vampire tout entière.

— Et tu as retracé cette technologie jusqu'à Ackmeyer ?

— Cela nous a pris du temps et de nombreuses recherches, mais nous y sommes parvenus. Ackmeyer avait mentionné dans une interview à un journal scientifique l'an dernier qu'il était en train de travailler sur un projet ambitieux faisant appel à la lumière ultraviolette. À l'époque, il avait dit que d'après lui il aurait des applications idéales dans le domaine de l'agriculture.

— Jusqu'à ce que quelqu'un agite un gros chèque devant lui j'imagine, intervint Lucan. (Il se passa une main sur le crâne et lâcha un nouveau juron.) C'est ça qui est arrivé ? Ackmeyer a vendu sa technologie à quelqu'un qui pensait pouvoir l'utiliser de manière plus intéressante comme arme contre la Lignée ?

— C'est ce que je voulais savoir, répondit Kellan. J'avais bien l'intention d'obtenir des réponses, et si Ackmeyer ne voulait pas coopérer, j'étais prêt à le persuader de détruire cette technologie... par tous les moyens nécessaires. Le problème, c'est qu'Ackmeyer ne savait absolument pas que ses recherches avaient fuité au-delà de son laboratoire privé. Lorsque je l'ai questionné quand je l'ai eu en mon pouvoir, il m'a dit que son projet – quelque chose qu'il appelait « Étoile du matin » – en était encore à l'étape des essais et qu'il était sous clé. Il m'a juré ses grands dieux qu'il ne permettrait jamais que son travail soit utilisé pour faire du mal à qui que ce soit. J'ai lu en lui, Lucan. Il disait vrai ; il était innocent. Quand je me suis aperçu de ça, les choses étaient déjà en marche.

Lucan grogna.

— Tu n'aurais pas dû agir seul. Tu aurais dû venir consulter l'Ordre.

— Venir à vous en tant que Bowman ? demanda Kellan avec un sourire à la fois triste et ironique. Ou comme le lâche qui avait tourné le dos à ses frères d'armes et à sa famille ?

Lucan savait qu'il avait raison. Sa situation avait été de toute façon intenable. Elle l'était toujours.

— Malheureusement, il risque d'être trop tard pour faire machine arrière.

Kellan acquiesça.

— Il y a beaucoup de choses que j'aimerais avoir faites autrement, à commencer par la façon dont je suis parti il y a huit ans. (Il baissa les yeux, laissa échapper un petit soupir et secoua la tête.) Jeremy Ackmeyer est mort à cause de moi, Lucan. Parce que, au bout du compte, c'est moi qui ai donné l'ordre de l'enlever. J'accepte cette responsabilité. Mais je te le dis ici et maintenant, je n'ai donné l'ordre ni de faire exploser son labo ni de le tuer.

— Tu vas avoir beaucoup de mal à convaincre le public de ça.

— Je me fous pas mal du public et de ce qu'il croit, déclara Kellan, une étincelle d'ambre dans les yeux. Mais j'ai besoin de savoir que tu me crois. Que je n'ai pas perdu ta confiance.

Lucan écoutait le jeune vampire, l'adolescent de Havrobscur renfermé qui était devenu un guerrier formidable et loyal sous son aile pour finir par se volatiliser sans laisser de traces en pleine jeunesse.

Ce guerrier était toujours vivant en Kellan Archer. Il était toujours prêt à mener le bon combat, avait su préserver son honneur, même s'il s'était écarté du chemin pendant quelque temps. Quel gâchis ce serait de le voir disparaître de nouveau.

Lucan jura à voix basse.

— De tout ce qui a merdé ici ces derniers temps – et, Seigneur, il n'y a que l'embarras du choix –, je ne sais pas ce qui me pose le plus de problèmes. Le fait que toi et Mira soyez liés par le sang dans les pires circonstances imaginables, ou le fait de devoir être celui qui vous arrachera l'un à l'autre.

Chapitre 23

Mira était assise au bord d'un lit moelleux dans une chambre qui sentait la rose et la cire d'abeille, soutenue par toutes les femmes de l'Ordre et entourée de leur affection.

Elle était chez elle. Elle avait retrouvé ses parents, sa famille, ses équipiers et ses amis, tous les gens qui comptaient dans sa vie. Et pourtant elle ne s'était jamais sentie aussi à la dérive, aussi seule.

Et tout ça parce que celui dont elle avait le plus besoin était celui qui était désormais le plus hors de portée.

De son propre fait à lui.

Kellan avait promis qu'il ne l'abandonnerait plus jamais, mais il l'avait fait quand même. Ils auraient pu rester dans le vieux Havrobscur du Maine au milieu de la forêt pendant plusieurs semaines supplémentaires, voire quelques précieux mois s'ils avaient eu de la chance. Mais au lieu de ça, il avait volontairement mis un terme aux moments qu'ils étaient destinés à passer ensemble.

Elle serait restée avec lui aussi longtemps que possible.

Au lieu de ça, il l'avait lâchée.

La guerrière en elle refusait d'accepter cette défaite. Aveugle ou non, elle aurait voulu bondir et se battre pour rejoindre l'endroit où Kellan était détenu. Elle aurait voulu exiger qu'il reste à ses côtés pour qu'ils affrontent ses problèmes ensemble, qu'ils affrontent ensemble ce foutu monde si nécessaire.

Mais ce n'était ni l'Ordre, ni l'humanité, ni le monde qui se dressait entre eux, c'était le destin.

Ce dernier avait revendiqué la vie de Kellan huit ans auparavant. Il en avait réchappé et à présent le destin présentait la note. Et dans son cœur, elle savait qu'ils auraient beau se battre, qu'ils auraient beau fuir, rien ne suffirait pour venir à bout d'un ennemi aussi puissant que celui-là.

Mais ça ne rendait pas pour autant ce qui se profilait à l'horizon plus facile à accepter.

Même si elle ne voyait aucune des Compagnes de sang rassemblées dans la pièce avec elle à présent, mais seulement des ombres sur des ombres sur un arrière-plan d'obscurité, Mira entendait leurs voix près d'elle. Elle entendit aussi plus d'une des femmes ravaler doucement ses larmes après qu'elle eut expliqué tout ce qui s'était passé au cours de ses trop brèves retrouvailles avec Kellan.

— Je suis contente de l'avoir perdue, murmura-t-elle dans le calme de la pièce. La vue. Si perdre la vue était la seule façon de faire taire mes visions, alors le jeu en aura valu la chandelle.

— Ne dis pas ça, ma puce. Tu ne le penses pas vraiment.

Renata était assise auprès d'elle sur le lit, lui tenant la main en un geste de réconfort et de protection. La Compagne de sang qui avait sauvé la petite orpheline Mira alors qu'elle n'était qu'une fillette, la prenant sous son aile comme sa propre enfant, était une guerrière aussi douée que les autres et avait été la première femelle à combattre aux côtés des membres de l'Ordre comme l'une des leurs. Solide et létale, indestructible, Renata avait à peine dit un mot depuis l'arrivée de Mira avec Kellan et les autres.

Elle avait peur. Mira le sentait dans le silence de la Compagne de sang enceinte et dans le léger tremblement de ses doigts sur sa main.

Et cette peur viscérale qui s'exprimait sans bruit était encore plus difficile à supporter pour Mira que les rugissements de Nikolaï exprimant à la fois son angoisse pour Mira et sa fureur à l'égard de Kellan pour le rôle qu'il avait joué dans tout ça.

— Considère toute la souffrance que j'ai provoquée, dit Mira. Mon don de voyance est responsable de tout, Rena. C'est une malédiction qui n'a jamais rien apporté de bon.

— Non, répondit Renata. Ce n'est pas vrai. (Elle prit doucement le menton de Mira pour lui tourner le visage vers elle.) Tu as montré à Niko que lui et moi étions destinés l'un à l'autre, tu te souviens ? Et avant ça, ton don a donné au Chasseur une étincelle d'espoir qui a permis de sauver non seulement ta vie, mais aussi la sienne. Il y a eu du bon avec le mauvais. Ne rejette pas tout en bloc.

Mira ne résista pas à l'étreinte des bras aimants de sa mère adoptive. Elle posa la main délicatement sur le ventre rebondi de Renata, souriant d'une joie rentrée lorsqu'elle perçut le coup d'un petit pied contre sa peau. Son petit frère bientôt là était déjà jaloux de l'attention qu'il risquait de devoir partager avec elle.

Elle aurait voulu pouvoir contempler cet enfant un jour. Elle aurait voulu voir Renata et Nikolaï tenant leur nouveau-né, qui serait sans aucun doute aussi aventureux et téméraire que ses parents.

Et elle aurait voulu revoir Kellan.

Il n'était plus dans la grande maison. Renata lui avait expliqué que la FIMUS était venue arrêter Kellan peu de temps auparavant, mais le lien de sang de Mira lui disait d'une manière plus viscérale qu'il n'était plus sous le même toit qu'elle. Être séparée de lui était déjà très dur à supporter, mais si sa vue ne devait jamais revenir, si elle ne devait jamais avoir de nouveau l'occasion d'être auprès de lui, de voir son beau visage…

Elle ne s'aperçut qu'elle pleurait que lorsqu'un petit sanglot étranglé sortit de sa gorge.

— Mira, dit une voix douce et pleine au-dessus d'elle. (Ce n'était pas Renata, mais une autre femme de l'Ordre, la Compagne de sang de Dante, Tess.) J'aimerais t'aider, si tu veux bien ?

Mira avait connu Tess presque toute sa vie et avait eu plusieurs fois l'occasion de constater son talent de guérisseuse lorsque l'Ordre avait son quartier général à Boston. Médecin vétérinaire avant de rencontrer Dante et de porter son fils, Xander Raphaël, Tess était toujours compétente en médecine classique. Mais c'était son autre aptitude à la guérison que Tess comptait employer à présent : son don extrasensoriel pour guérir par le toucher jusqu'aux pires des blessures et des maladies.

— Ferme tes yeux, s'il te plaît, demanda Tess tandis que Mira se redressait pour la laisser évaluer l'étendue des dommages.

Elle fit ce qu'on lui demandait et sentit les pouces de l'autre femme venir se poser légèrement sur ses paupières fermées. Tess posa alors ses paumes de part et d'autre de sa tête, les doigts sur les tempes, créant ainsi des bandeaux de chaleur dont l'énergie palpable courait sur le haut de son crâne.

Et à l'endroit où les pouces de Tess survolaient ses yeux fermés, Mira perçut une nouvelle chaleur, plus forte, se développer. Deux petits points de lumière douce se mirent à battre là, se transformant bientôt en rougeoiement éclatant. Mira grimaça sous l'impact des vagues lumineuses qui se déchaînaient derrière ses paupières au point qu'elle avait le sentiment que ses cornées allaient s'enflammer.

— Je te fais mal ? demanda doucement Tess. (Elle écarta les mains, stoppant ainsi leurs effets puissants.) Si c'est désagréable, je peux m'arrêter, si tu préfères. Nous pouvons réessayer à un autre moment…

— Non, dit Mira. (Elle secoua vivement la tête.) Non, s'il te plaît, continue. Quelque chose s'est déclenché.

Tess recommença, et Mira fit en sorte de supporter la chaleur extrême et la vive lumière qui envahit tout son champ de vision, et même son crâne en entier. Elle s'accrocha d'une main à celle de Renata comme à une bouée de sauvetage, agrippant de l'autre le dessus-de-lit de soie.

La puissance du toucher de Tess se répandait comme la foudre dans ses veines, dans ses os et dans toutes ses cellules. Alors qu'elle croyait qu'elle ne pourrait pas supporter plus longtemps l'explosion qui avait lieu derrière ses yeux, son intensité doubla, puis doubla encore.

Et puis elle disparut, comme ça, d'un seul coup.

Elle sentit un calme blanc et frais s'installer en elle, comme une violente tempête nocturne laisse la place à une aube apaisée.

Mira s'effondra en avant, haletante, lessivée. Elle sentit le poids du regard de chacune des Compagnes de sang présentes tandis qu'elle tentait de reprendre son souffle et de calmer son rythme cardiaque.

Tess lui souleva le menton du bout des doigts.

— Ouvre les yeux !

Elle avait l'impression que ses paupières avaient été collées ensemble, mais tandis qu'elle les soulevait prudemment, la lueur jaune d'une lampe de chevet s'infiltra dans son champ de vision. Les ombres prirent une forme plus précise, puis disparurent complètement. Elle cligna des yeux, étonnée. Elle y voyait de nouveau !

Elle regardait devant elle, émerveillée et pleine de gratitude, buvant des yeux Tess et ses longs cheveux frisés couleur miel. La Compagne de sang hocha la tête, son superbe regard aigue-marine plongé dans celui de Mira, qui s'efforçait encore d'assimiler le fait qu'elle n'était plus aveugle.

— Oh, mon Dieu ! murmura Mira, à court de mots. (Elle bondit et jeta les bras au cou de la guérisseuse.) Tess, merci !

La Compagne de sang de Dante hocha de nouveau la tête avec aux lèvres un petit sourire pensif tandis qu'elle s'écartait pour permettre à Mira de respirer.

Et elle en avait besoin. Parce que, d'un coup, elle se retrouva au cœur d'une ronde d'embrassades joyeuses exprimant le soulagement des autres Compagnes de sang présentes. Renata fut la première, ses yeux vert jade mouillés de larmes tandis qu'elle serrait fermement Mira dans ses bras. Une par une, les autres femmes suivirent, baignant Mira de tant d'amour qu'elle sentit son cœur prêt à éclater.

Elle était tellement submergée de joie qu'il lui fallut un moment pour s'apercevoir que ses yeux étaient nus. Non seulement elle risquait de réduire à néant le travail de Tess, mais son terrible don risquait d'agir avec toutes celles qui étaient dans la pièce avec elle.

— Mes lentilles ! s'exclama-t-elle, sentant la panique l'envahir. (Elle baissa immédiatement les yeux pour éviter un contact non intentionnel.) Est-ce que quelqu'un a mes lentilles ?

— Les voilà, répondit Tess. (Elle posa le boîtier dans la main de Mira.) Mais je ne pense pas que tu en aies encore besoin, ajouta-t-elle d'une voix calme. En tout cas, pas pour protéger ta vue.

— Qu'est-ce que tu veux dire ? (Malgré ce que venait de déclarer Tess, Mira mit les lentilles de contact avant de lever les yeux pour croiser son regard calme.) Veux-tu dire que tu m'as guérie de façon permanente ?

— J'ai restauré la vue que tu avais perdue, mais c'est le lien de sang qui va faire croître ton don et lui permettre d'agir sans affaiblir celle-ci. C'est la même chose pour nous toutes, expliqua Tess. Le sang de Kellan n'a pas pu annuler le dommage causé, mais le lien est fort en toi, et il augmente ton pouvoir. (Tess sourit chaleureusement.) Je sais que tu le sens.

En effet elle le sentait.

Elle n'eut pas beaucoup d'efforts à faire pour reconnaître le bourdonnement de conscience qui lui disait que Kellan était vivant, qu'il nourrissait ses sens, relié à elle à travers le lien puissant qu'ils partageaient désormais. Elle sentait sa force vivre en elle et espérait que c'était réciproque.

Tess serra légèrement la main de Mira et se détourna.

— Comment le sais-tu ? murmura Mira, qui venait seulement de se rendre compte de l'impact de ce que la Compagne de sang lui avait dit. Tess, comment peux-tu être sûre que désormais je ne perdrai pas la vue si j'utilise mon don ?

Et puis soudain elle sut.

Toute l'euphorie qu'elle venait de ressentir la quitta d'un coup et son cœur fut pris d'un intense regret.

— Oh, mon Dieu, Tess ! Tu m'as regardée dans les yeux il y a quelques instants de ça.

Les autres femmes reportèrent leur attention sur la guérisseuse. Depuis que Mira avait récupéré la vue, Tess avait semblé curieusement calme, comme perdue dans ses réflexions. À présent, Mira comprenait pourquoi.

— Tess, je suis désolée. (Si sa vue n'avait été restaurée que pour blesser la femme qui l'avait aidée, elle en serait dévastée.) Qu'est-ce que tu as vu ? Dis-moi si c'était quelque chose d'horrible.

— Non, répondit Tess d'une voix calme et douce. Pas horrible du tout.

— Tu me le dirais ? (Mira ne parvenait pas à faire taire l'inquiétude qu'elle ressentait encore.) Parce que si je t'ai fait du mal là, maintenant…

Tess secoua lentement la tête. Elle esquissa un sourire derrière le doigt qu'elle porta à ses lèvres. Elle avait les yeux brillants. Elle prit les mains de Mira dans les siennes.

— Ton don est extraordinaire, Mira. Ce n'est pas une malédiction. Il n'est peut-être pas toujours tendre mais parfois… parfois il est magnifique. (Tess serra alors doucement Mira dans ses bras avec chaleur.) Merci de m'avoir montré quelle famille incroyable mon fils aura un jour, lui murmura-t-elle à l'oreille. J'aimerais vraiment que mon don puisse t'apporter le même genre de miracle que celui que le tien vient de m'offrir.

— Moi aussi, répondit Mira, serrant à son tour Tess dans ses bras.

Et sa vue parfaite se brouilla de nouveau… pas par cécité, mais à cause d'un afflux de larmes.

Le conseiller du CGN Charles Benson dut se frayer un passage à travers une foule de manifestants vociférants installés devant la grille de sa résidence lorsqu'il rentra chez lui après la conférence de presse qu'il avait donnée tôt ce matin-là pour annoncer l'arrestation du chef rebelle responsable de l'enlèvement de Jeremy Ackmeyer plus tôt dans la semaine. La capture discrète et rapide de Bowman par l'Ordre avait été la bienvenue, en particulier du fait qu'elle intervenait le jour même de l'ouverture du sommet pour la paix.

Mais c'était l'autre révélation relative à l'arrestation du rebelle, la découverte que non seulement ce salopard appartenait à la Lignée, et qu'il n'était donc pas humain, mais qu'en plus c'était un ancien membre de l'Ordre, qui avait laissé tout le monde abasourdi, Benson compris.

L'indignation du public avait redoublé à cette nouvelle. Devant la maison de Benson, des pancartes brandies par les manifestants qualifiaient le sommet de simulacre, certaines parlant même de pacte avec le diable. D'autres, plus dérangeantes, visaient directement Benson, le décrivant comme une marionnette dansant au bout de fils agités par une caricature de Lucan Thorne, les crocs allongés et dégouttant de sang, les yeux en fentes brûlant d'une joie mauvaise.

Dès que les participants à la manifestation aperçurent Benson, le volume de leurs slogans hostiles passa de l'état de grosse rumeur à celui de vacarme assourdissant. Ces gens ne comprenaient-ils donc pas qu'il était de leur côté ? Ne comprenaient-ils pas qu'il avait été prêt à sacrifier n'importe quoi, et même trop en fin de compte, afin d'assurer une paix réelle à tous ceux qui partageaient cette planète avec lui ?

Benson sortit en hâte de sa voiture, baissant la tête pour éviter les huées tandis qu'il se dépêchait de rentrer chez lui en suivant l'allée pavée. Une fois à l'intérieur, il poussa un long soupir et se laissa aller contre la lourde porte de chêne.

Ce à quoi il venait d'assister constituait un nouveau problème. Oh, il était bien conscient des mécontents qui s'agitaient en permanence devant le quartier général de l'Ordre, mais de là à ce que les autres membres du CGN se retrouvent à subir ces troubles au point qu'il ait lui aussi des manifestants furieux devant sa porte… Il n'avait vraiment pas besoin de ça, pas plus que de l'effet désastreux que cela pouvait avoir auprès du grand public.

Surtout pas à présent, alors qu'il ressentait son monde autrefois si simple s'écrouler brique après brique autour de lui.

Tandis qu'il se reprenait, il entendit sa femme l'appeler depuis la cuisine pour lui demander s'il voulait qu'elle lui prépare un petit déjeuner tardif.

— Je ne peux pas pour l'instant, ma chérie, lui répondit-il en essayant de prendre un ton désinvolte tout en se faisant entendre par-dessus le vacarme de l'extérieur. Je dois assister à une vidéoconférence dans quelques minutes. Je serai dans mon bureau un bon moment. Qu'on ne me dérange pas.

Il ne viendrait pas à l'idée de la femme obéissante à laquelle il était marié depuis quarante-six ans de le déranger. Il aimait beaucoup ça chez Martha, aimait le fait qu'elle lui accordait une confiance aveugle dans la gestion de tous les éléments importants concernant leur mariage et leur ménage, de la même façon qu'elle était persuadée de sa moralité irréprochable dans le cadre de son mandat et de la dévotion avec laquelle il assurait la stabilité du monde libre.

Pour Martha, même dégarni, grisonnant et ridé, il était un dieu, pas une marionnette s'agitant au bout des ficelles tirées par quelqu'un d'autre, pas un homme dont la conscience de plomb était de plus en plus difficile à porter ces derniers temps.

Traversant le vestibule rutilant de sa maison, Benson se dirigea vers son bureau. Au lieu d'y pénétrer, il en poussa la grande porte double pour faire croire qu'il s'y était enfermé, puis s'engouffra dans l'escalier qui menait à la cave où il s'était aménagé un second bureau, secret celui-là, derrière un faux mur dans le cellier du splendide vieux manoir.

Il y avait là un ordinateur qui ne servait qu'à une seule chose. Il le démarra et tapa son code d'accès, attendant sans ciller que le programme de sécurité numérise ses rétines pour confirmer son identification. Cela fait, il se retrouva connecté à une vidéoconférence programmée avec ses collègues. Il ne s'agissait pas du CGN, mais d'un autre groupe, formé plus récemment, auquel il devait faire son rapport.

Les membres de ce groupe, treize individus puissants appartenant à la race humaine comme à la Lignée – chefs d'État, capitaines d'industrie, leaders religieux –, étaient répartis tout autour du globe. Ensemble, ils formaient une organisation secrète qui s'était donnée pour nom « Opus Nostrum ».

Même si eux savaient qui il était, Benson ne connaissait ni leurs noms, ni leurs visages. L'anonymat était tout, le déni plausible essentiel. Leurs objectifs étaient trop importants pour risquer de les mettre en péril, leurs méthodes souvent trop sévères pour être acceptables.

Comme l'était leur décision la plus récente, celle qui était à l'origine de son appel urgent à l'organisation.

Inquiet, Benson se laissa aller contre le dossier de sa chaise tandis qu'une mappemonde emplissait son moniteur et que, l'un après l'autre, les membres de l'Opus Nostrum se connectaient à partir de leur lieu d'origine. Plusieurs le faisaient depuis l'Amérique du Nord et l'Amérique du Sud, d'autres depuis l'Europe et l'Asie, un même d'Afrique. À l'écran, chaque membre était représenté par un point sur la carte et sa voix était numériquement cryptée.

Benson, en revanche, était exposé aux treize hommes par un flux vidéo et son identité n'était absolument pas dissimulée. Il savait que c'était fait pour lui rappeler sa vulnérabilité vis-à-vis de l'organisation, et c'était efficace. Désormais, il leur appartenait. Après ce qu'il avait fait pour eux au cours des mois écoulés, les membres d'Opus Nostrum possédaient un morceau de son âme.

Lorsque les treize témoins se furent allumés sur la mappemonde, ce fut l'un des membres nord-américains qui parla en premier. Sa voix modifiée par logiciel était artificiellement basse.

— La conférence de presse de ce matin était un vrai bonheur, conseiller Benson. Nous sommes contents de savoir que le CGN détient son méchant et que le public obtiendra bientôt la condamnation dont il rêve. Et tant mieux si l'Ordre se retrouve entraîné dans la bagarre par l'un des siens. (Un gloussement fit trembler les haut-parleurs de l'ordinateur.) Nous n'aurions pas pu mettre en place un meilleur piège pour Lucan et ses guerriers si nous avions organisé l'enlèvement d'Ackmeyer nous-mêmes.

Benson espéra que son sourire incertain ne trahissait pas son malaise. L'autre élément connu du public était que Benson avait fait appel à la protection de l'Ordre pour son neveu au cours des jours qui avaient précédé son enlèvement. Benson était alors préoccupé par la sécurité de Jeremy, inquiet que quelque chose de fâcheux puisse arriver au savant, quelque chose qui aurait été perpétré par les puissants anonymes qui attendaient à présent sa réponse.

Il se racla la gorge.

— Je suis… soulagé que l'organisation soit satisfaite de la façon dont les choses se sont déroulées. Et je partage la vision d'Opus Nostrum pour la paix future du monde.

C'est la raison pour laquelle je vous ai donné la technologie UV de mon neveu.

— Et vous avez été largement rémunéré pour ça, répliqua celui qui semblait toujours diriger ces assemblées. J'imagine que vous et madame avez bien profité de votre prestigieuse nouvelle adresse ces derniers mois.

Benson ne répondit pas. De fait, il avait bel et bien profité de sa somptueuse résidence dans le quartier le plus sélect de Washington. Il avait reçu à son bureau les clés de cette dernière avec un titre de propriété à son nom, après une transaction réglée en espèces, via un courrier anonyme, le matin du jour suivant celui où il avait fourni à l'organisation les prototypes et les données de Jeremy ayant trait au projet « Étoile du matin » en cours. Accepter la maison en récompense de renseignements volés était une chose ; vivre sous un toit acheté avec le sang d'innocents en était une autre.

— Vous avez fait ce que vous deviez faire en nous livrant la technologie, déclara la voix robotisée via l'ordinateur. L'événement de ce soir lors du gala du sommet n'aurait pas été possible sans.

— Oui, mais… (La voix de Benson s'érailla, menaçant de s'éteindre complètement. Dans le silence qui s'ensuivit, il sentit le poids des treize paires d'yeux posées sur lui, le jaugeant sans pitié depuis les repaires secrets et éparpillés des membres de l'organisation.) C'est simplement que je pensais… Je n'ai jamais voulu qu'il soit fait du mal à Jeremy, c'est tout.

— Est-ce la raison pour laquelle vous avez contacté l'Ordre pour demander une escorte privée pour lui jusqu'au sommet ?

Qu'il ait pu l'éviter ou non, Benson sut qu'il avait blanchi à cette question.

— Il était innocent, aussi innocent qu'un enfant dans la plupart des domaines. Je ne voulais pas que mon implication auprès d'Opus Nostrum puisse avoir la moindre conséquence pour lui. J'avais peur que l'organisation ne le considère comme un risque. J'avais peur que quelque chose ne lui arrive…

— Alors vous avez pensé qu'il était sage de trahir notre confiance pour le protéger.

— Non, répondit Benson en secouant vivement la tête. Non, je ne vous ai pas trahis. Jamais je ne ferais une chose pareille. J'ai demandé à l'Ordre d'amener Jeremy sain et sauf au sommet pour la paix, c'est tout.

Et lorsqu'il y serait parvenu, une fois l'opération prévue par Opus Nostrum au sommet lancée et le monde en train d'essayer de s'y retrouver sous une nouvelle férule, Benson avait prévu d'envoyer son neveu dans une cachette sûre, avec Martha et le reste de la famille.

Il y eut un long silence avant que celui qui dirigeait l'organisation ne reprenne la parole.

— Vous avez cherché à assurer la sécurité de votre neveu, et pourtant ce sont vos propres actions qui sont à l'origine de sa mort. Son enlèvement a fait de lui un risque plus grand pour la cause que ce n'était le cas auparavant. Si vous ajoutez à ça que c'était un ancien membre de l'Ordre qui le détenait… Pourquoi ces rebelles dirigés par un vampire le voulaient-ils ? Qu'a-t-il pu leur dire ? (La voix déformée avait pris une tonalité menaçante.) Voilà des questions troublantes, conseiller Benson. Soyez heureux que nous ayons eu la possibilité de corriger en partie votre erreur. La mort de votre neveu est la seule raison pour laquelle le reste de votre famille et vous-même vivez encore. Et les technologies additionnelles que nous avons pu récupérer dans son laboratoire avant de le détruire nous aideront à réaliser les objectifs de l'Opus Nostrum pendant plusieurs années.

L'estomac noué, Benson déglutit. Rien n'arrêterait ces gens. Et aucune vie ne valait plus grand-chose si son détenteur se mettait en travers de leur chemin. Il aurait dû le comprendre depuis le début, lorsqu'ils l'avaient approché pour la première fois avec leur invitation anonyme à participer à une nouvelle vision puissante de l'avenir.

Il aurait dû le savoir trois mois auparavant, lorsque des hommes loyaux à l'Opus Nostrum avaient tué un innocent civil de la Lignée à Boston, l'abattant dans la rue pour un test grandeur nature de la technologie UV de Jeremy adaptée à un usage militaire.

— Nous sommes unis dans le but de mettre en œuvre une paix réelle et durable, déclara la voix de l'Opus Nostrum. Notre objectif est de créer une nouvelle aube et c'est impossible tant que l'Ordre reste dans le tableau. Avec lui, nous courons le risque que Lucan Thorne et son armée de guerriers de plus en plus grande mettent le holà à n'importe laquelle des opérations d'Opus Nostrum. Je suis sûr qu'aucun d'entre nous n'a besoin qu'on lui rappelle la façon dont, il y a juste dix ans, après l'accident en Russie,

Lucan a pris sur lui d'éradiquer toutes les unités de production d'armes chimiques et nucléaires de la planète.

— Accident, ricana l'un des membres de l'organisation. Je me demande si nous saurons jamais qui a été responsable de la transformation de ce vaste territoire en désert mortel.

— Qu'il se soit agi d'un humain ou d'un vampire, ça n'a pas d'importance, déclara le chef. La leçon que nous avons apprise est que Lucan Thorne ne doit jamais avoir l'occasion d'exercer de nouveau ce genre de pouvoir. Combien de temps croyez-vous qu'il se satisfera de fonctionner sous le contrôle politique du CGN ? Combien de temps avant que lui et ses guerriers décident que la diplomatie et les négociations ont fait leur temps ? Est-ce que l'un ou l'autre d'entre vous est prêt à prendre ce risque pour l'avenir du monde que nous partageons ?

Des réactions de soutien bruyantes se firent entendre de la part des treize membres au complet, et Benson se joignit au concert commun, sachant que montrer son désaccord à présent ne ferait que mettre Martha et le reste de sa famille en danger. Ses actions passées faisaient de lui le prisonnier de cette alliance à présent, et il n'avait guère d'autre choix que de jouer le jeu.

Le calme revenu, le chef parla de nouveau.

— Il faut éliminer l'Ordre. Et quel meilleur moyen de démontrer la puissance d'Opus Nostrum que d'éliminer tous ses membres d'un coup lors du gala de ce soir au vu et au su du public mondial ?

Benson ne prit pas la peine de faire remarquer que le plan destiné à tuer Lucan et le reste de l'Ordre signifierait aussi la mort de tous les diplomates et civils de la Lignée assistant au gala. Il était sûr que les membres de l'Opus Nostrum, aussi bien les humains que les vampires, avaient intégré ce fait.

Il ne faisait aucun doute qu'ils savaient également qu'un massacre comme celui qu'ils avaient planifié pour la rencontre de ce soir-là risquait de déclencher une guerre à grande échelle entre la nation vampire et l'humanité.

Une guerre qui pourrait durer plusieurs décennies, voire plus longtemps.

— Aucun sacrifice n'est trop grand pour la cause ultime d'une paix durable, rappela le dirigeant des conspirateurs. Une vraie paix qui ne peut être obtenue qu'après élimination de l'Ordre.

Le groupe manifesta unanimement son accord. Puis quelqu'un se mit à scander la devise de l'organisation : « *Pax opus nostrum.* »

Un par un, chaque membre l'entonna à son tour jusqu'à ce qu'elle résonne si fort que Benson s'inquiéta que Martha puisse l'entendre à travers les parois de sa cachette dans leur demeure si mal acquise. Mais il savait que tous les yeux étaient braqués sur lui, alors il se joignit au chœur, murmurant la phrase latine qui proclamait : « La paix est notre œuvre. »

— Jusqu'à ce soir, mes frères d'armes, déclara la voix synthétique que Benson entendrait probablement dans ses cauchemars pour le restant de ses jours. Et permettez-moi un conseil… conseiller. Les yeux de l'Opus Nostrum sont partout. Ne songez pas un seul instant à trahir de nouveau notre confiance.

Benson hocha la tête. Il attendit jusqu'à ce que les membres du groupe se déconnectent les uns après les autres, puis il éteignit son ordinateur et, soupirant, s'effondra sur le dessus de son bureau.

— Mais qu'est-ce que j'ai fait ? gémit-il dans le creux de son coude. Mon Dieu, pardonne-moi ! Qu'est-ce que j'ai fait ?

Chapitre 24

Toujours vêtue des habits qu'elle portait en arrivant quelques heures auparavant, Mira venait juste d'ouvrir le robinet de la douche lorsqu'elle entendit frapper à la porte de sa chambre dans la grande maison de l'Ordre. Elle le referma et alla voir qui c'était.

— Nathan.

Véritable étude en noir, depuis ses cheveux d'ébène coupés court jusqu'à ses rangers, en passant par son tee-shirt ajusté et son treillis, il se tenait dans le couloir, l'air grave.

— J'ai entendu dire que Tess t'avait rendu la vue. Je suis heureux que tu sois guérie. Comment tiens-tu le coup ?

Elle haussa les épaules.

— J'irai mieux quand je reverrai Kellan.

Nathan ne réagit pas ; au lieu de ça, il baissa les yeux vers l'objet qu'il tenait en main.

— Je voulais te rendre ça plus tôt, mais avec tout ce qui s'est passé…

Il lui tendit la lame qu'elle avait perdue le jour où sa vie avait changé de cours.

— Tu as retrouvé ma dague !

Il hocha la tête.

— Le soir où tu as disparu, Rafe, Eli, Jax et moi sommes partis à ta recherche. Nous avons trouvé la lame sur la pelouse d'Ackmeyer. Je l'ai gardée pour toi.

— Merci.

Mira fit tourner l'arme dans ses mains, reconnaissante de l'avoir enfin récupérée. Les yeux posés sur les arabesques et les devises gravées sur la garde, elle repassa en esprit tout ce qui s'était déroulé depuis qu'elle avait perdu sa précieuse lame. Seigneur ! Cela lui semblait un siècle plus tôt.

— Merci d'être mon ami, Nathan… Et celui de Kellan. Je sais que les choses auraient pu se passer beaucoup moins bien pour lui la nuit dernière.

Il grogna.

— J'aurais voulu le tuer pour tout ce qu'il avait fait. À toi, à l'Ordre, à tous ceux qui ont été blessés par ses trahisons.

Mira considéra son ami, cet assassin élevé en laboratoire qui resterait à jamais indéchiffrable et lointain, et toujours le plus stoïque des guerriers. Elle le voyait vraiment blessé à présent. Il était fâché, aussi. Son beau visage ne reflétait qu'une neutralité étudiée, mais l'étincelle d'ambre qui crépitait dans ses iris bleu-vert n'échappa pas à Mira.

— Tu es fâché, mais tu ne le hais pas, n'est-ce pas Nathan ?

Il prit un air renfrogné et sembla étudier la question.

— Hier soir, quand j'ai trouvé l'emblème des Archer dans le bunker rebelle et que j'ai soudain compris la vérité, oui, je l'ai haï. Je n'ai jamais ressenti quoi que ce soit avec autant de force et de certitude auparavant dans ma vie. J'étais prêt à le tuer, Mira. Jusqu'à ce que je le voie et que je comprenne que je ne pouvais haïr mon ami. Même pas après avoir découvert qu'il était mon ennemi. (Il laissa échapper un profond soupir.) Je ne peux même pas imaginer comment tu dois te sentir. C'est certainement toi qu'il a le plus blessée.

— Il m'a blessée, admit-elle d'une voix calme. Mais certainement pas autant que je le serai si je le perds de nouveau. Je n'ai pas l'intention de laisser ça se produire, Nathan. Si le CGN veut m'arracher Kellan, lui faire un procès afin de lancer je ne sais quel message politique, ils ne l'auront pas sans combattre.

Nathan serra les lèvres et fronça les sourcils. Il commença à secouer la tête.

— Mira, tu ne peux pas t'attendre à…

— Il faut que j'essaie, insista-t-elle. Je ne vais pas l'abandonner. Que le CGN aille se faire foute, et le destin avec. Je ne le lâcherai pas, même si c'est ce qu'il veut. Et j'ai bien l'intention de dire à Kellan la même chose lorsque j'irai le voir aujourd'hui, quel que soit l'endroit où la FIMUS le détient.

— Mira, répondit Nathan – et au ton de sa voix, si pleine d'attention, si douce, Mira sentit son sang se glacer. Mira, il n'y aura pas de temps pour tout ça.

Elle eut l'impression que son cœur s'arrêtait.

— Qu'est-ce que tu veux dire ?

Elle le regardait, comprenant seulement à ce moment-là que s'il était venu la voir ce n'était pas uniquement pour lui rendre sa dague.

— Dis-moi ce qui se passe, Nathan !

Il baissa les yeux et jura à voix basse.

— Dans la mesure où Kellan a fait partie de l'Ordre, Lucan a obtenu du CGN qu'il entende lui-même les charges qui pèsent contre Kellan et décide à huis clos au lieu de déférer Kellan devant une cour criminelle pour un vrai procès.

— D'accord, dit Mira d'un ton précautionneux. C'est plutôt une bonne chose, non ?

Nathan lui jeta un regard navré.

— À cause des émeutes et des appels à la justice formés par le public, et parce que le sommet pour la paix ouvre ce soir, le CGN estime qu'il lui faut faire preuve d'esprit de décision pour éviter tout incident pendant le gala. Il a accepté le huis clos, mais c'est lui-même qui mènera les débats et qui déterminera la sentence de Kellan lors d'une assemblée spéciale qui doit se tenir au quartier général du CGN aujourd'hui même.

Mira se sentit soudain envahie par la peur. Elle vacilla, le souffle coupé.

— Ils vont décider de la condamnation de Kellan... aujourd'hui ? Est-ce que Lucan ne peut pas repousser l'audition ? Il doit bien pouvoir faire quelque chose de plus.

— Il fait jouer toutes les relations politiques dont il dispose, Mira. Il a pris contact avec chacun des membres du Conseil, en essayant de marchander avec eux une promesse de clémence.

— Combien ? demanda-t-elle, sentant son estomac se nouer. Combien sont-ils à avoir accepté jusqu'ici ?

Il s'écoula un long moment avant que Nathan se décide à répondre.

— Le Conseil comporte seize membres, représentant huit nations principales, avec pour chacune un humain et un membre de la Lignée. (Nathan se racla la gorge.) Quelques-uns lui ont confirmé qu'ils voteraient dans son sens, mais il en reste encore plusieurs à persuader pour obtenir la majorité. Lucan est en train de faire de nombreuses promesses, Mira. Il prend beaucoup de risques pour Kellan. Il fait tout ce qui est en son pouvoir.

Elle voulait espérer. Elle voulait croire que tout se passerait bien et qu'elle et Kellan sortiraient par miracle de cette terrible situation unis. Mais l'angoisse lui serrait la poitrine.

— Je n'ai plus le temps de parler, murmura-t-elle, s'écartant déjà de la porte ouverte et de Nathan, qui arborait une expression inquiète. Il faut que j'y aille. Je pensais qu'il y aurait plus de temps. Il faut que je voie Kellan avant qu'il se retrouve devant le Conseil.

Nathan secoua lentement la tête.

— Tu n'auras pas le temps de le voir avant qu'il soit amené devant l'assemblée. Le Conseil doit se réunir dans l'heure.

— Non ! (La gorge soudain sèche, elle déglutit.) Non, ça n'est pas possible. Il nous faut plus de temps…

La peur la submergeait et les mots commençaient à lui manquer. Elle recula encore, les yeux plongés dans le regard désolé de Nathan, ferma la porte sur lui, puis se laissa aller contre elle, le front contre le panneau de bois frais.

Il fallait qu'elle voie Kellan. Et il était hors de question qu'elle le laisse affronter cette assemblée du Conseil sans être là à ses côtés pour l'aider à se défendre, pour se battre pour sa liberté, avec ses lames si on en arrivait là.

Lançant sa dague sur le lit, Mira se précipita dans la salle de bains et ouvrit la douche. Elle se déshabilla et regarda dans le miroir la femme qu'elle était devenue.

Une femme liée par le sang, une femme amoureuse.

Elle n'avait jamais été si terrifiée de toute sa vie.

Elle savait que le reflet serait cruel avant même de retirer ses lentilles mauves et de lever le regard pour affronter son don de voyance.

La vision apparut presque immédiatement. C'était la même issue fatale qui se jouait devant ses yeux.

Kellan, mort au sol devant elle, et elle sanglotant sur son corps sans vie.

Mira resta les yeux rivés à son reflet, horrifiée et désespérée, jusqu'à ce que la vapeur de la douche emplisse la salle de bains, laissant s'installer un épais brouillard sur la vision horrible à laquelle elle semblait ne pas pouvoir échapper.

Lorsque l'escadron de soldats de la FIMUS lourdement armés, constitué de quatre vampires et de deux humains, vint le chercher dans sa cellule juste avant midi ce jour-là, Kellan savait que rien de bon ne l'attendait.

Mais ce ne fut que lorsqu'ils le conduisirent dans une petite salle d'audience située au cœur du quartier général du CGN qu'il en fut vraiment persuadé. Il se retrouva là en face de l'assemblée des seize membres du Conseil, assis sur une estrade derrière une longue table de bois en « U ».

Au milieu siégeait Lucan Thorne, l'air grave dans son rôle de président.

La plupart des aînés de l'Ordre étaient également présents, les guerriers et leurs compagnes assis sur plusieurs rangées de bancs devant l'estrade.

Mais ce qui alarma vraiment Kellan fut de voir Mira debout devant le Conseil. Vêtue d'un treillis noir et de rangers, ses longs cheveux blonds rassemblés en une tresse qui serpentait le long de son dos, elle s'était habillée pour l'audience comme si elle s'était préparée à la guerre.

Mais qu'est-ce qu'elle faisait là, bon Dieu ?

Kellan faillit le lui crier, mais c'est alors qu'elle se retourna pour lui faire face tandis que ses gardes le poussaient en avant dans la pièce. Elle avait les joues écarlates et les yeux bordés de rouge quand elle le regarda.

Ses yeux... *Ah, Seigneur !* Ses yeux le regardaient droit dans les siens, ni laiteux, ni dans le vague, mais bien brillants derrière les lentilles de contact mauves.

Elle était guérie.

Elle y voyait.

Il n'avait pas osé croire le lien qui lui avait dit auparavant ce jour-là qu'elle était de nouveau entière, mais à présent il sentait une poussée d'allégresse et un soulagement profond à constater par lui-même que Tess ou Xander Raphaël avait été capable de guérir Mira, ce qu'il n'avait pu faire avec son sang.

À présent, il aurait voulu courir vers elle et la soulever dans ses bras, ce qu'il aurait fait s'il ne s'était pas douté qu'un mouvement brusque de sa part pousserait les soldats de la FIMUS qui l'accompagnaient dans la salle d'audience à ouvrir le feu sur lui, au risque de toucher Mira en même temps.

Accompagné des gardes, deux vampires de chaque côté et deux humains derrière lui, Kellan avançait dans la salle, conscient des visages graves des membres de l'Ordre et de leurs Compagnes de sang et des regards désapprobateurs de la plupart des hommes et des femmes assis sur l'estrade. Il était là pour être jugé, ici et maintenant, et sa culpabilité était peut-être même déjà décidée, à en croire le lourd silence qui régnait.

Et puis il y avait Mira, qui faisait face au Conseil toute seule.

Même sans la connaissance de l'avenir que sa vision lui avait conférée, Kellan comprenait la présence de Mira dans la salle d'audience. Elle était venue plaider sa cause devant ses juges.

Sa belle Mira butée, sa compagne tenace, toujours fidèle même s'il savait qu'il lui avait brisé le cœur en se rendant.

Fierté et humilité se mêlaient en lui. Il n'avait pas voulu qu'elle se retrouve en cet endroit. Et pourtant il savait qu'il n'aurait pas été possible de la tenir à l'écart de ce qui allait s'y passer.

Comme elle le regardait à présent, les traits de Mira s'affaissèrent de détresse. Elle pivota pour faire de nouveau face à Lucan et aux membres du Conseil.

— Non, attendez ! S'il vous plaît, écoutez-moi jusqu'au bout. Kellan n'est pas un meurtrier. Il essayait de sauver des vies, d'empêcher qu'une technologie dangereuse ne soit mise en œuvre. C'est la raison pour laquelle il a enlevé Jeremy Ackmeyer. Je ne suis pas en train d'essayer d'excuser ce qu'il a fait, je vous demande seulement de considérer pourquoi il l'a fait.

À l'extrémité de l'estrade, un humain âgé aux yeux profondément enfoncés et à la pâleur maladive se racla la gorge.

— Le Conseil a entendu vos arguments. Tous les éléments seront soupesés avec équité lorsque le Conseil se fera une conviction.

— Conseiller Benson, implora Mira en se tournant pour faire face au vieil homme directement. Je suis conscient que cette audience a une dimension personnelle pour vous aussi. Jeremy était votre neveu. C'était un homme bon, un homme innocent. Je suis sincèrement désolée pour la perte qu'a subie votre famille. Je veux que vous sachiez que Kellan a essayé de le sauver. Après avoir compris où était la vérité, Kellan a fait tout ce qu'il pouvait pour retrouver Jeremy. Il a essayé de corriger ses erreurs, mais c'était trop tard…

— Ça suffit !

L'accès de colère du vieil homme fit l'effet d'un coup de tonnerre. Ses yeux aux paupières tombantes firent le tour de la salle d'audience et il laissa tomber sa tête grisonnante sur ses épaules affaissées.

— J'en ai entendu… plus qu'assez. S'il vous plaît, finissons-en avec ça.

Un regard de Lucan fit se lever Nikolaï, qui alla chercher Mira. Au début elle se débattit, lançant un regard inquiet dans la direction de Kellan, tandis que Nikolaï la ramenait à son siège.

Kellan sentit sa détresse résonner dans ses veines tandis que les gardes armés le faisaient approcher de l'estrade.

Ils l'arrêtèrent devant le Conseil, et le regard grave de Lucan se posa sur lui.

— Kellan Archer, déclara-t-il, s'adressant en fait à tout l'auditoire. Étant donné le cas unique que vous représentez en tant qu'ancien membre de l'Ordre, le Conseil a accepté la tenue d'une audience à huis clos en ce qui concerne les charges qui ont été retenues contre vous et le prononcé d'un verdict par un vote à la majorité ce jour. Nous avons considéré les crimes dont vous êtes accusé et nous avons entendu les témoins à décharge. Il s'agit de crimes sérieux, appelant des condamnations sérieuses. Chacune des charges retenues contre vous est punissable de mort.

— Je comprends, répondit Kellan, passant en revue les visages graves des hommes et des femmes qui allaient décider de son sort.

Il n'y vit guère de miséricorde. Mais il n'en attendait aucune.

Il écouta une par une les charges retenues contre lui, puis il donna sa réponse à chacune d'entre elles. Mais ce dialogue était pour lui accessoire, toutes ses pensées, tous ses sens dirigés vers la seule personne dans la pièce qui comptait pour lui.

De l'endroit où elle était assise près de Nikolaï et de Renata, Mira observait la scène, les yeux pleins de larmes, le poing pressé contre les lèvres. Kellan ne supportait pas l'idée qu'elle ait à connaître cette peur, cette angoisse, ce sentiment d'impuissance, alors qu'ils attendaient que le Conseil délivre son verdict.

Et puis ce moment arriva et Kellan se donna du courage pour faire face à la fin du chemin à laquelle il avait tenté d'échapper au cours des huit dernières années de sa vie.

D'un ton grave, Lucan s'adressa au Conseil, demandant à ses membres d'indiquer leur vote l'un après l'autre, en choisissant soit la prison à vie, soit la mort.

— En tant que président, ajouta-t-il, mon vote devrait être le dernier. Toutefois, comme condition à la tenue de cette audience à huis clos et dans la mesure où elle concerne un ancien guerrier qui se trouvait sous mon commandement, le Conseil m'a demandé de me récuser aujourd'hui. Par conséquent, je ne voterai pas et la décision du Conseil sera définitive.

Kellan acquiesça, puis se mit au garde-à-vous tandis que commençait le vote. Chaque membre du Conseil s'exécuta, et on arriva bientôt à un score étonnamment réparti.

Sept votes, représentant les deux races, en faveur de son emprisonnement.

Huit autres pour la mort.

Un vote encore à venir.

L'audience allait se terminer soit par une absence de décision définitive, soit par une condamnation à mort.

Tout reposait désormais sur le conseiller affalé sur la table au bout de l'estrade, l'oncle de Jeremy Ackmeyer. Kellan regarda Benson, décelant quelque chose de plus que le simple chagrin ou le simple désir de vengeance dans le regard troublé du vieil homme. En remarquant ses épaules avachies et l'aspect rouge et vitreux de ses yeux, Kellan le soupçonna d'avoir bu.

— Conseiller Benson ? lança Lucan, avec un regard dans sa direction. Êtes-vous prêt à nous donner votre décision ?

Le vieil homme grogna et leva la tête pour regarder dans la direction de Kellan. Lorsqu'il parla, ce fut d'une voix sèche et définitive.

— La mort.

Kellan entendit l'exclamation étouffée de Mira. À travers leur lien de sang, il sentit sa réaction de stupeur et son angoisse accélérer son pouls comme une décharge électrique.

— Non ! (Sa voix lui parut cassée et étranglée de larmes.) Non ! Il n'a pas tué votre neveu, conseiller Benson. Il n'est pour rien dans l'explosion du laboratoire de Jeremy ou sa mort. Vous devez le croire ! Vous devez faire preuve de miséricorde…

— Mira, ne fais pas ça !

Kellan la vit bondir hors de son siège pour se précipiter à son secours. Près de lui, les quatre gardes vampires se tendirent. Il perçut leur inquiétude et remarqua qu'ils étaient tous prêts à tirer leurs armes.

— Non ! cria Mira. Lucan, ne laisse pas faire ça, je t'en supplie !

Kellan vit le regard solennel de Lucan et comprit que le chef de l'Ordre avait déjà fait tout ce qui était en son pouvoir. Il n'y avait plus rien à dire ou à faire qui puisse permettre d'épargner Kellan.

— Non, sanglota Mira, s'enfouissant le visage dans les mains.

Kellan avait le cœur serré dans l'étau de son angoisse. Il s'en voulait de lui infliger tout ça, comme il avait craint ce moment pendant toutes les années où il était resté loin d'elle dans l'espoir de l'éviter.

Au bout de l'estrade, Benson secouait la tête en murmurant pour lui-même.

— Tout ça est allé trop loin, disait-il d'une voix pâteuse, la tête inclinée. Trop loin à présent. Je m'en aperçois enfin, quand il est trop tard pour arranger les choses.

Kellan écoutait, passant de la curiosité à une attention soutenue tandis que Benson divaguait toujours, sombre et difficile à comprendre. Il y avait du remords dans la voix du vieil homme, cela ne faisait aucun doute. Mais il y avait autre chose, quelque chose qui faisait battre le sang de Kellan à ses tempes.

— Trop tard pour Jeremy, murmura Benson, emporté dans son propre chagrin. Un être si brillant, arraché à la vie dans la fleur de l'âge. C'était une âme pure, ce garçon, un incorruptible. Un vrai porte-flambeau qui aurait pu changer le monde.

« Porte-flambeau. »

Un terme inusité. Celui-là même qu'Ackmeyer avait utilisé pour décrire son projet de technologie UV encore secret.

Nom de Dieu !

C'était Benson qui avait volé le prototype ! Ce constat fusa comme un poison rapide dans le corps de Kellan. Son sang se figea, puis immédiatement se mit à bouillir de rage.

— Étoile du matin, gronda-t-il, toute sa fureur braquée sur le vieil homme. (Les yeux embrumés d'alcool de Benson s'écarquillèrent sous l'effet de la culpabilité et de la terreur.) Espèce de fils de pute, c'était toi.

Et avec un rugissement furieux, Kellan bondit.

Il perçut le mouvement soudain des corps près de lui tandis qu'il franchissait la distance qui le séparait de l'extrémité de l'estrade. Il entendit Mira hurler, puis les explosions rapides des coups de feu tirés dans son sillage.

Il ressentit soudain la douleur, celle d'une volée de balles sans fin qui venait déchiqueter son torse et ses membres alors qu'il se précipitait sur Benson pour le plaquer au sol.

La voix de Mira n'était plus qu'un déchirant cri d'angoisse.

— Kellan !

Il savait qu'elle ressentait l'écho de ses blessures et de sa rage. Sa terreur se mêla à ses propres émotions, mais il était déjà trop loin pour se contrôler. Il serra le conseiller corrompu à la gorge.

— Dis-moi à qui tu as cédé la technologie, foutu salopard ! Dis-le-moi !

L'humain ne voulait pas parler. Il serrait les mâchoires, ses yeux embués par l'alcool envahis par la peur, même si celle-ci était plus due à une menace invisible qu'au vampire qui l'étouffait. Kellan sentit son pouls battre à ses tempes, si fort et si laborieux qu'il n'entendait plus rien tandis que son sang s'échappait de lui par les trous innombrables qui perforaient son tronc et ses membres. Les dommages subis n'étaient plus réversibles, son sang n'arrêterait plus de couler.

Il était en train de mourir.

Cette pensée se présenta à son esprit, dépourvue du moindre doute, à travers le chaos qui se déclenchait tout autour de lui tandis que le temps s'accélérait.

Il n'aurait pas dû être surpris, étant donné tout ce que lui avait prédit la vision qu'il avait eue dans les yeux de Mira. Mais cela n'atténuait pas la violence du choc.

— Qui l'a tué ? Tu as vendu ta propre chair ! Dis-moi à qui, Benson !

Grondant, grognant, il se battait pour garder les mains autour de la gorge de l'humain alors que ses forces commençaient à l'abandonner. Il fallait qu'il sache, il ne pouvait pas mourir comme ça sans donner à l'Ordre quelque chose pour continuer après sa mort. Si l'humain refusait d'énoncer les réponses qu'exigeait de lui Kellan, alors il arracherait la vérité à son esprit.

Kellan lut du regret dans le vieil homme, des remords pour ce qu'il avait fait en provoquant le meurtre de son neveu et bientôt la mort d'innombrables autres êtres. Tant de morts à venir, et tout ça sous couvert de la paix.

L'étreinte de Kellan commença à faiblir. Il ne pouvait plus tenir et fut contraint de lâcher prise lorsque Benson lui fut arraché par les gardes du CGN et de la FIMUS. Il roula sur le dos et s'aperçut qu'il contemplait les silhouettes brumeuses de Lucan et des autres membres de l'Ordre. Il essaya de parler, mais ne put que tousser, crachant le sang alors que la douleur fusait à travers chaque cellule de son corps.

Tour à tour, plusieurs des guerriers qui le regardaient lâchèrent un juron.

— Que quelqu'un s'occupe de Benson, gronda Lucan. Qu'on ramène immédiatement ce fils de pute pour l'interroger. Maintenant.

— Kellan !

La voix de Mira s'étranglait de pleurs et d'angoisse. Elle écarta les guerriers et tomba à genoux près de lui. Elle lui prit la main et la colla contre sa poitrine alors qu'un sanglot la traversait.

— Oh, Kellan, non !

Mira l'entoura de ses bras, pleurant d'un chagrin qui le détruisait encore plus que les balles ou ses nombreux échecs passés. Il aurait voulu lui dire qu'il était désolé, qu'il l'aimait, qu'il l'avait toujours aimée et l'aimerait toujours quoi qui l'attende de l'autre côté à présent.

Mais elle savait tout ça.

Elle le regardait droit dans les yeux à travers ses larmes en hochant la tête, les doigts posés avec douceur sur son front, tremblante comme elle essuyait le sang de sa bouche et se penchait pour l'embrasser.

Kellan aurait voulu prononcer tous ces mots malgré tout, mais il y avait quelque chose d'autre qu'il fallait qu'elle entende, quelque chose que tous les membres de l'Ordre devaient entendre.

— Opus Nostrum, murmura Kellan, mettant ses dernières forces dans la bataille pour parvenir à parler alors que le temps qui séparait deux battements de son cœur s'allongeait de plus en plus. Il faut stopper Opus Nostrum.

Chapitre 25

Non.

Oh, mon Dieu… non, ce n'était pas possible.

— Kellan ! (Mira serra sa main et sentit la force qui s'échappait de lui tandis que ses yeux se fermaient.) Kellan ? Oh, non… Non, Kellan, je t'en supplie, reste avec moi, ne me lâche pas !

Mais il s'éloignait déjà d'elle, entraîné par des mains invisibles qui ne desserreraient plus leur étreinte. Elle sentit leur lien de sang devenir de plus en plus fin, comme un fil de la vierge qu'elle ne pouvait plus tirer à elle quelle que soit sa volonté d'y parvenir.

Et puis le fil cassa.

Elle sentit un choc à la disparition du lien, sentit son cœur s'engourdir et se vider, à l'abandon dans sa poitrine.

Oh, mon Dieu ! Elle l'avait perdu, perdu de nouveau.

— Kellan, non ! hurla-t-elle, s'étranglant sur des sanglots brûlants. Non !

Elle ne pouvait pas retenir ses larmes. Son chagrin s'échappait violemment d'elle tandis qu'elle s'effondrait sur son corps sans vie.

Kellan était parti.

Mort, juste comme la vision le lui avait montré.

Elle gémit son nom inlassablement, le chagrin et une souffrance infinie l'arrachant à elle-même. Elle ne voulait pas croire qu'il était parti, mais la main de Kellan était molle dans la sienne, son corps puissant immobile, trempé de son sang, marqué de terribles blessures mortelles.

Ils l'avaient tué.

Son amour.

Son compagnon.

Son meilleur ami, son partenaire… son tout.

Disparu.

Mira perçut à peine que des mains venaient se poser doucement sur ses épaules alors qu'elle restait accrochée, désespérée et sanglotante, au corps sans vie de Kellan. Elle entendit à peine la voix profonde de Nikolaï, dont le ton calme et retenu accentuait encore la réalité de l'horreur qu'elle vivait.

— Mira, appela-t-il doucement.

Renata était là aussi et lui caressait la tête.

— Allons, ma puce. Laisse-le partir, mon cœur.

— Non, grogna-t-elle, repoussant les mains qui lui avaient toujours donné tant de réconfort quand elle était enfant.

Nikolaï et Renata étaient toujours parvenus à résoudre ses problèmes lorsqu'elle était petite fille. Ils étaient ses parents de toutes les façons qui comptaient, les épaules puissantes et les bras aimants sur lesquels elle pouvait toujours s'appuyer lorsqu'elle en avait besoin. Mais pas ce jour-là. Pas à présent. Ils ne pouvaient pas réparer ça, ne pouvaient pas faire que ça n'ait pas eu lieu.

— Ils l'ont tué, murmura-t-elle, au désespoir. Oh, mon Dieu… Ils l'ont tué.

Elle tourna la tête pour lever les yeux vers ses parents. Lucan et la plupart des membres de l'Ordre étaient là aussi, guerriers et Compagnes de sang rassemblés solennellement autour du corps de Kellan, silencieux, choqués au-delà des mots.

Et derrière eux tous, bouche bée de curiosité morbide, les membres du CGN, dont la plupart n'avaient pas eu besoin qu'on les force pour demander la mort de Kellan. Membres de la Lignée comme humains, ils dressaient la tête pour apercevoir le corps du méchant honni. En les voyant, Mira sentit le venin fuser dans ses veines. Ils étaient aussi responsables de la mort de Kellan que les gardes de la FIMUS qui avaient ouvert le feu sur lui.

Le mépris qui bouillait en elle s'échappa dans un rugissement.

— Foutez le camp, hurla-t-elle aux membres du Conseil. Éloignez-vous de lui, tous !

Elle se précipita sur eux, mais Nikolaï l'attrapa fermement, la retenant contre lui alors que tout en elle hurlait vengeance. Ses lamentations de désespoir avaient quelque chose d'animal, même à ses propres oreilles. Elle se laissa aller dans les bras de Nikolaï, les larmes lui brouillant la vue.

— Ramenez-la au quartier général, dit Lucan à Nikolaï et Renata, la voix grave mais pleine de compassion. Faites tout ce qu'il faudra pour elle.

Mira ne pouvait plus repousser les bras qui l'entraînaient à présent, car elle n'avait plus ni force, ni volonté. Elle ne ressentait plus rien.

Elle avait le sentiment que sa poitrine était ouverte et qu'un vent froid s'y engouffrait pour l'anesthésier.

Kellan était mort.

Mira avançait comme un automate, pas même sûre de continuer à respirer, tandis que Nikolaï et Renata l'emmenaient hors de la salle à présent silencieuse.

Lucan lança un regard noir aux membres du CGN, toujours bouche bée, tandis qu'on emmenait Mira loin de la scène. Ses yeux étincelaient d'ambre brûlant. Il sentait la pointe de ses crocs lui érafler la langue lorsqu'il parlait et sa voix vibrait d'une colère meurtrière.

— Le spectacle est terminé. Vous avez eu votre livre de chair. Maintenant, cassez-vous !

Silencieux et craintifs, les membres du groupe s'éparpillèrent. Alors qu'ils quittaient la salle d'audience, Dante revint de l'arrière du bâtiment, du côté duquel s'était échappé Benson.

— Le conseiller est mort, Lucan. Je l'ai trouvé dans le couloir là-derrière il y a à peine un instant. On lui a tiré trois fois dessus, à bout portant dans la tête. Aucune trace des soldats de la FIMUS qui sont sortis après lui.

— Et merde…

Lucan se passa une main sur le crâne. Benson avait eu des informations sur la technologie UV d'Ackmeyer. Il l'avait quasiment avoué juste avant que Kellan bondisse sur lui. Apparemment, Benson en avait su assez sur « Étoile du matin » et sur ceux qui avaient mis la main dessus pour que quelqu'un s'assure qu'il n'ait pas l'occasion d'en dire plus. Mais qui, et pourquoi ?

Et jusqu'où allait ce complot?

Il y avait encore une autre question à laquelle il allait falloir trouver rapidement une réponse: qu'était Opus Nostrum?

Lucan jeta un regard derrière lui à Kellan et aux dizaines de blessures par balle qui étaient venues à bout du jeune mâle.

— Ça n'avait pas besoin de se terminer comme ça, putain! Il méritait mieux. Il méritait une deuxième chance, et Mira avec lui.

Dante hocha la tête d'un air grave.

— Peut-être y a-t-il un moyen d'arranger ça.

Le guerrier lança un regard chargé de sens à sa Compagne de sang, Tess, qui se tenait là avec le reste des membres de l'Ordre et leurs compagnes. Avant que Lucan ou Dante ait pu dire un mot de plus, elle était entrée en action, s'agenouillant près de Kellan pour faire courir ses mains guérisseuses sur lui.

— Son sang est encore chaud, mais son cœur a cessé de battre.

— Est-ce que tu peux le relancer?

Lucan se souvenait d'un événement de la vie de Tess qui avait eu lieu avant qu'elle rencontre Dante, et que celui-ci lui avait raconté. Alors qu'elle n'était encore qu'une jeune femme, elle avait fait revivre quelqu'un qui était décédé soudainement d'une crise cardiaque.

Et Dieu savait que cette femelle avait réparé plus que sa part de blessures reçues au combat par les membres de l'Ordre au cours des deux décennies écoulées.

Mais à présent Tess ne semblait pas si sûre d'elle.

— Je peux relancer son cœur, expliqua-t-elle, mais je ne serai pas capable d'arrêter l'hémorragie et de cicatriser toutes les blessures en même temps. Je peux le faire revivre, mais il risque de perdre tout son sang plus vite que je ne parviendrai à le remettre en état.

— Laisse-moi t'aider.

Le fils de Tess et de Dante, Xander Raphaël, s'accroupit près d'elle. Le visage du jeune guerrier était concentré, ses yeux, de la même teinte aigue-marine que ceux de sa mère, pleins d'une détermination que Lucan lui avait déjà vue sur le terrain. Il plaça les paumes sur deux des blessures par balle, puis hocha la tête à l'intention de sa mère.

— Tu fais redémarrer son palpitant, je m'occupe du reste.

Tess sourit, arborant une expression de fierté maternelle, tandis que la paire de guérisseurs se mettait au travail sur Kellan.

Autant que n'importe lequel des autres guerriers ou Compagnes de sang assistant à la scène, Lucan voulait savoir si l'Ordre aurait droit à un miracle ce jour-là ou s'il lui faudrait enregistrer une perte et voir le corps de l'un des siens partir à la rencontre du soleil le lendemain matin lors d'un rituel funéraire.

Mais indépendamment de l'état dans lequel Kellan Archer retournerait au quartier général de l'Ordre, Lucan et les autres guerriers avaient à traiter d'autres problèmes sérieux, dont l'urgence n'était que plus criante suite à l'exécution du conseiller du CGN Benson quelques minutes auparavant.

Il lança un regard à Gideon, à Tegan, à Dante et au reste des aînés de l'Ordre.

— Opus Nostrum ? lança-t-il d'un air grave et interrogateur.

Gideon secoua la tête et les autres guerriers l'imitèrent.

— C'est du latin. Ça veut dire « notre œuvre ».

— Une idée de ce à quoi ça fait référence ou, plus important, du lien qu'il peut y avoir avec le projet « Étoile du matin » d'Ackmeyer ?

— C'est la première fois que j'en entends parler, répondit Gideon.

Tegan inclina la tête, le regard froid.

— Je vais constituer une équipe et partir en reconnaissance. Nous nous mettrons en marche dès le coucher du soleil.

Lucan acquiesça.

— Nous allons avoir besoin de tout ce que tu pourras trouver. Ne laisse rien au hasard. Rapporte-moi au fur et à mesure tout ce que tu découvriras.

Tegan pivota sur ses talons, faisant signe à plusieurs autres guerriers de le suivre.

— Qu'est-ce qu'on fait pour le gala ? demanda Dante. Est-ce que tu veux qu'on augmente la sécurité, qu'on montre un peu plus nos muscles, au cas où quelqu'un aurait dans l'idée de faire quelque chose de stupide ce soir ?

Lucan réfléchit un moment. Ça avait beau être tentant, la dernière chose à faire était de se pointer au sommet pour la paix avec une armée de guerriers de la Lignée équipés de pied en cap pour le combat. En effet, un truc pareil risquerait de faire le jeu de quiconque nourrirait un désir secret de voir la trêve entre l'humanité et la Lignée voler en éclats.

« Quel meilleur endroit pour provoquer une guerre qu'un sommet pour la paix ? »

En se souvenant des mots de Darion, Lucan jeta un coup d'œil à son fils. Le commentaire qu'il avait fait plusieurs jours auparavant, avant le début de ce chaos, lui avait semblé suffisamment troublant pour y prêter attention à ce moment-là. À présent, il semblait probable que l'intelligence tactique de son fils l'avait mené à une prédiction exacte.

Et si quelqu'un voulait mettre en péril le gala du sommet ce soir-là ?

Si quelqu'un voulait réduire à néant tous les efforts qui avaient été faits depuis la Première Aube vingt ans auparavant et revenir en arrière, à une époque où il n'y avait pas de paix ? Ou même s'assurer qu'elle ne soit plus jamais possible ?

Mais pour faire ça, il leur faudrait d'abord affronter l'Ordre.

Lucan regarda Dante et secoua la tête.

— Ne dévoilons pas notre jeu ce soir. S'il y a quelque chose de prévu, laissons les salopards se croire à l'abri. Laissons-les montrer leur main les premiers. Nous serons prêts à les recevoir. En attendant, personne n'est au-dessus de tout soupçon.

Chapitre 26

Mira se réveilla en sursaut, bouche ouverte comme un poisson qu'on vient de sortir de l'eau.

Choquée.

Confuse.

Jetée dans une nouvelle réalité éprouvante.

Haletante, elle s'assit d'un coup dans son lit. Son cœur battait vite et fort, comme s'il avait voulu s'échapper de sa poitrine.

Elle était de retour au quartier général de l'Ordre, seule dans une chambre obscure et silencieuse. Elle remarqua à peine ce qui l'entourait et ne se demanda pas comment elle était arrivée là ni combien de temps elle était restée inconsciente.

Elle se souvenait vaguement que Nikolaï l'avait mise en transe après qu'ils eurent quitté le bâtiment du CGN. Elle ne pouvait pas lui en vouloir de l'avoir endormie par hypnose, car le chagrin l'avait rendue hystérique.

Tout ça ressemblait à un cauchemar, horrible et désespérant. Mais non, c'était bien la réalité. Elle avait toujours du sang de Kellan sur ses vêtements.

On lui avait tiré dessus.

Kellan était mort.

Et pourtant…

Elle se frotta la poitrine, perçut sous sa paume le rythme régulier et puissant de son cœur. Son sang bourdonnait dans ses veines et tous ses sens étaient concentrés sur une seule chose… Kellan.

Elle le sentait dans chacun des atomes de son être.

Elle ressentait sa douleur, sa lutte pour s'accrocher à quelque chose qui jusque-là lui échappait.

La vie !

Elle le sentait s'y cramponner. Il luttait pour chaque inspiration, forçant chaque battement de son cœur à pulser plus de sang dans ses veines. Elle sentit son esprit partir à sa recherche, sentit leur lien se reconstituer, lui donnant la force dont il avait besoin.

Oh, mon Dieu…

Kellan était vivant.

Mira balança ses pieds par-dessus le bord du lit et se leva au moment précis où Renata pénétrait dans la chambre.

— Kellan ? bredouilla Mira, pour qui c'était à la fois une question et une prière.

Renata sourit. Le soulagement se lisait sur son visage.

— Oui, ma puce. Il n'est pas encore tiré d'affaire, mais Tess et Rafe…

Folle de joie, Mira ne la laissa pas terminer. Elle poussa un cri d'incrédulité et se jeta dans les bras de Renata pour l'embrasser.

— Il faut que je le voie.

Elle se précipita à travers la grande maison, suivant le faible guide du lien de sang qu'elle partageait avec lui. Il l'amena au bas de l'escalier jusqu'à l'étage principal, puis plus bas, jusqu'à l'aile souterraine du centre technique du quartier général et à la double porte de l'infirmerie au bout du couloir.

Kellan était allongé sur un lit d'hôpital dans l'une des six chambres médicalisées. Tess et Xander Raphaël étaient avec lui. Nikolaï, Dante et Lucan se tenaient d'un côté du lit. Et Nathan lui aussi était là, raide comme une sentinelle en faction, flanqué de son équipe de guerriers et de celle de Mira.

Ces derniers, avec qui elle s'entraînait, riait et allait au combat, lui firent tous des signes de connivence et de soutien lorsqu'elle pénétra dans la pièce. Quant à Nathan, en dépit de sa posture retenue, il n'aurait pu nier l'inquiétude qui se lisait dans ses yeux lorsqu'il pivota la tête et croisa le regard de Mira. Lui aussi s'était fait du souci pour Kellan.

Mira rejoignit le lit, ne remarquant qu'elle avait retenu sa respiration que lorsqu'elle vit la poitrine de Kellan se soulever et que ses propres poumons expulsèrent un énorme soupir.

Elle murmura son nom, tendant la main pour dégager son front pâle d'une mèche de ses cheveux cuivrés.

— Il est encore très faible, dit Tess avec douceur. Il a perdu beaucoup de sang.

— Il est vivant, répondit Mira.

C'était là tout l'espoir dont elle avait besoin. Elle l'embrassa sur la bouche, où elle goûta ses propres larmes, et lui entoura les épaules des bras en se laissant aller à son soulagement.

Elle resta comme ça un long moment avant de pouvoir le lâcher. Puis elle se détourna et alla jusqu'à Xander Raphaël et Tess, les faiseurs de miracles. Elle les étreignit tous deux, mais resta accrochée à Tess avec une gratitude qui allait bien au-delà des mots.

Le matin même, Tess avait dit à Mira que son don de voyance lui avait fait un cadeau qu'elle espérait pouvoir lui rendre un jour. Jamais Mira n'avait imaginé à quel point elle aurait besoin du pouvoir extraordinaire de Tess. Comment pourrait-elle jamais lui exprimer sa gratitude ?

— Tess, je…

L'autre Compagne de sang se contenta de sourire et de serrer la main de Mira.

— Je sais. Maintenant retourne près de lui. Kellan a besoin de toi plus que de quoi que ce soit d'autre.

Mira reprit sa place près du lit et s'empara de la main de Kellan. Sa peau était chaude. Ses doigts s'agitèrent sous son étreinte, puis serrèrent. Il la sentait. Il savait qu'elle était là avec lui.

— Son cœur est très solide, affirma Tess. Il s'est battu comme un beau diable pour revenir. Il ne voulait pas lâcher.

Mira ne put retenir un petit sanglot.

— Tu m'es revenu, murmura-t-elle, se penchant tout près de lui en lui caressant le visage. Maintenant, tu es piégé pour de bon, Kellan Archer. Tu m'entends ? Ne t'avise pas de me lâcher de nouveau.

Tess posa une main légère sur le dos de Mira.

— Je reviendrai vérifier comment il va un peu plus tard afin de m'assurer qu'il est sur la bonne voie. Mais pour l'instant, sa guérison dépend de toi. C'est ton sang qui le tirera d'affaire, Mira.

Elle acquiesça et remarqua que Tess avait placé un fin scalpel au-dessus d'un linge replié sur la table de chevet.

Le soulagement qu'éprouvait Mira à voir Kellan vivant avait beau être total, elle ne put s'empêcher de ressentir la gravité de la présence de Lucan dans la chambre. Kellan s'était vu accorder la chance de pouvoir défier les blessures qui l'avaient tué devant le CGN, mais elle se demandait quelle était désormais sa position face à Lucan et au reste de l'Ordre.

— Que va-t-il se passer maintenant, Lucan ? Si Kellan se réveille… quand il se réveillera, où en sera-t-il ?

Lucan arborait une expression indéchiffrable. Il regarda Kellan, puis reporta le regard grave de ses yeux gris sur Mira.

— Rien de tout ça ne change ce qui a déjà eu lieu. Mort ou vivant, il a été reconnu coupable par le Conseil. Il ne pourra retourner à la vie qu'il menait auparavant, à aucune des vies qu'il a menées jusqu'ici.

Mira savait que sa déception devait se lire sur son visage. Elle avait espéré une sorte d'absolution de la part de Lucan, avait attendu de lui qu'il lui dise en gros que Kellan allait retrouver sa place au nid et que la vie reprendrait comme avant, mieux qu'avant même.

Elle espérait un miracle. Et après tout, elle l'avait eu, n'est-ce pas ? Kellan était vivant. Il leur faudrait imaginer le reste, tout le reste, plus tard et ensemble.

Et si cela voulait dire qu'elle devait quitter l'Ordre pour rester avec Kellan ?

Elle s'efforça d'ignorer le coup au cœur que provoquait chez elle cette idée. L'Ordre était sa famille, son but dans la vie, son foyer.

Elle détourna le regard de Lucan pour le reporter sur Renata, si belle avec son ventre tout rond, nichée sous l'aile protectrice de Nikolaï. Puis elle regarda Nathan, son ami si cher, l'ami de Kellan. Et enfin le trio de ces guerriers de la Lignée qui étaient devenus pour elle depuis si longtemps plus que de simples camarades. Tous les gens qui étaient rassemblés dans cette chambre et sous ce toit faisaient partie de la vie de Mira.

En dépit de toutes ses tentatives de ces derniers jours pour convaincre Kellan qu'ils devaient s'enfuir ensemble, tout abandonner et tenter de prendre de vitesse le destin qu'il avait vu se dérouler dans ses yeux, ce n'était qu'à présent qu'elle se rendait compte de combien le prix à payer aurait été élevé.

Mais Kellan, lui, l'avait su.

Malgré la menace de mort qui pesait sur sa tête, il n'avait pas laissé Mira tourner le dos à tout ce qu'elle aimait pour une vie d'exil et de dissimulation avec lui. Il avait choisi de faire face à un destin fatal afin de s'assurer qu'elle retrouverait le chemin de son foyer.

Et ce sacrifice la faisait l'aimer plus que jamais.

Elle prit le scalpel posé sur la table de chevet et fit une petite incision à son poignet avant de poser la plaie saignante contre la bouche molle de Kellan. Lui caressant les cheveux et la joue, elle l'encouragea doucement à boire. Son sang s'accumulait sur la langue de Kellan, rouge sombre, sa saveur cuivrée mélangée au parfum subtil des lys, son odeur caractéristique. Au bout d'un long moment, Kellan réagit, commençant à déglutir lentement tandis que le sang glissait au fond de sa gorge.

— C'est ça, murmura Mira. Nourris-toi à ma source, Kellan. Prends tout ce dont tu as besoin.

Les lèvres de Kellan avancèrent pour s'approcher de sa veine, puis sa langue s'appuya contre sa peau, chaude et inquisitrice. Il prit une nouvelle gorgée, puis une autre...

Mira continuait à le caresser tandis qu'il buvait à sa veine, sentant sa force se reconstituer à travers leur lien.

— Continue à boire, dit-elle d'une voix douce. Reviens-moi.

Concentrée sur Kellan, sur son besoin de l'aider à aller mieux, à redevenir entier, elle remarquait à peine la présence des autres dans la pièce à présent.

— Laissons-leur un peu d'intimité, déclara Renata. (Avant de mener le groupe constitué des guerriers et de leurs compagnes hors de la chambre, elle adressa à Mira un sourire plein de tendresse.) Je t'aime, ma puce.

Mira hocha la tête, esquissant à son tour un sourire.

— Moi aussi, je t'aime, Rena.

Elle les aimait tous, les membres de la seule famille qu'elle ait jamais connue. Et elle aimait Kellan, l'homme à qui elle avait donné son cœur dès les premiers instants où elle avait posé les yeux sur lui.

Elle ne voulait pas avoir à choisir. Elle voulait l'un et l'autre.

Égoïstement, désespérément, elle voulait sa famille et Kellan.

Quatre heures plus tard, Lucan Thorne se tenait au côté de sa Compagne de sang, Gabrielle, au gala du sommet pour la paix, habillé comme un foutu croque-mort d'un costume noir, d'une chemise noire à col boutonné et de vernis noir.

Le reste des membres de l'Ordre de service à la réception étaient vêtus de même, constituant un escadron de près de vingt hommes dont les costumes sur mesure dissimulaient avec art les armes. On n'aurait pas pu dire pour autant qu'ils se fondaient dans la masse, loin de là. La présence menaçante de vampires musclés de deux mètres de haut dans tous les coins du somptueux hall de réception ne passait évidemment pas inaperçue.

Mais c'était exactement l'effet recherché par Lucan pour les près de mille dignitaires humains et vampires venus de partout dans le monde pour assister au sommet.

L'Ordre était là et veillait. Et pas besoin d'un arsenal pour que ça se voie. C'était évident dans la façon de se déplacer de chacun des guerriers, dans son œil fixe et sa mâchoire carrée. De chacun d'entre eux émanait le pouvoir surnaturel, même au repos. Malgré leur détachement apparent, rien ne leur échappait.

Mais ils étaient là pour maintenir la paix, pas pour alimenter la méfiance.

On ne pouvait pas en dire autant de la trentaine de cow-boys qui jouaient les gros bras dans leur uniforme de Crowe Industries, équipés chacun d'une paire de pistolets bien visible à la ceinture. Lucan eut un regard rageur en apercevant le paon prétentieux qui employait ces brutes stupides se diriger vers lui depuis l'autre côté du grand hall surpeuplé.

Gabrielle posa la main sur son bras et se pencha vers lui avec beaucoup de naturel et un ravissant sourire de parade.

— Efforce-toi d'être gentil. C'est une fête, tu te souviens ?

Les yeux rivés sur Reginald Crowe, Lucan inclina la tête en grognant.

Exsudant la richesse et l'onctuosité d'un négociateur-né, Crowe était vêtu d'un smoking noir et d'une chemise blanche et s'avançait une flûte de champagne à la main gauche. Grand et sportif, il se déplaçait avec l'air de celui qui possède tout ce sur quoi il pose le regard, un air qui donna envie à Lucan de mettre un terme à son arrogance d'un bon bourre-pif. Sa crinière épaisse, jaune doré, était coiffée en arrière avec du gel, et son sourire semblait ainsi tenir encore plus de place sur son visage tanné par le soleil.

— Président Thorne, dit-il avec un sourire qui semblait beaucoup moins amical vu de près, bonsoir à vous.

Lucan n'eut d'autre choix que de prendre la main tendue et de la secouer fermement. Mais il n'eut pas à adoucir son regard car Crowe laissait glisser le sien sur Gabrielle, la détaillant de la tête aux pieds. Vêtue d'une simple robe fourreau gris colombe et de fines chaussures à talons, elle était sublime.

— Je ne pense pas que nous ayons eu le plaisir…

— Ma compagne, la présenta Lucan d'un ton rogue. Gabrielle.

Elle salua l'homme d'affaires d'un hochement de tête poli et le visage de Crowe s'éclaira d'un regard appréciateur.

— Je suis enchanté. (Il s'inclina légèrement puis montra son verre de champagne.) Puis-je vous rapporter un cocktail ou quelques amuse-gueules ? J'en serais honoré, lady Thorne.

Sous l'effet de ces égards exagérés, le sourire de Gabrielle perdit un peu de son naturel.

— Non, je vous remercie.

— Que voulez-vous, Crowe ?

Crowe revint à Lucan.

— En fait, je voulais vous féliciter d'avoir pris la décision de ne pas renoncer au gala. C'est ce qu'aurait voulu le conseiller Benson, j'imagine. Lui et le reste du CGN, vous y compris bien entendu, ont tant fait pour la tenue de ce sommet que ç'aurait été une honte de le voir annulé à la dernière minute.

— Surtout après tout ce que vous avez personnellement investi dans l'événement, grogna Lucan en guise de réponse.

Partout où le regard se posait se voyait la marque de Crowe Industries. Cela allait du personnel de sécurité aux équipes de vidéo chargées de la retransmission de la réception dans le monde entier en passant par les services de traiteur. C'était au point que l'orchestre de dix musiciens qui jouait au fond du hall superbement décoré le faisait sous un affichage numérique du visage souriant de Reginald Crowe.

Et puis il y avait, au centre du grand hall, le chef-d'œuvre égotiste de cet homme, la sculpture qu'il s'apprêtait à dédier au CGN ce soir-là en commémoration de la Première Aube et de la mission du sommet en vue d'assurer une paix réelle.

Au moins n'était-ce pas une ode flagrante à son arrogance, la représentation grandeur nature de Reginald Crowe à laquelle Lucan s'était à moitié attendu, mais un grand obélisque taillé d'étincelant cristal à facettes. Au sommet de cette sculpture fuselée de trois mètres de haut était posé un orbe parfait à l'éclat froid de diamant, qui toutefois luisait faiblement en son centre de nuances pastel de pêche et d'or.

C'était, Lucan devait bien le reconnaître, au moins en son for intérieur, une remarquable œuvre d'art. La plupart des dignitaires présents étaient d'ailleurs d'accord sur ce point et se dirigeaient par grappes vers l'obélisque comme il s'était agi d'un fanal au beau milieu de l'océan des invités en grande tenue.

Crowe but une gorgée de champagne en balayant du regard la réception qu'il avait payée avec ce qui devait se compter en millions. Il laissa échapper un soupir harassé et secoua lentement la tête.

— Quel dommage, vraiment ! Cette soirée aurait dû être une célébration de toutes les bonnes choses encore à venir, une reconnaissance de toutes les promesses du futur. Avoir perdu l'un des esprits scientifiques les plus brillants de la planète et un homme d'État respecté suite à des actes de violence au cours de la même semaine… (Reginald Crowe claqua de la langue.) Eh bien, c'est impensable. Quelle tragédie !

— Et comment ! répondit Lucan.

Reginald Crowe riva sur lui un regard aussi perçant que celui d'un oiseau de proie.

— Et l'Ordre, qui a connu ses propres pertes cette semaine, doit être lui aussi sous le choc. C'est terrible d'apprendre que l'un des vôtres a viré traître. Un ancien guerrier passé du côté sombre pour s'allier aux rebelles… C'est stupéfiant ! (Crowe se laissa aller à un sourire glacial.) J'espère que vous me pardonnerez de dire qu'il y a eu aujourd'hui une mort dont je me suis réjoui.

Lucan haussa les épaules, refusant de laisser l'humain le narguer.

— Apparemment, il n'était pas le seul impliqué dans un complot. Le meurtre de Benson par des membres de la FIMUS aujourd'hui signifie à l'évidence que le conseiller avait ses propres ennemis secrets.

Reginald Crowe fronça les sourcils comme pour exprimer des regrets, mais l'émotion n'atteignit pas vraiment ses yeux.

— Nous vivons une époque dangereuse, je suis sûr que vous serez d'accord. Et je dois dire que je suis surpris par l'absence de réponse sécuritaire après la violence de l'audience d'aujourd'hui. Je pensais que l'Ordre alignerait ce soir un bataillon en ordre de marche.

Lucan grogna, sans perdre son calme pour autant.

— Cet événement a lieu dans le cadre d'un sommet pour la paix, pas d'une bataille rangée. Vos hommes n'ont pas dû bien lire les instructions.

Crowe gloussa en regardant autour de lui ses gardes en uniforme patrouiller l'endroit comme une équipe de commandos.

— Ce qui me fait me demander quels sont les intérêts que vous protégez le plus, ajouta Lucan. Ceux du sommet, ceux des invités… ou les vôtres ?

Cette fois, le sourire du magnat de l'industrie se transforma en rictus.

— Il se trouve que je considère ces éléments d'égale importance. En particulier après avoir vu l'Ordre laisser quelqu'un comme Jeremy Ackmeyer se faire enlever à son nez et à sa barbe… par l'un de ses membres déchus, en prime. Je suis d'avis qu'on ne peut jamais être trop prudent lorsqu'il s'agit de protéger les intérêts de notre avenir, président Thorne.

— Sur ce point-là au moins, nous sommes d'accord, répondit sèchement Lucan.

Crowe leva son verre et le vida d'un trait. Puis il lança un regard à Gabrielle et lui adressa un hochement de tête galant.

— Si vous voulez bien m'excuser, j'ai des invités à accueillir.

Sans attendre de réponse, il s'éloigna d'un pas félin, traversant la foule de smokings et de robes de soirée pour rejoindre un ambassadeur sud-américain de la Lignée qui arrivait avec sa jolie compagne blonde.

Gabrielle le regarda s'éloigner.

— Quel connard ! lâcha-t-elle discrètement.

Lucan grogna et la serra contre lui.

— Aucun doute là-dessus. Et il mijote quelque chose, je l'ai senti sur lui.

Il lança à travers la salle à Tegan et à Dante un regard suivi d'un hochement de tête significatif dans la direction de Reginald Crowe. Ces deux-là ne lâcheraient pas l'humain d'une semelle de la soirée.

Et si l'Ordre avait le moindre soupçon à son égard, il ferait son affaire à ce salopard, mondovision ou non.

Chapitre 27

Kellan rêvait de lys.

Leur doux parfum enveloppait ses sens comme un ruban de soie, le tirait doucement vers la surface hors d'un lourd sommeil de plomb.

Il était vivant.

Il ouvrit les yeux et cilla lentement en accommodant son regard sur son environnement. Il était dans un lit, mais pas un lit d'hôpital ; non, il se trouvait dans l'infirmerie du quartier général de l'ordre à Washington. Il connaissait cet endroit, s'y était retrouvé après le combat plus d'une fois dans un passé lointain, mais jamais comme ça.

Et jamais avec Mira collée à lui dans le lit.

Une vague d'émotion le submergea.

Il était vivant !

Et pourtant, il savait qu'il avait été mort. Il se rappelait le moment où l'obscurité s'était refermée sur lui et où il avait perdu tout contact avec le monde physique. Il avait pourtant essayé si fort de tenir le coup. Il ne voulait pas partir, ne voulait pas la quitter. Il ressentait encore la panique, le sentiment de perte infinie qu'il avait éprouvé tandis que son lien avec Mira faiblissait de plus en plus jusqu'à rompre, l'envoyant dériver loin d'elle, sans port d'attache, perdu dans un océan d'obscurité.

Il était mort.

C'était clair pour lui.

Et pourtant il se retrouvait là avec une nouvelle chance de vivre. Et soudain il comprit : Tess et Xander Raphaël. C'étaient leurs mains qui l'avaient guéri, leurs voix qui lui avaient dit de tenir bon, de s'accrocher aux filins qu'ils lui lançaient.

Et puis il y avait eu Mira.

Elle aussi l'avait sauvé. Il avait encore le goût de son sang au parfum de lys sur la langue. Ce sang l'avait trouvé, guéri, au moment où il en avait le plus besoin. Il avait bénéficié de la force de Mira, de sa puissance, de son amour.

Leur lien avait défié la mort, et il ne s'était jamais senti si petit devant quoi que ce soit de toute sa vie. Il aimait cette femme, sa femme, sa compagne éternelle. Il avait plus besoin d'elle que d'air, plus besoin d'elle que de quoi que ce soit d'autre. Son cœur ressuscité et renouvelé, battant comme un tambour, était gonflé de l'amour qu'il lui portait.

Se réveillant avec un petit soupir, Mira bougea à côté de lui. Elle portait le même treillis noir que lorsqu'il l'avait vue pour la dernière fois, mais il était à présent tout froissé et taché par endroits de son sang. Sa tresse blonde était presque défaite et les cheveux qui s'en échappaient bordaient de mèches pâles son visage. Il eut le sentiment de n'avoir jamais rien vu de plus beau.

Elle souleva la tête, le regarda, vit ses yeux ouverts qui la contemplaient en retour, et resta bouche bée.

— Kellan… Oh, mon Dieu ! Tu es réveillé. Tu m'es revenu.

Il sourit mais n'eut pas l'occasion de parler car Mira avait déjà collé les lèvres aux siennes pour un baiser brûlant. Puis elle s'écarta et le regarda encore, les yeux étincelants derrière le voile mauve de ses lentilles de contact.

— Tu es vraiment ici avec moi !

Il parvint à hocher la tête avant qu'elle l'embrasse de nouveau, plus tendrement cette fois, en lui tenant la tête à deux mains. Elle ne se lassait pas de le regarder, fouillant ses yeux, buvant sa présence éveillée avec une joie et une affection non dissimulées. Soudain, elle fronça les sourcils et jura.

— Ne t'avise pas de me quitter de nouveau, Kellan Archer.

— Plus jamais, promit-il d'une voix pâteuse et éraillée.

— Si tu le fais, je te promets ici et maintenant de te pourchasser et de te tuer moi-même. Tu as bien compris ?

Il sourit et l'attira contre lui

— Oui, madame.

Son corps était de nouveau opérationnel et il sentait le sang circuler avec vigueur dans ses veines. Sous le drap qui couvrait son corps nu, ses muscles jouaient, rajeunis et prêts à servir. Il y avait quelque chose d'autre de prêt à l'emploi et il ne fallut à Mira qu'une seconde pour constater que tout chez lui était réveillé et bien vivant.

— Tu es incroyable, murmura-t-elle, mais on lisait de l'humour et un intérêt non feint dans ses yeux. Au cas où tu ne t'en serais pas rendu compte, sache que tu as au moins une vingtaine de blessures par balle.

De fait, il n'en savait rien et ne sentait qu'à peine les zones de son corps qui avaient été pansées. Tout ce qu'il sentait c'était la proximité de sa Compagne de sang, sa précieuse Mira, chaude et douce dans ses bras. Il fit courir la main le long de son dos jusqu'à la courbe ferme de son derrière et grogna, se réjouissant de la sentir contre lui, collée à son érection.

— L'un de nous est trop habillé.

Il voulait alléger l'instant et, c'était vrai, il se sentait on ne peut plus heureux d'être vivant, de respirer de nouveau et, surtout, de le faire allongé près de la femme avec laquelle il espérait bien passer une longue éternité agréable. Et son bonheur était tel qu'il ne voyait pas de meilleur moyen pour célébrer l'occasion que de s'enfoncer profondément dans le corps délectable de Mira.

Mais elle ne voulait pas en entendre parler pour l'instant. Elle se souleva sur un coude à côté de lui, arborant un air tout ce qu'il y avait de plus sérieux, et jura doucement.

— J'ai cru t'avoir perdu aujourd'hui, Kellan, je t'ai vu mourir. Je l'ai senti en moi. (Un pli se creusa entre ses sourcils et, baissant les yeux, elle secoua lentement la tête.) J'aurais voulu te haïr pour ta reddition au Havrobscur dans le Maine. Je crois même que je l'ai fait, juste un peu. Je voulais faire durer le temps que nous avions ensemble et tu m'as privée de ça. Tu nous en as privés tous les deux.

Il caressa son visage et sa chevelure de soie, et déglutit.

— Je ne voulais pas te faire de nouveau du mal. Je ne voulais pas te voir rejeter ton passé, rejeter ta famille, comme je l'avais fait moi. Je ne voulais pas que tu aies à faire face au même genre de décision impossible que moi. Je ne voulais pas que tu fasses la même erreur que moi.

— Je le sais à présent, répondit-elle en faisant courir légèrement ses doigts sur son torse blessé. Il a fallu que je te perde presque pour de bon pour comprendre ce que tu avais fait pour moi cette nuit-là. (Elle leva les yeux vers lui, un sourire ironique aux lèvres.) Ce qui ne veut pas dire, d'ailleurs, que je ne suis pas toujours en colère.

Il souleva un sourcil, laissa sa main descendre le long du bras de Mira, puis sur sa poitrine.

— J'ai hâte de pouvoir me faire pardonner. (Puis, tendrement il lui souleva le menton et l'embrassa sans se presser et avec vénération.) Tu es à moi, Mira. Je t'aime. J'aurais dû te dire ça une centaine de fois avant. Je n'ai pas l'intention de gâcher cette seconde chance qui s'offre à moi.

— Nous avons bien une seconde chance, c'est vrai, murmura-t-elle doucement. Mais où allons-nous reprendre ? Tu es mort, Kellan. Et Bowman aussi. La nouvelle a été diffusée à travers tout le pays, et probablement partout dans le monde. Le public tenait à sa vengeance et le CGN était bien trop content d'annoncer que justice avait été faite.

Il réfléchit un long moment.

— Candice, Doc et Nina… ?

— Lucan les a relâchés ce matin, avant que tu sois amené devant le Conseil. À l'heure qu'il est, ils ont certainement entendu dire qu'on t'avait tiré dessus et que tu étais mort. (Elle riva sur lui un regard intense.) Personne en dehors de l'Ordre ne doit jamais savoir que ça n'est pas vrai, sinon ta vie serait de nouveau en danger et moi, je ne supporterais pas ce genre d'inquiétude une nouvelle fois.

— Il n'est pas dans mes intentions de te le demander, affirma-t-il en lui caressant la bouche pour la détendre. (Il soupira et prit un air sardonique.) Est-ce que tu crois pouvoir aimer un fantôme ?

— J'en ai aimé un pendant huit ans.

— C'est ma foi vrai, Dieu merci.

Il lui caressa la joue, le désir qu'il ressentait pour elle encore plus vif lorsqu'il pensait à la fidélité dont elle avait fait preuve à son égard. Forte et tenace, elle avait toujours été sa partenaire de toutes les manières possibles. Après tout ce qu'ils avaient traversé, il n'allait pas laisser un petit truc comme la mort se mettre entre eux et leur futur commun.

Et il n'allait laisser personne faire du mal à Mira et à tous ceux qui étaient par ailleurs chers à son cœur, ce qui voulait dire que sa nouvelle mission dans la vie était de faire tout son possible pour mettre à bas Benson et découvrir la vérité qui se cachait derrière le nom que le conseiller corrompu avait lâché pendant les derniers moments de conscience qu'avait éprouvés Kellan lors de l'audience.

Opus Nostrum.

Kellan s'assit, tempes battantes au souvenir soudain de la culpabilité de Benson.

— Que se passe-t-il ? demanda Mira, en se dressant à son côté. (Il balança les jambes par-dessus le bord du lit et elle le rejoignit.) Qu'est-ce que tu fais ?

— Il faut que je parle à Lucan.

— À propos de quoi ?

— Benson.

Il se leva, s'attendant à se sentir faible ou peu assuré sur ses jambes, mais celles-ci tinrent bon, renforcées par le sang que lui avait donné Mira. Même ses blessures lui parurent insignifiantes. Il enleva l'un des bandages et vit que l'orifice d'entrée de la balle s'était refermé, une nouvelle peau déjà en formation. Il défit les autres et jeta les pansements dans une poubelle proche. Quelqu'un avait laissé un pantalon de jogging et un tee-shirt dans la table de chevet. Kellan enfila rapidement le pantalon.

— Il faut que Lucan entende ce que j'ai arraché à Benson aujourd'hui.

— Tu le lui as déjà dit, déclara Mira. (Elle vint se mettre devant lui et lissa des doigts ses blessures en voie de guérison.) Si tu veux parler d'Opus Nostrum, quoi que ça puisse bien être, Lucan est déjà en train de s'en occuper. Tu lui as donné cette information juste avant que tu…

— Il y a autre chose, Mira. Il faut arrêter Benson. Il détient des informations sur un attentat planifié, une attaque dans laquelle la technologie « Étoile du matin » d'Ackmeyer joue un rôle. Il faut interroger ce salopard le plus vite possible.

Elle arbora un drôle d'air, puis secoua la tête.

— Benson est mort. Il a été tué par les mêmes soldats de la FIMUS qui t'ont tiré dessus. Ils l'ont exécuté dans un couloir sombre du bâtiment du CGN alors qu'il essayait de s'enfuir.

Ah, putain !

Kellan attrapa le tee-shirt et se glissa dedans.

— Lucan doit absolument savoir ce qui se passe. Il faut que je le voie tout de suite.

— Impossible. (Mira secoua la tête.) Il n'est pas là. Il est parti avec Gabrielle et le reste des guerriers de l'Ordre et leurs

Compagnes de sang il y a déjà un moment. Ce soir, tout le monde est au gala d'ouverture du sommet pour la paix.

Le sommet pour la paix!

Soudain, Kellan comprit.

— Ça va se passer au gala, murmura Kellan. Lorsque j'ai lu Benson, il se sentait coupable du fait qu'Opus Nostrum ait tué Ackmeyer à cause de sa technologie UV, mais aussi de ce que beaucoup d'autres gens allaient mourir à cause d'elle, le tout sous couvert de la paix. Ils vont utiliser « Étoile du matin » comme arme lors du gala de ce soir.

C'est phalanges blanchies par la pression qu'il exerçait sur son Smartphone que Lucan termina la conversation qu'il venait d'avoir avec Mira. Il lâcha alors un juron bien senti, choquant ainsi la Compagne de sang d'un ambassadeur qui, depuis une vingtaine de minutes, bavassait sans interruption sur ses dernières acquisitions d'œuvres d'art devant Gabrielle et la compagne de Gideon, Savannah. À son expression offusquée, Lucan répondit par un regard noir, trop préoccupé par les nouvelles qu'il venait de recevoir pour jouer les hôtes avenants.

La femme ayant trouvé un prétexte pour s'éloigner, Gabrielle eut pour Lucan un regard ironique.

— Merci pour ce sauvetage. Que voulait Mira ? Tout va bien pour Kellan, n'est-ce pas ?

— Il va très bien. Il est même déjà sur pied. Mais il s'est rappelé quelque chose de plus de sa lecture de Benson.

En considérant la foule de gens qui assistaient au gala, Lucan sentit son estomac se nouer. Il lança un regard à Gideon, qui était en train de bavarder avec Darion de l'autre côté des deux Compagnes de sang.

— Kellan dit que Benson avait connaissance d'un attentat à venir de la part de l'Opus Nostrum. Quelque chose d'important, faisant appel à la technologie UV d'Ackmeyer sous forme d'arme. Il croit que c'est prévu pour ce soir.

— Ici, pendant le gala ? murmura Gabrielle. Tu ne penses pas que ce soit possible, n'est-ce pas ?

Gideon grogna, son regard bleu exprimant le doute par-dessus le bord de ses lunettes miroir.

— Entre l'Ordre et le détachement de sécurité de Crowe, cet endroit est verrouillé. Il faudrait être fou pour penser pouvoir pénétrer la place et la prendre d'assaut.

— À moins d'être déjà à l'intérieur, suggéra Darion.

Lucan sentit ses traits se tendre tandis qu'il envisageait le scénario très probable que venait d'énoncer son fils. D'un coup de menton, il fit signe à Tegan, à Nikolaï et au Chasseur, qui se trouvaient de l'autre côté de la salle, de venir les rejoindre.

— Tous les gens qui sont ici sont passés par les détecteurs de métaux et les scanners d'armes, n'est-ce pas ?

Tegan fit un signe de tête affirmatif.

— Impossible à notre époque de pénétrer dans un bâtiment gouvernemental sans subir un examen complet aux rayons X. Tout le monde y a eu droit ce soir.

— Tu penses qu'il est trop tard pour faire subir à Crowe un examen des cavités corporelles ? ironisa Nikolaï avec un grand sourire. En fait non, à bien y penser, ça risquerait de lui plaire.

Reginald Crowe était en train de se frayer un passage vers la scène fastueusement décorée qui avait été dressée au fond du grand hall de réception. Il serrait des dizaines de mains sur son passage, donnant de grandes claques dans le dos des dignitaires tout en reluquant leurs femmes, bref se comportant comme s'il possédait l'endroit et tous ceux qui s'y trouvaient.

Lucan baissa la tête et jeta un regard furieux en direction de Crowe.

— Il empeste plus que l'arrogance ce soir, déclara-t-il d'une voix grondante. Et si c'était lui qui avait mis la main sur la technologie « Étoile du matin » ? Tout le monde est passé par les détecteurs de métaux en entrant dans le bâtiment, mais quelqu'un a-t-il vérifié les balles dont sont équipés les membres de son détachement de sécurité ?

— Tu crois qu'il pourrait s'agir de munitions UV ? demanda Nikolaï, le spécialiste ès armes de l'Ordre, avant de laisser échapper un long sifflement. Il n'y a qu'un moyen de le savoir. Qui est partant pour une partie de cache-cache ?

Tegan croisa son regard.

— Il va falloir faire ça discrètement. Nous allons devoir les sortir de la salle un par un et les amener quelque part hors de vue où nous pourrons les fouiller. À nous tous, cela ne nous prendra que quelques minutes.

Le Chasseur acquiesça.

— Il y a plein de salles de conférence vides dans le couloir ouest à l'extérieur du hall de réception.

Nikolaï sourit.

— Eh bien, qu'est-ce qu'on attend ?

— Faites vite, intima Lucan, mais débrouillez-vous pour que ça ne se voie pas. Mettez-les en transe à l'aller, et nettoyez leur mémoire au retour. Et si vous trouvez quoi que ce soit de suspect, on boucle tout immédiatement.

Les trois guerriers acquiescèrent puis s'éloignèrent pour avertir les autres du plan à mettre en œuvre. Darion s'apprêta à se joindre à eux, mais Lucan le retint, une main refermée sur son épaule musclée.

— Reste dans le coin. Je veux que tu sois là pour t'occuper de ta mère si la situation l'exige.

Darion fronça les sourcils et serra les dents, mais il acquiesça d'un hochement de tête et fit un pas en arrière, observant le reste des guerriers se charger de mener la fouille des membres du détachement de sécurité de Crowe.

Quant à Lucan, il ne quittait pas des yeux Reginald Crowe lui-même, qui était monté sur scène et se repaissait du tonnerre d'applaudissements provenant de la foule étalée sous lui. Avec un plaisir non dissimulé, plein de lui-même, il jouait les monarques s'apprêtant à s'adresser à ses sujets les plus vils. Lorsque les manifestations de vénération finirent par se calmer, il prit le micro pour ouvrir officiellement le gala du sommet et pour accueillir les dignitaires comme s'il s'agissait de ses hôtes personnels.

Lucan reporta sa concentration sur les progrès de ses guerriers dans l'opération de « je t'attrape et je te relâche » qu'ils menaient dans le hall de réception. Nikolaï était en train de diriger avec beaucoup de naturel l'un des hommes de la sécurité de Crowe hors de la salle, tandis que Tegan venait juste de revenir pour en laisser un reprendre sa place au sein de l'assemblée. Il croisa le regard de Lucan et secoua gravement la tête. Rien.

Les hommes de l'Ordre menèrent ainsi un par un ceux de Crowe hors de la salle. Et un par un ils revinrent tous sans avoir quoi que ce soit à signaler.

Peut-être Kellan s'était-il trompé.

Peut-être l'attaque dont Benson avait eu connaissance devait-elle se dérouler quelque part ailleurs, à un autre moment.

Et pourtant l'instinct de combat de Lucan lui disait avec certitude qu'il y avait quelque chose qui clochait ce soir-là. Quelque chose ne collait pas et il était prêt à parier n'importe quoi que ce quelque chose avait tout à voir avec Reginald Crowe.

Sur scène, l'attitude de ce dernier avait pris un tour plus grave tandis qu'il en était à exprimer son choc et son chagrin de la perte tragique tant de Jeremy Ackmeyer que du conseiller du CGN Benson.

— Deux grands hommes, tous deux visionnaires, disait-il, sa voix portant par-dessus la foule silencieuse. L'un d'entre eux a consacré sa vie à faire avancer notre monde grâce à la science et à l'innovation, l'autre l'a dédiée à la recherche d'un meilleur futur pour nous tous…

Lucan se désintéressa momentanément du discours du capitaine d'industrie pour revenir à ses gardes et à la vérification qu'opéraient sur eux les guerriers de l'Ordre.

Mais Reginald Crowe, entre-temps, était redevenu lyrique.

— Avoir perdu de brillants champions de notre futur au moment où nous nous réunissons ici pour célébrer la paix entre l'humanité et la Lignée démontre bien le travail qui reste à faire. La paix est notre rêve. La paix est notre objectif.

Tandis que la foule applaudissait et que ses membres murmuraient leur accord, Crowe leur montrait d'un large mouvement de bras le centre du hall, où son obélisque de cristal brillait comme un fanal.

— Ce soir, je vous donne un symbole de ma vision pour l'avenir de notre monde. Ce soir, je propose un futur de paix réelle. Il ne s'agit plus de la Première Aube, mais d'une Nouvelle Aube.

À ces mots, Lucan sentit son sang se glacer dans ses veines. Il reporta le regard sur l'obélisque et remarqua que l'orbe de cristal qui surmontait la sculpture s'était mis à luire avec une intensité accrue. À présent la lumière que contenait la sphère pulsait d'énergie.

Et merde !

Ce n'était pas de balles aux UV qu'ils avaient à se soucier en fin de compte.

— La paix est notre vision, disait Reginald Crowe, dont le regard parcourait la foule en parlant. (Quand il croisa celui de Lucan, il s'arrêta.) La paix est notre œuvre. *Pax Opus Nostrum*.

Étoile du matin !

Reginald Crowe avait introduit l'arme juste sous leur nez.

— Baissez-vous ! beugla Lucan.

Il poussa Gabrielle dans les bras de Darion et leur fit signe de quitter la salle au plus vite. Alors que tous les yeux se tournaient vers lui, Lucan sortit son 9 mm semi-automatique de dessous sa veste de costume et visa l'obélisque.

— Tout le monde à terre immédiatement !

À l'intérieur de l'orbe, la lumière se renforçait de seconde en seconde, prête à exploser.

— Bombe UV dans la sphère, cria-t-il aux autres membres de l'Ordre. Faites sortir les civils de la Lignée de cette foutue salle tout de suite !

La foule se mit à hurler avant même que Lucan ait tiré sa première balle.

Le chaos se déclencha et humains comme vampires s'éparpillèrent en une cavalcade de confusion et de terreur.

L'orbe de cristal se fendit sous l'impact de la balle, mais la lumière ne baissa pas pour autant.

Les autres guerriers rassemblaient les dignitaires du mieux qu'ils le pouvaient, le fouillis de corps paniqués empêchant pratiquement de voir quoi que ce soit d'autre que la fuite des hommes et des femmes qui filaient dans toutes les directions tandis que le gala se transformait en hystérie de masse.

À travers la foule en fuite, Lucan aperçut Reginald Crowe qui sautait de la scène pour se réfugier dans l'ombre à l'arrière du hall de réception. Il aurait voulu poursuivre ce salopard, mais toute sa concentration, toute son énergie sauvage étaient fixées sur la destruction de la tour d'art létale qui luisait à présent avec encore plus de force au centre de l'assemblée.

Chapitre 28

Même s'il savait que c'était le dernier endroit où il aurait dû être, et le dernier où il aurait voulu se trouver avec Mira à ses côtés, rien n'aurait pu empêcher Kellan de rejoindre le gala du sommet pour la paix une fois qu'il eut compris qu'il y avait un risque que la technologie UV d'Ackmeyer y soit lâchée sur les guerriers présents.

Alors qu'il garait le véhicule de l'Ordre le long du trottoir, Kellan comprit que la situation était encore pire que ce qu'il avait imaginé.

Bien pire…

Des centaines de personnes en tenue de soirée, humains comme vampires, se précipitaient hors du bâtiment du CGN dans la nuit, fuyant à pied en hurlant de terreur.

Un vrai chaos !

— Oh, mon Dieu ! souffla Mira en faisant le tour de la berline pour rejoindre Kellan.

Elle était vêtue comme lui, en tenue de combat noire de la tête aux pieds, armes chargées prêtes à l'action. Les gardes de ses dagues jumelles brillaient au clair de lune. Elle observait la scène de panique, le regard plein d'inquiétude.

— C'est déjà en train d'arriver, Kellan. Et si c'était trop tard ?

Il aperçut plusieurs des guerriers qui faisaient sortir les dignitaires de la Lignée pour les mettre en sécurité à distance respectable du bâtiment.

— Nous avons encore le temps. Viens.

Mira se mit à trotter derrière lui dans le large escalier qui menait à l'entrée du bâtiment. Ils devaient esquiver le flux des hôtes en fuite, qui se précipitaient vers eux comme du bétail entraîné en une cavalcade aveugle. Kellan repéra une porte de côté ouverte, à l'écart de la foule affolée qui tentait de s'extirper du bâtiment par son entrée principale. Il prit la main de Mira et tous deux plongèrent à l'intérieur.

Le spectacle qui les attendait dans l'entrée du bâtiment était apocalyptique. Les dizaines de personnes qui l'encombraient rendaient toute progression presque impossible. Kellan vit soudain un peu plus loin devant lui la tête blonde et les larges épaules de Xander Raphaël qui dominaient la plupart des humains passant en courant devant lui. Il regarda de leur côté et ses yeux aigue-marine étincelèrent.

— Que s'est-il passé ? demanda Kellan.

— C'est Crowe, gronda Xander par-dessus les têtes de la foule en fuite. Ce fils de pute a installé une bombe UV au beau milieu de la réception. Lucan est en train d'essayer de la neutraliser. Il a ordonné une évacuation totale.

Ah, Seigneur !

Pire encore que des balles aux ultraviolets, une bombe mettant en œuvre ce genre de technologie risquait d'éliminer non seulement les membres de l'Ordre mais aussi tous les dignitaires de la Lignée présents.

Ce qui était exactement le plan d'Opus Nostrum, comprit soudainement Kellan.

— Kellan, regarde ! (Mira lui montrait l'autre extrémité du hall d'entrée.) Les ascenseurs.

Reginald Crowe, flanqué d'une paire de gardes en uniforme, se précipitait dans un ascenseur de service. Avant que Kellan ait eu la possibilité de fuser à travers la distance qui l'en séparait et de l'arrêter, les portes s'étaient refermées. Crowe s'était enfui.

— Et merde ! grogna Kellan lorsqu'il arriva avec Mira au pied des portes refermées. Il file vers le toit. Reste ici ! Ne t'écarte pas de Rafe et des autres guerriers.

— Te laisser partir à sa poursuite seul ? lança-t-elle. C'est hors de question !

Il n'aimait pas l'idée, mais il n'avait pas le temps d'argumenter, surtout étant donné la façon dont elle pointait le menton en parlant. Et puis, Reginald Crowe n'était qu'un humain. Et les deux gardes qui étaient avec lui n'appartenaient pas non plus à la Lignée, ce qui voulait dire que les trois ensemble ne seraient pas un problème pour Kellan. Si on ajoutait à ça le talent meurtrier de Mira avec ses lames, on pouvait considérer que la tentative de fuite de Reginald Crowe était vouée à l'échec avant même de commencer.

Kellan jeta un coup d'œil à l'escalier de service. En utilisant la vitesse que lui conférait la génétique de la Lignée, il pourrait se retrouver sur le toit en quelques secondes à peine.

— Je monte à pied. Prends le deuxième ascenseur.

Elle acquiesça et il fila, avalant les étages jusqu'à la porte de service donnant sur le toit, qu'il franchit à l'instant même où Crowe et son détachement de sécurité faisaient leurs premiers pas sur le revêtement de goudron. Un hélicoptère attendait là à quelques mètres, un pilote humain assis aux commandes. Celui-ci lança le moteur pendant que Crowe traversait rapidement pour rejoindre l'appareil.

Kellan ne perdit pas de temps. Il logea une balle dans le crâne de chacun des gardes, comme s'il s'était agi de quilles de bowling. Voyant ses hommes s'affaler au sol, Reginald Crowe s'arrêta net.

— Ne bouge pas, gronda Kellan. Si tu fais le moindre geste, je t'envoie les rejoindre.

Crowe mit les mains en l'air et se retourna lentement. Il haussa ses sourcils blond vénitien de surprise.

— Eh bien, voilà un développement amusant. Le chef rebelle connu sous le nom de Bowman. Si je m'attendais à voir un homme mort à l'autre bout du canon d'un pistolet ce soir !

Kellan grogna.

— C'est drôle, moi aussi je suis en train de regarder un homme mort.

Reginald Crowe esquissa un sourire.

— Tu ne peux pas me tuer, nous le savons tous les deux. Tu as besoin de moi. Tu as besoin de renseignements que je suis le seul à pouvoir te donner. Tu veux en savoir plus sur Opus Nostrum, n'est-ce pas ?

Kellan visait toujours le centre du front de Crowe.

— Je sais tout ce que j'ai à savoir.

— Tu en es bien sûr ?

Kellan jeta à l'homme un regard noir.

— Laisse-moi résumer. Toi et Benson aviez l'intention d'en finir avec l'Ordre ce soir afin de déblayer la route pour ton appétit de pouvoir tordu. Mais vous n'étiez pas capables de parvenir à vos fins tout seuls. Pour ça, vous aviez besoin de la technologie de Jeremy Ackmeyer. Il vous fallait une arme capable de perpétrer un meurtre de masse instantané. La réponse : « Étoile du matin ».

Reginald Crowe sourit, apparemment amusé.

— Benson a volé le prototype à son neveu, mais tu as décidé qu'Ackmeyer devait mourir. Pas question de laisser quoi que ce soit au hasard, j'imagine. Par chance, son enlèvement t'a donné la meilleure occasion possible pour frapper. Tu as pu le tuer tout en mettant sa mort sur le dos des rebelles, mettant ainsi fin à l'existence d'un pion que tu avais toujours eu l'intention de chasser de l'échiquier.

Kellan entendit la porte d'accès au toit s'ouvrir derrière lui et Mira s'annoncer calmement. Elle s'approcha de lui, ses lames à la main, avec un air sauvage et formidable, beaucoup plus sexy qu'il ne l'aurait voulu à cet instant.

Il se concentra de nouveau sur Crowe et le mépris qu'il éprouvait pour cet homme.

— Benson n'était pas d'accord avec le meurtre de son neveu, n'est-ce pas ? C'est la raison pour laquelle il s'est pointé soûl à l'audience aujourd'hui. Il en a trop dit, et c'est pourquoi tes espions l'ont fait exécuter sur-le-champ.

Reginald Crowe gloussa.

— Si tu crois avoir tout compris… Tu es loin du compte.

— Je ne crois pas. Lorsque j'ai touché Benson, son esprit m'a dit ce qu'Opus Nostrum avait planifié ici ce soir.

— Opus Nostrum n'est pas le pire de tes problèmes, répondit Reginald Crowe.

Il baissa les mains, les laissant tomber lentement à ses côtés. Puis il se mit en marche vers Kellan et Mira.

Kellan leva son pistolet, prêt à tirer entre les deux yeux amusés de Crowe.

— Arrête-toi immédiatement, connard ! Ou ton prochain pas sera ton dernier.

Mais Reginald Crowe ne s'arrêta pas. Il fit un pas de plus dans leur direction.

Kellan appuya sur la détente, une fois, deux fois. Deux coups juste entre les yeux à bout portant dans le crâne du salopard.

Mais il ne tressaillit même pas sous l'impact des balles. Le sang sembla s'évaporer sur-le-champ et sa peau se réparer encore plus vite que chez un membre de la Lignée.

Mira en resta bouche bée.

— Oh, mon Dieu !

— Putain, qu'est-ce… ? murmura Kellan, stupéfait. Tu n'es pas humain. Pas vampire non plus.

Reginald Crowe afficha un large sourire.

— Maintenant, tu commences à comprendre.

Kellan vida son chargeur sur lui, mais Crowe esquiva la plupart des balles avec une agilité surhumaine. Kellan allait prendre sa deuxième arme, mais Mira était déjà en mouvement. Avec un cri rageur, elle lança ses dagues, dont l'une vint se planter profondément dans la gorge de Crowe et l'autre en plein centre de sa poitrine.

Reginald Crowe inclina la tête en la regardant avec une lueur cruelle et animale au fond des yeux.

Et comme si ces blessures mortelles n'avaient aucune importance, il arracha les dagues sanglantes et les laissa tomber au sol.

La lueur de plus en plus intense fit revenir Nathan dans le hall de réception tandis que la foule des invités hurlants finissait de se répandre dans l'entrée en vagues hystériques successives.

Lucan était resté derrière pour essayer de neutraliser l'obélisque de cristal et son orbe illuminé. Lorsque Nathan revint, Lucan était en train de changer le chargeur de son 9 mm. La sphère était éraflée et fendue mais pas brisée.

— Elle est de plus en plus lumineuse, déclara Darion Thorne, qui avait rejoint Nathan. Les balles ne suffisent pas à la détruire. Mais de quoi cette saloperie est-elle faite ?

Nathan secoua la tête. Il n'en savait rien, mais il avait une autre arme dans son arsenal, une arme qu'il avait héritée de la Compagne de sang qui l'avait mis au monde. Il lança ses deux pistolets à Darion.

— Tire tout ce que tu peux sur ce truc de merde. Je m'en occupe de mon côté.

Darion hocha la tête et se mit à traverser le hall désormais vide pour retrouver son père devant l'obélisque. Il ouvrit le feu de concert avec Lucan, un 9 mm dans chaque main, tirant à chaque pas qu'il faisait.

Nathan se concentra sur le vacarme provoqué par les coups tirés et les cris de la foule. Il rassembla le bruit, et fit appel au don qui lui permettait de modifier les ondes sonores en les amplifiant ou en les atténuant. Là, il fit augmenter la cacophonie pour en faire une boule de son et d'énergie.

Lucan jeta un regard à son fils, puis à Nathan, adressant à chacun un hochement de tête d'approbation, leur manifestant ainsi son respect et sa gratitude.

Ensemble, Lucan et Darion continuèrent à tirer sur l'orbe lumineux, agrandissant les fissures qui s'y trouvaient déjà. Nathan engrangea encore plus de son, jusqu'à ce que l'énergie vibrante qu'il avait emmagasinée soit presque trop forte pour qu'il puisse la garder sous contrôle.

Alors, avec un rugissement, il la projeta.

L'air sembla se tordre sous l'effet du souffle qui se dirigeait vers l'obélisque craquelé.

Lucan et Darion bondirent hors de son chemin tout en continuant à tirer sur la sculpture. Ils roulèrent hors de portée juste avant qu'elle ne vole en éclats.

De la lumière s'échappa alors de la sphère, mais cela ne dura qu'un instant. Le cristal de l'obélisque et de l'orbe qui le couronnait explosa dans toutes les directions, se répandant sur le sol du hall de réception en milliers de petits diamants.

« Étoile du matin » avait été neutralisée.

Lucan regarda Nathan, puis son fils.

— Bon boulot, tous les deux. (Ses yeux gris étaient parcourus d'étincelles d'ambre brûlant.) Et maintenant, retrouvons Crowe et finissons-en avec ce salopard.

Chapitre 29

En voyant la gorge et le torse de Crowe se réparer d'eux-mêmes en quelques instants, bouchant les trous qu'avaient laissés ses dagues dedans, Mira resta bouche bée.

Mais qu'était-il donc ?

Quelle que fût la réponse à cette question, il semblait impossible de l'arrêter.

Mais cela n'empêcha pas Kellan d'essayer.

Il se précipita sur Crowe en un corps à corps qui les envoya tous deux percuter la porte de l'escalier de service qui menait au toit. La lourde plaque d'acier se déforma vers l'intérieur sous l'impact et ses solides charnières gémirent.

Reginald Crowe gloussa.

— Tu n'as pas l'habitude d'être battu par quelqu'un d'inférieur à la Lignée, n'est-ce pas, guerrier ? Et ça serait une erreur de calcul de ta part si je n'étais pas en fait au moins ton égal.

Kellan se précipita une nouvelle fois contre lui, le projetant contre la paroi qui jouxtait la porte. Peine perdue ! Reginald Crowe se retourna en l'air, l'entraînant avec lui dans une série de tonneaux effrayants à travers l'étendue de goudron, presque jusqu'au bord du toit.

— Ta race est une abomination. Des bâtards, nés de métis engendrés par ce que vous appelez les Anciens et les demi-portions femelles produites par des humaines et de vulgaires renégats à ma propre race. La Lignée ne mérite pas plus que les humains d'habiter cette planète. Vos Anciens ont cru nous avoir défaits lorsqu'ils nous ont expulsés de notre propre monde jusqu'à ce rocher brut. Et ils ont cru avoir gagné de nouveau quand ils nous ont chassés ici avant de détruire notre parfaite Atlantide, forçant notre reine à l'exil. Mais nous sommes restés tapis dans l'ombre à attendre une chance de nous relever. Nous l'aurons, et bientôt. Le processus est déjà en marche.

Tout en cherchant désespérément un moyen d'aider Kellan à venir à bout de Crowe, Mira écoutait ce dernier. Au cours des deux décennies qui venaient de s'écouler elle avait entendu la théorie selon laquelle les Compagnes de sang comme elle étaient les enfants d'une race immortelle ayant créé une civilisation que les légendes humaines avaient fini par appeler « l'Atlantide ». Les journaux rédigés par Jenna, qui occupaient les archives du quartier général de l'Ordre, étaient garnis de nombreuses entrées traitant de ces étonnantes possibilités. Mais personne jusqu'alors ne s'était retrouvé face à face avec un Atlante, du moins en sachant que c'en était un.

Ce que venait de révéler Reginald Crowe, à savoir que sa race non seulement avait survécu à la destruction de l'Atlantide mais florissait en secret, planifiant sa propre guerre, était terrifiant. La perspective d'une guerre avec une autre race immortelle glaçait le sang de Mira.

Mais son souci le plus immédiat était de garder Kellan en vie.

Ses dagues ne suffisant pas à ralentir Crowe, Mira attrapa son pistolet. Elle savait bien que les balles n'étaient pas non plus d'une efficacité certaine, loin de là apparemment, mais c'était tout ce dont elle disposait.

Si seulement elle parvenait à trouver un angle de tir sûr.

Kellan et Reginald Crowe se battaient à mains nues, alternant entre coups de poing monstrueux et chocs violents de tout le corps. Comme ils étaient tous deux dotés d'une vitesse qui n'avait rien d'humain, Mira avait bien du mal à les suivre, sans parler de trouver une occasion fiable de tirer sur Crowe. Elle ne pouvait pas prendre le risque de toucher Kellan. Elle l'avait déjà vu blessé par balles ce jour-là et il n'était pas question pour elle de lui tirer dessus par erreur.

Après avoir visé plusieurs fois sans parvenir à tirer, elle comprit qu'il n'y avait rien d'autre à faire pour elle que de se joindre à la bagarre.

Elle sauta sur Crowe, tentant de poser le canon de son arme sur sa tête suffisamment longtemps pour tirer. Une balle dans le crâne n'avait pas suffi à le ralentir, mais elle était prête à lui vider son chargeur entier dedans s'il se tenait tranquille assez longtemps pour qu'elle essaie.

Mais elle n'eut pas la possibilité d'appuyer sur la détente.

Crowe recula et la jeta loin de lui. Il lâcha alors sa prise sur Kellan, se retournant pour lui faire face alors qu'elle tombait sur le goudron gravillonné du toit et que son arme chutait hors de sa portée. Il était furieux à présent et il semblait que ses traits se resserraient sur les os de son visage.

Il n'avait plus rien d'humain. Il était clair à présent qu'il n'appartenait pas à cette planète.

Avec un cri de rage, Crowe s'empara d'elle, la soulevant et la dressant devant lui comme un bouclier. Kellan avait récupéré le pistolet de Mira et en visait Crowe, mais celui-ci avait agi aussi vite et avait récupéré une arme appartenant à l'un de ses gardes avant même que Mira ne s'aperçoive qu'il avait bougé.

Il posa le canon froid de l'arme contre la tempe de Mira tout en commençant à reculer vers l'hélicoptère.

— Lâche-la, ordonna Kellan.

— Oh, non, je ne crois pas, non.

Crowe poursuivait sa retraite, s'approchant de l'hélico. Le souffle des pales au ralenti agita les cheveux de Mira, détachant des mèches de sa tresse et les faisant voler dans son visage.

Elle regardait fixement Kellan, l'implorant des yeux, espérant qu'il comprendrait qu'elle voulait qu'il tire, qu'il sentirait à travers leur lien de sang qu'elle n'avait pas peur et qu'elle savait qu'il pouvait toucher Crowe.

Fais-le ! Finis-en avec ce salopard avant qu'il atteigne cet hélico.

Elle vit le doigt de Kellan se crisper sur la détente et sentit son pouls battre la chamade sous l'effet de sa peur de la blesser et du besoin impérieux de tuer celui qui la tenait. Mais, au dernier moment, Kellan changea de cible et abattit le pilote.

Sous la force de l'impact, l'humain alla s'écraser contre le dossier de son siège, avant de retomber sur les commandes. Le moteur toussa et les pales perdirent un peu de leur vitesse.

Reginald Crowe éclata de rire.

— Tu penses qu'après quelques milliers d'années sur ce caillou je n'ai pas appris à faire voler ces machines primitives ? Tu plaisantes, j'espère.

Il reculait toujours, s'apprêtant à s'échapper sans desserrer son étreinte sur Mira.

Elle ne pouvait pas faire grand-chose pour se libérer. Il la serrait comme un étau autour de la taille et le canon du pistolet s'enfonçait dans sa tempe droite comme un cylindre de glace. Tandis que son ouïe était envahie par le bruit de plus en plus fort du rotor qui s'approchait, elle luttait contre la panique qui la gagnait.

— Dommage que je ne puisse tuer qu'un de vous avant de partir, lança Crowe pour narguer Kellan. J'imagine que ça va devoir être toi.

Mira sentit les muscles de Reginald Crowe se contracter imperceptiblement tandis qu'il se préparait à viser Kellan. À l'instant où la pression se relâcha contre sa tempe, Mira se libéra de l'étreinte de Crowe et frappa son bras vers le haut tout en s'écartant. Elle sentit la force soudaine de quelque chose de lourd qui le frappait et entendit un craquement sourd : une pale du rotor venait de lui sectionner la main.

Reginald Crowe chancela, bouche bée devant son membre amputé.

Puis il reporta le regard sur Mira.

Une expression étrange traversa ses traits tandis qu'il gardait le regard rivé sur les yeux de Mira. Il semblait avoir oublié la terrible blessure, qui ne se réparait pas d'elle-même. La main qu'il venait de perdre gisait au sol à côté de son pistolet et le sang coulait de son avant-bras sur le goudron noir du toit. Et pourtant il la regardait toujours dans les yeux, comme hypnotisé.

Ses yeux…

Elle sentit le chatouillis d'une de ses lentilles qui s'était collée à sa joue. Elle avait dû sauter pendant le combat, dévoilant ainsi le miroir hypnotique de son iris. Crowe ne semblait plus capable de s'arracher à son regard.

Mais il continuait à reculer, d'un pas hésitant maintenant qu'il était piégé par le pouvoir de son don de voyance.

Elle ne savait pas ce qu'il voyait, mais elle préférait ne pas le savoir.

Et l'instant suivant, ça n'eut plus d'importance.

Reginald Crowe était désormais trop près des pales, il était trop grand pour elles car, le rotor ralentissant, elles avaient commencé à descendre.

C'est alors qu'il tourna la tête, presque comme si son subconscient avait reconnu la menace que son esprit éveillé ne pouvait voir, piégé qu'il était dans le regard de Mira. Il regarda derrière lui… à l'instant même où la pale arrivait sur lui pour séparer sa tête de son cou.

Mira détourna les yeux, mais il était impossible de chasser l'horreur de ce qui venait de se produire.

Puis, alors que le corps de Reginald Crowe s'affalait au sol, une lumière intense se mit à croître en lui. Elle fusa à travers ses membres et s'échappa de son cou, intense, pure et surnaturelle. Et au milieu de sa paume intacte commença à prendre forme un symbole, illuminé de l'intérieur.

Ce symbole était une larme tombant dans un croissant de lune, le même que celui que Mira et toutes les autres

Compagnes de sang portaient comme marque de naissance quelque part sur le corps.

Il n'y avait plus de doute possible désormais.

Les Atlantes, pères extraterrestres des Compagnes de sang, existaient bel et bien.

Les Atlantes, dont on ne connaissait pas le nombre, étaient vivants, cachés dans un endroit secret avec leur reine bannie, attendant leur chance de se soulever contre la Lignée et l'humanité.

Ils étaient immortels et létaux.

Ils étaient l'ennemi.

Lucan se précipita à travers la porte malmenée de l'escalier de service qui menait au toit, Darion et Nathan à sa suite. Il semblait que ce fût le seul endroit où Reginald Crowe ait pu fuir, mais la situation qui les accueillit au sommet du bâtiment du CGN n'avait rien à voir avec ce à quoi ils auraient pu s'attendre.

Mira et Kellan se tenaient ensemble dans l'obscurité, serrés tendrement l'un contre l'autre.

Deux des gardes armés de Reginald Crowe étaient étendus morts sur le goudron noir devant lui. À l'autre bout du toit attendait un hélicoptère, son pilote affalé en avant sur son siège, son rotor ralentissant.

Et sous ce dernier gisait le corps sans tête de Crowe.

Lucan, pas sûr de ce qu'il voyait, observa fixement une lueur, qui semblait éclairer les membres et le torse de Crowe de l'intérieur, s'éteindre doucement sous ses yeux.

Derrière Lucan, Darion et Nathan exprimaient leur incrédulité.

Lucan reporta le regard vers Mira et Kellan.

— Mais que vient-il de se passer exactement, bon Dieu ?

Tandis que le couple commençait à expliquer, de nouveaux membres de l'Ordre arrivaient derrière Nathan et Darion. Il y avait là les plus jeunes, mais aussi les guerriers qui avaient suivi Lucan presque depuis la fondation de l'Ordre. Suivirent bientôt Gabrielle et les autres Compagnes de sang, jusqu'à ce que Lucan se retrouve entouré de ceux qui comptaient le plus pour lui.

Tous écoutaient, stupéfaits, en silence, la description que donnaient Mira et Kellan de ce que Reginald Crowe avait fait, de ce qu'il était… et des révélations qu'il avait faites juste avant sa mort.

Même si le chef qu'était Lucan aurait voulu réprimander le couple pour l'action téméraire qu'ils avaient entreprise sans l'en avoir informé ou lui en avoir demandé la permission, il lui fallait bien reconnaître que ce qu'avaient accompli Mira et Kellan seuls en venant à bout de Reginald Crowe était remarquable. Peut-être fallait-il y voir le rebelle en Kellan, le leader toujours prêt à charger en tête, mais Dieu savait aussi que Mira n'avait jamais été du genre à rester dans les clous.

Ce soir-là ils avaient constitué un front unifié, une équipe de deux, plus forts ensemble. Cela semblait juste de les voir liés l'un à l'autre en couple, ces deux êtres qui avaient été mis à l'épreuve bien plus que d'autres et qui avaient su surmonter toutes les difficultés.

Lucan s'approcha d'eux et leur tendit la main, en commençant par Mira, qu'il ne résista pas à attirer brièvement dans ses bras, ressentant une fierté paternelle pour la petite fille qui était devenue un membre si précieux des équipes de l'Ordre. Alors qu'ils s'écartaient l'un de l'autre, Lucan lui serra la main fermement.

— Tu nous fais honneur, guerrière.

Quant à Kellan, il lui serra la main avec un hochement de tête de gratitude.

— Toi aussi, déclara-t-il. Peut-être y a-t-il après tout une place pour un fantôme rebelle au sein de l'Ordre.

Kellan afficha un large sourire et, attirant Mira contre lui, acquiesça à l'offre de Lucan d'un hochement de tête.

Lucan les regarda, puis se tourna vers son fils et les jeunes guerriers qui l'entouraient. Il avait devant lui l'avenir de l'Ordre. Une nouvelle génération qui montait déjà au créneau.

Et Dieu savait qu'on aurait besoin d'eux tous.

Lucan reporta le regard sur Reginald Crowe, comprenant bien qu'il contemplait là aussi quelque chose de nouveau : un ennemi auquel l'Ordre n'avait jamais été confronté auparavant et qui avait clairement sa propre règle du jeu.

— Ce qui s'est passé ici ce soir marque un nouveau commencement, déclara-t-il aux hommes et aux femmes de l'Ordre qui se tenaient avec lui sous le ciel nocturne. Le commencement d'une nouvelle guerre… une guerre que nous devons gagner.

Toutes les voix se levèrent à l'unisson pour acquiescer, visages graves pleins d'une détermination enflammée.

Lucan croisa chacun de ces regards fiers, ceux des hommes comme ceux des femmes.

— Désormais, nous appliquons nos propres règles. Tous les moyens sont bons. Notre nouvelle mission commence maintenant.

Épilogue

Le sommet du CGN se déroula comme prévu dès le jour suivant. Lucan avait déclaré au monde qu'il n'y avait pas de meilleur moment pour se réunir et parler sérieusement de l'avenir que juste après une attaque qui aurait pu faire reculer les efforts de paix de l'humanité et de la Lignée de plusieurs siècles.

La mort de Reginald Crowe l'avait révélé au grand public comme le cerveau derrière l'attentat à la bombe évité de peu lors du gala. Dévoiler le fait qu'il était quelque chose de plus qu'humain n'aurait pu que mettre un peu plus sur les dents une population déjà passablement agitée. Pour les nations humaines et vampires de la planète, Reginald Crowe était simplement un terroriste en devenir et le membre d'une organisation secrète que l'Ordre avait désormais pour objectif de mettre au grand jour et d'éradiquer.

Mais en privé, la mission de l'Ordre revêtait un caractère beaucoup plus urgent.

Elle allait impliquer chaque centre de commande local et chaque équipe de guerriers dans le monde.

Il fallait trouver les Atlantes et leur reine. Il fallait absolument les arrêter.

Mira ne se souvenait pas d'avoir jamais vu Lucan Thorne si résolu à propos de l'objectif d'une mission et, étant donné les nombreuses guerres et batailles qu'il avait menées au cours de ses plus de neuf siècles d'existence, ce n'était pas rien.

Elle se sentait presque coupable du répit que Lucan lui avait accordé avec Kellan après leur victoire sur Reginald Crowe. D'un autre côté, il lui était difficile de ressentir pour ça autre chose que de la reconnaissance : merveilleusement épuisée, elle était allongée sur le corps nu de Kellan près d'un feu de cheminée devant lequel ils venaient de faire l'amour, dans le lointain Havrobscur niché au fin fond des forêts du nord du Maine.

Ils en étaient à la troisième nuit d'une semaine d'intimité, une pause dont ils s'efforçaient de tirer le maximum dans la chambre comme en dehors. Ce soir-là, après une longue marche dans les bois où ils avaient joué enfants à la guerre et aux batailles de boules de neige, ils avaient abandonné le lit en faveur d'une épaisse peau de mouton devant le foyer dans la grande salle du Havrobscur.

Des doigts, Kellan faisait de petits cercles sur le bas du dos de Mira. Son corps était chaud et solide sous elle et elle entendait battre son cœur contre son oreille. Elle avait cru qu'il s'était endormi, avait considéré qu'il ne pouvait que dormir après l'exercice qu'il venait de se donner au cours de l'heure précédente, mais il était tout à fait éveillé. On ne pouvait plus éveillé même. Elle le sentait grandir en elle, pulsant déjà contre les tendres parois de son corps.

Mira leva la tête pour le regarder avec un air incrédule.

— Impossible ! Tu n'es pas sérieux !

Il esquissa un sourire grivois.

— Est-ce que j'ai l'air sérieux ?

Elle rit quand il la fit se retourner sur la douce peau animale, calant délicieusement les hanches entre ses cuisses écartées, les poings plantés de part et d'autre de sa tête.

— Je suis tellement heureuse, Kellan. Je n'ai jamais senti mon cœur si plein.

Il sourit et l'embrassa, se laissant aller à une lente poussée qui emplit les veines de Mira d'électricité et de chaleur.

— Sais-tu combien je t'aime ? demanda-t-il, même s'il le lui avait montré une centaine de fois au cours des jours précédents, le lui avait dit à chaque regard tendre, à chaque contact brûlant et à chaque baiser possessif. Je t'aime, Mira, ma compagne, ma vie, mon tout.

Elle leva les mains vers son visage et le caressa tandis qu'il plongeait son regard dans le sien. Lorsque par instinct elle détourna la tête, Kellan baissa la sienne et l'embrassa.

— Laisse-moi te voir, dit-il en ramenant son visage vers le sien. Tu es si belle. Tu n'auras plus jamais à cacher tes yeux devant moi. Je n'ai plus peur de ce que j'y verrai car nous avons déjà traversé le feu ensemble.

— Nous en sommes sortis ensemble, répondit-elle, sentant son amour pour lui irradier dans sa poitrine. Nous sommes désormais capables de franchir n'importe quel obstacle.

Il hocha la tête et augmenta son rythme en elle.

— Tu es mienne, Mira, mienne pour toujours.

— Je l'ai toujours été.

Elle sourit, consciente qu'il ressentait la profondeur de sa promesse via le lien de sang qui les unissait l'un à l'autre, cœur, esprit, corps et âme.

Il la couvrit de son corps, de sa force, de sa chaleur et de la passion dont elle savait qu'elle lui couperait toujours le souffle.

Il l'aimait, et aimait même ce qui en elle l'avait presque détruit.

Kellan l'embrassa de nouveau, intensément et lentement, comme pour lui faire savoir que leur amour avait à présent tout le temps de s'épanouir.

— Tu es mienne, Mira, ronronna-t-il, et je ne te lâcherai jamais.

Achevé d'imprimer en janvier 2014 par Hérissey à Évreux (Eure)
N° d'impression : 121721 - Dépôt légal : février 2014
Imprimé en France
81121137-1